逸・知道了

孫文成滿文奏摺

（上 冊）

莊 吉 發 譯注

滿 語 叢 刊

文史哲出版社印行

國家圖書館出版品預行編目資料

孫文成滿文奏摺 / 莊吉發譯注. -- 初版. --
臺北市：文史哲, 民 109.09
面 ： 公分（滿語叢刊；39）
ISBN 978-986-314-526-4（全套；平裝）

1.滿語 2.讀本

802.918   109014378

滿 語 叢 刊 39

孫文成滿文奏摺（上下冊）

譯 注 者：莊　　　吉　　　發
出 版 者：文　史　哲　出　版　社
　　　　　http://www.lapen.com.tw
　　　　　e-mail:lapen@ms74.hinet.net
登記證字號：行政院新聞局版臺業字五三三七號
發 行 人：彭　　　正　　　雄
發 行 所：文　史　哲　出　版　社
印 刷 者：文　史　哲　出　版　社
　　　　　臺北市羅斯福路一段七十二巷四號
　　　　　郵政劃撥帳號：一六一八○一七五
　　　　　電話886-2-23511028・傳真886-2-23965656

上下冊定價新臺幣一一二○元

二○二○年（民一○九）九 月 初 版
二○二○年（民一○九）十月初版二刷

孫文成滿文奏摺

目　　次

上　冊

康熙四十九年

康熙五十年

下　　冊

康熙五十一年

康熙五十五年

康熙五十六年

導　讀

　　杭州織造局肇始於明初，洪武二年（1369），建織造局於省城斯如坊，以中官掌之。永樂中，以斯如坊地勢卑濕，而分撥工料於湧金門，建造織局，遂以舊址名南局，新址名北局。其後南局盡廢，工料併歸北局。清初，織造局撤中官，易以內務府郎中或員外郎掌之，設督理織造一員。歲織御用緞疋袍服，並制帛誥勅等件，各有定式。織造局分東西二府，東府為駐劄之所，西府則專設機張。世祖順治三年（1646），杭州織造陳有明鑒於兩府圮壞甚多，於翌年奏准重葺。順治八年（1651），題准織造事務歸工部管理。康熙三年（1664），織造錢糧改隸戶部管理。康熙四十五年（1706），滿洲正黃旗人孫文成出任浙江杭州織造。孫文成抵任後，捐修織造局東府，以備聖祖南巡駐蹕。

　　杭州與江寧、蘇州三處織造，合稱江南三織造。江寧織造曹寅與蘇州織造李煦俱屬滿洲正白旗，曹寅為李煦之妹丈，孫文成則為曹寅之母系親戚。三處織造，三位一體，視同一家。康熙四十六年（1707）二月十三日，聖祖南巡，御舟泊新莊橋，曹寅、李煦、孫文成三人聯袂朝觀。是年六月二十五日，孫文成口傳聖祖諭旨云：「曹寅三處織造，視同一體，須要和氣。若有一人行事不端，兩個人說他改過便罷，若不竣〔悛〕改，就會參他，不可學敖福合妄為，欽此。」易言之，三處織造，

共襄公事，步調一致，不得參差不齊。

康熙朝御批曹寅、李煦奏摺，已先後出版，其件數頗多，史料價值亦高，實有助於清史之研究。國立故宮博物院現藏硃批孫文成滿漢文奏摺共二百餘件。《宮中檔康熙朝奏摺》第九輯，影印出版聖祖硃批孫文成滿文奏摺計二百零六件，硃筆上諭二件【圖版一、附錄二】，康熙朝杭州與蘇州、江寧三處織造檔案，遂得公諸於世。

清初織造官，或五品，或六品，品級不高，職權有限。惟其既為內務府包衣，即皇室奴僕（aha），且係欽差官員，是以江南三處織造，俱為君主之耳目，准其專摺奏事，與將軍、總督、巡撫、提督、總兵官一體於請安摺內，附陳密奏。但有所聞，必須即行奏聞。具摺時例應親書，君主亦親手批諭，不得假手於人。硃批孫文成奏摺，不僅在形式上有助於奏摺制度之探討【圖版二、三】，且由於原摺內文詞曾經聖主以硃筆改正，而成為研究滿洲語文之珍貴資料【圖版四至八】。聖祖關心江南雨水糧價，孫文成遵旨循例奏報，舉凡米、麥、豆、菜、蠶絲之收成分數及其時價，奏報尚詳【圖版九】。清初米價波動，因地而異，杭州米貴情形極其嚴重，雖遇豐收之年，米價仍貴。據孫文成奏稱，米貴緣由，實因浙江百姓多恃種桑養蠶為生，以致種田農人日少，民間食米仰給於商人運售，米少則價昂。南方盜案層出不窮，或饑民滋事，或官逼民變，由朱一貴等案已可見清初綠營之腐化，營伍廢弛，武員彌縫，希圖了事【圖版一○】。至於海上不靖，海賊猖獗，聖祖尤感不安。兵船為欲緝捕海賊，而偽裝商船出海巡察，海賊船隻亦裝扮商船或兵船模樣，妄行劫掠，甚至公然誘引兵船，官兵每致吃虧，孫文

成遵旨留心察訪，探信具奏。

　　織造官不僅為君主之耳目，探訪地方信息，且負有轉奏請安摺子之責，摺子奉御批後，亦仍舊差人交還原奏人。至於進呈物件，亦多由織造官轉呈御覽。聖祖熱心於西方科學，禮遇傳教士，同時亦虔信佛教，尊崇高僧。菩提樹為佛地佳種，生長南方，端恃聖德滋培。菩提子，孫文成奏摺滿文讀作"coimjor"，似為藏文"chos 'byor"之音譯，意即「法財」，康熙皇帝改作"pu ti or"，規範滿文讀作"bodisu"。聖祖在位期間，屢次頒賜菩提種子於各織造衙門及寺廟等處，以示種善弘法之誠。各織造及住持和尚必須加意培植，菩提出芽、開花、結子，例應具摺奏聞，菩提子亦須齎呈御覽。普陀山各寺廟住持和尚所貢蓮子，亦交付孫文成轉呈。

　　清聖祖籠絡士人，網羅知識分子校刻諸書。江寧巡撫都察院右副都御史宋犖遵旨刊刻之《御製詩文》、《皇輿表》、《通鑑綱目》等書，經裝訂成套後即交由蘇州織造李煦進呈御覽。江寧織造曹寅與詞臣彭定求等人奉旨校刻《全唐詩集》，康熙四十四年（1705）八月，曹寅於鹽務任滿入京謝恩期間，其詩局事務，即交李煦代為管理。詹事府詹事高士奇，浙江錢塘人，康熙三十三年（1694），奉召入京修書，康熙三十六年（1697），以養母乞歸，並與宋犖校刊《御製詩文》，其書板仍交李煦轉呈御覽。康熙四十二年（1703）六月三十日，高士奇病故後，其子庶吉士高輿繼續校刊《詠物詩》等書，鳩工鏤刻既竣，即差家人送交孫文成進呈御覽。惟滿漢畛域，迄未消除，清聖祖防範漢人，不遺餘力，視士子如同賊盜，密諭孫文成留心防備【圖版一一】，高輿在校刻詩文之餘，惟有在家念佛行善，有客來

訪，則託病謝絕，清初士人之處境，不言而喻。硃批孫文成奏摺，其數量雖不及江寧、蘇州織造摺件之多，惟因孫文成奏報詳盡，江南三處織造文件可資互相對照，於清初史事之探討，不無裨益。

清初本章制度，沿襲明朝舊制，公題私奏，相輔而行。例行公事，舉凡一切錢糧、刑名、兵馬及地方民務所關公事，概用題本，鈐印具題；臣工本身私事，俱用奏本，不准用印。直省臣工題奏本章，均須投送通政使司轉遞，本章若有違式，或逾限者，通政使司即行題參，交部議處。奏摺就是由奏本因革損益派生出來屬於體制外的一種新文書，其起源時間，最早只能追溯到康熙朝前期。北京中國第一歷史檔案館保存的康熙二十八年（1689）二月二十七日大學士伊桑阿〈奏謝溫諭賜問平安摺〉，應該是目前所知較早的一件硃批奏摺，康熙朝《起居注冊》內關於奏摺始行的時間，還有更早的記載，說明在康熙二十年（1681）前後已有奏摺文書的記載。

奏摺的名稱，並不是因其文書形式的摺疊而得名，題本、奏本、咨呈、揭帖、啟本等文書俱摺疊成本。奏摺的「摺」，其原來意思是指清單，習稱摺子，例如引見摺子，即引見姓名清單。此外，還有晴雨摺子、馬匹摺子、糧價摺子等，都是清單。所謂奏摺，當為奏本與摺子的結合名詞，奏摺意即進呈的摺子。康熙年間採行奏摺之初，臣工奏事，多使用摺子，但其含義已不限於清單。在康熙年間的文獻裡，摺或摺子字樣，到處可見。例如康熙二十年（1681）十月初二日，《起居注冊》記載是日早康熙皇帝御乾清門聽政，大學士、學士等會同戶部並倉場為漕運具摺請旨，康熙皇帝諭閣臣說：「此摺著戶部領

去具本來奏。」康熙二十三年（1684）八月二十九日，《起居注冊》記載是日辰刻，康熙皇帝御門聽政，吏部題補戶部侍郎李仙根等，並所察貴州巡撫楊雍建降級摺子。因楊雍建有効力之處，奉旨將所降五級復還。廷臣所議降級摺子，並非清單。由此可知，在康熙朝前期，奏摺的使用，已經十分普遍。

　　康熙皇帝為欲周知施政得失，地方利弊，以及民情風俗等等，於是在傳統題奏本章外，另外使用屬於皇帝自己的通訊系統，而命京外文武大臣繕寫摺子具奏，一方面沿襲奏本的形式，卻簡化其格式；一方面沿襲密行封進的舊例，逕達御前。康熙皇帝認為自古帝王統馭天下，首在君臣一心，無有異意，故凡事無不就理。倘上下暌隔不信，各懷其心，則凡事無不滋弊。他日夜為國宵旰勤勞，是分內常事，但此外不聞不見之事甚多，故令各省將軍、總督、巡撫、提督、總兵官俱因請安摺子，附陳密摺。如此，本省之事不能欺隱，即鄰封之事，亦無或不知。其後又命領侍衛大臣、大學士、尚書、都統、副都統、侍郎、副都御史、學士等官，亦與諸省大臣一體於請安摺子各將應奏之事，一併陳奏。康熙皇帝為廣耳目，通上下之情，所以採行密奏制度。他曾經對大學士王掞等人說：「大臣乃朕之股肱耳目，應將所聞所見即行奏聞。爾等皆有密奏之任，若不可明言，應當密奏。天下大矣，朕一人聞見，豈能周知？若不密奏，何由洞悉？」

　　奏本與題本的主要區別是在於事件內容的公私問題，奏本限於臣工本身私事時使用，但奏摺與奏本不同，奏摺內容，無論公私，凡涉及機密事件，或多所顧忌，或有改弦更張之請，或有不便顯言之處，或慮獲風聞不實之咎等等，都在摺奏之

列。雍正皇帝即位後，遵守成憲，尤以求言為急，除在京滿漢大臣，外省督撫提鎮仍令摺奏外，又令各科道耳目言官，每日一人上一密摺，輪流具奏，一摺祇言一事，無論大小時務，皆許據實敷陳。雍正皇帝曾諭令大學士薦舉人材，內而大臣，以及閒曹，外而督撫，以及州縣，或品行端方，或操守清廉，或才具敏練者，各據真知灼見，內舉不避親，外舉不避讎，從公具摺密奏。具摺時，或滿字、或漢字，各須親寫，不可假手於子弟，詞但達意，不在文理字畫之工拙。其有不能書寫者，即行面奏。至於政事中有應興應革，以及用人行政，有無闕失，俱令各行密奏，直言無隱。

康熙皇帝採行密奏制度，固然欲周知內外，即所謂明目達聰，公聽並觀而已。其原來用意，也是想藉奏摺的批諭作為君臣互相溝通，加強君臣聯繫，以及教誨臣工的工具。康熙皇帝批示奏摺時，常以為官之道勉勵文武大臣。江西巡撫郎廷極具摺奏陳江西兵糧情形，原摺奉硃批：「知道了，做官之道無他，只以實心實政，不多生事，官民愛之如母，即是好官。」康熙皇帝屢諭各省封疆大吏，不可多事，地方安靜，不擾害良民，自然百姓受福。

臣工奏摺末幅尾批，或字裡行間的夾批，多奉有硃筆御批，字數長短不一，常見的硃批詞彙，也因人而異。康熙朝《宮中檔》硃批奏摺較常見的硃批詞彙，例如：是、覽、朕安、依議、具題、密之、知道了、著速具題、已有旨了、另有旨意、深慰朕懷、明白了、無庸再議、這說的是。甚至也有不雅的「三字經」，例如：不知好歹、難改狗性等。大致而言，多屬語體白話文，淺顯易解。

　　國立故宮博物院典藏康熙朝漢文諭摺共計 3154 件，自康熙三十五年（1696）至六十一年（1722）歷時二十七年間，現刊硃批漢文硃批奏摺共計 2078 件，其中奉硃批「知道了」字樣的奏摺，共計 1336 件，約佔總件數的百分之六十四，換句話說，將近一半以上的硃批奏摺都批「知道了」，也可以說「知道了」是最常用的硃批詞彙，它充分反映了密奏的性質。

　　康熙四十四年（1705）五月二十日，河南巡撫趙弘燮進呈貳麥摺子，五月三十日，其齎摺家人周聯芳返回河南巡撫衙門，欽傳上諭，令趙弘燮將直隸、山東、陝西、湖廣交界地方貳麥收成分數，秋禾生長如何，有無蝗螟生發，旱與不旱，幾時得雨，訪查明白密奏。趙弘燮即分遣妥員前往密訪。同年七月初四日，趙弘燮將鄰省年景具摺密奏，原摺奉硃批「知道了」。趙弘燮調遷直隸巡撫後密奏凡關錢糧本章，戶部俱有陋規，部臣遇事苛求。原摺奉硃批「知道了，但凡奏摺，斷不可令人知道。」硃批奏摺是君臣單線聯繫的秘密通訊工具，臣工密奏皇帝知道，不可令他人知道。江寧織造曹寅密奏科場積弊，原摺奉硃批「知道了，再打聽。」奏摺就是皇帝刺探京外事情的工具。臣工為皇帝耳目，遵旨打聽消息，具摺密奏。山西太原鎮總兵官金國正具摺請安，康熙五十六年（1717）六月二十四日，金國正家人李良等齎回請安奏摺，原摺奉硃批：「河南有賊信，與爾地方近，你知道否？」金國正查明河南中州百姓王更一聚眾滋事經過後，即於六月二十五日具摺奏聞。原摺奉硃批：「是，知道了，再打聽明白奏聞。」康熙皇帝以直省文武大臣為耳目，打聽地方事宜，密奏制度發揮了重要的功能。密奏的範圍很廣，臣工具摺時，各報各的，彼此之間，不

能相商，最後由皇帝裁斷，奏摺就是皇帝集思廣益的主要工具。浙江巡撫王度昭具摺奏請簡派賢能料理江蘇鹽漕事務，原摺奉硃批：「這奏的是，知道了，朕自有主意。」

康熙皇帝集思廣益之後，自有主意，可以乾綱獨斷。由此可以了解臣工奏摺多奉硃批「知道了」的原因，所謂「知道了」，就是針對密奏內容而言，康熙年間，密奏盛行，所以奏摺多奉硃批「知道了」。浙江巡撫王度昭奏請聖安，並據實陳明地方事宜一摺奉硃批：「朕安，奏摺內事知道了。」臣工所奏的事情「知道了」。江寧織造曹頫具摺奏請聖安，並報江南雨水糧價，原摺奉硃批：「朕安，奏摺知道了。」硃批奏摺多批示「知道了」的含義，主要是指「奏摺知道了」。山西太原鎮總兵官金國正具摺請安，並報收成雨水，原摺奉硃批：「朕安，奏聞事知道了。」浙江巡撫王度昭、杭州織造孫文成遵旨會同查明紹興平陽山傳燈寺禪師木陳忞徒孫元梁真偽，原摺奉硃批：「察的明白，元梁既是木陳和尚徒孫，亦不必另處看守了，始末朕已知道了。」臣工凡有所聞見，必須繕摺奏聞，說清楚，講明白。奏摺的內容，事情的始末，皇帝都明白了，所以批示「知道了」。王鴻緒密奏刑部會審陳汝弼貪贓一案，原摺奉硃批：「此奏帖甚好，深得大臣體，朕已明白了。」王鴻緒密繕小摺奏聞會審陳汝弼，侍郎舒輅改供情形。所謂「奏帖」即指密奏小摺。「明白了」，就是「知道了」的同義語。摺子奏聞事知道了，就是奏摺內的事情明白了，也可以說：「奏摺知道了」，「知道了」就成了硃批奏摺最常見的文書詞彙。

內朝與外朝的互動關係，是探討我國歷代政治制度中不可忽視的重要課題。清朝中央政治組織，雖然不置宰相，但依然

保持內朝與外朝的劃分。密奏制度採行之初，准許使用摺子密奏的大臣，主要是皇帝親信、內府人員、王府門下人，或內廷行走的人員。例如康熙年間的江寧織造曹寅、蘇州織造李煦、杭州織造孫文成等，都是康熙皇帝的耳目。曹寅具摺奏聞赴揚州會同李煦商議鹽務，原摺奉硃批：「知道了，已後有聞地方細小之事，必具密摺來奏。」高斌是滿洲鑲黃旗人，初隸內務府，雍正元年（1723），授內務府主事，再遷郎中，管蘇州織造。高斌在織造任內，隸屬內廷，為皇帝耳目，凡有所聞，皆得用摺子奏聞。雍正初年，高斌由織造陞任浙江布政使後具摺奏明收兌錢糧事宜，原摺奉硃批：「好，勉之，奏摺不必頻多，比不得織造之任，無可奏之事，不必奏摺，若有應奏聞事件，不妨。」內廷人員的密奏，對皇帝明目達聰，周知中外，了解地方情形，扮演了重要角色。但就國家文書制度而言，奏摺仍非國家正式文書，不能取代傳統本章。偏沅巡撫（雍正二年改為湖南巡撫）李發甲具摺請安，兼報中晚二禾收成，原摺內末幅有：「為此具摺專差臣標右營千總李仕、家人李祥捧齎陳奏，伏祈皇上睿鑒施行」等字樣，原摺奉康熙皇帝硃批云：「朕安，所報知道了，施行二字不合。」奏摺並非國家的正式公文，不能取代題本，所奏事宜，若欲施行，例應具題，奏摺中「施行」等字樣，確實誤解奏摺的性質。康熙五十四年（1715）十、十一月間，直隸地方因夏秋雨水過多，直隸總督趙弘燮飭令地方官暫動倉糧分別借賑，並繕摺具奏。原摺奉硃批：「就當具題纔是，奏摺不合。」奏摺既未取得國家法理上的地位，也不是內閣部院的例行文書，不具合法性。河南南陽府境內有鄉客聚眾搶取民間衣食，兵役拏獲要犯，河南巡撫楊宗義意欲依法處

治，繕摺奏聞。原摺奉硃批：「還該具題，聽部議纔是。」使用題本，經過部議後，始具合法性。

例行公事，行之多年，倘若有改弦更張之請，必須先行繕寫奏摺請示，是否具題，須俟批示後遵照硃批旨意辦理。東南沿海由於海盜猖獗，江寧巡撫張伯行具摺奏請將船隻刻字編號，以示區別。康熙皇帝批諭說：「此摺論船極當，朕欲交部，其中有不便句，爾再具題。」另行繕本具題，交部議奏。奏摺只是君臣協商的工具，不足為憑。兵馬錢糧，一應公事，密奏不能了結，但不可率然具題。惟是否可行，應否具題，必須先奏聞請旨。浙江巡撫李衛抵任以後，具摺奏陳地方吏治情形，原摺內有「為此先將大概情形繕摺奏聞，可否允臣因時變通，方敢分晰具題，遵照辦理」等字樣。雍正皇帝披覽奏摺後批諭說：「因時變通料理，先摺以奏聞，不可率然具題。」江西巡撫裴𢘓度具摺奏請嚴禁交盤掯勒積習，原摺奉硃批：「此事幸爾摺奏，若具題，朕大怪你矣。此事李紱亦大槩類同奏過，朕備悉，已訓諭矣，著李紱密書與爾看。」積習由來已久，非一省所能料理，不可率然具題，非地方急務，不可更張生事，因不可行，所以不可具題，以免驚動部院。

地方安靜，與民休息，官員不更張生事，是為治之道，也是促成政權穩固最基本的要求，康熙皇帝、雍正皇帝都曾屢飭臣工不可動輒改弦更張。陳元龍歷陞至翰林院掌院學士、吏部侍郎，補授廣西巡撫，陳元龍入京陛辭請示訓旨時，康熙皇帝諭以「廣西地方，近已寧靜，爾至彼處，當使文武和睦，兵民相安。巡撫亦有管兵之責，宜不時操練」等語。陳元龍奏稱：「臣謹誌聖訓遵行，但路途遙遠，如有應興應革事宜，臣愚昧

不能定奪，先繕摺請旨，然後遵行。」康熙皇帝面諭陳元龍：
「爾繕摺具奏」。是否可行，先繕摺請旨，然後遵照硃批諭旨
指示辦理。趙弘燮調補直隸巡撫後，因畿輔地方入春以後，雨
澤稍缺，糧價漸昂，而窮民買食，亦稍覺艱難，趙弘燮欲當青
黃不接之際，將常平倉米穀委官督同地方官暫動十分之三減
糶，將銀解交守道，俟秋收後發買還倉。原摺有「是否可行，
臣未敢擅便，臣前在東拜地方已經奏明，凡有重大事情，先具
摺奏請聖裁，允行然後具本，相應具摺奏請皇上睿鑒批示」等
字樣，康熙皇帝覽奏後，以硃筆批示：「著速具題」。所謂「具
本」即指具題，繕具題本，經通政使司轉遞內閣大學士票擬議
奏。

　　川陝總督殷泰奉命審擬鄂奇後，具摺奏請訓諭，其奏摺在
途間被人拆開更改，原摺未奉硃批。康熙皇帝為此諭大學士等
曰：「奏摺比之於本，較為利害，若在途間被人更改，關係甚
要，朕見及此，凡督撫奏摺，無有要事，朕俱不批。」為了保
密，若非緊急要務，督撫奏摺，俱不批示。但是，督撫等員具
摺奏請訓諭，或屬於請旨性質的奏摺，臣工有所請，無論准行
或不准行，則不可不批。倘若皇帝不曾細閱奏摺，竟批示「知
道了」，則臣工必因無所適從，而重複具摺奏請批示應否具題。
直隸馬水口都司員缺，亟需簡選能員補授，直隸巡撫趙弘燮具
摺開列守備劉大壯等四員具摺奏請裁示可否具題欽用一員，原
摺奉康熙皇帝硃批：「知道了」，以致趙弘燮不敢具題。節錄原
摺一段內容如下：

　　　所有馬水口都司員缺，關係緊要，經臣具摺將臣標右營
　　　守備劉大壯，保定營守備孫如霖，茨溝營守備焦元奇，

部發世襲拜他喇布勒哈番王學望等肆員具奏，恭請聖裁
批示，可否允臣具題欽用壹員，奉旨「知道了」欽此。
查前摺未蒙御批「具題」字樣，臣是以未敢冒昧具題。
但查馬水口汛防遼闊，都司壹員，有督緝地方逃盜並巡
防各關隘口之責，甚關緊要，仰請皇恩，如允臣具題，
伏乞批示，以便遵旨具題。

趙弘燮第二次重複具摺請旨，可否具題，請求批示。原摺
奉硃批：「朕當有摺奏即可具題，故批『知道了』，今該具題。」
硃批中所謂有摺奏即可具題，是對硃批奏摺與題本的混淆，而
且硃批「知道了」字樣，也是對臣工請旨的忽視。康熙皇帝御
門聽政時，大學士等〈覆請天津關監督雙頂陳奏缺額緣由〉一
疏，票擬「該部知道」。但康熙皇帝認為「這本票擬該部知道，
若如此，該部未必議奏，著票擬『該部議奏』。」就文書制度
而言，奉旨「該部知道」，則可結案，就此了結，不需後續動
作，不必議奏，由此可以理解「知道了」的含義。

康熙皇帝省方問俗，閱視河工，屢至江浙，徧及口外。康
熙四十三年（1704），湖廣紳衿具呈巡撫劉殿衡題請康熙皇帝
巡幸湖廣，湖廣巡撫劉殿衡具題後，奉旨「知道了，該部知道。」
但是，康熙皇帝並未巡幸湖廣。康熙四十四年（1705）春夏間，
康熙皇帝南幸，閱視高家堰隄工，回京後又巡幸塞外。是年九
月，湖廣巡撫劉殿衡又奏請康熙皇帝臨幸荊襄，原摺奉硃批：
「知道了」。康熙皇帝並未巡幸湖廣，劉殿衡將紳衿士庶的民
意具摺奏聞，並非請旨事件，亦非地方要事，所以批示「知道
了」，意即摺內奏聞的事情知道了。

河南南陽鎮總兵官楊鑄具摺奏明衙門內向有官莊田，應作

何公用，或歸何項下，據實摺奏請旨。原摺奉硃批：「知道了，想這樣事，各處提鎮，亦或有之，若據實題奏，不甚妥當，況有按地正賦可以留在本處營中費用，倘有人言及，將即此批旨回奏。」具題既不妥當，所以批示「知道了」，意即不必題奏了。河屯營守備徐仁奉旨看守太監尹珏，因兵丁看守不嚴，太監擅自剃頭。直隸古北口副將管總兵官事楊鑄將兵丁嚴行鎖禁，守備徐仁難辭疏忽之責，應於開印後特疏題參，但因尹珏是太監，應否將疏忽之守備徐仁題參，楊鑄未敢擅便，所以「具摺奏明，仰祈主子天恩硃批遵行。」原摺奉硃批：「知道了，不必題參，開印後交與內務府。」康熙皇帝批示「知道了」，但不同意題參守備徐仁。直隸巡撫趙弘燮具摺奏請入京陛見，馳赴暢春園謝恩，原摺奉硃批：「知道了，不必來京謝恩。」康熙皇帝不准趙弘燮入京謝恩之請，所以批示：「知道了」等字樣。

　　康熙皇帝孜孜求治，御門聽政，從不間斷。大學士伊桑阿等曾奏請間日御門聽政，如此則老年諸臣不必夙興。但康熙皇帝並不同意，他認為「朕每日御門，勵精政務，三十年于茲，前此曾經諸臣公請間數日一次御門聽政，朕不允從，今仍照前理事，知道了。」康熙皇帝勵精政務，仍堅持每日御門理事，所以諭大學士伊桑阿等曰：「知道了」，未允所請。

　　禮科給事中馬士芳條奏各省學道視其新進生員內本年中式多少，以定賢否，大學士伊桑阿等以摺本請旨。康熙皇帝諭曰：

以新進生員本年中舉人多寡，定學道之優劣，則學道各為其取進生員希圖僥倖，多送入闈，舊生員反致淹抑，以此定例，愈滋弊端矣。今言官條奏，未可逆料，其必

有緣故。但條奏之事，合理則行，否則不行而已，這本
著批知道了。

給事中是言官，禮科給事中馬士芳條奏以新進生員中式多
少定學道賢否，更多弊端，其條奏不合理，不可行，康熙皇帝
令大學士伊桑阿等批寫「知道了」，不允所請。總河張鵬翮因
保題筆帖式馬泰為通判，奉旨回奏。張鵬翮對馬泰原未深知，
但因委任一、二事，從無貽誤，所以保題通判。康熙皇帝認為
馬泰是一個虛偽傾險之人，令張鵬翮回奏，只不過欲明悉其事
而已，並無他意，不至於受到議處，張鵬翮題本奉旨：「以知
道了批發完結」。國家庶政，可行或不可行，宜行或不宜行，
應從不同角度考量，皇帝批示臣工文書，在疑似之間，尤須斟
酌，奉御批「知道了」的文書，多屬於不宜付諸施行的事務。
康熙朝《起居注冊》有一段記載：

> 阿蘭泰奏曰：臣等遵旨將監察御史荊元實條奏虧
> 空庫銀，令地方官按職分賠問九卿。九卿云：臣等聞荊元實條奏虧
> 空錢糧，令地方官分賠，以為如此則自後錢糧不致虧空
> 矣，今皇上念及令地方官分賠，必致派累小民，天語甚善，
> 此事斷不宜行。上曰：既如此，著批：「知道了」。

監察御史荊元實條奏彌補直省虧空錢糧的方法是令地方
官分賠，康熙皇帝恐派累小民，令大學士阿蘭泰詢問九卿的意
見。九卿也認為御史荊元實條奏斷不宜行，既然如此，就批「知
道了」。不必行者，亦批「知道了」。清朝制度，皇太后都有加
尊徽號的定例。大學士伊桑阿等詣暢春園為加尊皇太后徽號事
具摺子交存住轉奏，奉旨：「著奏皇太后」。伊桑阿等詣澹泊為
德宮啟奏皇太后，奉皇太后懿旨：「卿等所奏知道了，皇帝既

不受尊號，這加徽號著不必行。」

康熙皇帝在位期間，以廣開言路為要務，他認為「科道等官各有所見，即據實直陳，不得隱諱，所奏果是，朕即施行，如或不是，亦不議罪。」康熙三十六年（1697）二月初四日辰刻，康熙皇帝御乾清門聽政，部院各衙門官員面奏政事後，大學士伊桑阿等遵旨將起復原任科道蘇俊等五員職名開列啟奏。《起居注冊》記載一段君臣對話，節錄一段如下：

> 上曰：蘇俊口吃，不必來京，其餘俱著起用。上又顧諸
> 大臣曰：科道職司耳目，年來並無一人陳奏，故朕將現
> 任言官嚴飭，又將伊等起復，此後言路必大開矣。阿蘭
> 泰奏曰：皇上求言如此殷切，居言職者寧有不言之理。
> 上曰：此後條奏內如果可行，即批：「准行」；如不可行，
> 俱批：「知道了」。若概行交部議覆，必多更張成例之弊，
> 況朕令其陳言，原欲聞軍國要務，如但浮詞細故，塞責
> 陳奏，殊非朕求言本意。阿蘭泰奏曰：皇上聖明，歷來
> 舊例，屢行更張，亦非盛朝美事，如事事交與部議，以
> 後紛更陳例之事必多。

科道言官對軍國要務，固然應當據實直陳，不得隱諱。密奏制度採行後，為廣耳目，大開言路，各省將軍、總督、巡撫、提督、總兵官等俱應將所見所聞，無論本省或鄰封之事，據實密奏，毫無欺隱，以副皇帝求言本意。前引科道條奏批示，如不可行，俱批「知道了」，有助於理解清代本章、奏摺等文書多批示「知道了」的原因。「知道了」所反映的事實，不僅限於各種文書的性質問題，同時也是清朝君臣辦理國家庶政的產物，對考察施政得失提供了一定的參考價值。

圖　版

圖版一　康熙四十八年六月十二日　硃筆上諭

圖版二　康熙四十五年七月十二日　請安并報啓程赴任摺

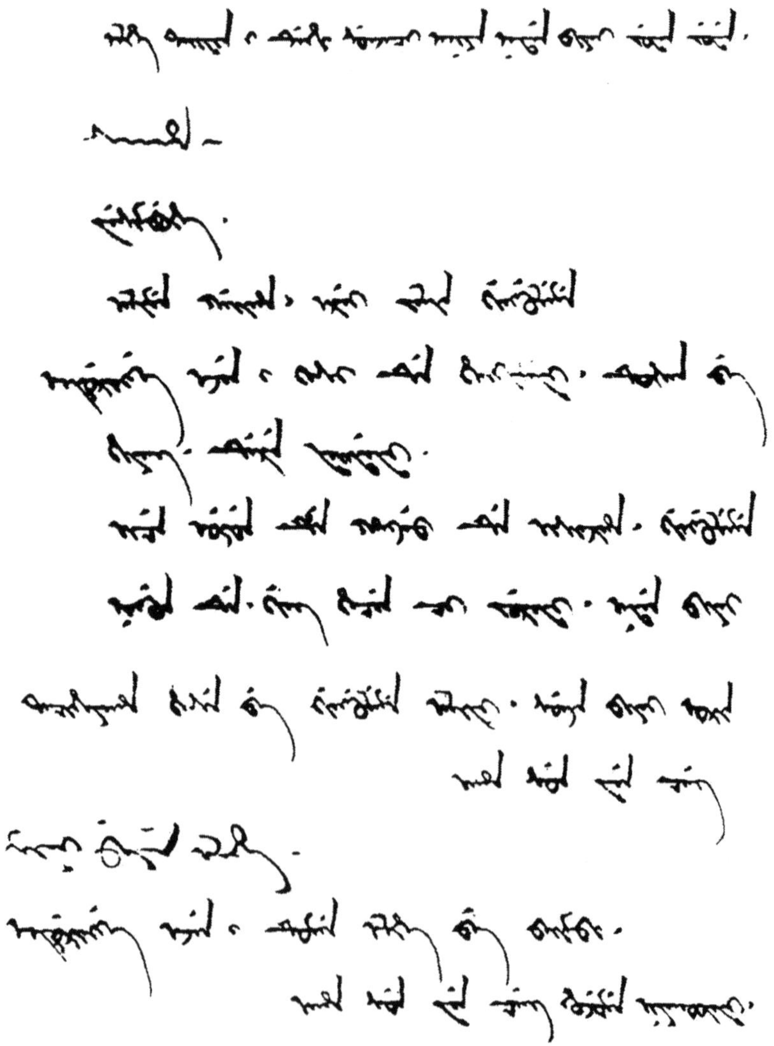

圖版三　康熙五十六年十一月初一日　奏聞性統等病故摺

圖版四　康熙五十年八月初二日　奏報菩提出芽日期摺

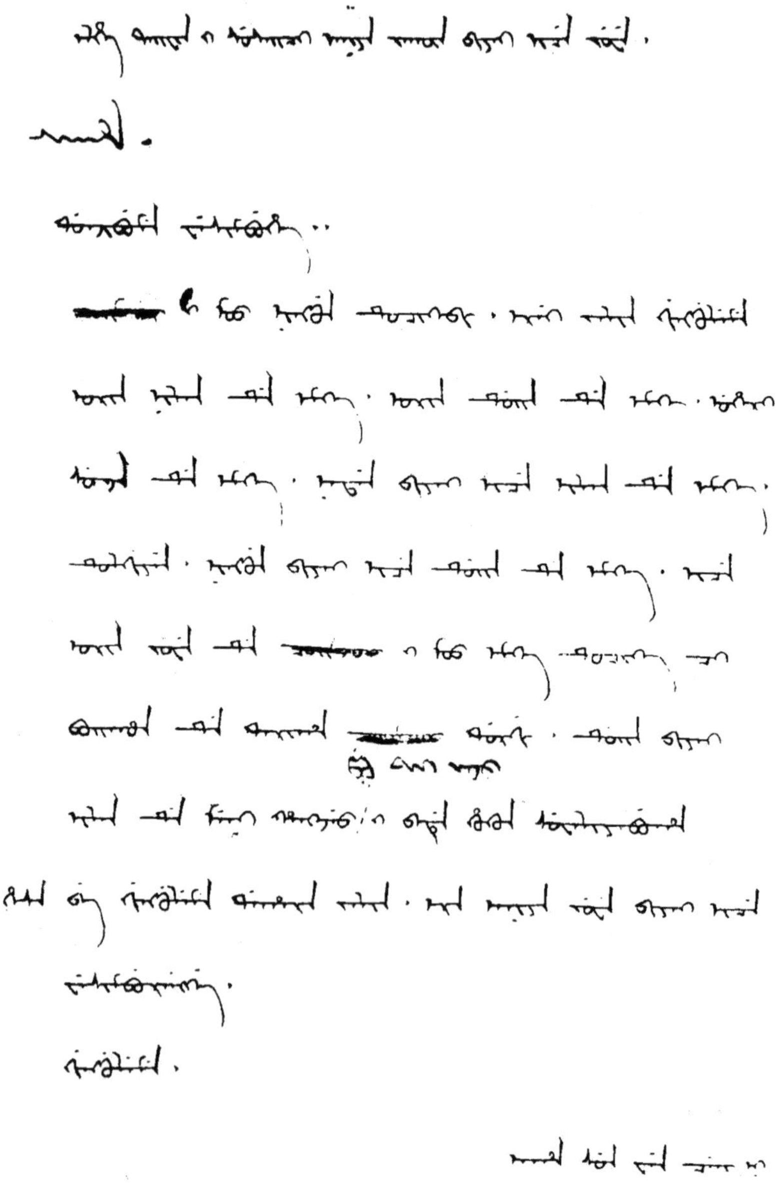

圖版五　康熙五十五年十一月二十六日奏報十月分杭州糧價摺

圖版六　康熙五十七年九月初一日　奏報閏八月分杭州糧價摺

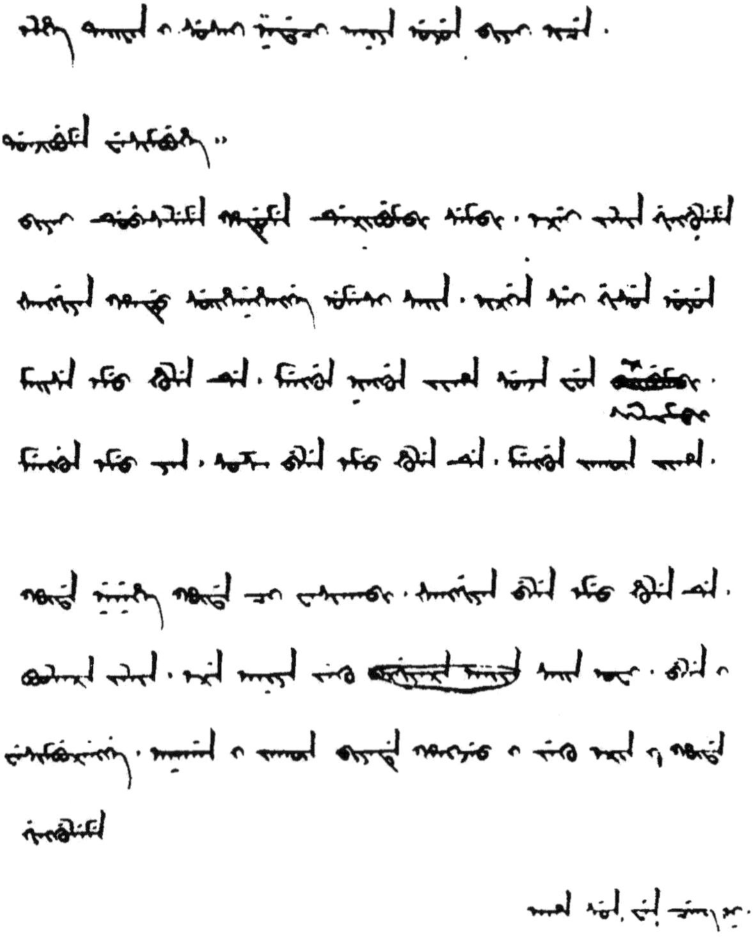

圖版七　康熙五十八年三月初一日　奏報二月分杭州糧價摺

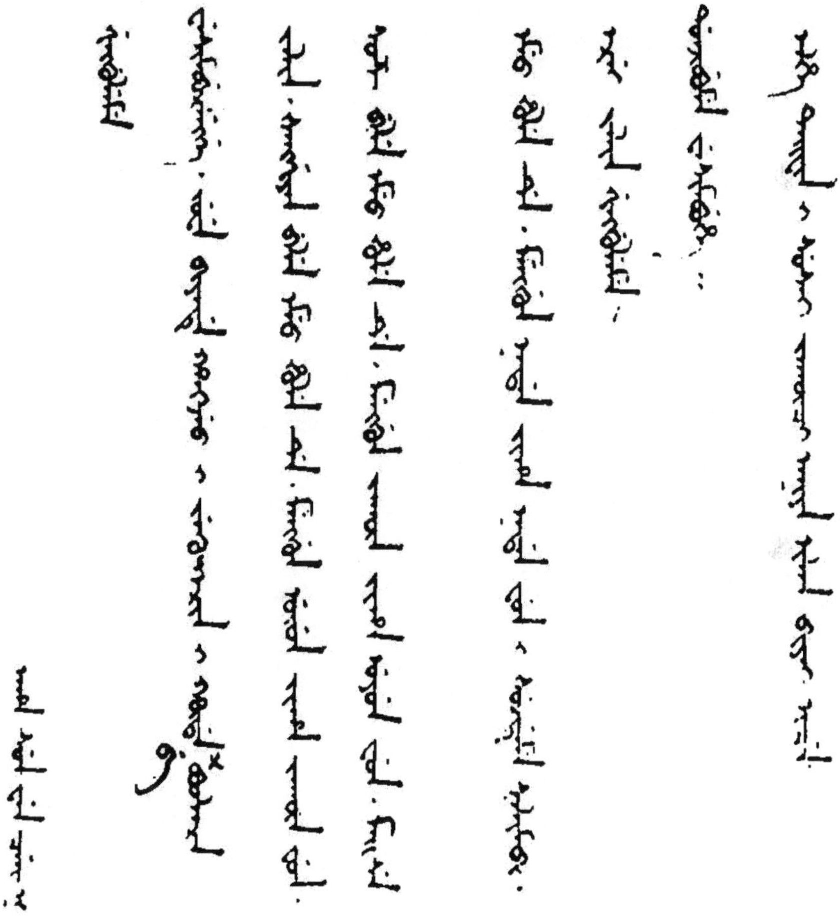

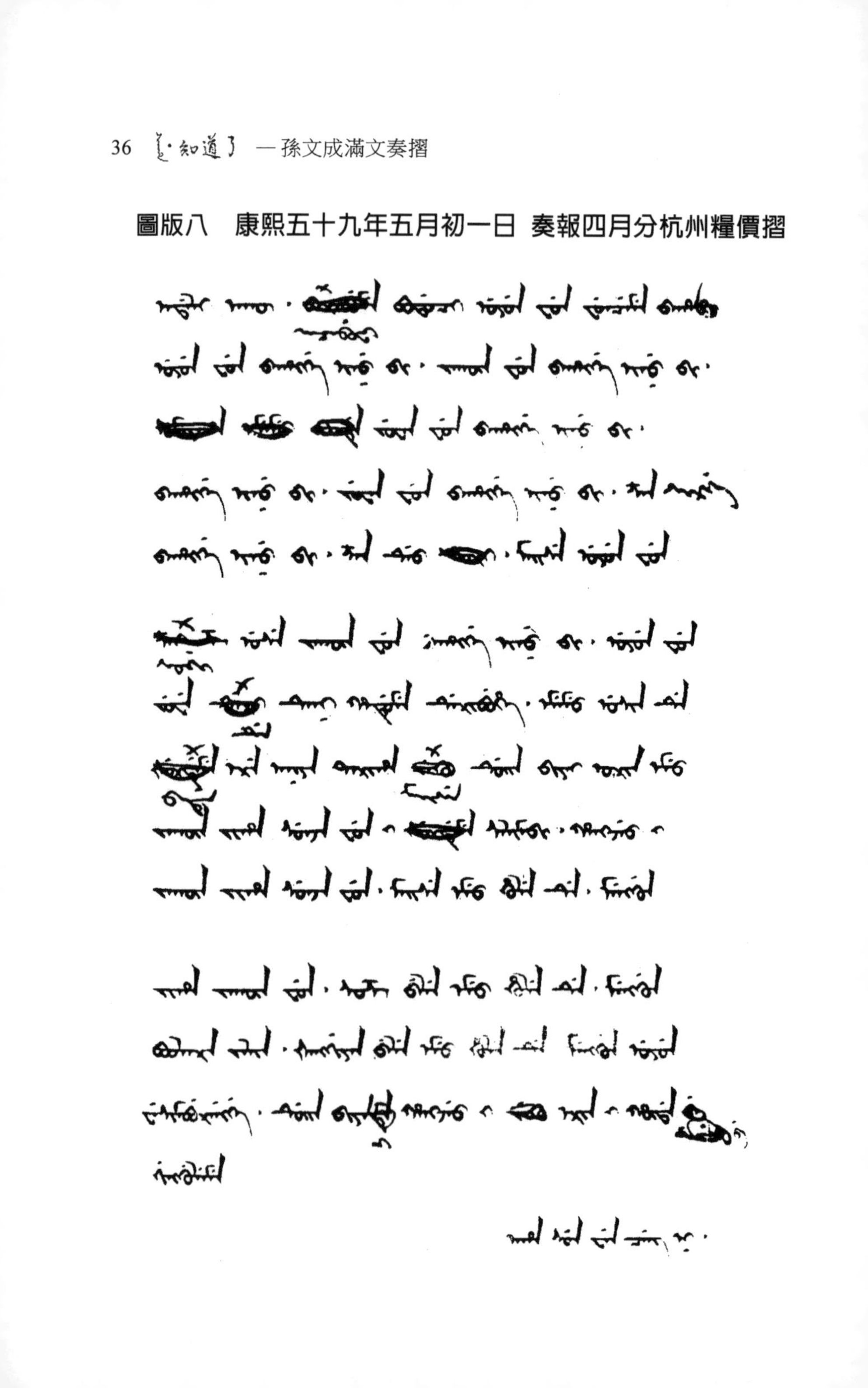

圖版八　康熙五十九年五月初一日　奏報四月分杭州糧價摺

圖版九　康熙四十五年七月十二日　奏報直隸等省糧價摺

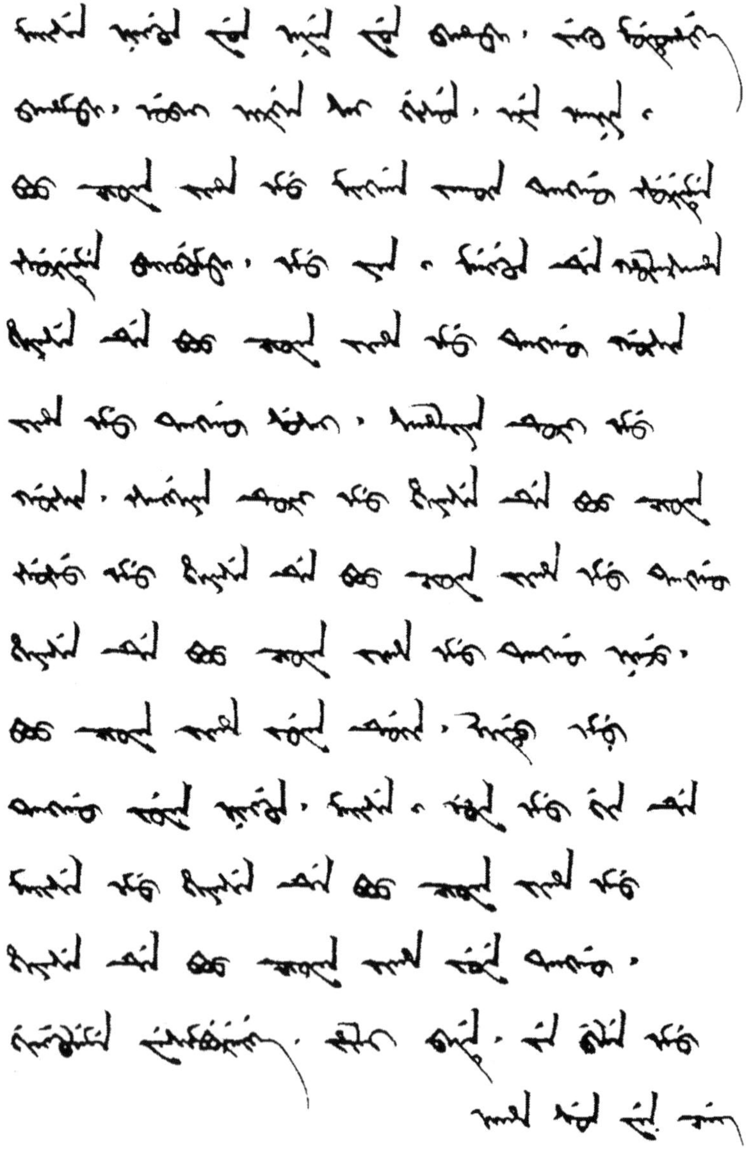

ᠪᡳᡨᡥᡝ ᠴᠣᠣᡥᠠ ᠪᡝ ᠪᠠᡳᠴᠠᡵᠠ ᠮᠠᠨᠵᡠ ᠪᡳᡨᡥᡝ

[Manchu script text]

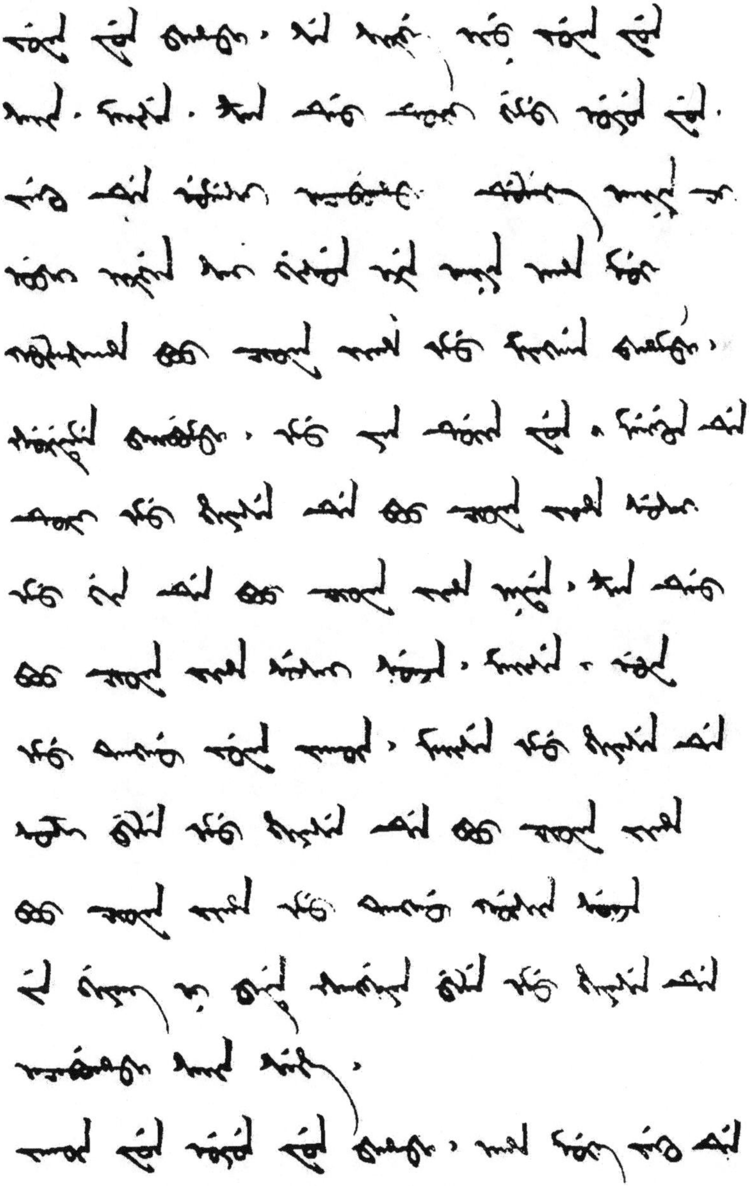

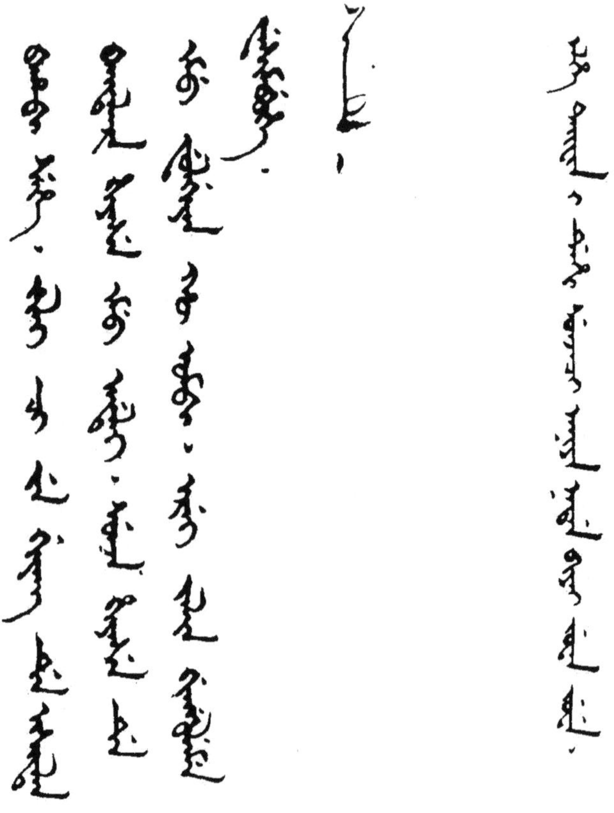

圖版一〇　康熙六十年七月初一日　奏聞朱一貴聚眾滋事摺

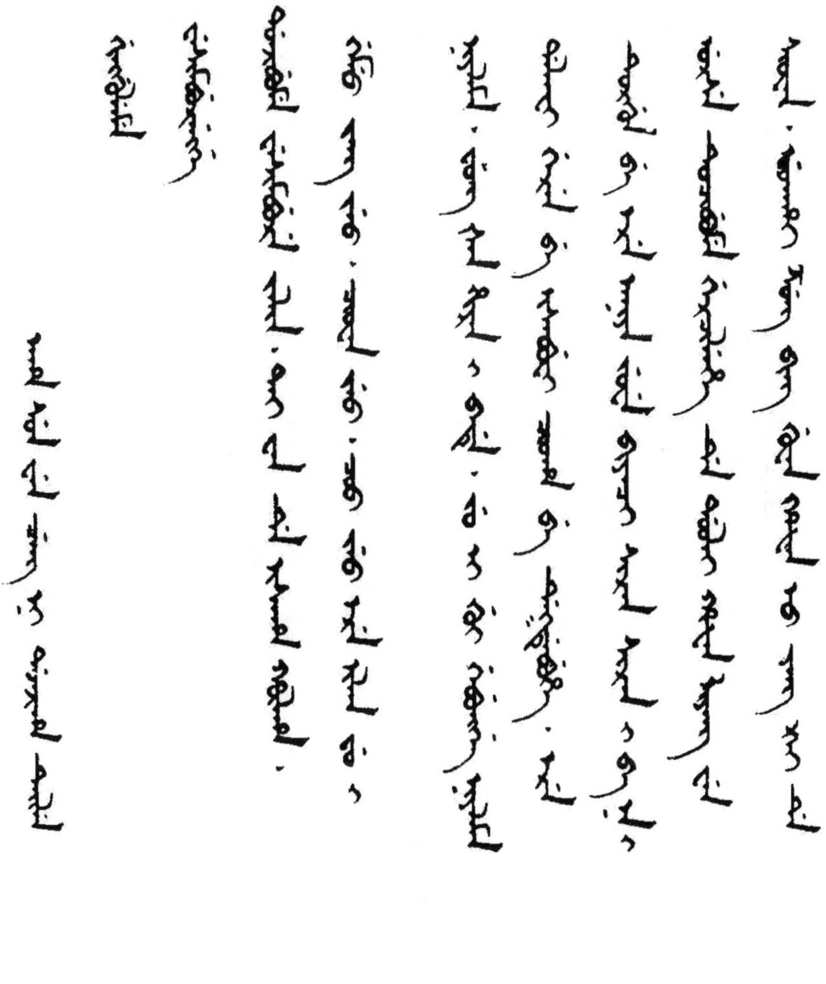

ᠮᡠᡴᡩᡝᠨ ᠴᠣᠣᡥᠠᡳ
ᠪᠠᡳᡨᠠ ᠪᡝ᠈
ᠮᡳᠨᡳ

ᡤᡝᠯᡳ ᠪᠠ ᠪᠠᠶᠠᡵᠠ᠈
ᠪᠠᠶᠠᠨ ᠠᠮᠪᠠᠨ
ᡵᡠᠰᡝ ᠸᡝᡥᡳᠶᡝᠯᡝᠮᡝ

ᡝᠵᡝᠨ ᠪᠠᡩᡝ᠈ ᠪᡳ ᠪᡝᠶᡝᠪᡝ
ᠪᠠᠶᠠᠨ ᠠᠮᠪᠠᠨ ᠮᠠᠨᠵᡠ
ᡤᠠᠪᡨᠠᠯᠠᠪᡠᠮᡝ ᡥᠣᠸᡝᡩᡝᡵᡝᡵᡝ

ᠮᠢᠨᡳ᠈ ᠰᡝᡥᡝᠪᡠᠮᡝ ᠪᠠᡳᡨᠠ ᠪᡝ
ᠶᠠᠪᡠᠮᡝ᠈ ᡥᠠᡳ᠈ ᠮᠢᠨᡳ
ᡤᡳᠰᡠᠷᡝᠮᡝ᠈ ᠵᠠᡴᡡᠨ ᡤᠣᠯᠣᡳ᠈ ᡤᠠᠮᡠ

圖版一一　康熙五十一年二月十二日　請安摺

ᠪᡳᡨᡥᡝ ᡥᡝᠩᡴᡳᠯᡝᠮᡝ
ᡣᡝᠰᡳ ᠪᠠᠨᠠᡴᠠ
ᠠᠮᠪᠠ ᡝᠩᡤᡝᠮᡝ
ᠰᠠᡳᠨ ᠪᠠᠩᡴᠠᠯᠠᠮᠪᡳ᠂

【1】奏報直隸山東江寧浙江作物時價摺

aha sun wen ceng gingguleme wesimburengge, jyli bade, je
bele emu hiyase de boo ciowan jiha juwe tanggū, maise emu
hiyase de boo ciowan jiha emu tanggū juwan ninggun, maise
i ufa emu gin de boo ciowan jiha juwan duin, lidu emu
hiyase de boo ciowan jiha emu tanggū ninju, šušu emu
hiyase de boo ciowan jiha emu tanggū gūsin, šanggiyan turi
emu hiyase de boo ciowan

――――――――

奴才孫文成

謹奏，直隸地方，小米一斗，需寶泉二百錢[1]；麥子一斗，
需寶泉一百十六錢；麵粉一斤，需寶泉十四錢；綠豆一斗，
需寶泉一百六十錢；高粱一斗，需寶泉一百三十錢；白豆
一斗，需寶泉

――――――――

奴才孙文成

謹奏，直隶地方，小米一斗，需宝泉二百钱[1]，麦子一斗，
需宝泉一百十六钱；面粉一斤，需宝泉十四钱；绿豆一斗，
需宝泉一百六十钱；高粱一斗，需宝泉一百三十钱；白豆
一斗，需宝泉

――――――――――――――――

[1]　寶泉即錢幣。明初設寶泉局於各行省，以鼓鑄錢幣，旋罷。清初復置寶
泉局，直隸戶部。

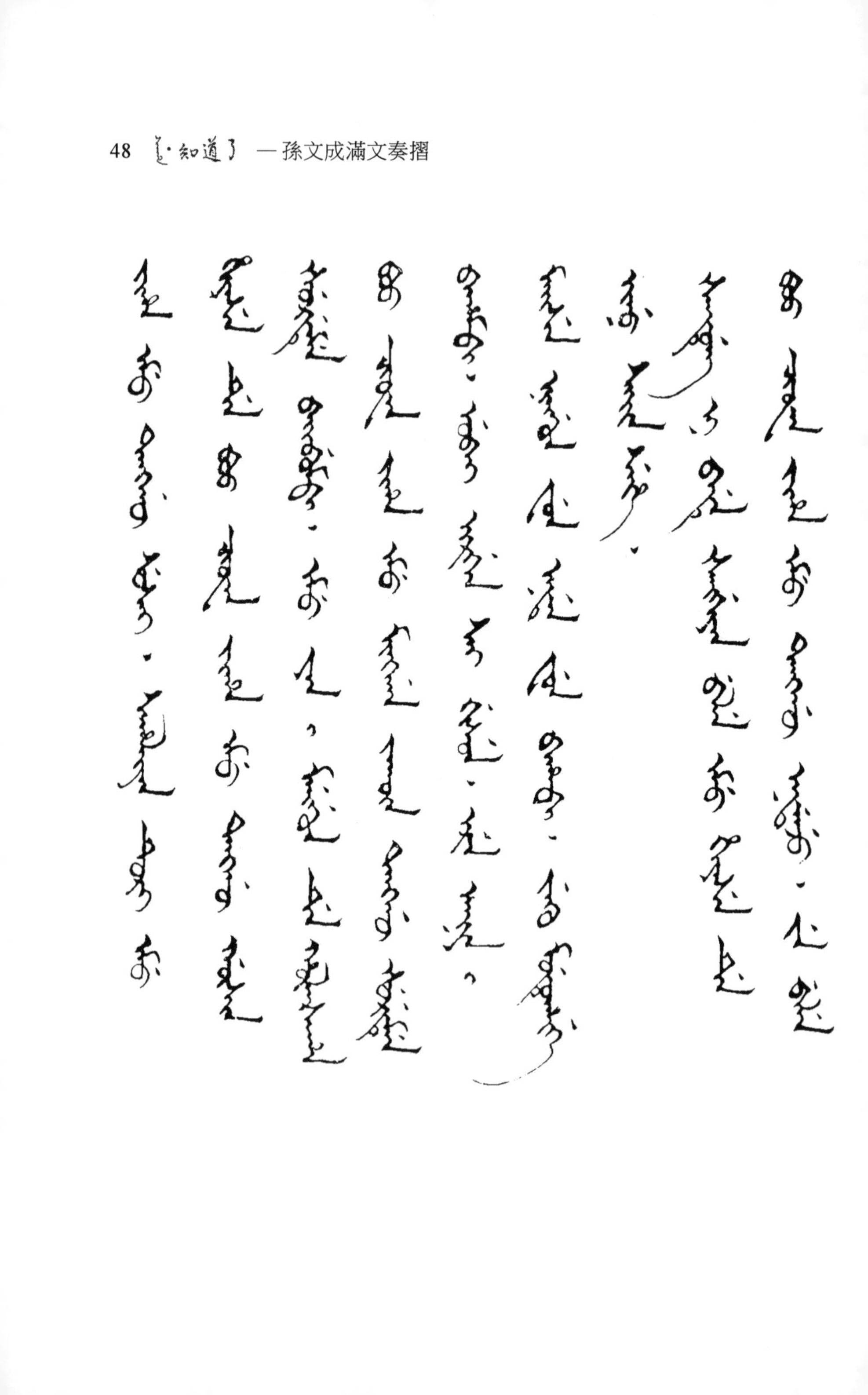

jiha emu tanggū susai, sahaliyan turi emu hiyase de boo
ciowan jiha emu tanggū gūsin šurdeme baibumbi. emu yan i
menggun de hūlašaha boo ciowan jiha emu minggan jakūn
tanggū šurdeme bahambi. ubai irgen sai gisun, ere aniya i
maise ninggun fun nadan fun bahabi, jeku mutuhangge inu
sain sehe.

šandung ni bade šanggiyan bele emu hiyase de boo ciowan
jiha emu tanggū nadanju, je bele

一百五十錢；黑豆一斗，需寶泉一百三十錢左右。銀一兩
換得寶泉一千八百錢左右。此地百姓稱：今年麥子得六分
七分，稻穀生長亦好云云。
山東地方，白米一斗，需寶泉一百七十錢；小米

一百五十钱；黑豆一斗，需宝泉一百三十钱左右。银一两
换得宝泉一千八百钱左右。此地百姓称：今年麦子得六分
七分，稻谷生长亦好云云。
山东地方，白米一斗，需宝泉一百七十钱；小米

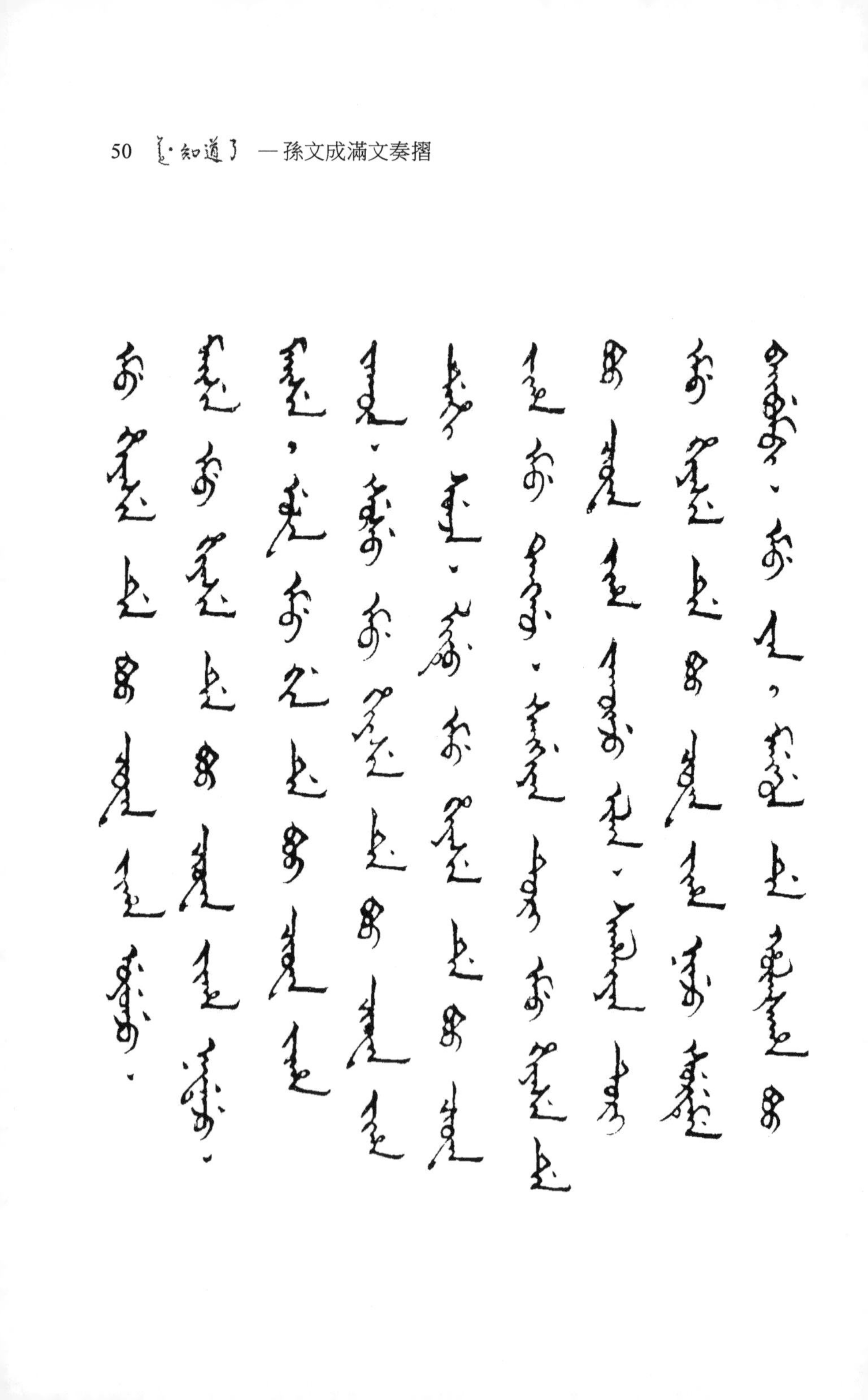

ᠤᠮᡝᠰᡳᠶᠠᡴᠠᠨ᠂

ᠰᡝᠮᡝ᠂

ᡝᠮᡝ᠂

emu hiyase de boo ciowan jiha uyunju, maise emu hiyase de
boo ciowan jiha nadanju, maise i ufa emu gin de boo ciowan
jiha jakūn, šušu emu hiyase de boo ciowan jiha dehi sunja,
lidu emu hiyase de boo ciowan jiha emu tanggū, šanggiyan
turi emu hiyase de boo ciowan jiha jakūnju ilan, sahaliyan
turi emu hiyase de boo ciowan jiha ninju šurdeme baibumbi.
emu yan i menggun de hūlašaha boo

一斗，需寶泉九十錢；麥子一斗，需寶泉七十錢；麵粉一
斤，需寶泉八錢；高粱一斗，需寶泉四十五錢；綠豆一斗，
需寶泉一百錢；白豆一斗，需寶泉八十三錢；黑豆一斗，
需寶泉六十錢左右。銀一兩換得寶

一斗，需宝泉九十钱；麦子一斗，需宝泉七十钱；面粉一
斤，需宝泉八钱；高粱一斗，需宝泉四十五钱；绿豆一斗，
需宝泉一百钱；白豆一斗，需宝泉八十三钱；黑豆一斗，
需宝泉六十钱左右。银一两换得宝

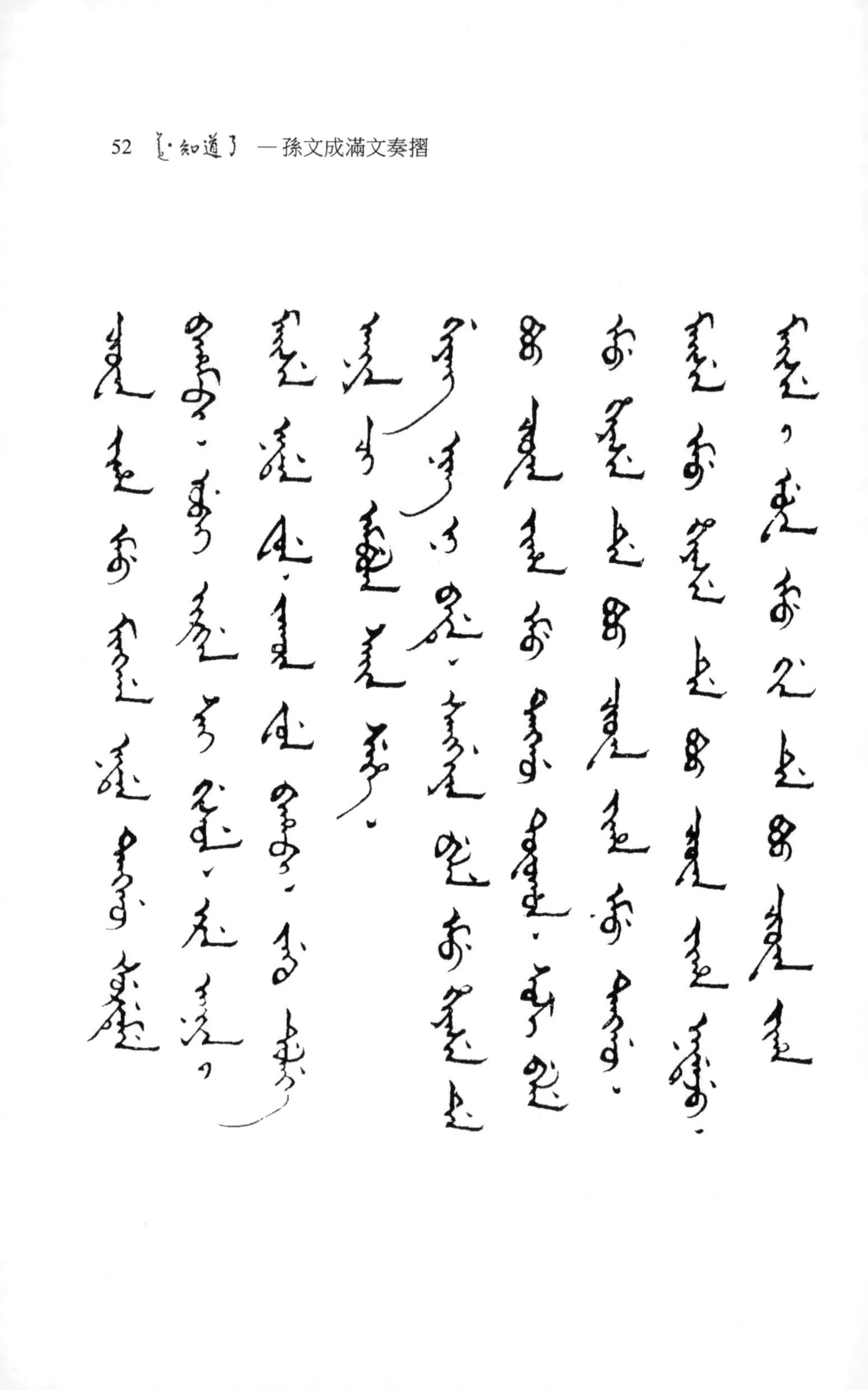

ᡳᠯᠠᠨ ᠠᠮᠪᠠ ᠨᠠᠮᡠᠨ
ᡳᠯᠠᠨ ᠠᠮᠪᠠ ᠨᠠᠮᡠᠨ

ciowan jiha emu minggan nadan tanggū šurdeme bahambi. ubai irgen sai gisun, ere aniya i maise nadan fun, jakūn fun bahabi, jeku duleke aniya ci ambula sain sehe.

giyang ning ni bade, šanggiyan bele emu hiyase de boo ciowan jiha emu tanggū tofohon, sodz bele emu hiyase de boo ciowan jiha emu tanggū, maise emu hiyase de boo ciowan jiha nadanju, maise i ufa emu gin de boo ciowan jiha

---

泉一千七百錢左右。此地百姓稱：今年麥子得七分八分，稻穀較去年甚好云云。

江寧地方，白米一斗，需寶泉一百十五錢；梭子米一斗，需寶泉一百錢；麥子一斗，需寶泉七十錢；麵粉一斤，需寶泉

泉一千七百錢左右。此地百姓稱：今年麥子得七分八分，稻穀較去年甚好云云。

江寧地方，白米一斗，需寶泉一百十五錢；梭子米一斗，需寶泉一百錢；麥子一斗，需寶泉七十錢；麵粉一斤，需寶泉

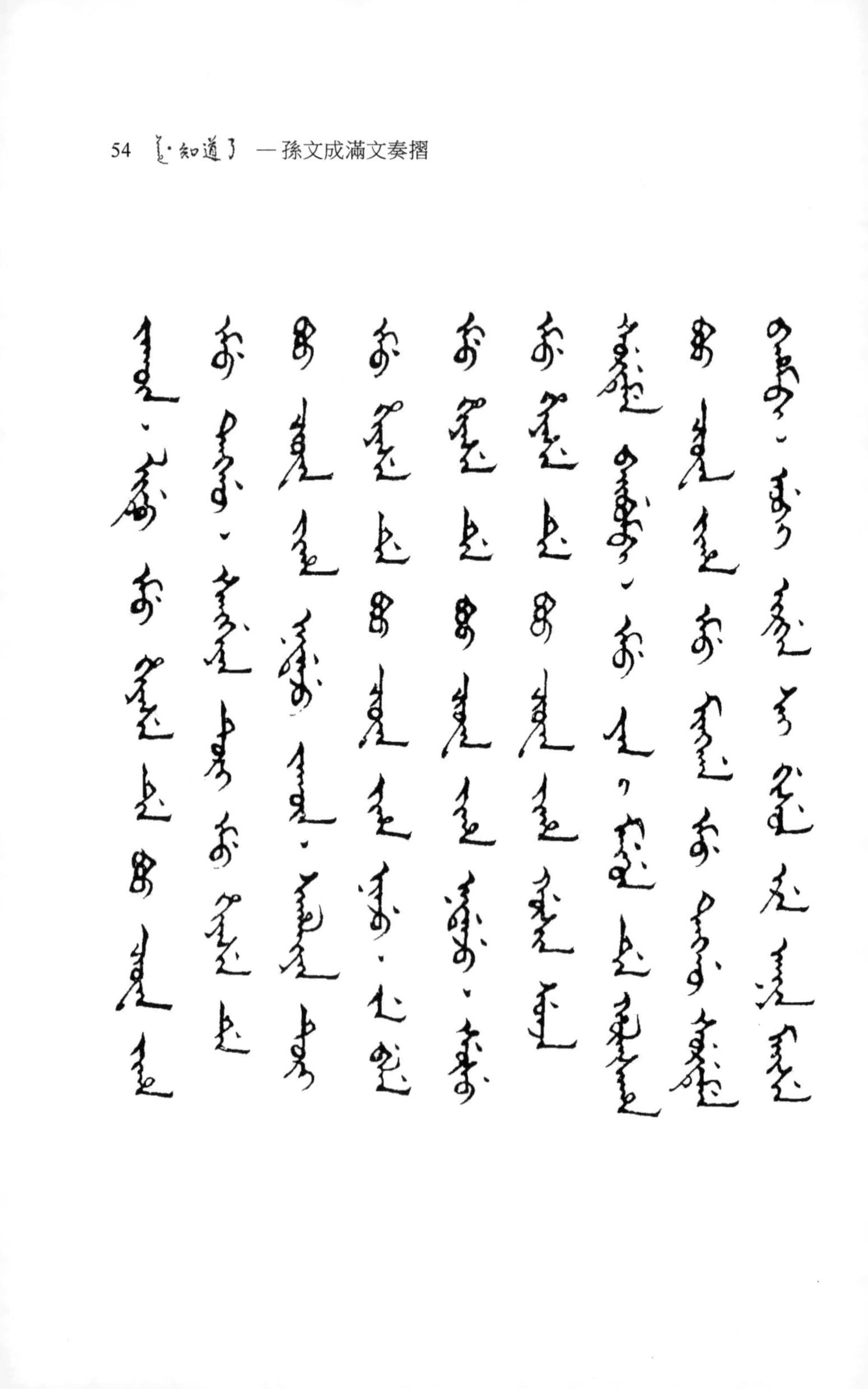

jakūn, lidu emu hiyase de boo ciowan jiha emu tanggū, šanggiyan turi emu hiyase de boo ciowan jiha nadanju jakūn, sahaliyan turi emu hiyase de boo ciowan jiha ninju, je bele emu hiyase de boo ciowan jiha nadanju, šušu emu hiyase de boo ciowan jiha gūsin sunja šurdeme baibumbi. emu yan i menggun de hūlašaha boo ciowan jiha emu minggan emu tanggū šurdeme bahambi, ubai irgen sai gisun, ere aniya maise

---

八錢；綠豆一斗，需寶泉一百錢；白豆一斗，需寶泉七十八錢；黑豆一斗，需寶泉六十錢；小米一斗，需寶泉七十錢；高粱一斗，需寶泉三十五錢左右。銀一兩換得寶泉一千一百錢左右。此地百姓稱：今年麥子

八钱；绿豆一斗，需宝泉一百钱；白豆一斗，需宝泉七十八钱；黑豆一斗，需宝泉六十钱；小米一斗，需宝泉七十钱；高粱一斗，需宝泉三十五钱左右。银一两换得宝泉一千一百钱左右。此地百姓称：今年麦子

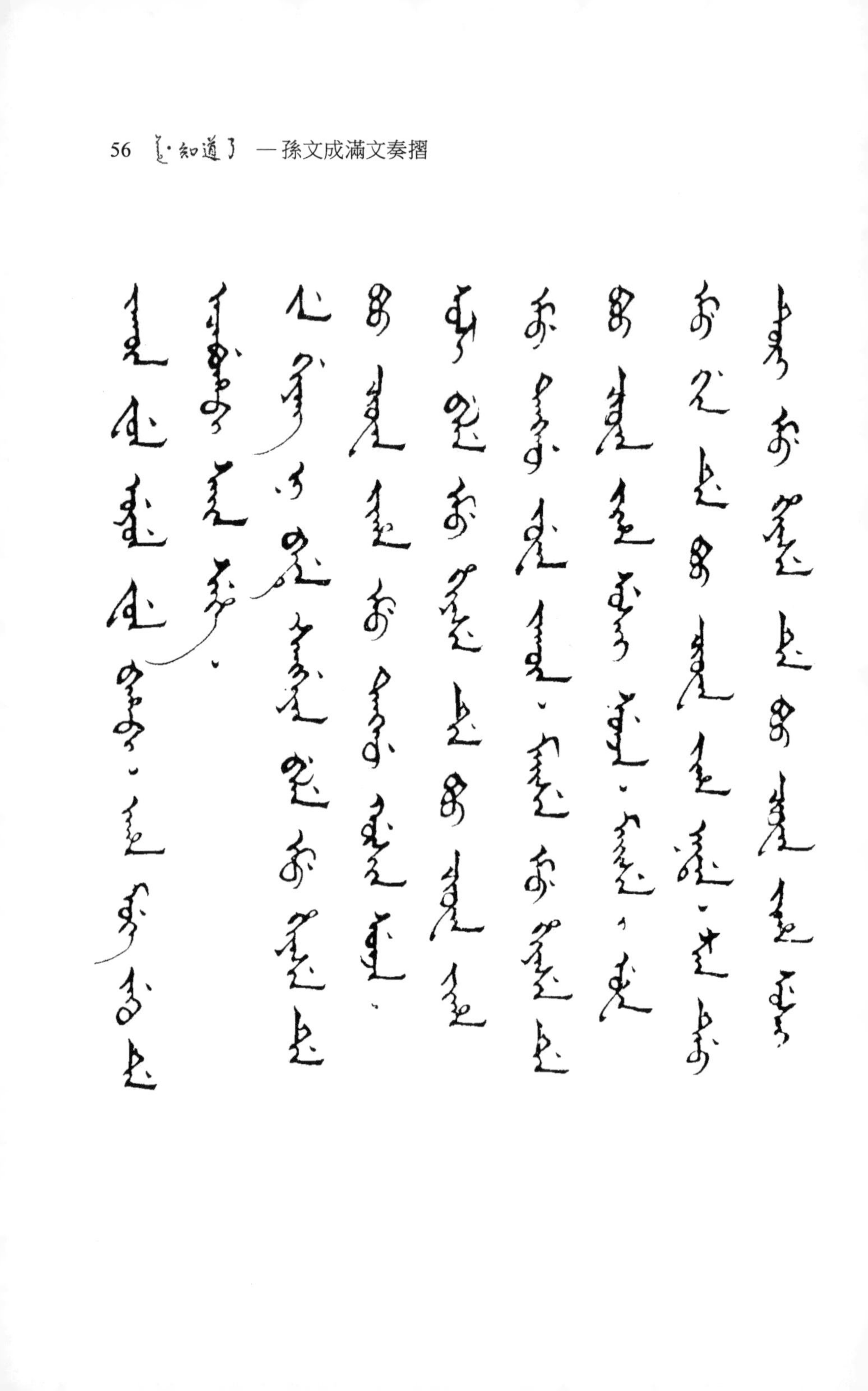

jakūn fun uyun fun bahabi. aha muke jeku de acabuhabi sain sehe.

je giyang ni bade šanggiyan bele emu hiyase de boo ciowan jiha emu tanggū gūsin sunja, sodz bele emu hiyase de boo ciowan jiha emu tanggū juwan jakūn, maise emu hiyase de boo ciowan jiha susai sunja, maise i ufa emu gin de boo ciowan jiha nadan, ts'an deo turi emu hiyase de boo ciowan jiha susai

---

得八分九分，雨水適合稻穀甚好云云。

浙江地方，白米一斗，需寶泉一百三十五錢；梭子米一斗，需寶泉一百十八錢；麥子一斗，需寶泉五十五錢；麵粉一斤，需寶泉七錢；蠶豆一斗，需寶泉五十錢

得八分九分，雨水适合稻谷甚好云云。

浙江地方，白米一斗，需宝泉一百三十五钱；梭子米一斗，需宝泉一百十八钱；麦子一斗，需宝泉五十五钱；面粉一斤，需宝泉七钱；蚕豆一斗，需宝泉五十钱

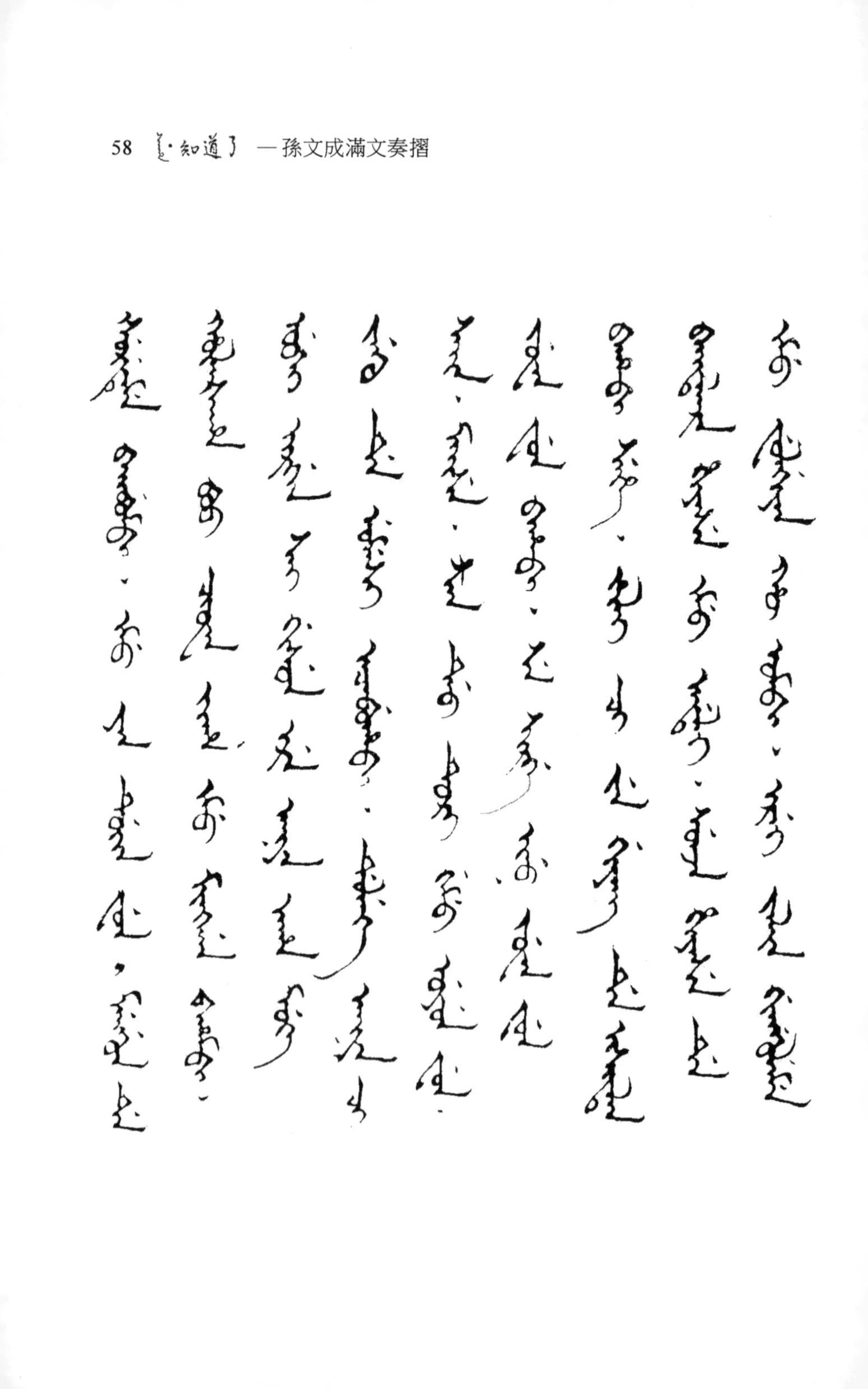

šurdeme baibumbi. emu yan duin fun i menggun de hūlašaha
boo ciowan jiha emu minggan bahambi. ubai irgen sai gisun
ere aniya aha muke jeku de umesi acabuhabi, duleke aniya ci
sain, maise, ts'an deo turi gemu uyun fun, juwan fun bahabi,
se sirge inu juwan fun bahabi sehe. jyli ci je giyang de isitala
baitalara hiyase emu adali, sunja hiyase de emu fulgiyan hū
ombi, erei jalin gingguleme

左右。銀一兩四分換得寶泉一千錢。此地百姓稱：今年雨
水甚合稻穀，較去年好，麥子、蠶豆皆得九分十分，生絲
亦得十分云云。自直隸至浙江所用之斗一樣，五斗為一紅
斛。為此謹

左右。银一两四分换得宝泉一千钱。此地百姓称：今年雨
水甚合稻谷，较去年好，麦子、蚕豆皆得九分十分，生丝
亦得十分云云。自直隶至浙江所用之斗一样，五斗为一红
斛。为此谨

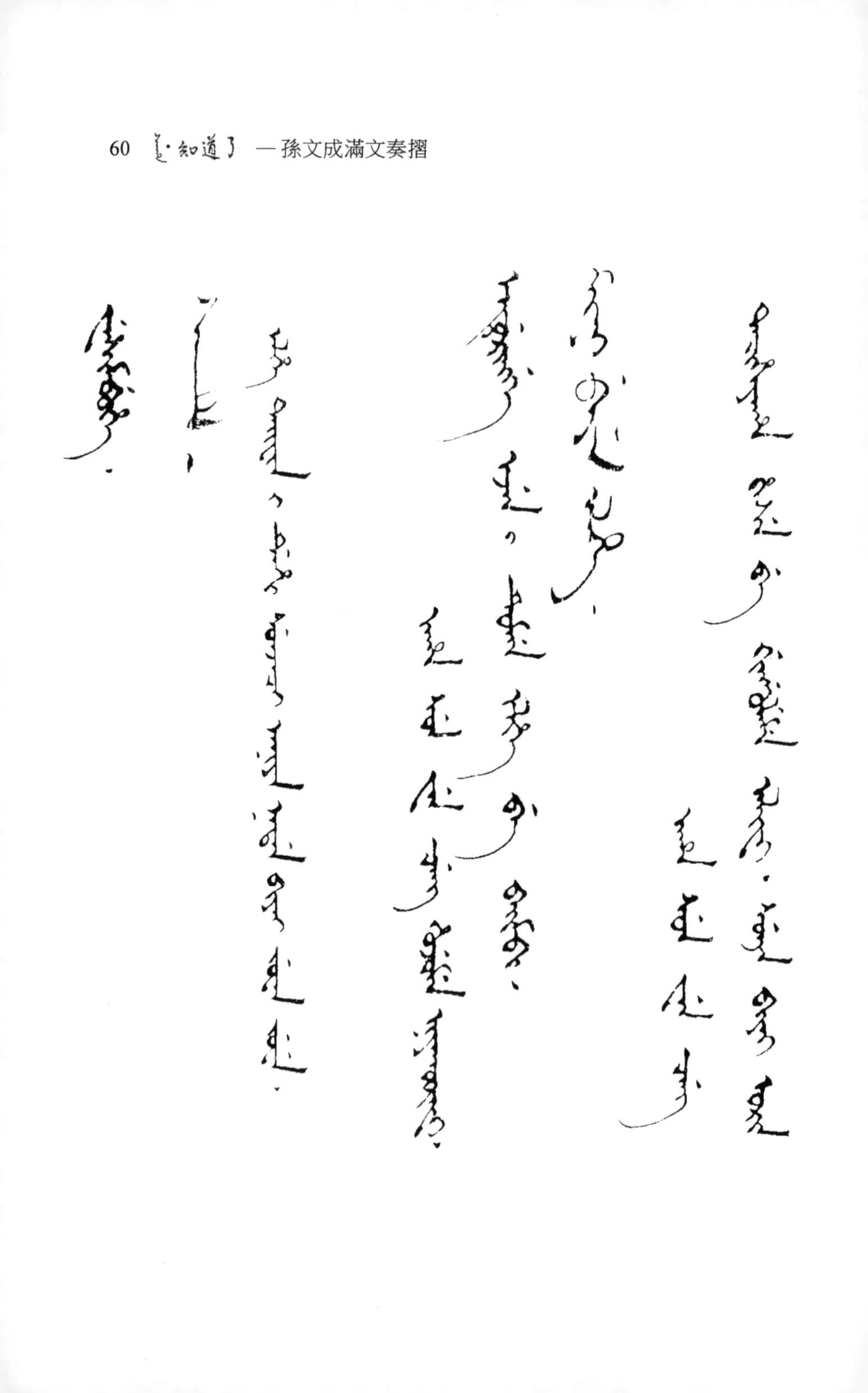

wesimbuhe.

saha.

elhe taifin i dehi sunjaci aniya nadan biyai juwan juwe.

【2】奏請聖安并報啓程赴任日期摺

aha sun wen ceng hujume niyakūrafi, enduringge ejen i tumen elhe be baimbi.

mini beye elhe.

aha sun wen ceng tacihiyaha hese be gingguleme alifi, sunja biyai orin

---

奏。

【硃批】知道了。

康熙四十五年七月十二日

　　　　　　　　　　　　　　奴才孫文成俯伏跪

請聖主聖躬萬安。

【硃批】朕體安。

　　　　　　　　　　　　　　　奴才孫文成

欽奉訓諭，於五月二十

奏。

【朱批】知道了。

康熙四十五年七月十二日

　　　　　　　　　　　　　　奴才孙文成俯伏跪

请圣主圣躬万安。

【朱批】朕体安。

　　　　　　　　　　　　　　　奴才孙文成

钦奉训谕，于五月二十

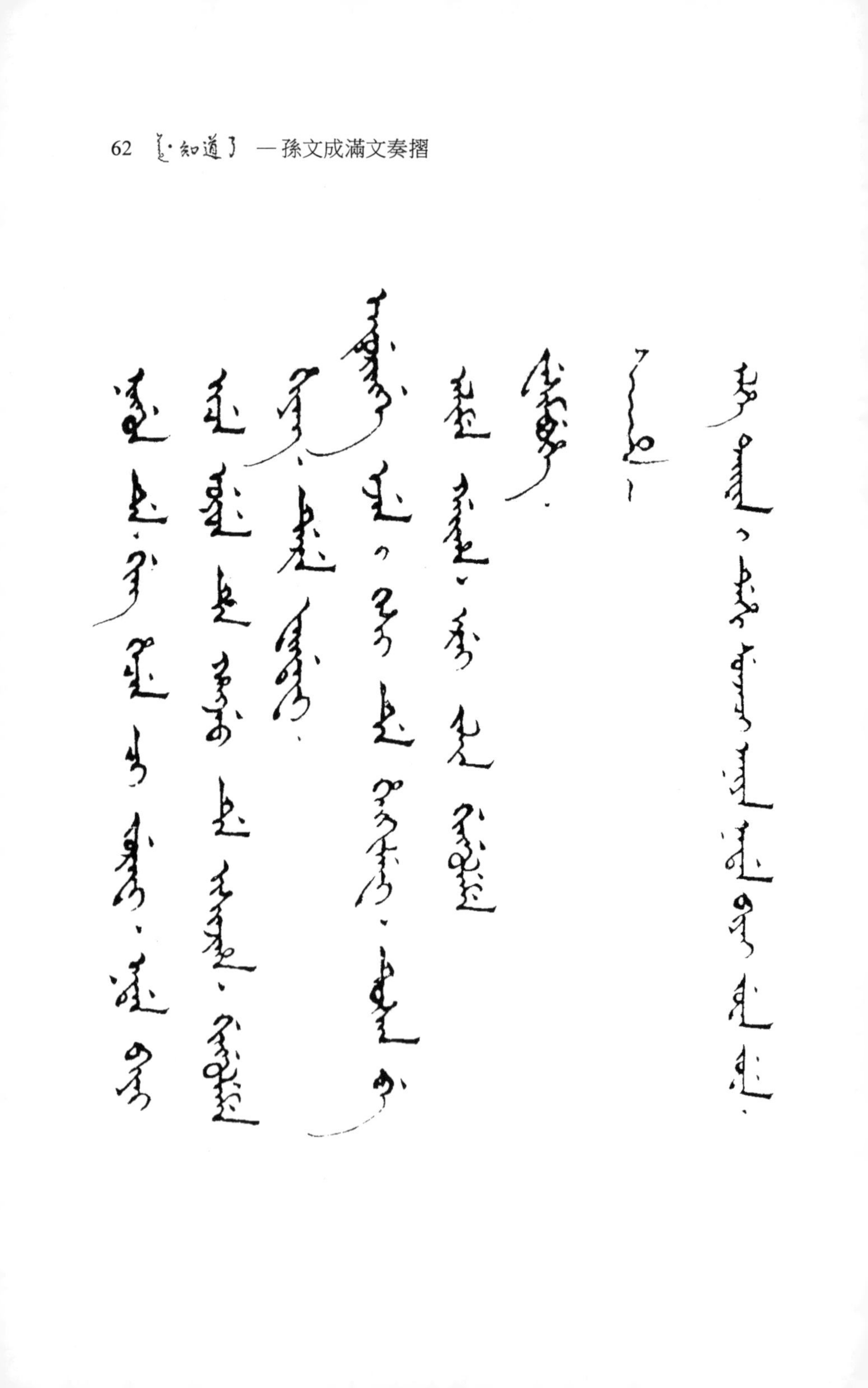

ninggun de, ging hecen ci jurafi, nadan biyai ice uyun de
hangjeo de isinjiha, gingguleme hiyang, dere faidafi,
enduringge ejen i kesi de hengkilefi, tušan be alime gaiha.
erei jalin gingguleme
wesimbuhe.
saha.
elhe taifin i dehi sunjaci aniya nadan biyai juwan juwe.

六日自京城啟程，七月初九日至杭州，恭設香案，叩謝聖
主恩典，接受職任，為此謹奏。
【硃批】知道了。
康熙四十五年七月十二日

六日自京城启程，七月初九日至杭州，恭设香案，叩谢圣
主恩典，接受职任，为此谨奏。
【朱批】知道了。
康熙四十五年七月十二日

ᠪᠢᡨᡥᡝ
ᡳᠴᡳ
ᠪᠠᠨᠵᡳᠮᠪᡳ

ᠣᠨᠵᠠᠠᠨ
ᡳᠴᡳ
ᠮᠪᡳ
ᠠᡝᡝᠰ
ᠢᡝ‧
ᡳᡝᠠᠨ

ᠨᠠᡳ
ᠠᠮᠪᠠ
ᠠᠰᡝ
ᡳᡝᡝ
ᠨᠠ‧

ᠪᠠᠨᠵᡳᠮᠪᡳ
ᠪᠠ
ᡝᡝ
ᡳᡝᠨᠰᠠ
ᠪᡳ‧

ᠠᠨ
ᠠᠮᠪᠠᠨ
ᠠᡝᡝ
ᡝᡝ
ᡳᡝ‧

ᠪᠢᡨᡥᡝ
ᠪᠠᠨᠵᡳᠮᠪᡳ
ᡝᡝᠰᠠ
ᡝᡝ

【3】奏報差人齎送皮箱進京日期摺

aha sun wen ceng gingguleme donjibume wesimburengge, g'ao ioi, booi niyalma lin šan be takūrafi, suwayan bosoi wadan uhuhe jakūnju sunja gin i pijan emke, nadanju gin i pijan emke, gūsin sunja gin i pijan emke be nadan biyai orin duin de benjifi alahangge, ere ilan pijan de tebuhe jaka gemu enduringge ejen de tuwabure jaka seme benjihebi.

奴才孫文成

謹奏聞，高輿差遣家人林山[2]，將黃布單被所包八十五斤皮箱一個，七十斤皮箱一個，三十五斤皮箱一個，於七月二十四日送來告稱；此三皮箱內所裝之物，俱係進呈御覽之物云云。

奴才孙文成

謹奏闻，高輿差遣家人林山[2]，将黃布单被所包八十五斤皮箱一个，七十斤皮箱一个，三十五斤皮箱一个，于七月二十四日送来告称；此三皮箱內所装之物，俱系进呈御览之物云云。

---

[2]　庶吉士高輿，浙江錢塘人。父詹事府詹事高士奇，於康熙四十二年六月三十日自京師歸途中暑病故，聖祖命加給全葬，尋授高輿為編修。高輿家人 lin šan，漢字不詳，音譯作林山。

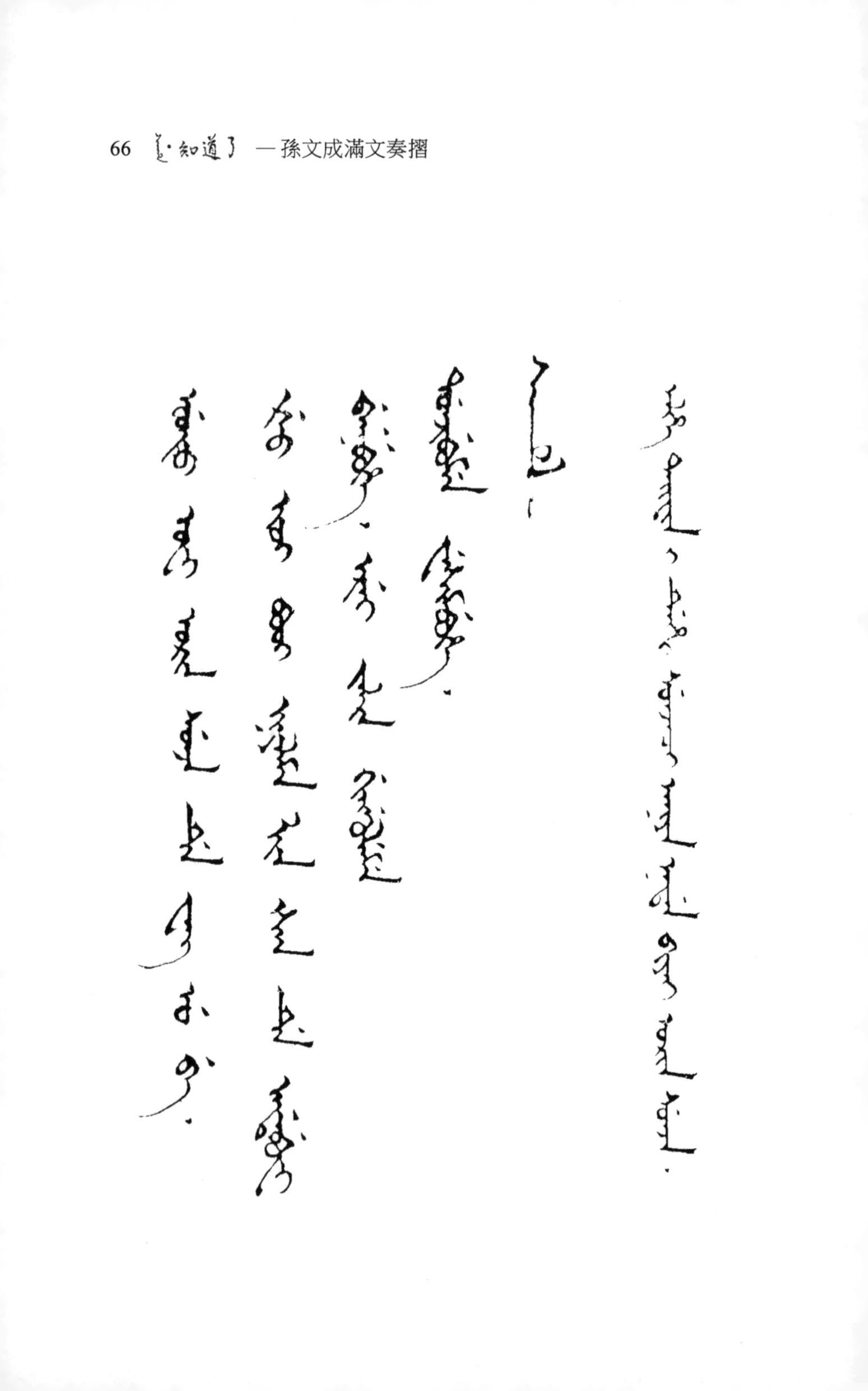

uttu ofi orin sunja de wang u be, g'ao ioi booi niyalma lin šan de adabufi benebuhe. erei jalin gingguleme donjibume wesimbuhe.

saha.

elhe taifin i dehi sunjaci aniya nadan biyai orin sunja.

是以於二十五日令王五陪同高興家人林山齎送，謹此奏聞。

【硃批】知道了。

康熙四十五年七月二十五日

是以于二十五日令王五陪同高興家人林山赍送，謹此奏聞。

【朱批】知道了。

康熙四十五年七月二十五日

ᠨᠠᡩᠠᠨ ᡥᠠᠴᡳᠨ ᠂ ᡝᠮᡝᠭᠨᡝᠨ᠂

ᠮᠠᠨᠵᡠ ᡳ

ᡝᠮᡝ ᠂ ᡝᠮᠨᡝᠨ ᠂ ᠮᠠᠨᠵᡠ

ᡝᠮᡝ

ᠮᠠᠨᠵᡠ ᡳ ᡝᠮᠨᡝᠨ ᠂

【4】請安摺

aha sun wen ceng hujume niyakūrafi enduringge ejen i beye tumen elhe be baimbi.

mini beye elhe.

elhe taifin i dehi sunjaci aniya nadan biyai orin sunja.

【5】請安摺

aha sun wen ceng hujume niyakūrafi enduringge ejen i (beye) tumen elhe be baimbi.

saha.

elhe taifin i dehi sunjaci aniya omšon biyai ice duin.

　　　　　　　　　　　　　　奴才孫文成俯伏跪

請聖主聖躬萬安。

【硃批】朕體安。

康熙四十五年七月二十五日

　　　　　　　　　　　　　　奴才孫文成俯伏跪

請聖主萬安。

【硃批】知道了。

康熙四十五年十一月初四日

　　　　　　　　　　　　　　奴才孙文成俯伏跪

请圣主圣躬万安。

【朱批】朕体安。

康熙四十五年七月二十五日

　　　　　　　　　　　　　　奴才孙文成俯伏跪

请圣主圣躬万安。

【朱批】知道了。

康熙四十五年十一月初四日

ᠮᡳᠨᡳ
ᠪᠠᡳᡨᠠ
ᠪᠠ
ᡝᠯᡥᡝ
ᠰᠠᡳᠨ

ᠠᠮᠪᠠ
ᠸᠠᠩ

ᡝᠯᡥᡝ
ᡨᠠᡳᡶᡳᠨ

【6】奏聞差人齎送皮箱摺

aha sun wen ceng gingguleme donjibume wesimburengge,
amasi gajiha pijan be benebuhe jalin, omšon biyai ice
ninggun de wang u suwayan boso uhuhe pijan emke be gajifi
alahangge, taigiyan hū jin coo ere pijan be tucibufi hese g'ao
ioi de benebu sehe be, gingguleme dahafi orin gin i pijan be
wang u benefi

奴才孫文成
謹奏聞，為差人齎送攜回之皮箱事。十一月初六日，王五
將黃布所包皮箱一個攜來告稱：太監胡金朝取出此皮箱，
奉旨送與高輿，欽此。欽遵將二十斤之皮箱令王五送

奴才孙文成
谨奏闻，为差人赍送携回之皮箱事。十一月初六日，王五
将黄布所包皮箱一个携来告称：太监胡金朝取出此皮箱，
奉旨送与高舆，钦此。钦遵将二十斤之皮箱令王五送

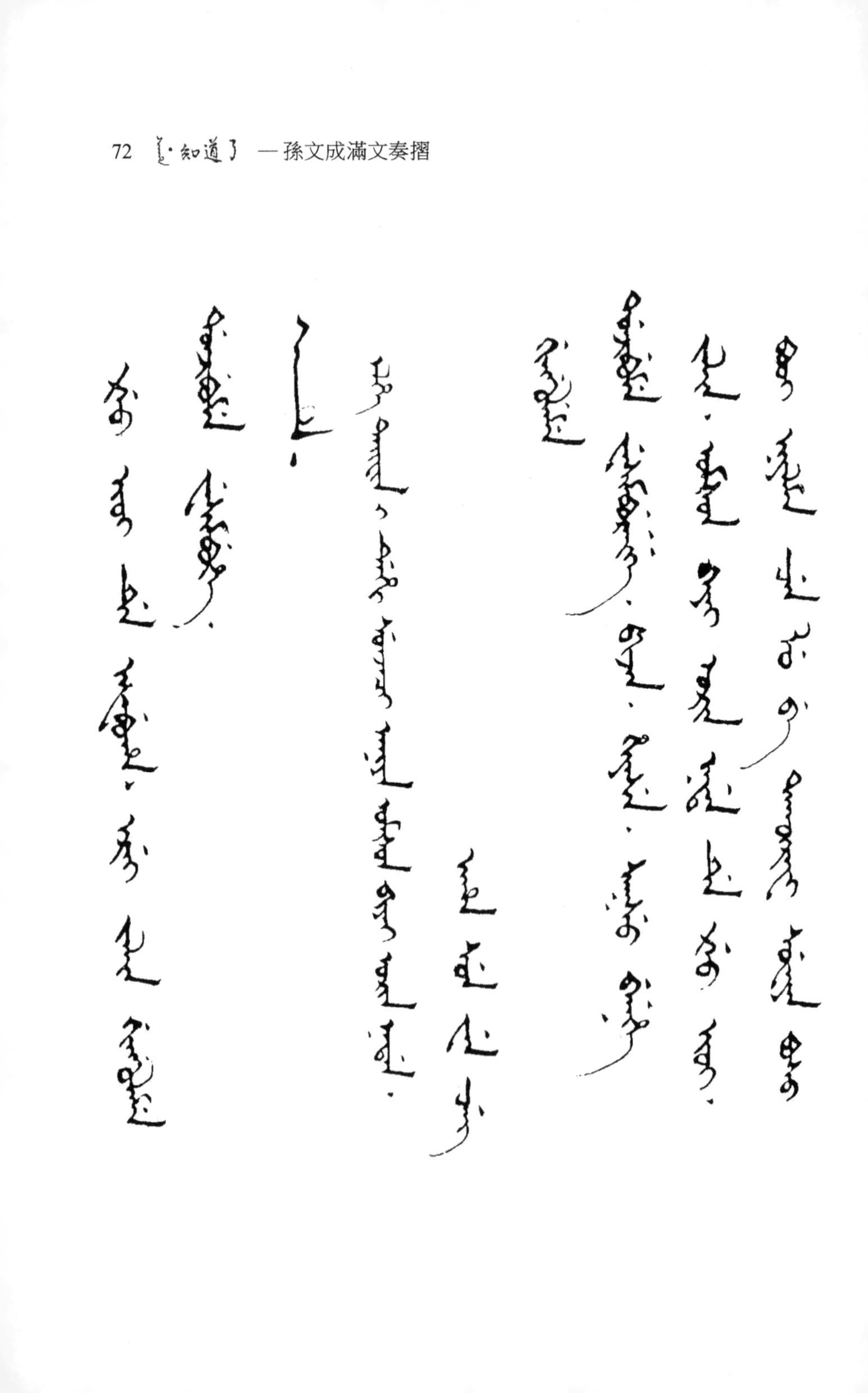

ᡝᠮᡠ

g'ao ioi de afabuha, erei jalin gingguleme donjibume
wesimbuhe.

saha.

elhe taifin i dehi sunjaci aniya omšon biyai orin nadan.

【7】奏聞差人齎送皮箱匣子簍筐摺

aha sun wen ceng gingguleme donjibume wesimburengge,
pijan, hiyase, saksu benehe jalin, omšon biyai orin nadan de
g'ao ioi, booi niyalma cen lu be takūrafi suwayan boso

交高興，謹此奏聞。
【硃批】知道了。
康熙四十五年十一月二十七日

　　　　　　　　　　　　　　　　　奴才孫文成
謹奏聞，為齎送皮箱、匣子、簍筐事。十一月二十七日，
高興差遣家人陳祿將黃布

交高興，谨此奏闻。
【朱批】知道了。
康熙四十五年十一月二十七日

　　　　　　　　　　　　　　　　　奴才孙文成
谨奏闻，为赍送皮箱、匣子、篓筐事。十一月二十七日，
高興差遣家人陈禄将黄布

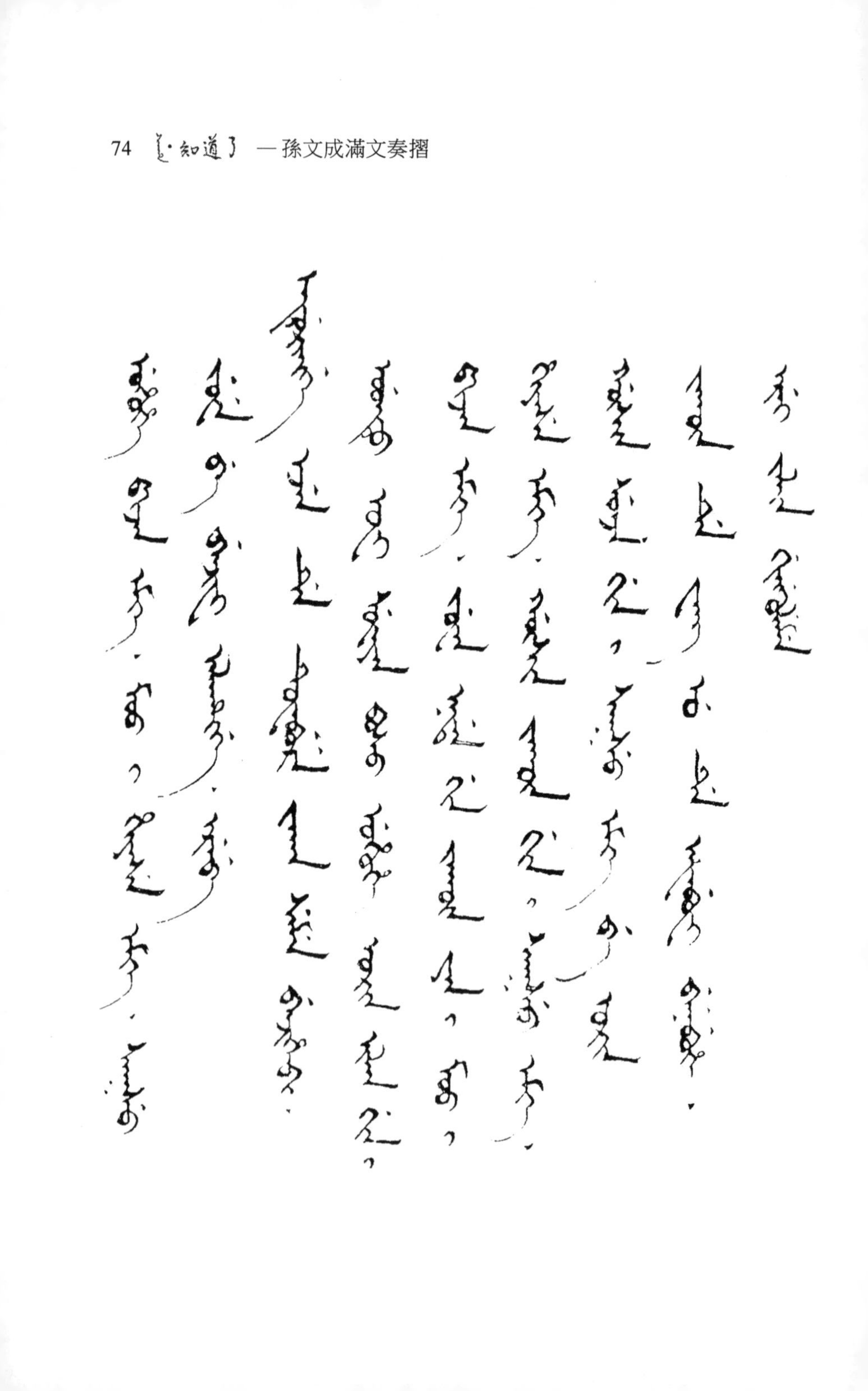

uhuhe pijan emke, moo i hiyase emke, saksu juwe be benjifi alahangge, erebe enduringge ejen de tuwabure jaka seme benjihebi. uttu ofi suwayan boso uhuhe orin ilan gin i pijan emke, juwan nadan gin jakūn yan i moo i hiyase emke, gūsin jakūn gin i saksu emke, gūsin sunja gin i saksu emke be orin jakūn de wang u de afabufi benebuhe. erei jalin gingguleme

---

所包皮箱一個[3]，木匣子一個，簍筐二個送來告稱：此為進呈聖主御覽之物云云。是以將黃布所包二十三斤皮箱一個，十七斤八兩木匣子一個，三十八斤簍筐一個，三十五斤簍筐一個，於二十八日交與王五齎送。謹此

所包皮箱一个[3]，木匣子一个，篓筐二个送来告称：此为进呈圣主御览之物云云。是以将黄布所包二十三斤皮箱一个，十七斤八两木匣子一个，三十八斤篓筐一个，三十五斤篓筐一个，于二十八日交与王五赍送。谨此

---

[3]　高興家人 cen lu，音譯作陳祿。

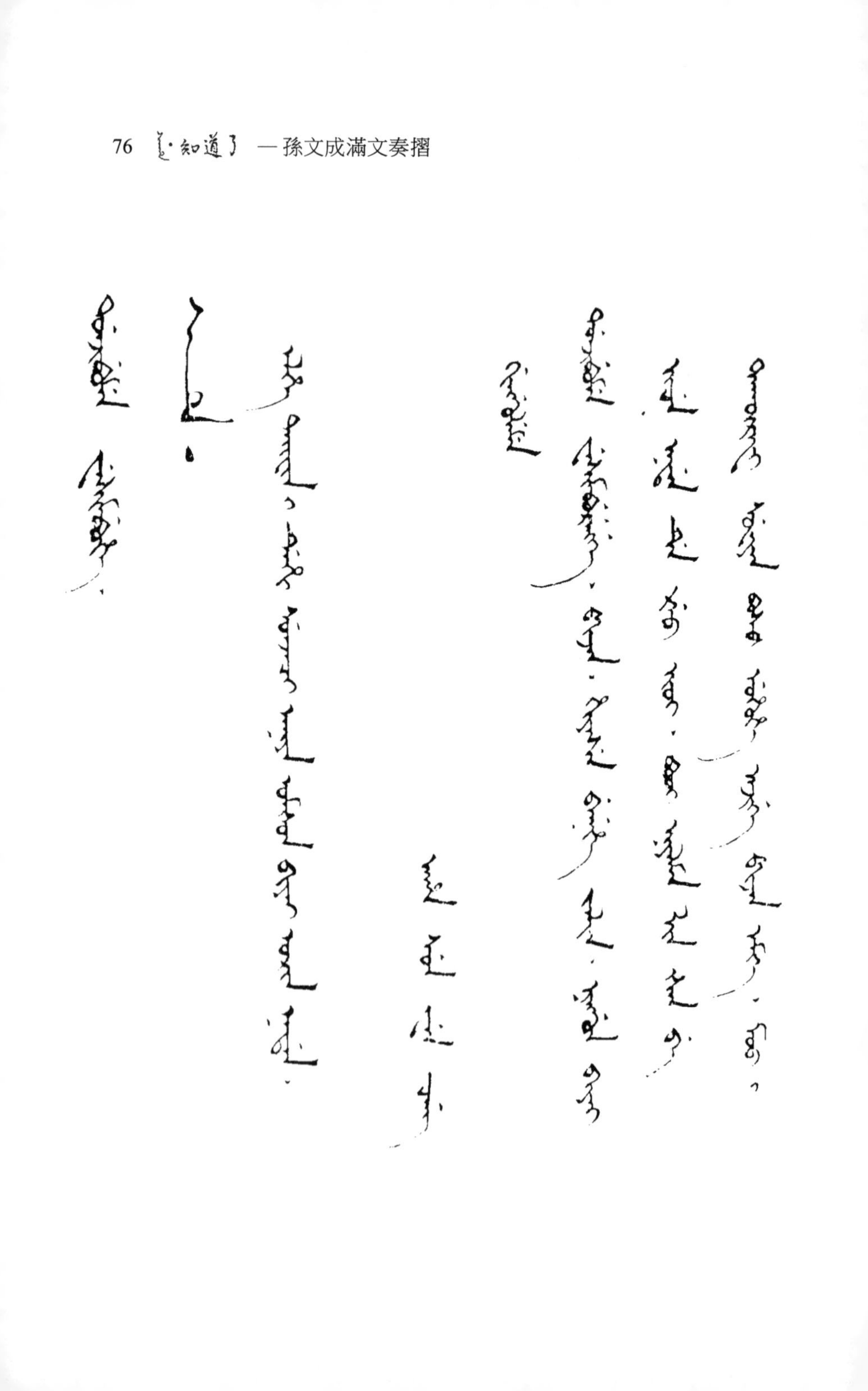

donjibume wesimbuhe.

saha.

elhe taifin i dehi sunjaci aniya omšon biyai orin nadan.

【8】奏報差人齎送皮箱木匣日期摺

aha sun wen ceng gingguleme donjibume wesimburengge, pijan, hiyase benehe jalin, ninggun biyai ice nadan de g'ao ioi, booi niyalma lin šan be takūrafi suwayan boso uhuhe ajige pijan emke, moo i

---

奏聞。

【硃批】知道了。

康熙四十五年十一月二十七日

奴才孫文成

謹奏聞，為齎送皮箱、匣子事。六月初七日，高興差遣家人林山，將黃布所包小皮箱一個、木

奏闻。

【朱批】知道了。

康熙四十五年十一月二十七日

奴才孙文成

谨奏闻，为赍送皮箱、匣子事。六月初七日，高兴差遣家人林山，将黄布所包小皮箱一个、木

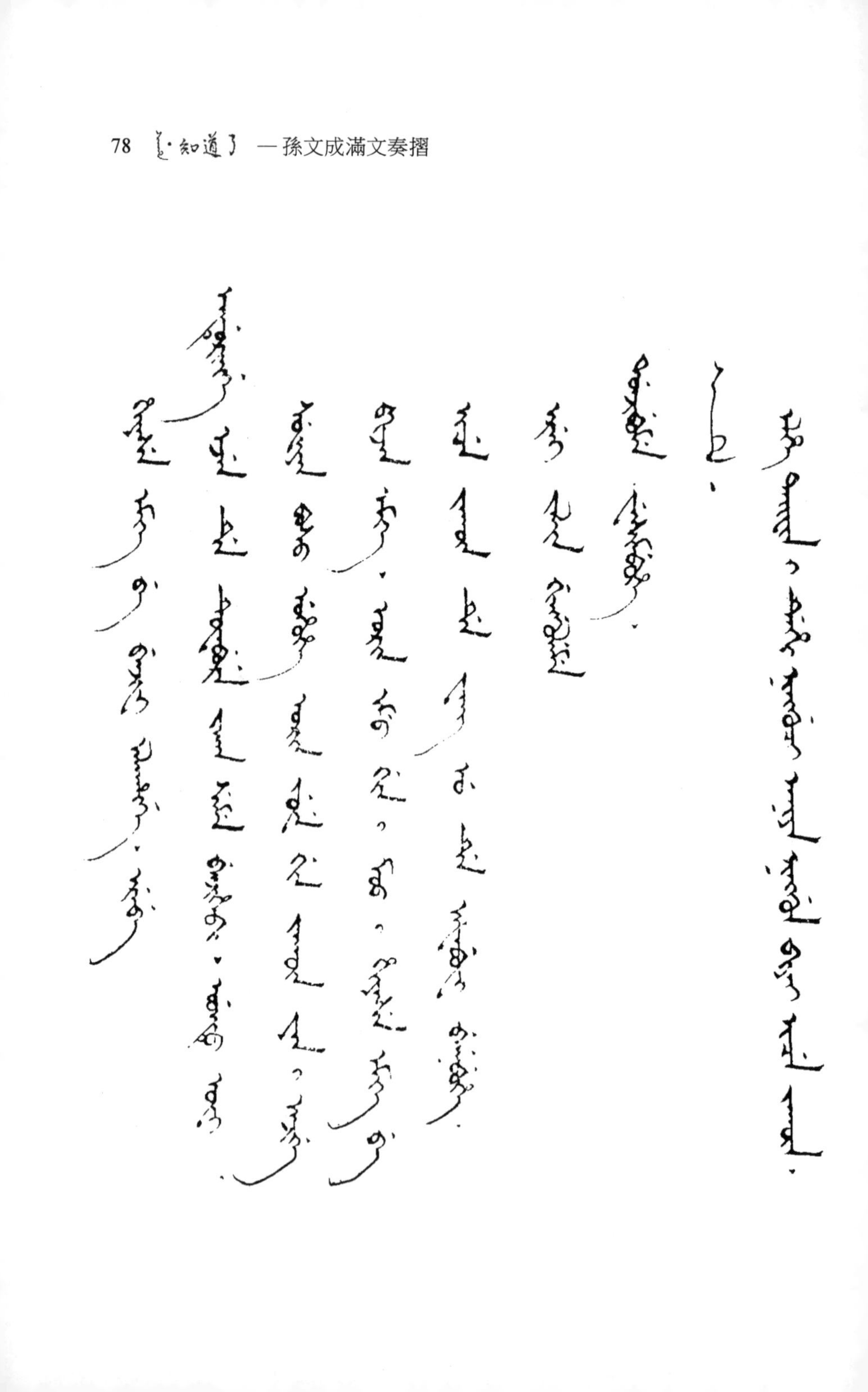

hiyase emke be benjifi alahangge, erebe enduringge ejen de
tuwabure jaka seme benjihebi. uttu ofi suwayan boso uhuhe
orin juwe gin jakūn yan i ajige pijan emke, orin emu gin i
moo i hiyase emke be ice jakūn de wang u de afabufi
benebuhe, erei jalin gingguleme donjibume wesimbuhe.
saha.
elhe taifin i dehi ningguci aniya ninggun biyai ice jakūn.

匣子一個送來告稱：此為進呈聖主御覽之物云云。是以將
黃布所包二十二斤八兩小皮箱一個，二十一斤木匣子一
個。於初八日交與王五齎送，謹此奏聞。
【硃批】知道了。
康熙四十六年六月初八日

匣子一个送来告称：此为进呈圣主御览之物云云。是以将
黄布所包二十二斤八两小皮箱一个，二十一斤木匣子一
个。于初八日交与王五赍送，谨此奏闻。
【朱批】知道了。
康熙四十六年六月初八日

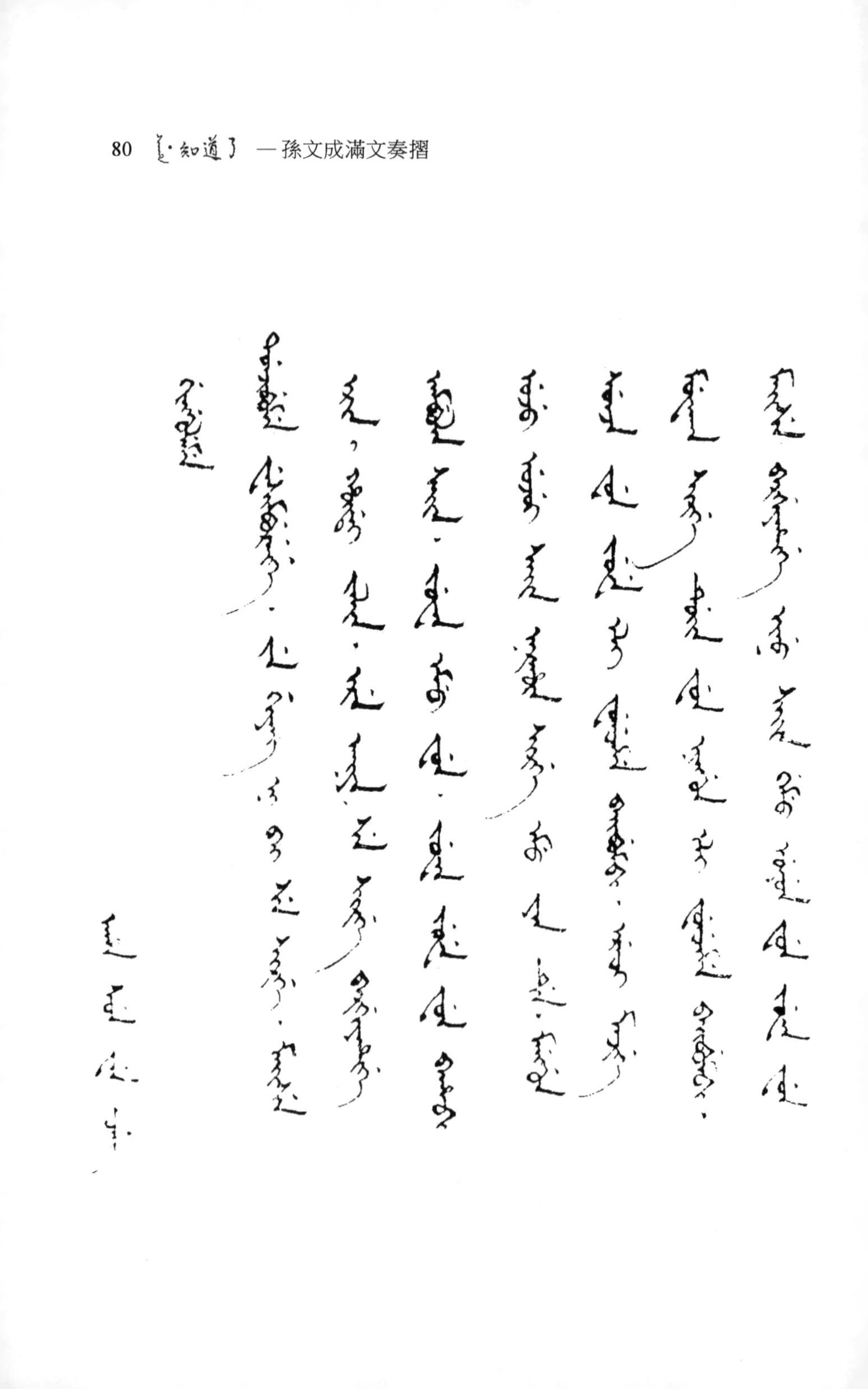

ᡳᠯᠠᠨ
ᡥᠠᠯᠠ
ᠨᡳᠶᠠᠯᠮᠠ

【9】奏聞浙江絲麥時價摺

aha sun wen ceng gingguleme donjibume wesimburengge, je
giyang ni bai se sirge, maise erin i hūdai jalin, ere aniya se
sirge bargiyahangge ambula sain, juwan emu fun, juwan
juwe fun bahabi. uju ujui sain narhūn sirge emu yan de,
menggun sunja fun juwe eli funceme baibumbi, ereci majige
muwakan sirge duin fun ninggun eli funceme baibumbi.
maise bargiyahangge inu sain gemu uyun fun juwan fun

————————

奴才孫文成

謹奏聞，為浙江地方生絲、麥子時價事。今年生絲收成甚
好，得十一分、十二分。頭等上好細絲一兩，需銀五分二
釐餘，較其略粗之絲，需四分六釐餘。麥子收成亦好，皆
得九分十分。

————————

奴才孙文成

谨奏闻，为浙江地方生丝、麦子时价事。今年生丝收成甚
好，得十一分、十二分。头等上好细丝一两，需银五分二
厘余，较其略粗之丝，需四分六厘余。麦子收成亦好，皆
得九分十分。

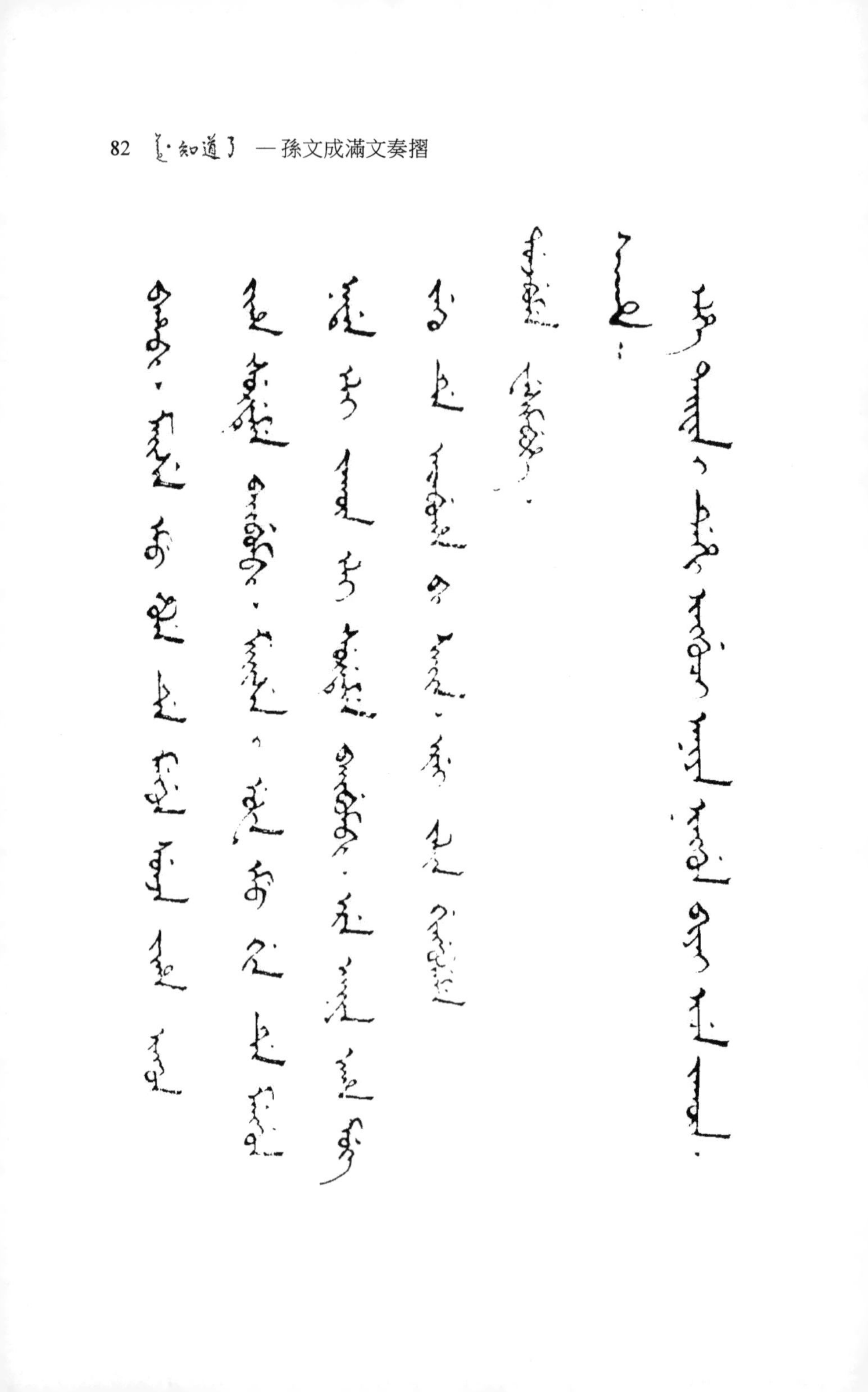

bahabi. maise emu hule de menggun sunja jiha, ninggun jiha
šurdeme baibumbi. maise i ufa emu gin de menggun nadan
eli jakūn eli šurdeme baibumbi. ere aniya aha muke jeku de
acabuha bi sain, erei jalin gingguleme donjibume
wesimbuhe.

saha.

elhe taifin i dehi ningguci aniya ninggun biyai ice jakūn.

麥子一石，需銀五錢六錢左右。麵粉一斤，需銀七釐八釐
左右。今年雨水適合稻穀甚好，謹此奏聞。

【硃批】知道了。

康熙四十六年六月初八日

麦子一石，需银五钱六钱左右。面粉一斤，需银七厘八厘
左右。今年雨水适合稻谷甚好，谨此奏闻。

【朱批】知道了。

康熙四十六年六月初八日

ᠪᠠᡳᠰᡳ᠂ ᠪᠠᡳᡨᠠ ᠠᠮᠪᠠ
ᡝᠵᠠᠷᠠᠪᠠ᠂ ᡝᠵᠠᠷᠠᠪᠠᡥᠠ
ᠠᠰᠠᠷᠠᠪᠠᠢ

ᡝᠵᠠᠪᠠ
ᠪᠠᡳᠨ᠂ ᠪᠠᡳᠨ
ᠪᠠᡳᡨᠠ ᠠᠮᠪᠠ
ᡝᠵᠠᠷᠠᠪᠠ

【10】 請安摺

aha sun wen ceng hujume niyakūrafi enduringge ejen i
（beye）tumen elhe be baimbi.

mini beye elhe.

elhe taifin i dehi ningguci aniya ninggun biyai ice jakūn.

【11】 請安摺

aha sun wen ceng hujume niyakūrafi enduringge ejen i beye
tumen elhe be baimbi.

mini beye elhe.

elhe taifin i dehi ningguci aniya jakūn biyai orin uyun.

奴才孫文成俯伏跪

請聖主聖躬萬安。
【硃批】朕體安。
康熙四十六年六月初八日

奴才孫文成俯伏跪

請聖主聖躬萬安。
【硃批】朕體安。
康熙四十六年八月二十九日

奴才孙文成俯伏跪

请圣主圣躬万安。
【朱批】朕体安。
康熙四十六年六月初八日

奴才孙文成俯伏跪

请圣主圣躬万安。
【朱批】朕体安。
康熙四十六年八月二十九日

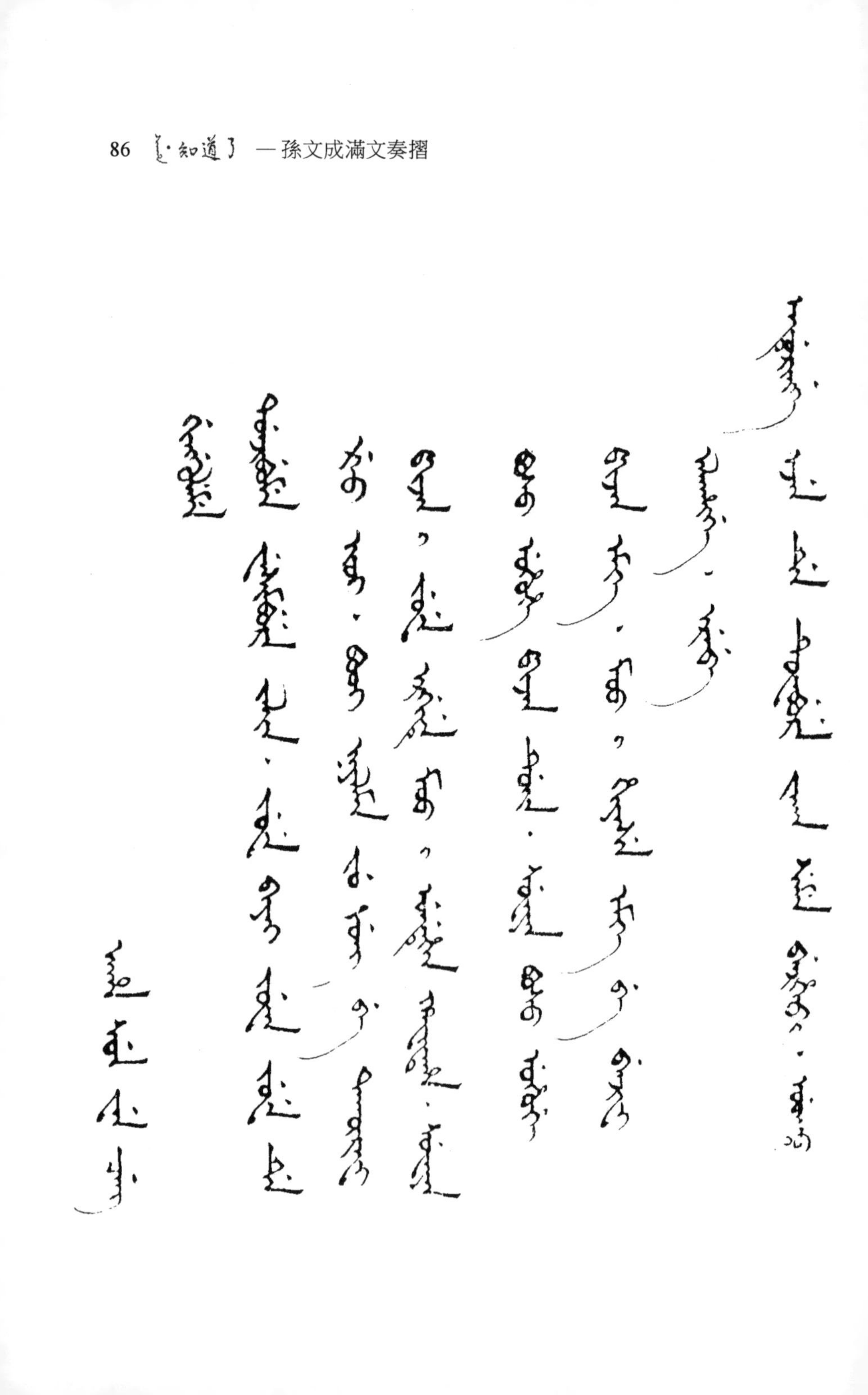

【12】奏報差人齎送皮箱木匣日期摺

aha sun wen ceng gingguleme donjibume wesimbure jalin, juwe biyai juwan juwe de g'ao ioi, booi niyalma ju zung be takūrafi pijan i juwe ergide moo i undehen hafitaha, suwayan boso uhuhe pijan duin, suwayan boso uhuhe pijan emke, moo i hiyase emke be benjifi alahangge, erebe enduringge ejen de tuwabure jaka seme benjihebi. uttu

奴才孫文成

為謹奏聞事。二月十二日，高興差遣家人朱榮將皮箱兩邊夾木板、黃布所包皮箱四個，黃布所包皮箱一個，木匣子一個送來告稱：此為進呈聖主御覽之物云云。

奴才孙文成

为谨奏闻事。二月十二日，高興差遣家人朱荣将皮箱两边夹木板、黄布所包皮箱四个，黄布所包皮箱一个，木匣子一个送来告称：此为进呈圣主御览之物云云。

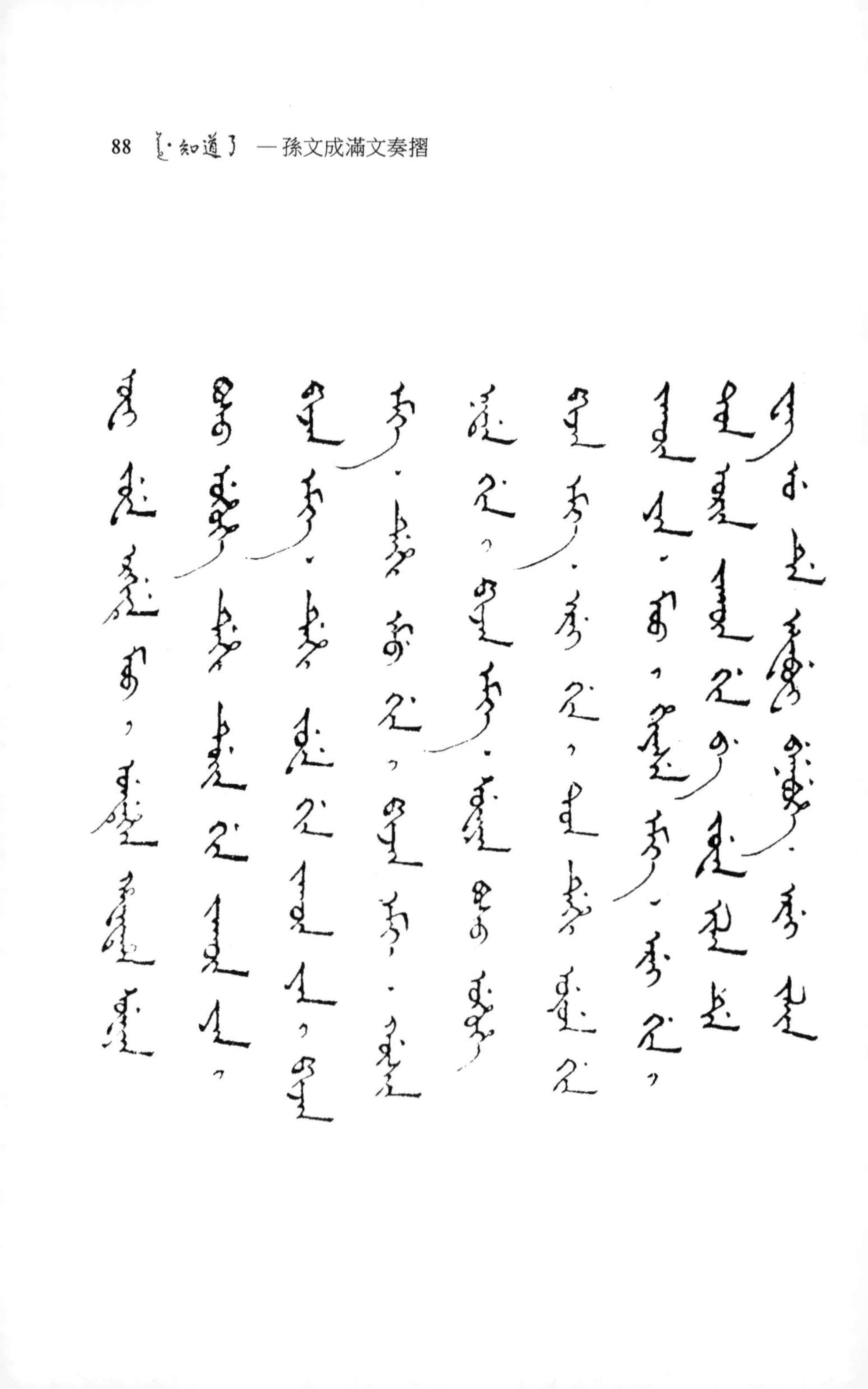

ᡁᡁ

ofi juwe ergide moo i undehen hafitaha suwayan boso uhuhe
dehi duin gin jakūn yan i pijan emke, dehi juwe gin jakūn
yan i pijan emke, dehi emu gin i pijan emke, gūsin nadan gin
i pijan emke, suwayan boso uhuhe pijan emke, erei gin i ton
dehi uyun gin jakūn yan, moo i hiyase emke, erei gin i ton
orin jakūn gin be juwan ilan de wang u de afabufi benebuhe.
erei jalin

是以將兩邊夾木板、黃布所包四十四斤八兩皮箱一個，四
十二斤八兩皮箱一個，四十一斤皮箱一個，三十七斤皮箱
一個，黃布所包皮箱一個，其斤數為四十九斤八兩，木匣
子一個，其斤數為二十八斤，於十三日交與王五齎送。

是以将两边夹木板、黃布所包四十四斤八兩皮箱一个，四
十二斤八兩皮箱一个，四十一斤皮箱一个，三十七斤皮箱
一个，黃布所包皮箱一个，其斤数为四十九斤八兩，木匣
子一个，其斤数为二十八斤，于十三日交与王五赍送。

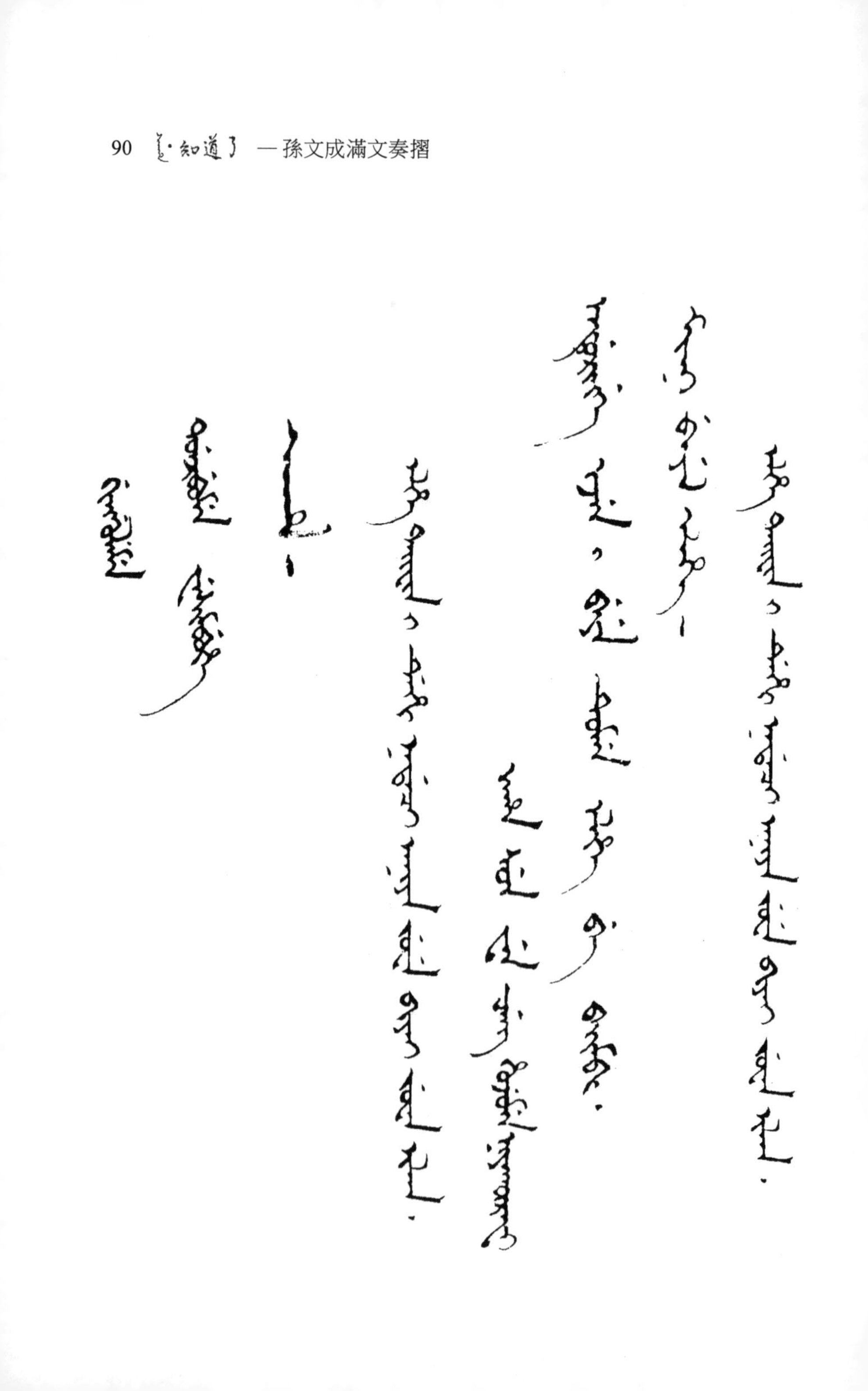

gingguleme donjibume wesimbuhe.
saha.
elhe taifin i dehi madaci aniya juwe biyai juwan ilan.

【13】請安摺
aha sun wen ceng hujume niyakūrafi enduringge ejen i beye
tumen elhe be baimbi.
mini beye elhe.
elhe taifin i dehi nadaci aniya juwe biyai juwan ilan.

謹此奏聞。
【硃批】知道了。
康熙四十七年二月十三日

　　　　　　　　　　　奴才孫文成俯伏跪

請聖主聖躬萬安。
【硃批】朕體安。
康熙四十七年二月十三日

謹此奏聞。
【朱批】知道了。
康熙四十七年二月十三日

　　　　　　　　　　　奴才孫文成俯伏跪

请圣主圣躬万安。
【朱批】朕体安。
康熙四十七年二月十三日

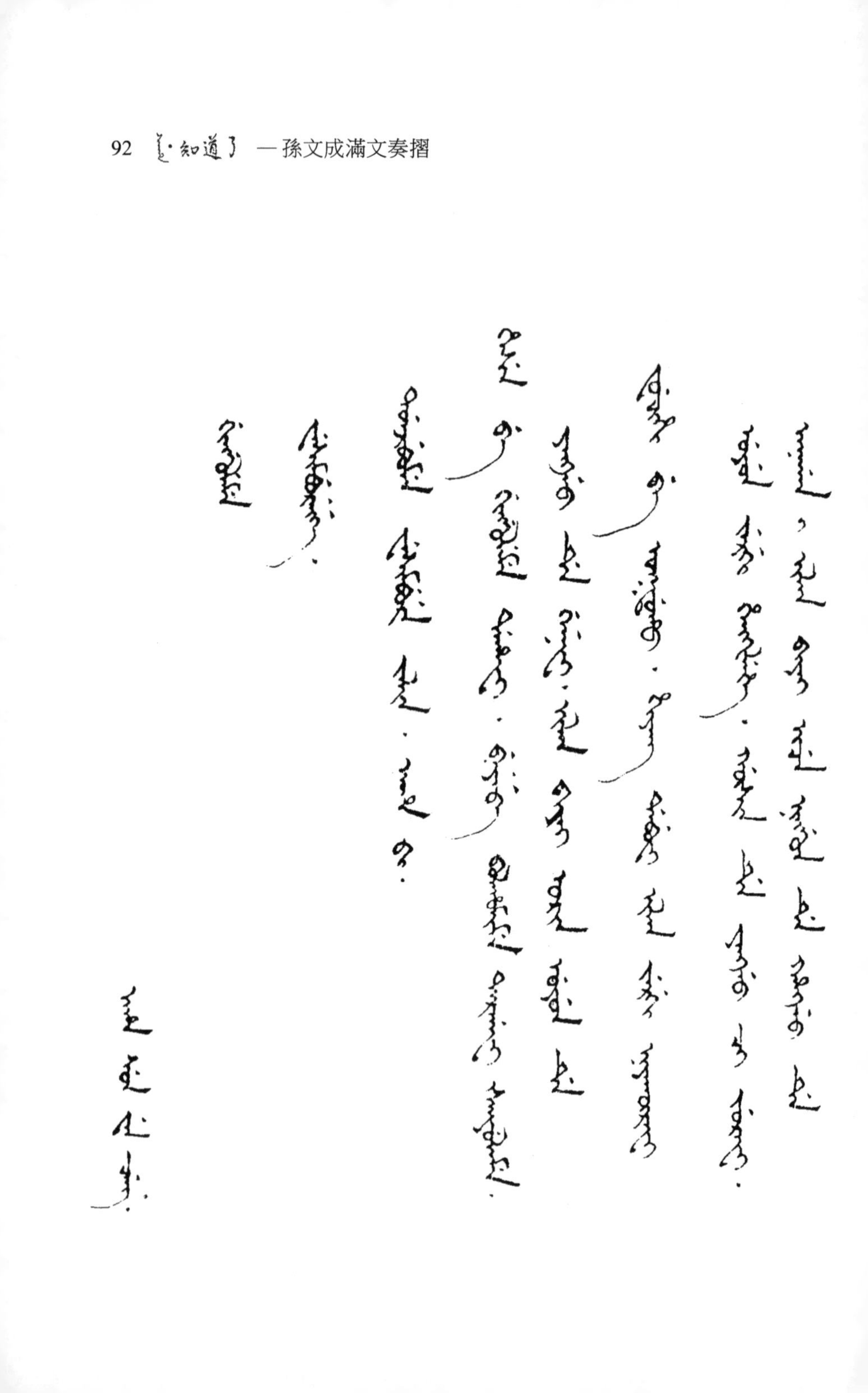

【14】奏聞遵旨接送佛船摺

aha sun wen ceng gingguleme wesimburengge, donjibume wesimbure jalin, aha bi, hese be gingguleme dahafi, beyebe bolhomime targafi šanyulame, yangjeo de genefi, ilan biyai orin uyun de fucihi be okdoho, hiyang dabufi ilan jergi niyakūrafi uyun jergi hengkilehe. gūsin de yangjeo ci jurafi, anagan i ilan biyai ice ninggun de hangjeo de

　　　　　　　　　　奴才孫文成

謹奏，為奏聞事。奴才欽遵諭旨齋戒沐浴，前往揚州，於三月二十九日迎佛，燒香三跪九叩。三十日，自揚州啟程，於閏三月初六日至杭州，

　　　　　　　　　　奴才孙文成

谨奏，为奏闻事。奴才钦遵谕旨斋戒沐浴，前往扬州，于三月二十九日迎佛，烧香三跪九叩。三十日，自扬州启程，于闰三月初六日至杭州，

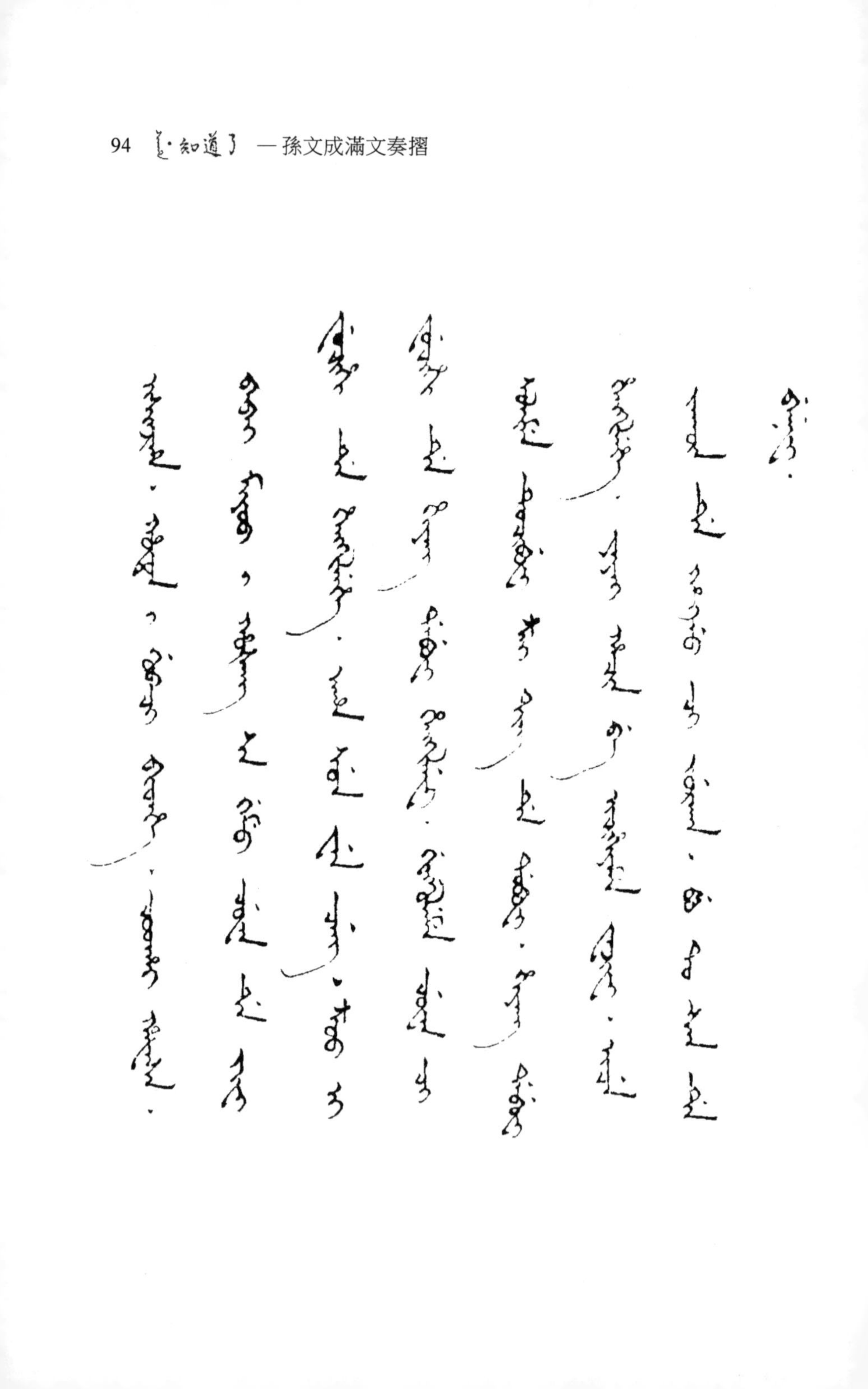

isinjiha, hoton i gubci bithe, coohai hafasa, babai miyoo i
hošang sa gemu cuwan de jifi fucihi de hengkilehe. aha sun
wen ceng, ts'oo i fucihi de hiyang dabufi hengkilefi,
gingguleme cuwan ci solime tucibufi ts'ai ting de dobofi,
hiyang dabufi hengkilehe. yayai hacin be icihiyame wajifi,
ice jakūn de hangjeo ci juraka, pu to šan de benefi

闔城文武眾官，各處寺廟和尚皆來船中，向佛膜拜。奴才
孫文成、曹宜向佛燒香膜拜後[4]，即恭請出船，供奉於齋
亭，燒香叩頭。辦完各項事宜，於初八日自杭州啟程，送
至普陀山，

闔城文武众官，各处寺庙和尚皆来船中，向佛膜拜。奴才
孙文成、曹宜向佛烧香膜拜后[4]，即恭请出船，供奉于斋
亭，烧香叩头。办完各项事宜，于初八日自杭州启程，送
至普陀山，

---

4 曹宜，曹寅之堂弟，曾任滿洲正白旗包衣第四護軍參領等職。

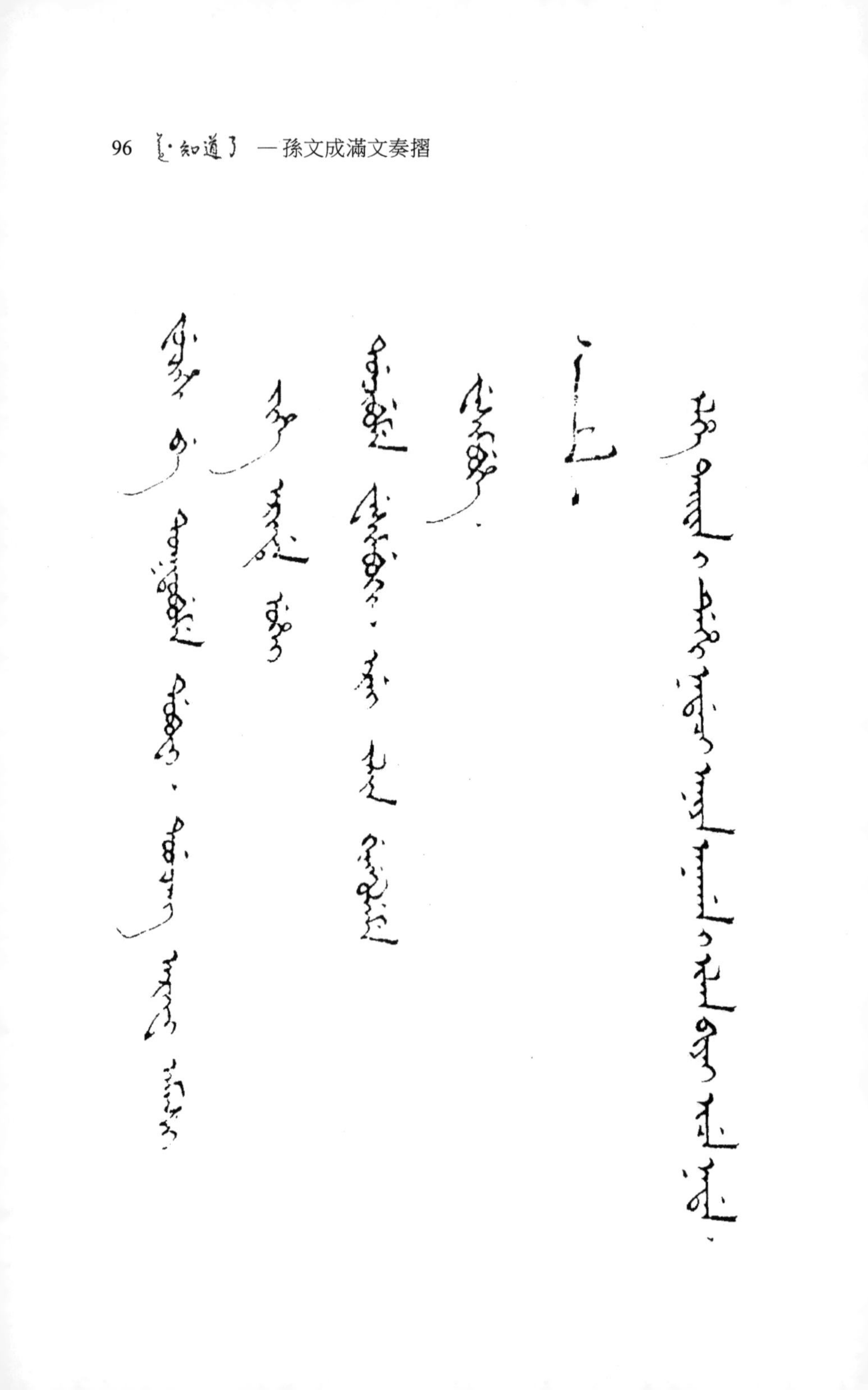

fucihi be toktobume dobofi, doocang arafi amasi jihe erinde uhei donjibume wesimbuki, erei jalin gingguleme wesimbuhe.

saha.

elhe taifin i dehi nadaci aniya anagan i ilan biyai ice nadan.

將佛安置供奉，建造道場，回來時一齊奏聞，為此謹奏。
【硃批】知道了。
康熙四十七年閏三月初七日

將佛安置供奉，建造道場，回来时一齐奏闻，为此谨奏。
【朱批】知道了。
康熙四十七年闰三月初七日

ᠵᡳᠨ᠂ ᠪᠠᡳᠨᠠᠮᠪᡳ᠂

ᡝᠯᡥᡝ ᡨᠠᡳᡶᡳᠨ ᠪᠠᡳᡨᠠᠯᠠᡴᡳ᠂

ᠪᠠᠨᠵᡳ᠋ᡶᡳ᠂ ᠠᠮᠪᠠᠨ᠂ ᡝᠯᡥᡝ ᡨᠠᡳᡶᡳᠨ᠂

ᠪᠠᠨᠵᡳ᠂ ᡝᠯᡥᡝ ᡨᠠᡳᡶᡳᠨ᠂ ᠪᠠᠨᠵᡳ᠂

ᠪᠠᠨᠵᡳ᠂ ᡝᠯᡥᡝ ᡨᠠᡳᡶᡳᠨ᠂ ᠪᠠᠨᠵᡳ᠂

ᠪᠠᠨᠵᡳ᠂ ᡝᠯᡥᡝ ᡨᠠᡳᡶᡳᠨ᠂ ᠪᠠᠨᠵᡳ᠂

ᠪᠠᠨᠵᡳ᠂ ᡝᠯᡥᡝ ᡨᠠᡳᡶᡳᠨ᠂ ᠪᠠᠨᠵᡳ᠂

【15】請安摺

aha sun wen ceng hujume niyakūrafi, enduringge ejen i beye tumen elhe be baimbi.

mini beye elhe, je giyang i goloi, hūlga i mejige be, narhūšame ton akū gaifi wesimbu. si ba na i hafan waka be dahame, majige yargiyan akū tašarabuha seme hūwanggiyarakū.

elhe taifin i dehi nadaci aniya anagan i ilan biyai ice nadan

———————

奴才孫文成俯伏跪

請聖主聖躬萬安。

【硃批】朕體安。浙江省賊信，不斷詳加探取具奏。因爾非地方官，雖稍不實或錯誤亦無妨。

康熙四十七年閏三月初七日

———————

奴才孫文成俯伏跪

请圣主圣躬万安。

【朱批】朕体安。浙江省贼信，不断详加探取具奏。因尔非地方官，虽稍不实或错误亦无妨。

康熙四十七年闰三月初七日

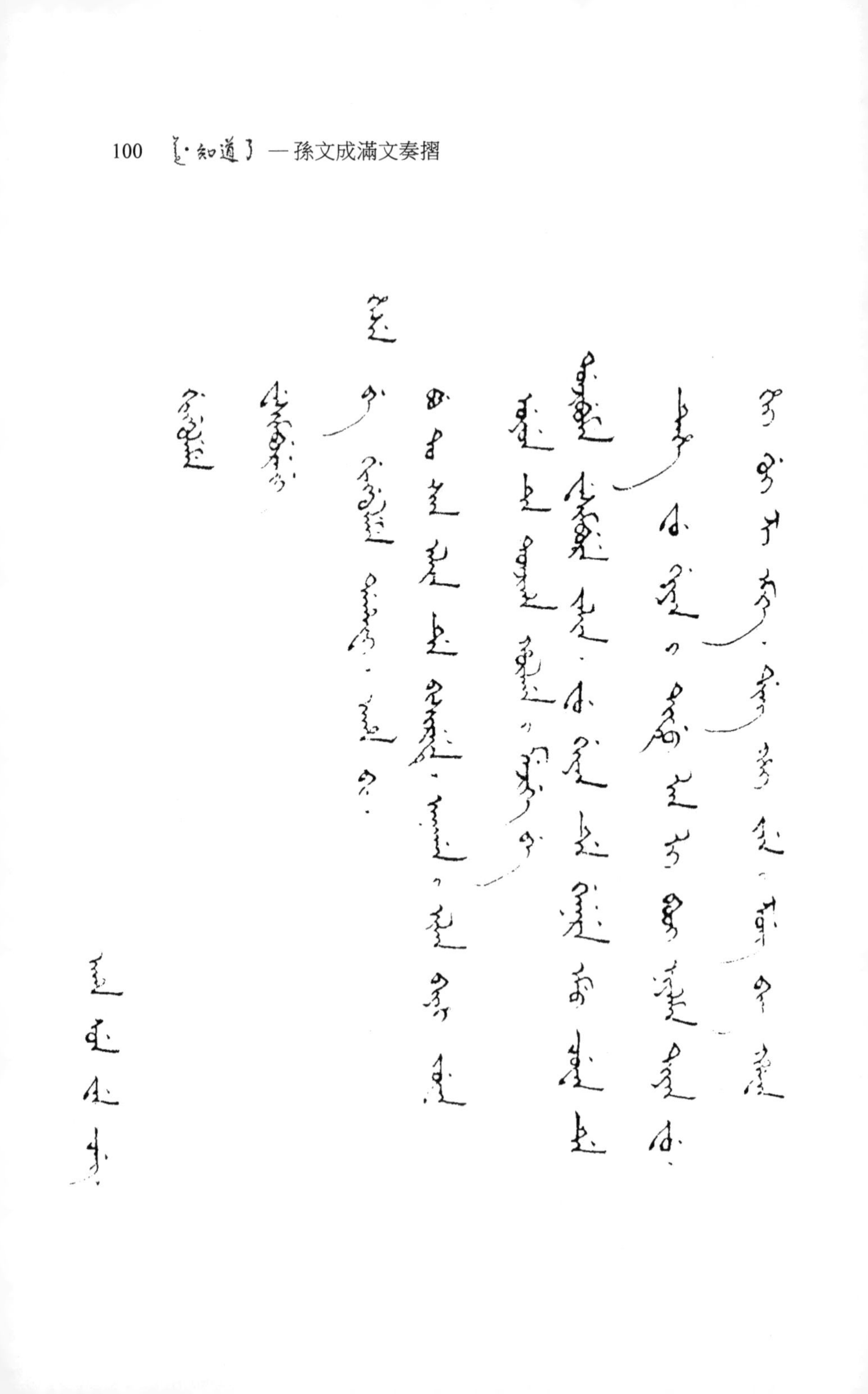

ᠮᡳᠨᡳ

ᠪᠠᡳᡨᠠ

ᡳᠯᡳ

ᠰᡝᠮᡝ

【16】奏聞溫州洋面海賊劫船摺

aha sun wen ceng, gingguleme wesimburengge, hese be gingguleme dahafi, aha bi, pu to šan alin de bisirede, anagan i ilan biyai juwan uyun de donjiha hūlga i mejige be donjibume wesimbure jalin, fu giyan de genere emu cuwan de tehe fu giyan i tidu lan li booi niyalma tiyan fu, hei gui dz emke, ding hai jen i dzung bing hafan

奴才孫文成

謹奏，為欽遵諭旨奏聞閏三月十九日奴才在普陀山時所聞賊信事。前往福建一船，由所乘之福建提督藍理家人田富，黑鬼子一人，定海鎮總兵官

奴才孙文成

謹奏，为钦遵谕旨奏闻闰三月十九日奴才在普陀山时所闻贼信事。前往福建一船，由所乘之福建提督蓝理家人田富，黑鬼子一人，定海镇总兵官

ši ši biyoo i fejergi jung giyūn hafan wang tiyan gui deo wang sy, jai hūdašara urse, cuwan i šui šeo be dabume uheri jakūnju niyalma bihe, anagan i ilan biyai juwan nadan de, je giyang ni goloi wen jeo i harangga nan gio šan alin de isinafi, mederi i hūlga i cuwan ilan de ucarabufi jakūnju niyalmai dorgi tiyan fu, wang sy, hūdai urse, šui šeo be dabume nadanju ilan niyalma be hūlga de gaibuha, hei gui dz, šui šeo

施世驃所屬中軍官王天貴弟王四及商人，連船內水手算入共八十人，閏三月十七日，至浙江省溫州所屬南麂山後，遭遇海賊船三隻。八十人內，田富、王四、商人，連水手算入七十三人為賊所拏，黑鬼子、水手

施世驃所属中军官王天贵弟王四及商人，连船内水手算入共八十人，闰三月十七日，至浙江省温州所属南麂山后，遭遇海贼船三只。八十人内，田富、王四、商人，连水手算入七十三人为贼所拏，黑鬼子、水手

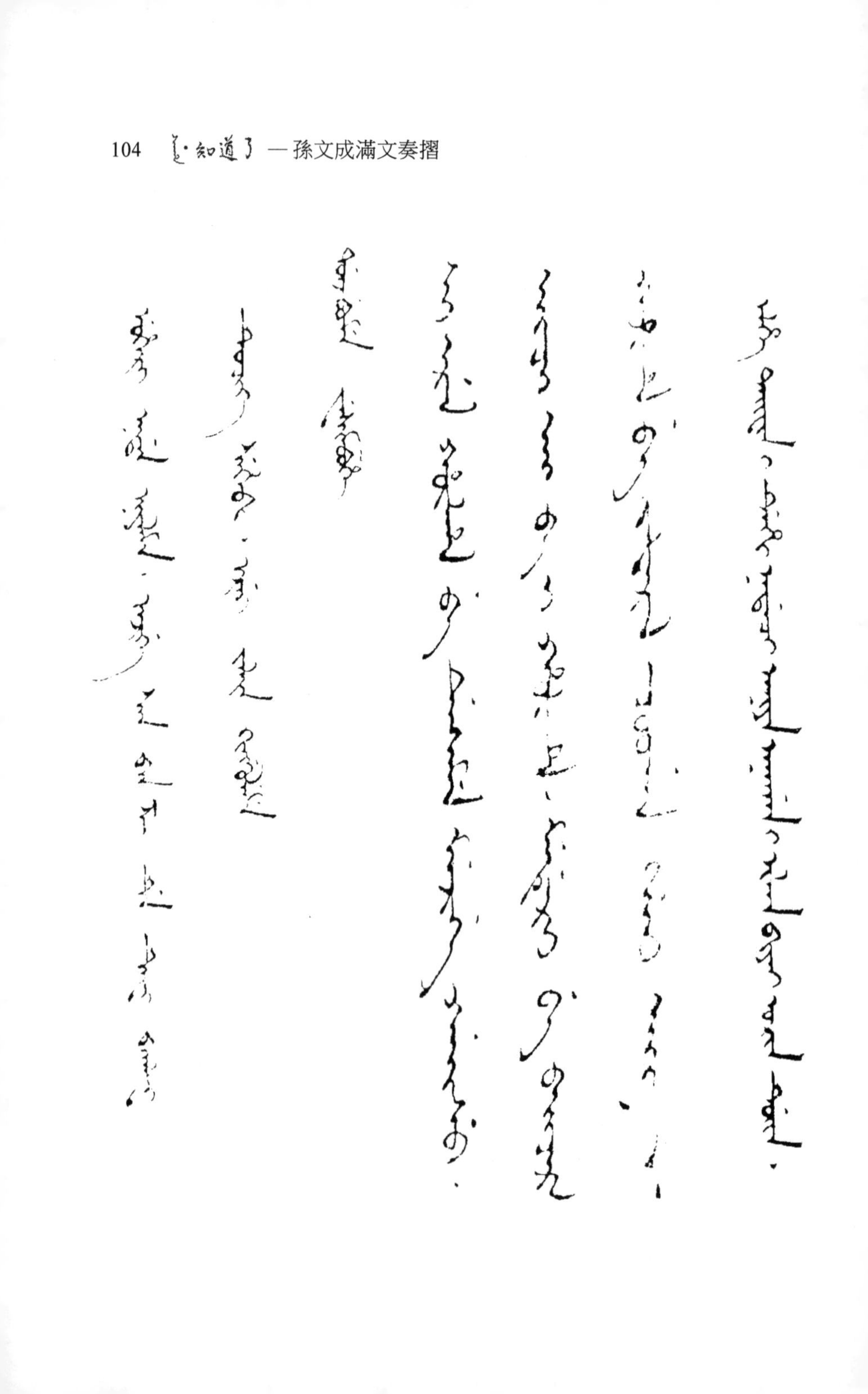

uheri nadan niyalma, ajige san ban dz de tefi bahafi tucike
sehebi. erei jalin gingguleme donjibume wesimbuhe.
si ere hūlha be dasame mejige gaisu. eici ai ba i hūlha,
mederi be baicara hūlha be jafara cooga geli ainaha.
elhe taifin i dehi nadaci aniya anagan i ilan biyai orin duin.

共七人，乘坐小舢板子始得出來。謹此奏聞。
【硃批】爾再探取此賊信息，究為何處之賊？巡海緝賊之
兵又如何？
康熙四十七年閏三月二十四日

共七人，乘坐小舢板子始得出来。谨此奏闻。
【朱批】尔再探取此贼信息，究为何处之贼？巡海缉贼之
兵又如何？
康熙四十七年闰三月二十四日

ᠣᠰᠣ ᡝᠮᡠ ᡥᠠᠴᡳᠨ ᡳ ᡠᠮᡝᠰᡳ ᡤᠠᠰᡳᡥᠣᠨ᠂ ᠠᡳᠰᡳᠯᠠᠮᡝ ᠪᠠᡳ᠍ᡨᠠᠯᠠᡥᠠ᠂

ᠣᠰᠣ ᡝᠮᡠ ᡥᠠᠴᡳᠨ᠂ ᠠᡳᠰᡳᠯᠠᠮᡝ ᠪᠠᡳ᠍ᡨᠠᠯᠠᡥᠠ᠂

ᡝᠮᡠ ᡥᠠᠴᡳᠨ᠂ ᠠᡳᠰᡳᠯᠠᠮᡝ ᠪᠠᡳ᠍ᡨᠠᠯᠠᠮᡝ ᠪᡝ

ᡝᠮᡠ ᡥᠠᠴᡳᠨ᠂ ᠠᡳᠰᡳᠯᠠᠮᡝ ᠪᠠᡳ᠍ᡨᠠᠯᠠᠮᡝ ᠪᡝ

【17】請安摺

aha sun wen ceng hujume niyakūrafi, enduringge ejen i beye
tumen elhe be baimbi.

mini beye elhe.

elhe taifin i dehi nadaci aniya anagan i ilan biyai orin duin.

【18】請安摺

aha sun wen ceng hujume niyakūrafi, enduringge ejen i beye
tumen elhe be baimbi.

mini beye elhe.

elhe taifin i dehi nadaci aniya duin biyai ice juwe.

奴才孫文成俯伏跪

請聖主聖躬萬安。
【硃批】朕體安。
康熙四十七年閏三月二十四日

奴才孫文成俯伏跪

請聖主聖躬萬安。
【硃批】朕體安。
康熙四十七年四月初二日

奴才孙文成俯伏跪

请圣主圣躬万安。
【朱批】朕体安。
康熙四十七年闰三月二十四日

奴才孙文成俯伏跪

请圣主圣躬万安。
【朱批】朕体安。
康熙四十七年四月初二日

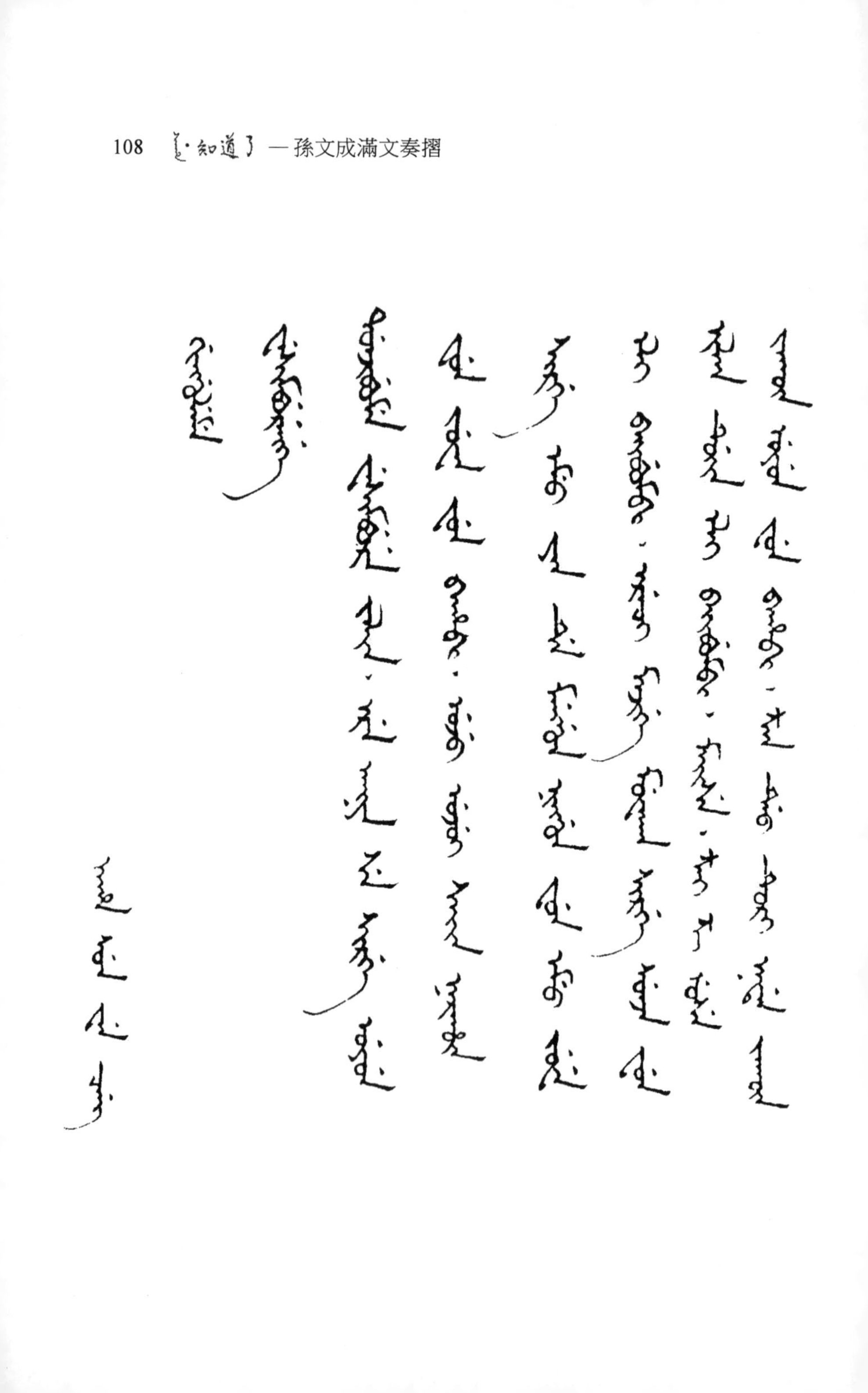

ᠵᡳᠨ ᠵᡳᠶᠠᠨ ᠨᡳ ᡥᠠᡳᠠᠨ

【19】奏報絲麥米豆時價摺

aha sun wen ceng gingguleme wesimburengge donjibume
wesimbure jalin, ere aniya se sirge uyun fun juwan fun
bahabi, uju ujui sain narhūn sirge emu yan de menggun
ninggun fun emu juwe eli baibumbi, ereci majige muwakan
sirge sunja fun ilan duin eli baibumbi. maise, ts'ai dz use
jakūn uyun fun bahabi, ts'an deo turi nadan jakūn

奴才孫文成

謹奏，為奏聞事。今年生絲得九分十分，頭等上好細絲一
兩需銀六分一二釐，較其略粗生絲需五分三四釐。麥子、
菜籽得八九分，蠶豆得七八分。

奴才孙文成

谨奏，为奏闻事。今年生丝得九分十分，头等上好细丝一
两需银六分一二厘，较其略粗生丝需五分三四厘。麦子、
菜籽得八九分，蚕豆得七八分。

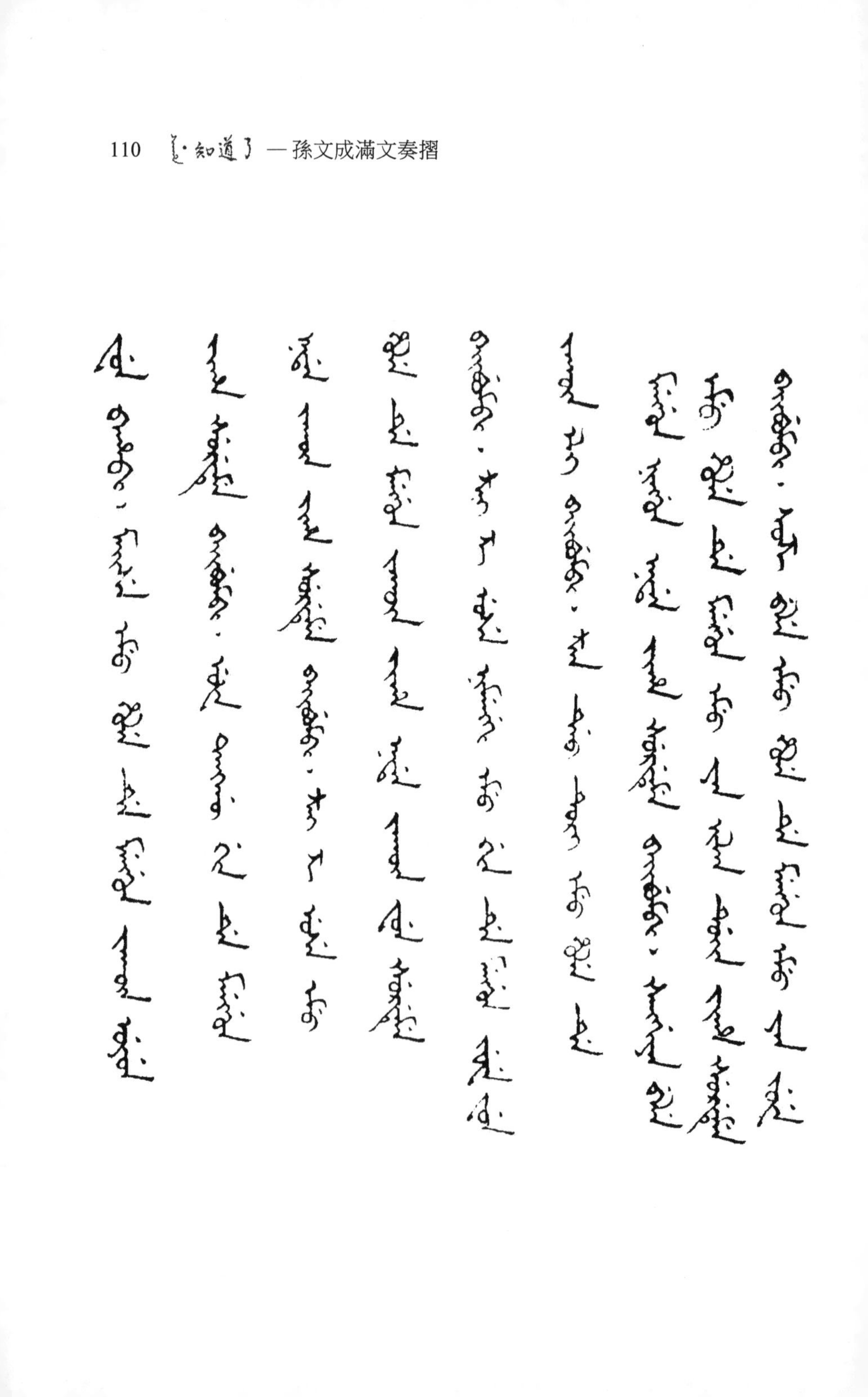

ᠮᠠᠨᠵᡠ

fun bahabi. maise emu hule de menggun jakūn uyun jiha šurdeme baibumbi, ufa tanggū gin de menggun nadan jakūn jiha šurdeme baibumbi, ts'ai dz use emu hule de menggun jakūn jiha nadan jakūn fun šurdeme baibumbi, ts'ai dz use nimenggi emu gin de menggun juwe fun jakūn eli baibumbi, ts'an deo turi emu hule de menggun ninggun nadan jiha šurdeme baibumbi, šanggiyan bele emu hule de menggun emu yan ilan duin jiha šurdeme baibumbi, sodz bele emu hule de menggun emu yan juwe

---

麥子一石，需銀八九錢左右；麵粉百斤，需銀七八錢左右；菜籽一石，需銀八錢七八分左右；菜籽油一斤，需銀二分八釐；蠶豆一石，需銀六七錢左右；白米一石，需銀一兩三四錢左右；梭子米一石，需銀一兩

麦子一石，需银八九钱左右；面粉百斤，需银七八钱左右；菜籽一石，需银八钱七八分左右；菜籽油一斤，需银二分八厘；蚕豆一石，需银六七钱左右；白米一石，需银一两三四钱左右；梭子米一石，需银一两

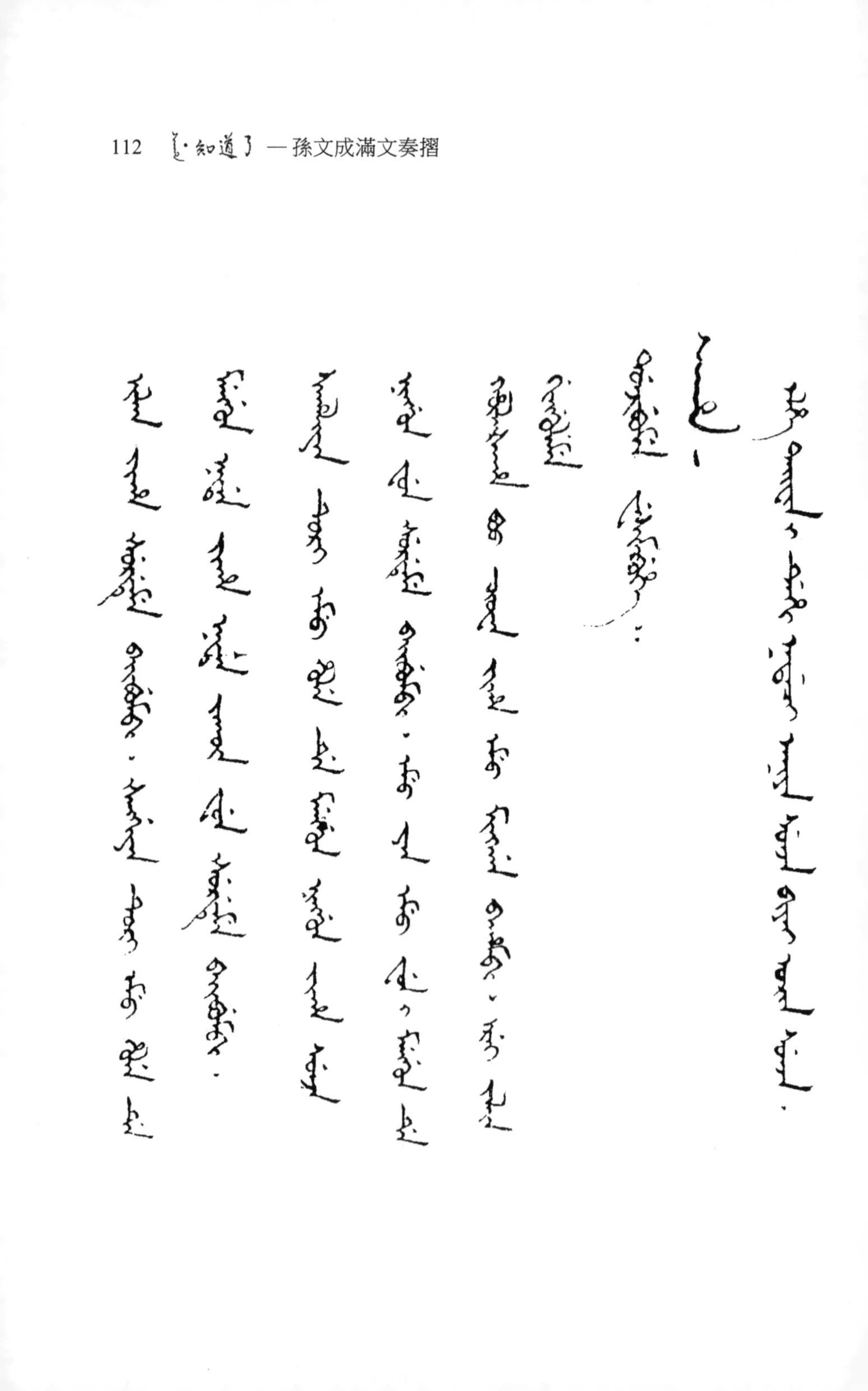

�B ᡂᠠ ᠠᡳᠠ ᠠᡳᠶ

（滿文奏摺內容）

ilan jiha šurdeme baibumbi, šanggiyan turi emu hule de
menggun nadan jiha nadan jakūn fun šurdeme baibumbi,
sahaliyan turi emu hule de menggun ninggun jiha sunja
ninggun fun šurdeme baibumbi. emu yan emu fun i menggun
de hūlašaha boo ciowan jiha emu minggan bahambi, erei
jalin gingguleme donjibume wesimbuhe.
saha.
elhe taifin i dehi nadaci aniya sunja biyai orin sunja.

三錢左右；白豆一石，需銀七錢七八分左右；黑豆一石，
需銀六錢五六分左右。銀一兩一分，換得寶泉一千錢。謹
此奏聞。
【硃批】知道了。
康熙四十七年五月二十五日

三钱左右；白豆一石，需银七钱七八分左右；黑豆一石，
需银六钱五六分左右。银一两一分，换得宝泉一千钱。谨
此奏闻。
【朱批】知道了。
康熙四十七年五月二十五日

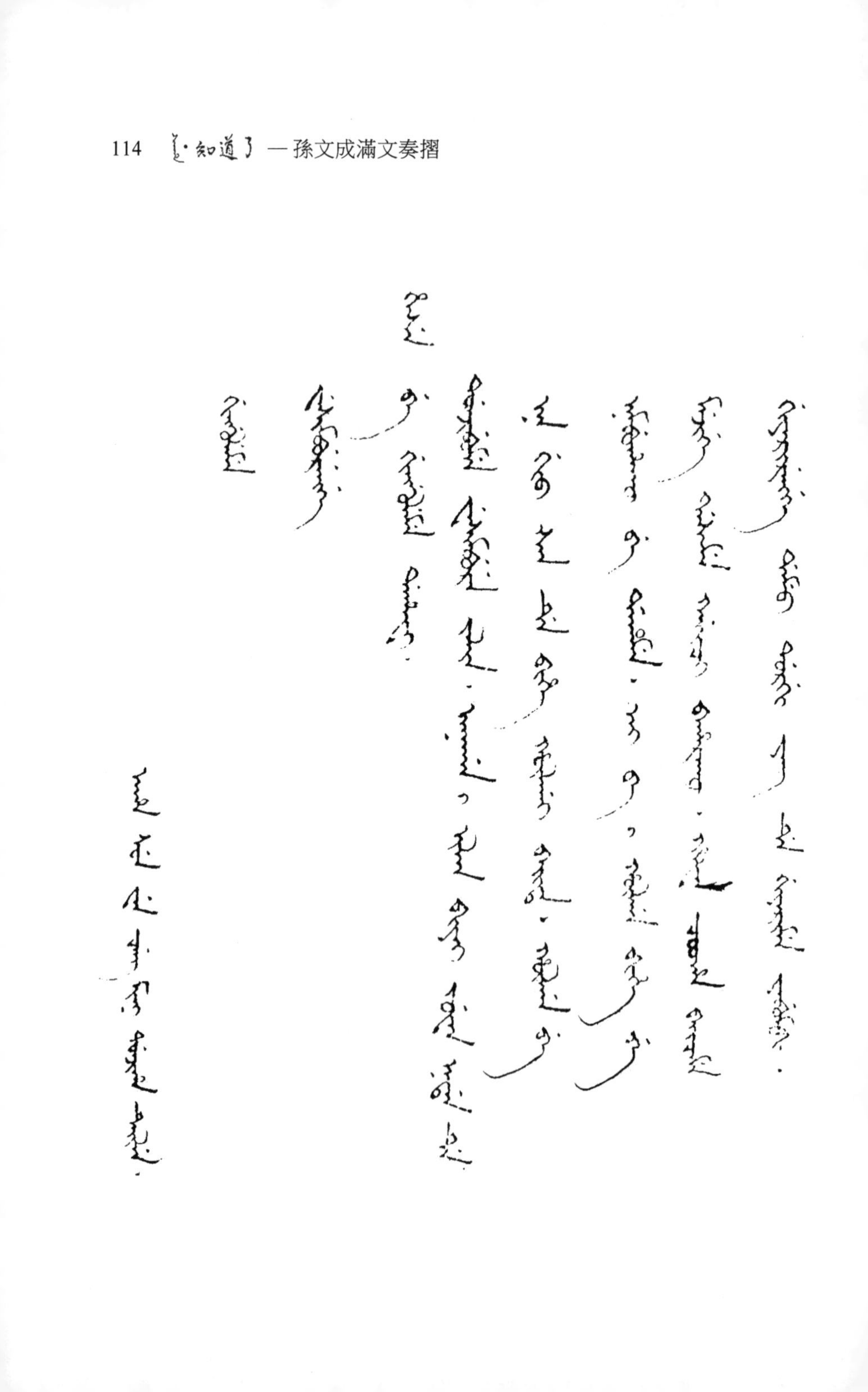

【20】奏聞拏獲海賊並監禁情形摺

aha sun wen ceng mini donjiha teile, gingguleme
wesimburengge, hese be gingguleme dahafi, donjibume
wesimbure jalin, anagan i ilan biyai juwan nadan de nan gio
šan de bihe hūlgai baita, hūlga be nambuhakū be dahame, ai
ba i hūlga bihe be mejige dasame gaici baharakū. hafan
cooha baicame giyarirengge damu dorgi yang de giyarime
yabumbi,

　　　　　　　　　　　　　　　奴才孫文成僅以所聞
謹奏，為欽遵諭旨奏聞事。閏三月十七日，在南麂山盤踞
之賊事，因未緝獲，何處之賊，未再得信。官兵巡察，僅
在內洋巡行，

　　　　　　　　　　　　　　　奴才孙文成仅以所闻
谨奏，为钦遵谕旨奏闻事。闰三月十七日，在南麂山盘踞
之贼事，因未缉获，何处之贼，未再得信。官兵巡察，仅
在内洋巡行，

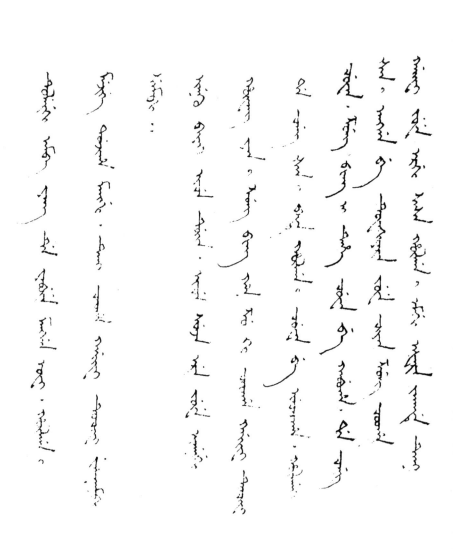

tulergi amba yang de yabure mangga ofi, hūlga i mejige
donjiha manggi, teni cooha gaifi tucifi jafanambi sembi.
ineku biyai ice duin, ice sunja ere juwe inenggi hūwang yan i
dzung bing han dzu ki cooha gaifi tucifi da ceng šan i bade
hūlga i cuwan be ucaraha, hūlgai cuwan, dzung bing ni tehe
cuwan be kabuha. da ceng šan i angga be tuwakiyara juwe
ciyan dzung cooha gaifi juwe ergi sasa hūlga i emgi afara
jakade teni

因在外大洋難行，聞知賊信之後，始領兵出洋緝捕。
本月初四、初五此二日，黃巖總兵韓祖蘄領兵出去，在大
陳山地方遭遇賊船，賊船包圍總兵乘坐之船。駐守大陳山
口之二千總領兵兩面一齊與賊交戰，

因在外大洋难行，闻知贼信之后，始领兵出洋缉捕。
本月初四、初五此二日，黄岩总兵韩祖蕲领兵出去，在大
陈山地方遭遇贼船，贼船包围总兵乘坐之船。驻守大陈山
口之二千总领兵两面一齐与贼交战，

ᠮᡳᠨᡳ
ᠮᡝᠮᠪᡝ
ᡝᠮᡠ

ᡝᠯᡝᠮᠪᡠᡥᡝ

ᠪᡳ
ᠪᠠᡳᡨᠠ
ᠪᡝ
ᡤᠠᠵᠠᡵᠠ

ᠪᠠᠶᠠᠯᠠᠮᠪᡳ

ᠴᡝᠴᠨ
ᠮᠠᡴᡨᠠᠮᠪᡳ

ᡝᠨᡨᡝᡴᡝᠮᡝ
ᠨᡳᠶᠠᠯᠮᠠ

ᠠᠮᠪᠠᠨ
ᠶᠠᠪᡠᠨ

hūlga be etehe, hūlga i cuwan emke baha, ede he de šeng, ts'ai yuwan liyang ni jergi hūlga nadanju sunja jafaha.

ice ninggun de wen jeo jen i dzung bing ts'ui siyang guwe, cooha gaifi tucifi mederi i hūlga lin dz ang ni jergi hūlga ilan jafaha.

hūdai niyalma cen moo šeng ni cuwan, dung yang de genembi seme, turihe ning bo fu i niyalma jang guwang bei be gamame, anagan i ilan biyai tofohon de wen jeo fu i harangga ba amba yang de isinafi hūlga i cuwan be

---

始勝賊徒，擄獲賊船一隻，拏獲何得勝、蔡元亮等賊七十五名。
初六日，溫州鎮總兵崔相國領兵出海，復拏獲海賊林子昂等賊三名。
商人陳木盛之船，前往東洋，帶有所僱之寧波府人張光備，閏三月十五日，至溫州府所屬大洋，

始胜贼徒，掳获贼船一只，拏获何得胜、蔡元亮等贼七十五名。
初六日，温州镇总兵崔相国领兵出海，复拏获海贼林子昂等贼三名。
商人陈木盛之船，前往东洋，带有所雇之宁波府人张光备，闰三月十五日，至温州府所属大洋，

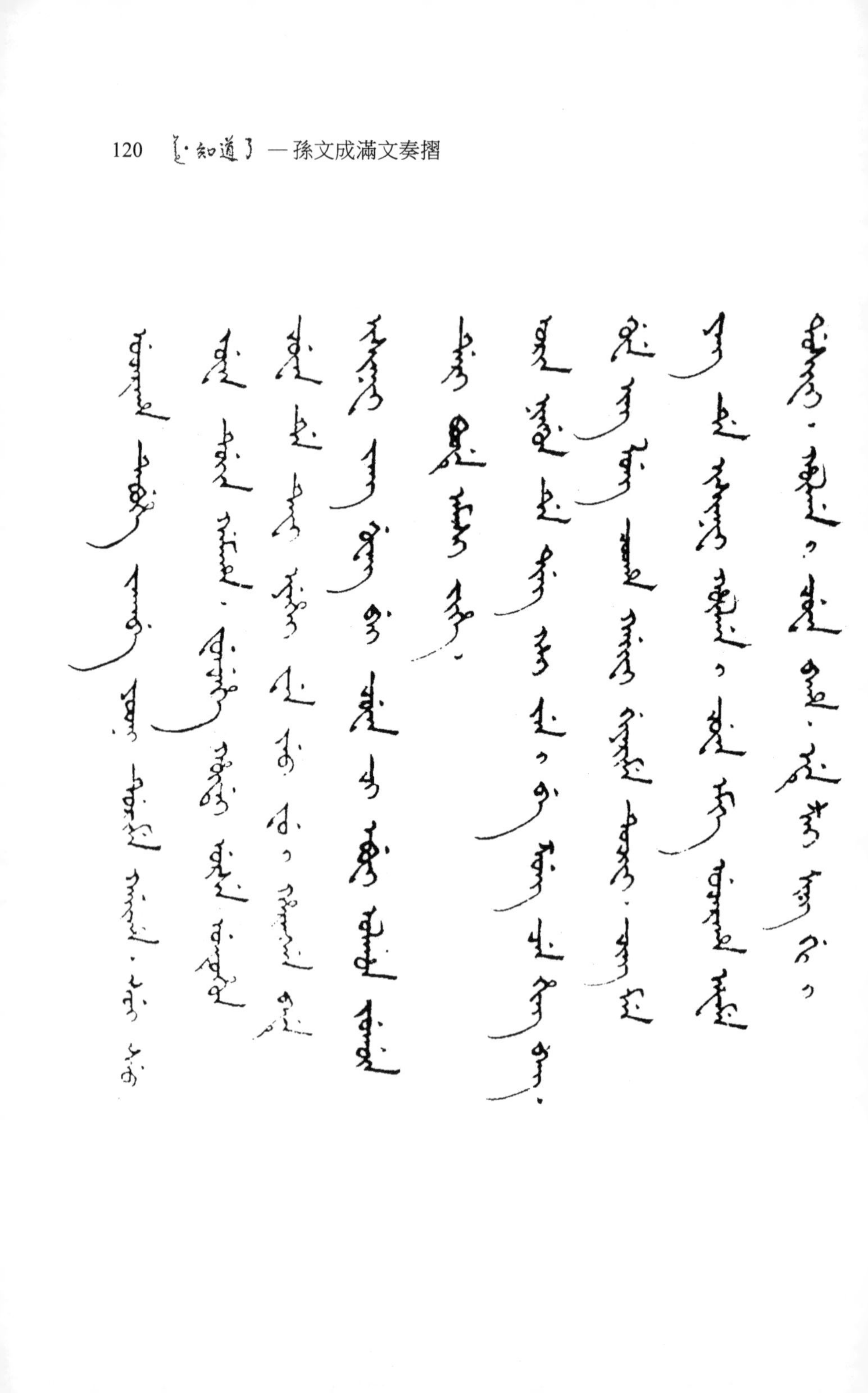

ᠪᡳᡨᡥᡝ

ᡝᠵᡝᠨ

ᡥᡝᠰᡝ

ᡳᠯᡳᠪᡠᠮᡝ

ucaraha tebuhe jakabe yooni durime gaiha, šui šeo juwan duin gamaha, funcehe hūdai urse untuhun cuwan de tefi eyehei wen jeo i harangga bade isinafi jang guwang bei cuwan ci ebufi olhon jugūn deri boode amasi jihe.

orin ninggun de ding hai jen i be dzung cen hing bang, guwe ing lung cooha gaifi giyarime tucifi, cing men yang de isinafi hūlga i cuwan emke ucaraha afame dosifi, hūlga i cuwan baha, ede ts'ai ing gi i

---

與賊船相遇，將所裝載物品俱行奪取，擄去水手十四人，餘下之商人乘坐空船，漂流至溫州府所屬地方。張光備下船，由陸路返回家中。

二十六日，定海鎮百總陳興邦、郭應龍領兵出海巡邏，行至青門洋，遇賊船一隻，隨即進攻，擄獲賊船，

与贼船相遇，将所装载物品俱行夺取，掳去水手十四人，余下之商人乘坐空船，漂流至温州府所属地方。张光备下船，由陆路返回家中。

二十六日，定海镇百总陈兴邦、郭应龙领兵出海巡逻，行至青门洋，遇贼船一只，随即进攻，掳获贼船，

ᡨᡝᡵᡝ ᠮᡠᡴᡝᡳ ᡤᠠᡳᡨᡠᠨᠠᡵᠠ ᠮᡝᠨᡳ
ᠠᠮᠪᠠ ᠨ ᡝᠩᡤᡝᠯᡝᠨ ᠠᠮᠪᠠ

jergi hūlga duin, irgen juwan ilan bi sembi.

anagan i ilan biyai dorgide, jegiyang ni tai jeo fu i emu niyalma gebu hūng ši wang, ini beyebe ju san tai dz i hoki seme icihiyara hafan tangki i jakade genefi beyebe tucibure jakade, tangki jafafi asgan i amban mudan de benjihe, mudan hūng ši wang be jafafi an ca sy u guwe ing de afabuha, u guwe ing ulame ning bo fu i jyfu cen i kui de afabufi, ini tatara yuwan miyoo guwan de gamafi tuwakiyaha bihe.

此內有蔡英吉等賊四人，百姓十三人。

閏三月內，浙江臺州府有一人名為洪世旺者，自稱係朱三太子之黨徒，前往郎中唐齊處出首，唐齊拏送侍郎穆丹[5]，穆丹將洪世旺拏解按察使武國楹，武國楹轉交寧波府知府陳一夔，解往其所住元廟館看守。

此内有蔡英吉等贼四人，百姓十三人。

闰三月内，浙江臺州府有一人名为洪世旺者，自称系朱三太子之党徒，前往郎中唐齐处出首，唐齐拏送侍郎穆丹[5]，穆丹将洪世旺拏解按察使武国楹，武国楹转交宁波府知府陈一夔，解往其所住元庙馆看守。

---

[5]　戶部侍郎 mudan，漢文作穆丹，間亦作穆旦。郎中 tangki，漢字不詳，音譯作唐齊。

ᠮᡳᠨ ᠊ᡳ᠂ ᡝᠯᡝ ᠊ᡳ ᠮᡝᠨᡳ ᠊ᡝᠩᡤᡝ ᠊ᠯᠠ ᠊ᠨᡳᡴᡝᠨ

ᡝᠮ ᠊ᡤᡳ ᠊ᡝᠯᡝ ᠊ᡤᡝ ᠊ᡝᠯᡝ ᠊ᡳ ᠊ᠨᡳᡴᡝᠨ᠂

ᠮᡝᠨ ᠊ᡤᡝ ᠊ᡝᠯᡝ ᠊ᡝᠯᡝ ᠊ᡳ ᠊ᡝ ᠊ᠨᡳ

ᠮᡝᠨ ᠊ᡤᡝ ᠊ᡝᠯᡝ ᠊ᡝᠩᡤᡝ ᠊ᡝᠨᡳ ᠊ᠨᡳ᠂

ᡝᠯᡝ ᠊ᡝᠩᡤᡝ ᠊ᡝᠯᡝ ᠊ᡝᠨᡳ ᠊ᡝᠯᡝ ᠊ᡳ ᠊ᠨᡳᡴᡝᠨ

duin biyai juwan duin i dobori sele futa be murifi ukaha
sembi.

ice duin de hūdai niyalma su ši guwan i cuwan, dung yang
de genembi seme, ning bo fu i furdan ci tucifi juwe inenggi
yabufi, ice ninggun de hūlga i cuwan be ucaraha, tebuhe jaka
yooni niyalma emke be suwaliyame durifi gamaha.

jegiyang ni an ca šy i loo de horiha ju san tai dz i hoki sa
uhei hebešeme arga deribufi,

四月十四日夜，擰斷鐵繩脫逃云云。

初四日，商人蘇世觀之船欲往東洋，自寧波府關出海，航
行二日，於初六日遭遇賊船，所裝載全部物品，人員一名
一併奪去。

浙江按察使牢內所監禁朱三太子之黨徒共同商議出計策，

四月十四日夜，拧断铁绳脱逃云云。

初四日，商人苏世观之船欲往东洋，自宁波府关出海，航
行二日，于初六日遭遇贼船，所装载全部物品，人员一名
一并夺去。

浙江按察使牢内所监禁朱三太子之党徒共同商议出计策，

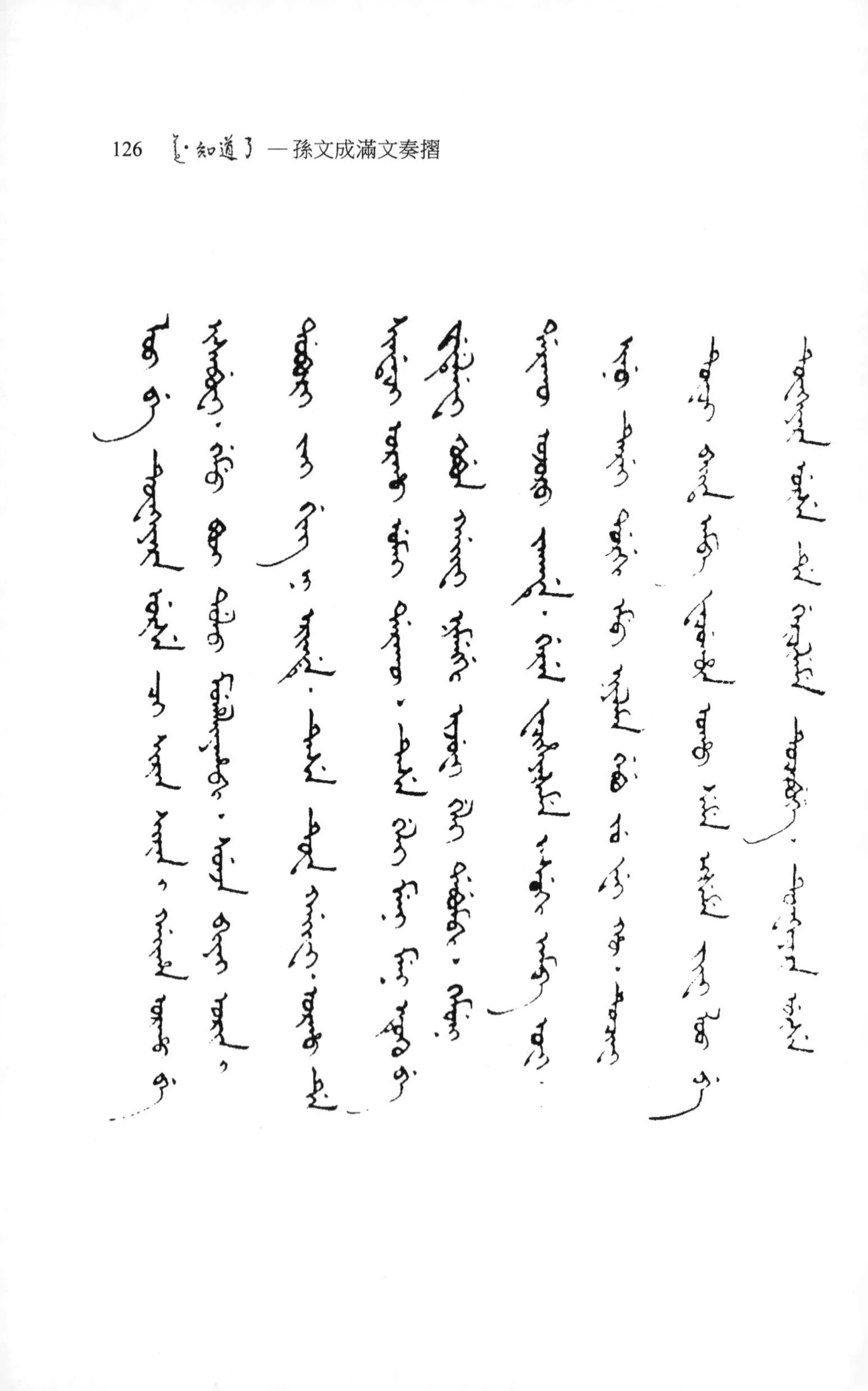

loo be tuwakiyara urse ci siran siran i gaiha orho be isabufi, gemu booi dolo muhaliyahabi. sunja biyai orin i dobori jai ging ni erinde, tese tuwa gaifi, orho de sindaci orho umai darakū. tese geli meni meni etuku be fudelefi kubun gaifi nimenggi ijufi geli dabumbi, kemuni darakū ojoro jakade, geren facihiyašame asuki amba ofi, inu terei dorgi emu niyalma gebu ju fei hū, tucifi tuwaci baita amba facuhūn oho seme ekšeme jifi loo be tuwakiyara urse de gercileme tucibuhe. tuwakiyara urse

---

自看守監牢人員處接連聚集所取之草，俱堆積屋內。五月二十日夜二更時分，彼等取火點草，草並未燃燒。彼等復將各自之衣服拆開縫線，取出棉花，塗油再點，仍點不著，眾人著急，動靜愈大。其內有一人名朱飛虎者出外看時，以為事已大亂，急忙來向看守監牢之人出首。

自看守监牢人员处接连聚集所取之草，俱堆积屋内。五月二十日夜二更时分，彼等取火点草，草并未燃烧。彼等复将各自之衣服拆开缝线，取出棉花，涂油再点，仍点不着，众人着急，动静愈大。其内有一人名朱飞虎者出外看时，以为事已大乱，急忙来向看守监牢之人出首。

ᠮᡳᠨᡳᠶᠠᡳ ᡵᡝ
ᠨᡝᠰᡠᡴᡝᠨ
ᡤᡝᠯᡳ
ᠵᡠᠸᡝ

(滿文奏摺影像，無法逐字轉錄)

genefi tuwaci baita yargiyan be safi, teni an ca sy u guwe ing
de alaha. u guwe ing terei dorgi dalaha hūlga be emke emken
i giyabalame fonjici, hūlga i jabuhangge sele futa de
yooselaha yoose i dorgi senggule be aifini gaiha, isabuha
orho be dabufi tuwa i nergin de be gemu tucifi ukaki sehe
bihe. ereci yoose de gemu tarcan hungkerehe sembi. erei
jalin gingguleme

看守之人前往查看時，知事屬實，始稟告按察司武國楹。
武國楹將其內為首之賊逐一夾問時。據賊供稱：鐵繩鎖鑰
內之鎖簧早已取出，將所積之草放火，欲俟著火之際俱行
出去逃走云云。嗣後鎖鑰內皆已鑄鉛。謹此

看守之人前往查看时，知事属实，始禀告按察司武国楹。
武国楹将其内为首之贼逐一夹问时。据贼供称：铁绳锁钥
内之锁簧早已取出，将所积之草放火，欲俟着火之际俱行
出去逃走云云。嗣后锁钥内皆已铸铅。谨此

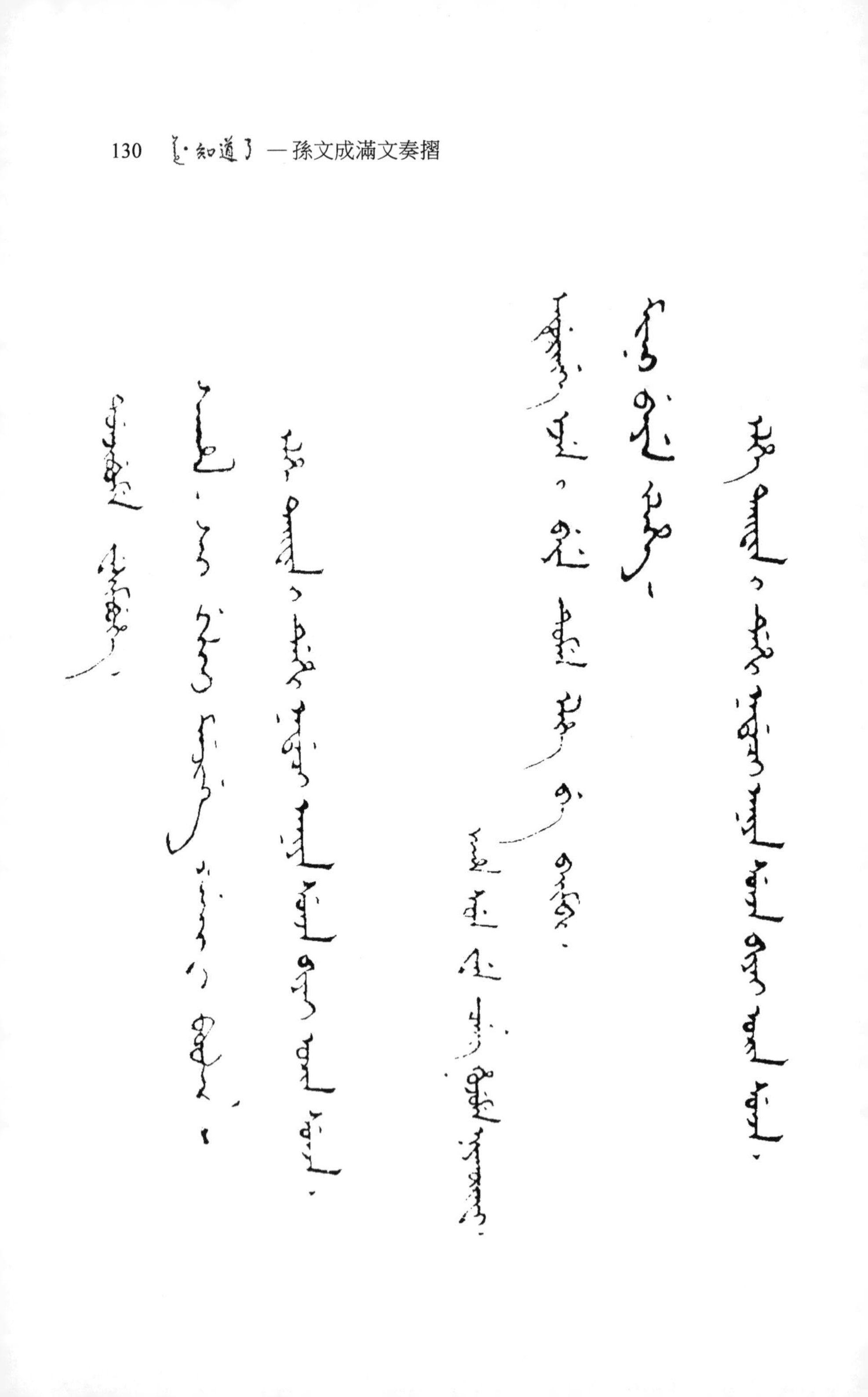

donjibume wesimbuhe.

saha, si geli mejige gaifi boola.

elhe taifin i dehi nadaci aniya sunja biyai orin sunja.

【21】請安摺

aha sun wen ceng hujume niyakūrafi, enduringge ejen i beye
tumen elhe be baimbi.

mini beye elhe.

elhe taifin i dehi nadaci aniya biyai orin sunja.

奏聞。

【硃批】知道了，爾再探信奏報。

康熙四十七年五月二十五日

　　　　　　　　　　　　　　奴才孫文成俯伏跪

請聖主聖躬萬安。

【硃批】朕體安。

康熙四十七年五月二十五日

奏闻。

【朱批】知道了，尔再探信奏报。

康熙四十七年五月二十五日

　　　　　　　　　　　　　　奴才孙文成俯伏跪

请圣主圣躬万安。

【朱批】朕体安。

康熙四十七年五月二十五日

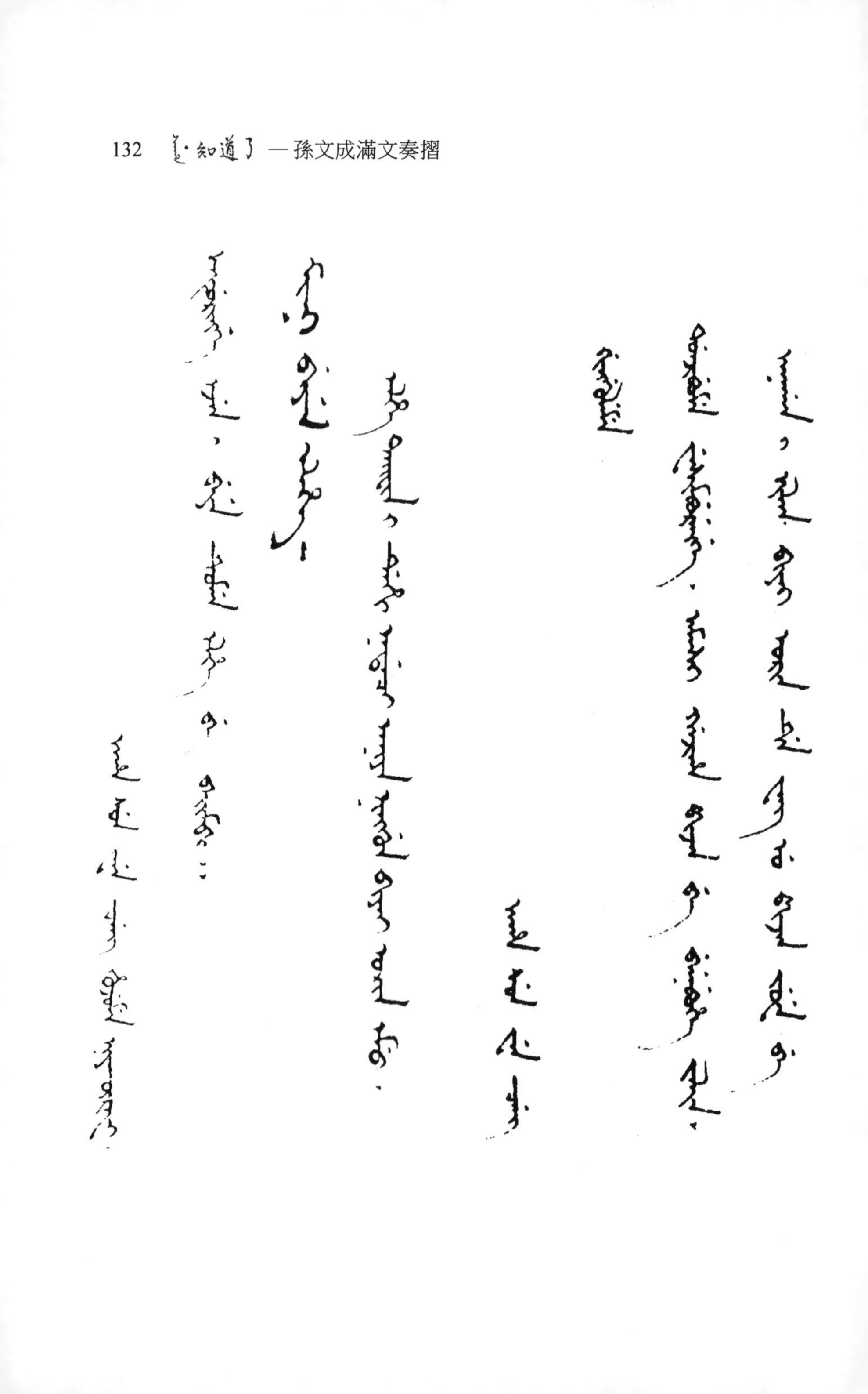

【22】請安摺

aha sun wen ceng hujume niyakūrafi, enduringge ejen i beye tumen elhe be baimbi.

mini beye elhe.

elhe taifin i dehi nadaci aniya ninggun biyai orin emu.

【23】奏聞遵旨差人送交皮箱摺

aha sun wen ceng gingguleme donjibume wesimburengge, amasi gajiha pijan be benebuhe jalin, anagan i ilan biyai orin de wang u pijan juwe be

---

奴才孫文成俯伏跪

請聖主聖躬萬安。

【硃批】朕體安。

康熙四十七年六月二十一日

奴才孫文成

謹奏聞，為差人齎送所攜回之皮箱事。閏三月二十日，王五攜來皮箱二個

奴才孫文成俯伏跪

请圣主圣躬万安。

【朱批】朕体安。

康熙四十七年六月二十一日

奴才孫文成

谨奏闻，为差人赍送所携回之皮箱事。闰三月二十日，王五携来皮箱二个

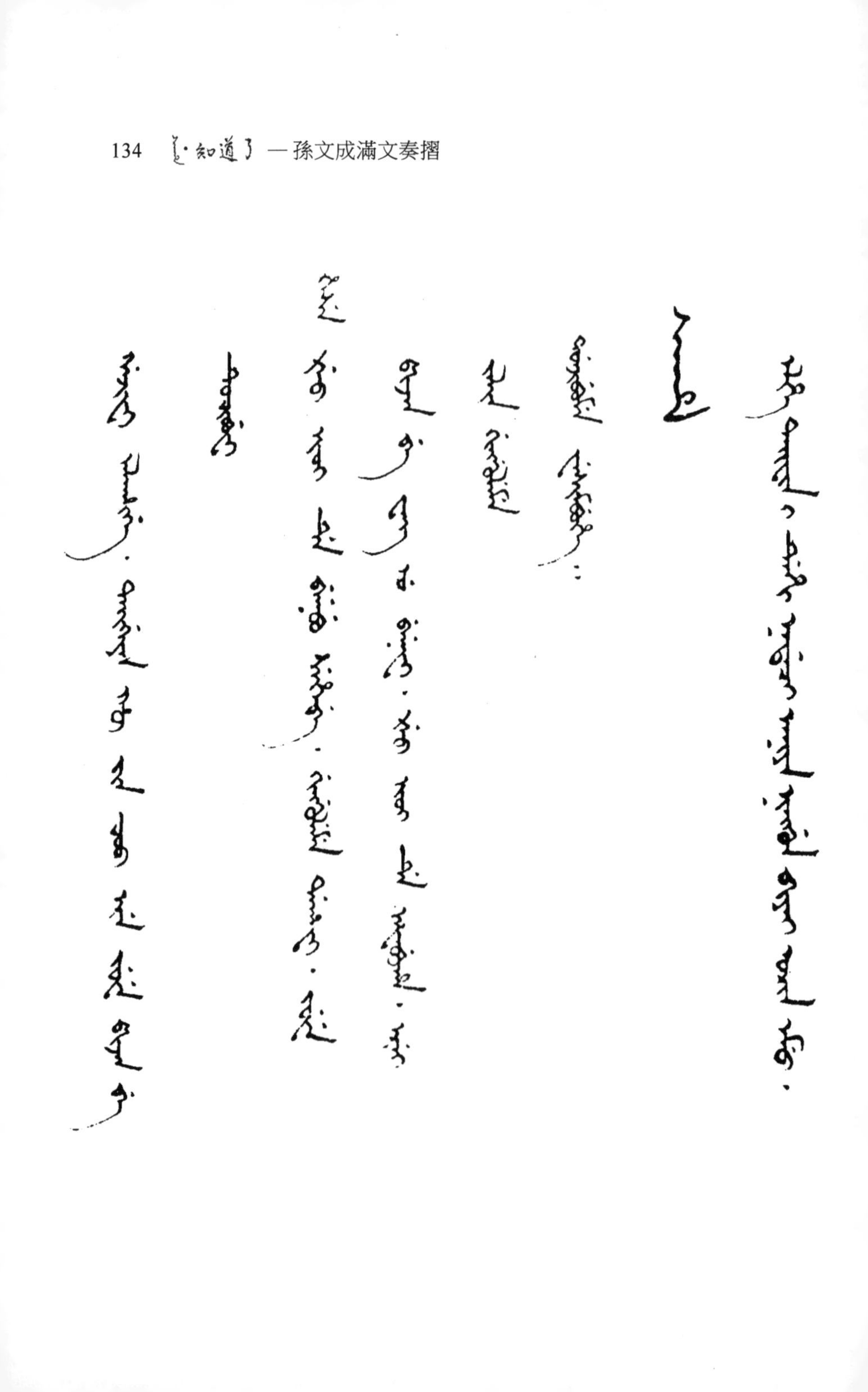

gajifi alahangge, taigiyan hū jin coo ere juwe pijan be
tucibufi hese g'ao ioi de benebu sehebe, gingguleme dahafi,
juwe pijan be wang u benefi, g'ao ioi de afabuha. erei jalin
ginggule donjibume wesimbuhe.

saha.

elhe taifin i dehi nadaci aniya ninggun biyai orin emu.

稟告：太監胡金朝取出此二皮箱，奉旨著送與高興欽此，
欽遵將二皮箱令王五送交高興。謹此奏聞。
【硃批】知道了。
康熙四十七年六月二十一日

稟告：太監胡金朝取出此二皮箱，奉旨着送与高輿钦此，
钦遵將二皮箱令王五送交高輿。謹此奏聞。
【朱批】知道了。
康熙四十七年六月二十一日

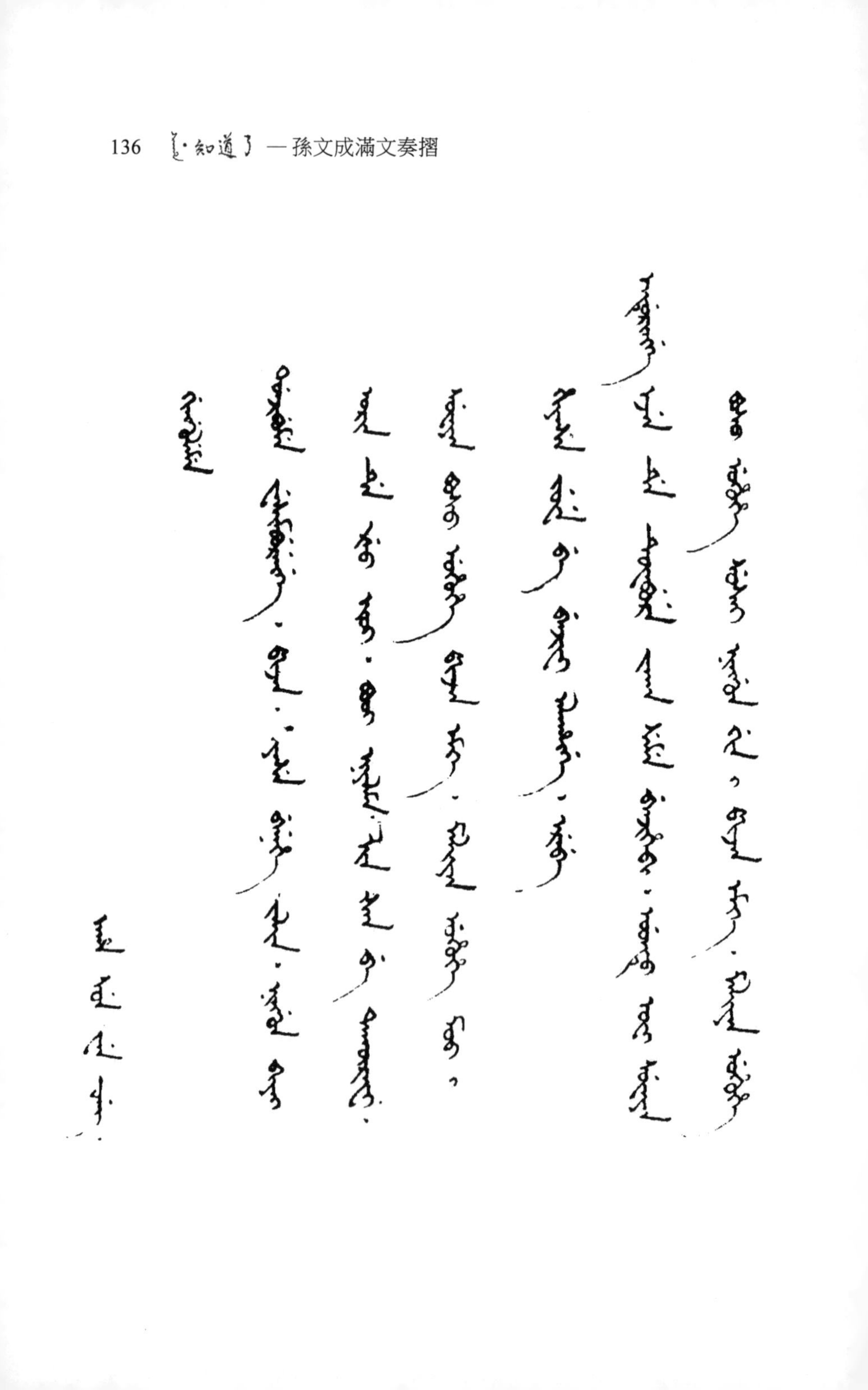

【24】奏聞齎送皮箱木匣摺

aha sun wen ceng gingguleme donjibume wesimburengge, pijan, hiyase benehe jalin, ninggun biyai orin de g'ao ioi, booi niyalma lin šan be takūrafi, suwayan boso uhuhe pijan emke, maliyan uhuhe moo i hiyase juwe be benjifi alahangge, erebe enduringge ejen de tuwabure jaka seme benjihebi. uttu ofi suwayan boso uhuhe susai ninggun gin i pijan emke, maliyan uhuhe

奴才孫文成

謹奏聞，為齎送皮箱匣子事。六月二十日，高興差遣家人林山將黃布所包皮箱一個，麻練所包木匣子二個齎來告稱：此為進呈聖主御覽之物云云。是以將黃布所包五十六斤皮箱一個，

奴才孙文成

謹奏聞，为赍送皮箱匣子事。六月二十日，高興差遣家人林山將黄布所包皮箱一个，麻练所包木匣子二个赍来告稱：此为进呈圣主御览之物云云。是以將黄布所包五十六斤皮箱一个，

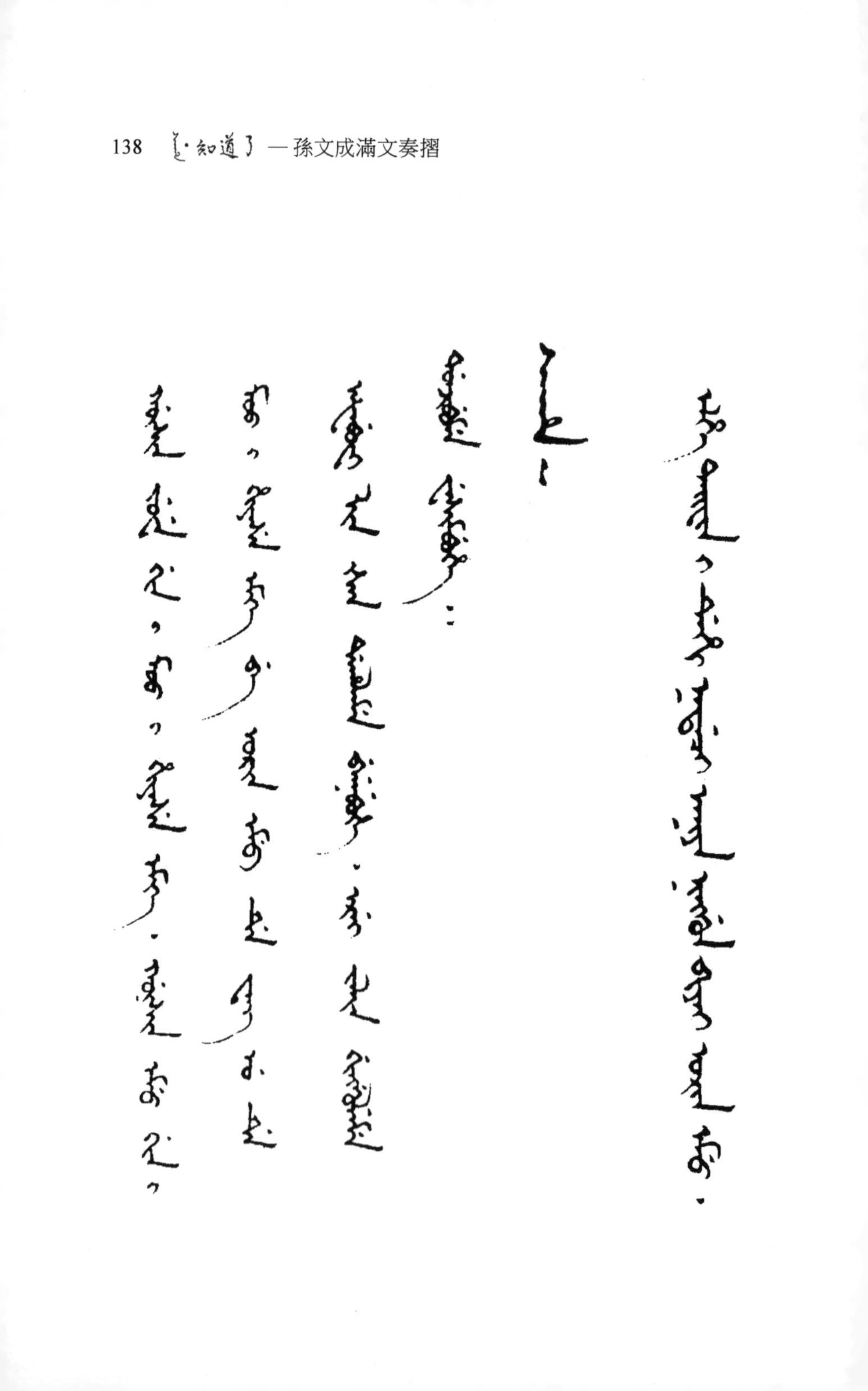

ᠪᠢᡨᡠᠮᡝ᠈ ᡥᡝᠰᡝᡳ
ᠪᠢᡨᡥᡝ ᡠᠨᡩᡝ
ᠠᠮᠪᠠᠨ

gūsin juwe gin i moo i hiyase emke, gūsin emu gin i moo i
hiyase emke be orin emu de wang u de afabufi lin šan
dahalame benebuhe. erei jalin gingguleme donjibume
wesimbuhe.

saha.

elhe taifin i dehi nadaci aniya ninggun biyai orin emu.

馬蓮所包三十二斤木匣子一個[6]，三十一斤木匣子一個，
於二十一日交與王五，隨同林山齎送，謹此奏聞。
【硃批】知道了。
康熙四十七年六月二十一日

马莲所包三十二斤木匣子一个 [6]，三十一斤木匣子一个，
于二十一日交与王五，随同林山赍送，谨此奏闻。
【朱批】知道了。
康熙四十七年六月二十一日

---

[6]　原摺內 maliyan，漢字作馬蓮。

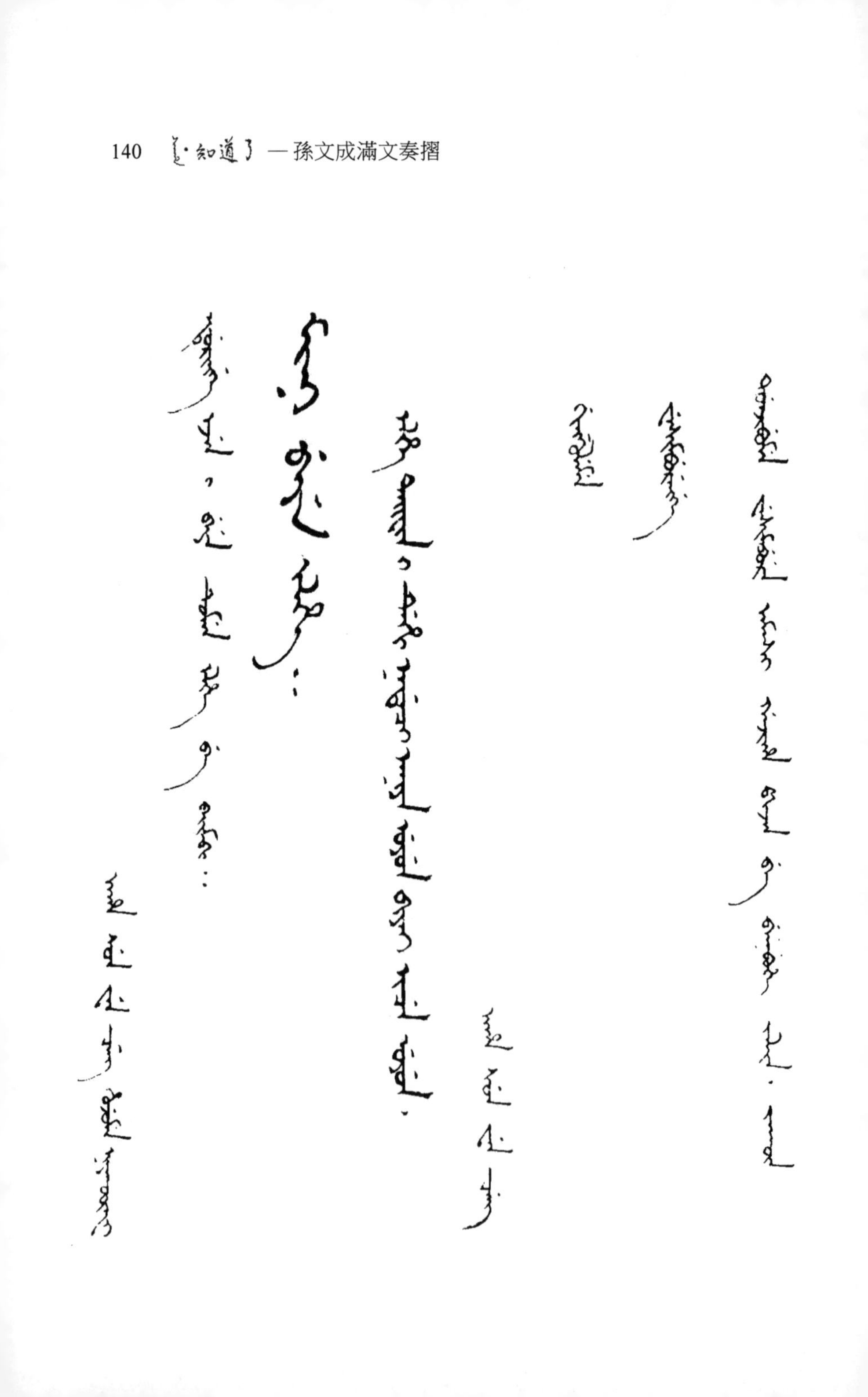

【25】請安摺

aha sun wen ceng hujume niyakūrafi enduringge ejen i beye
tumen elhe be baimbi.

mini beye elhe.

elhe taifin i dehi nadaci aniya uyun biyai ice uyun.

【26】奏聞遵旨差人送交皮箱摺

aha sun wen ceng gingguleme wesimburengge donjibume
wesimbure amasi gajiha pijan be benebuhe jalin, jakūn

———————

　　　　　　　　　　　　奴才孫文成俯伏跪

請聖主聖躬萬安。

【硃批】朕體安。

康熙四十七年九月初九日

　　　　　　　　　　　　　　奴才孫文成

謹奏，為奏聞差人齎送所攜回之皮箱事。

———————

　　　　　　　　　　　　奴才孙文成俯伏跪

请圣主圣躬万安。

【朱批】朕体安。

康熙四十七年九月初九日

　　　　　　　　　　　　　　奴才孙文成

谨奏，为奏闻差人赍送所携回之皮箱事。

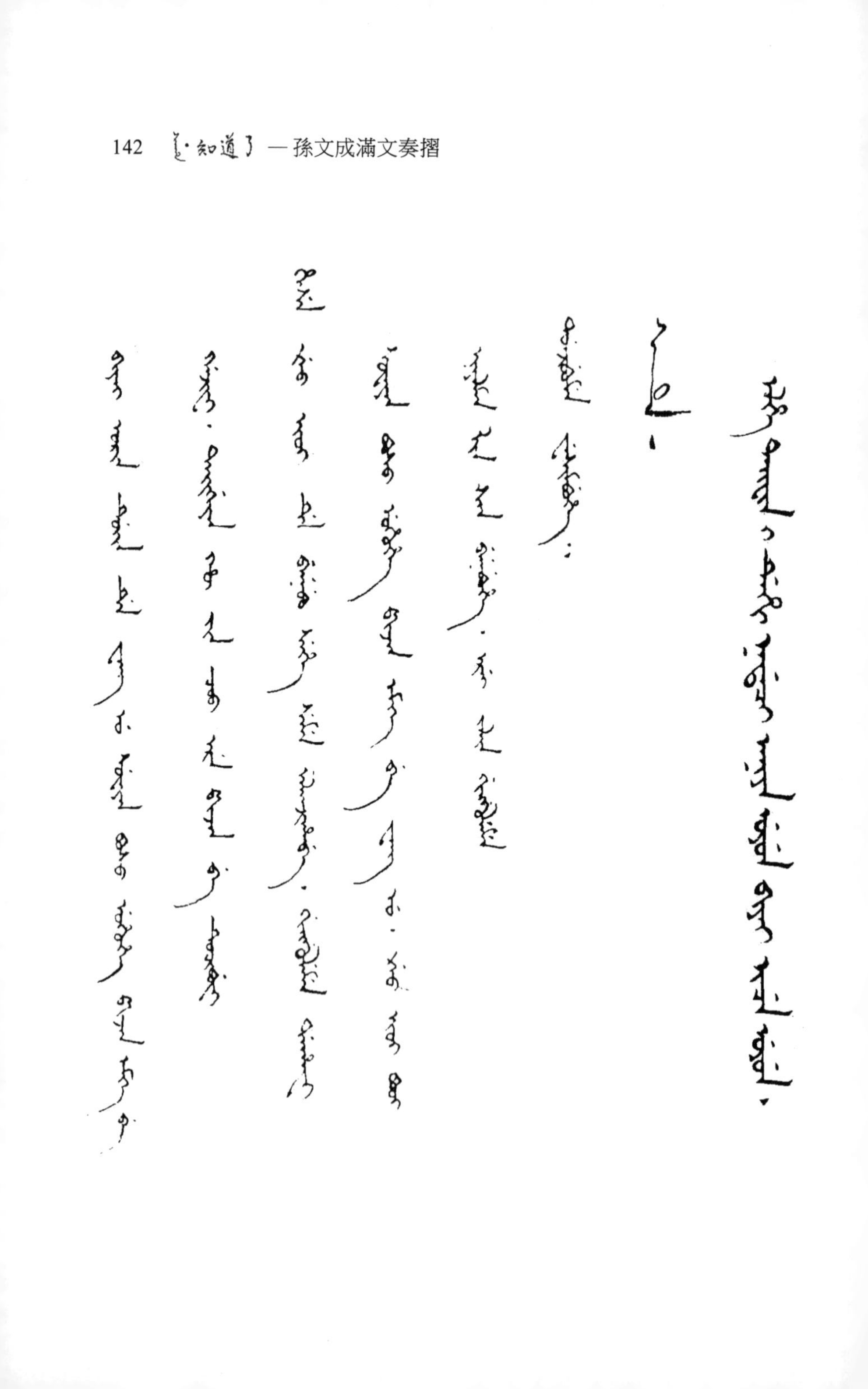

（滿文）

biyai orin duin de wang u suwayan boso uhuhe pijan emke
be gajifi, taigiyan hū jin coo ere pijan be tucibufi hese g'ao
ioi de benebu sehe seme alanjihabe, gingguleme dahafi
suwayan boso uhuhe pijan emke be wang u, g'ao ioi booi
niyalma lin šan benebuhe, erei jalin gingguleme donjibume
wesimbuhe.
saha.
elhe taifin i dehi nadaci aniya uyun biyai ice uyun.

八月二十四日，王五將黃布所包皮箱一個齎來告稱：太監
胡金朝取出此皮箱，奉旨著送與高輿欽此。欽遵將黃布所
包皮箱一個令王五、高輿家人林山齎送。謹此奏聞。
【硃批】知道了。
康熙四十七年九月初九日

八月二十四日，王五将黄布所包皮箱一个赍来告称：太监
胡金朝取出此皮箱，奉旨着送与高舆钦此。钦遵将黄布所
包皮箱一个令王五、高舆家人林山赍送。谨此奏闻。
【朱批】知道了。
康熙四十七年九月初九日

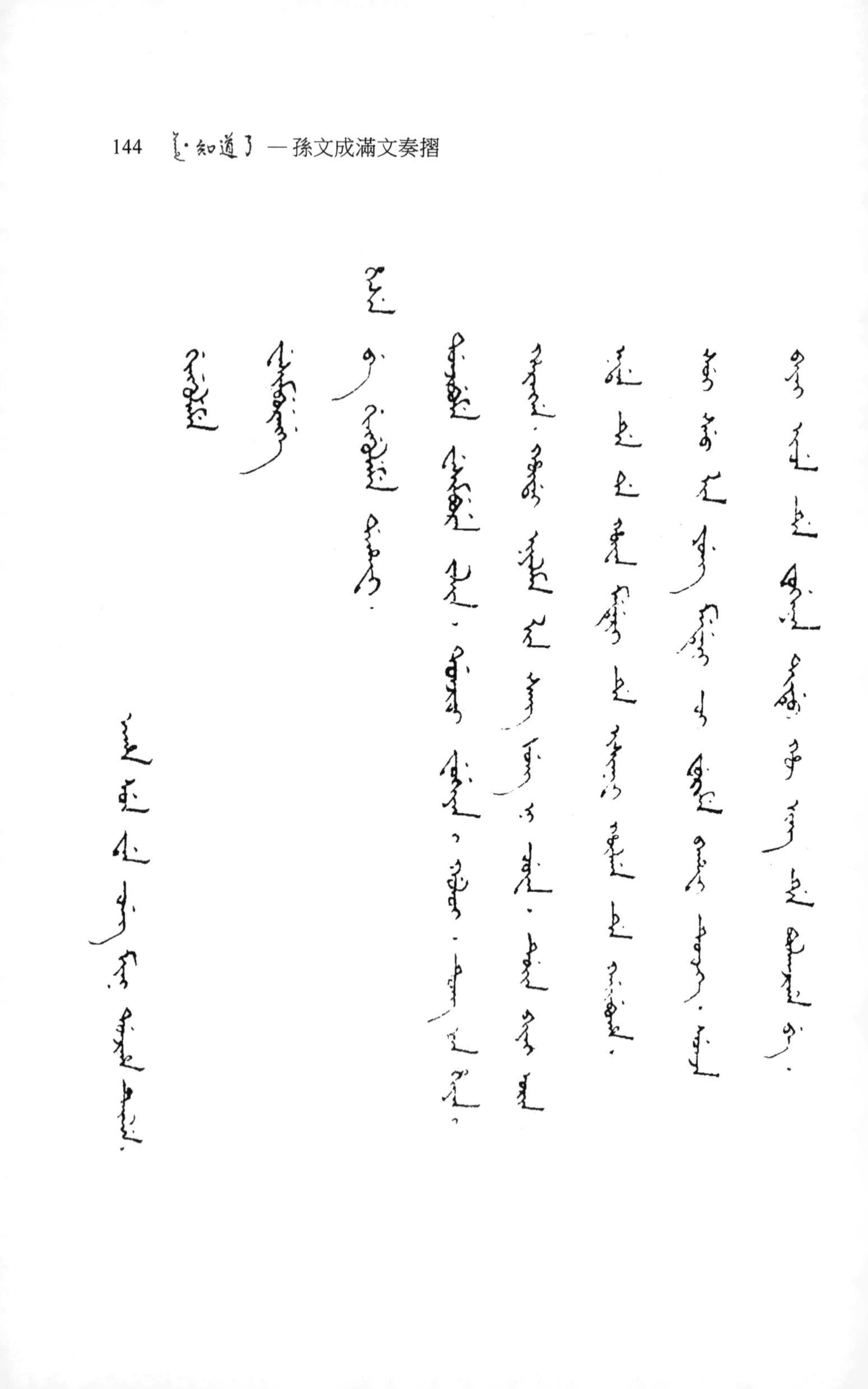

【27】奏聞海賊劫奪商船摺

aha sun wen ceng mini donjiha teile, gingguleme
wesimburengge hese be gingguleme dahafi, donjibume
wesimbure jalin, donjici fugiyan i goloi tung an hiyan i
harangga hūdai niyalma lin šang žung ni cuwan, duin biyai
orin nadan de da hūwan mederi de isinafi hūlga de gaibuha.
šui šeo lin yung mederi ci furime bahafi tucike, sunja biyai
ice de fugiyan tidu hū ing de boolanjiha be,

　　　　　　　　　　　　　奴才孫文成僅以所聞
謹奏，為欽遵諭旨奏聞事。聞福建省同安縣所屬商人林尚
榮之船，於四月二十七日航至大環海，為賊所擄，水手林
勇自海中潛水得以出來，於五月初一日稟報福建提督胡
英。

　　　　　　　　　　　　　奴才孙文成仅以所闻
谨奏，为钦遵谕旨奏闻事。闻福建省同安县所属商人林尚
荣之船，于四月二十七日航至大环海，为贼所掳，水手林
勇自海中潜水得以出来，于五月初一日禀报福建提督胡
英。

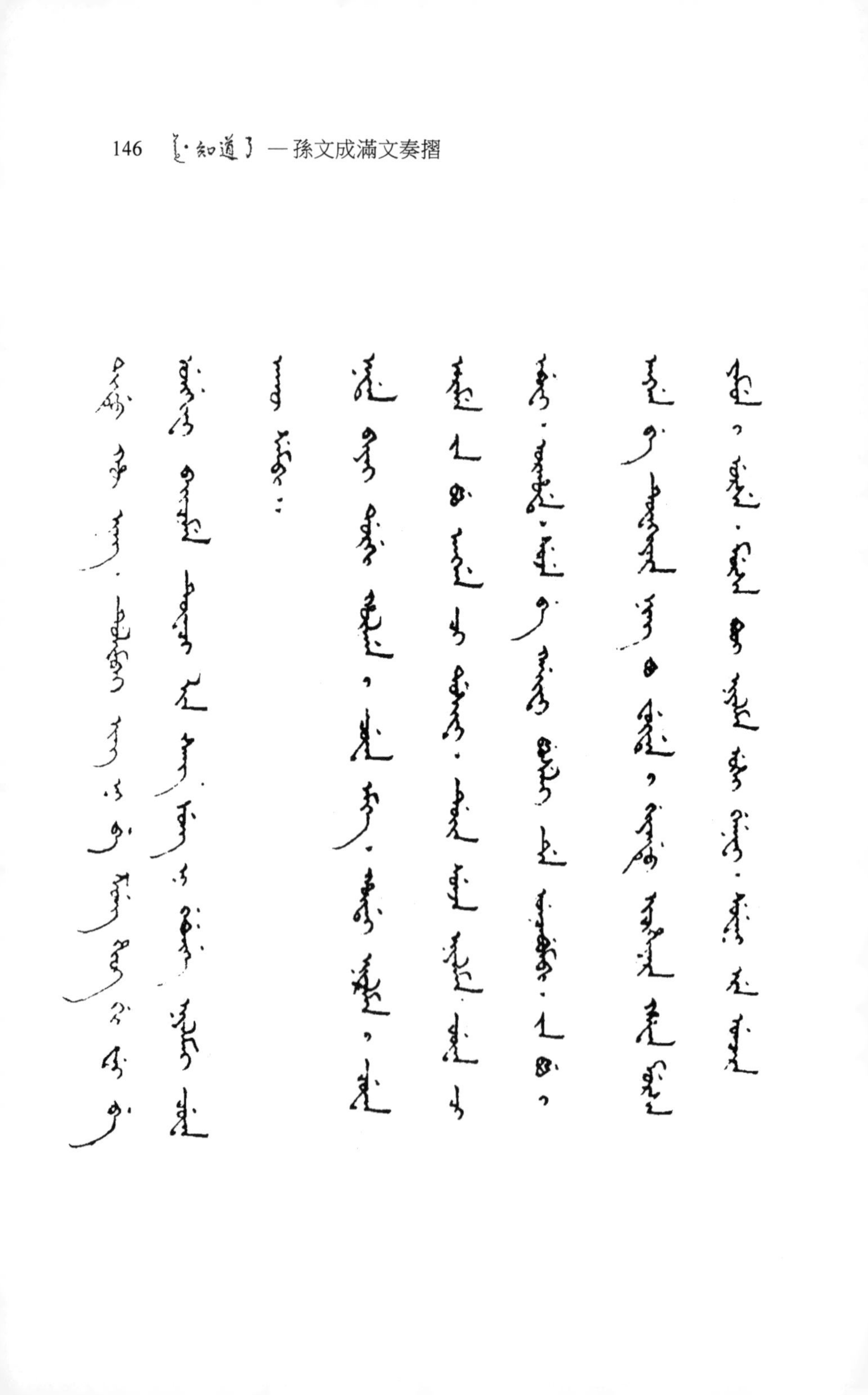

ᢐᡝᠮᡝ᠂ ᠊ᡝᠮᡝ ᠊ᡝ ᠊ᡝᠮᡝ᠂ ᠊ᡝ ᠊ᡝᠮᡝ ᠊ᡝ᠂

tidu hū ing, dulimbai ing ni be dzung hiong gi wei be unggifi baicame tuwaci lin šang žung ni gebungge niyalmai cuwan akū sembi.

nadan biyai dorgi hūlga i cuwan emke, hūdai niyalma i cuwan arame ja pu angga ci dosifi, duin sunja niyalma cuwan ci ebufi, orhoda, suje be gaifi puseli de uncabumbi. ja pu i angga be tuwakiyara ning bo furdan i giyandu icihiyara hafan mursa yamun i urse, mursa booi niyalma uhei genefi, suweni ere uncara

提督胡英差遣中營把總熊己衛前往查看[7]，並無名叫林尚榮者之船云云。

七月內，賊船一隻，裝扮商船模樣，自乍浦口進入，四五人下船，持人參、綢緞至舖戶出售。駐守乍浦口寧波關監督郎中穆爾薩衙役、穆爾薩家人共同前往詢問：爾等之此物

提督胡英差遣中营把总熊己卫前往查看[7]，并无名叫林尚荣者之船云云。

七月内，贼船一只，装扮商船模样，自乍浦口进入，四五人下船，持人参、绸缎至铺户出售。驻守乍浦口宁波关监督郎中穆尔萨衙役、穆尔萨家人共同前往询问：尔等之此物

[7] 福建提督吳英，原摺作胡英。hiong gi wei，音譯作熊己衛。lin šang žung，音譯作林尚榮。lin yung，音譯作林勇。boo dze cen，音譯作鮑則陳。

jaka seci, meni yamun de ai turgun de boolarakū bime, hūng dan geli akū seme fonjire jakade, tese jabure gisun akū ofi, angga be tuwakiyara cooha uhei hebešefi orhoda, suje uncara niyalma be jafafi, seoleme tucibuhe orhoda nadanju gin, suje ninju, jai buyarame hacingga jaka geli bi, utala jakabe gemu ya baci udafi gajiha, ai turgun de boolarakū seme, tesei jaburengge, be tulergi yang ni mederi de hūdašara urse ci durime gaihangge yargiyan sembi. ere baita ne beidembi.

───────

若係出售之物，何以不稟報我衙門？且無紅單。彼等皆無言以對，守口兵丁共同商議，緝拏出售人參、綢緞之人，搜出人參七十斤，綢緞六十疋，另外又有零星物件。詢以此等物品自何處購來？何以不稟報？彼等覆稱：我等於外洋海上自商人處奪取是實云云。此事現今審訊。

───────

若系出售之物，何以不稟报我衙门？且无红单。彼等皆无言以对，守口兵丁共同商议，缉拏出售人参、绸缎之人，搜出人参七十斤，绸缎六十疋，另外又有零星对象。询以此等物品自何处购来？何以不稟报？彼等覆称：我等于外洋海上自商人处夺取是实云云。此事现今审讯。

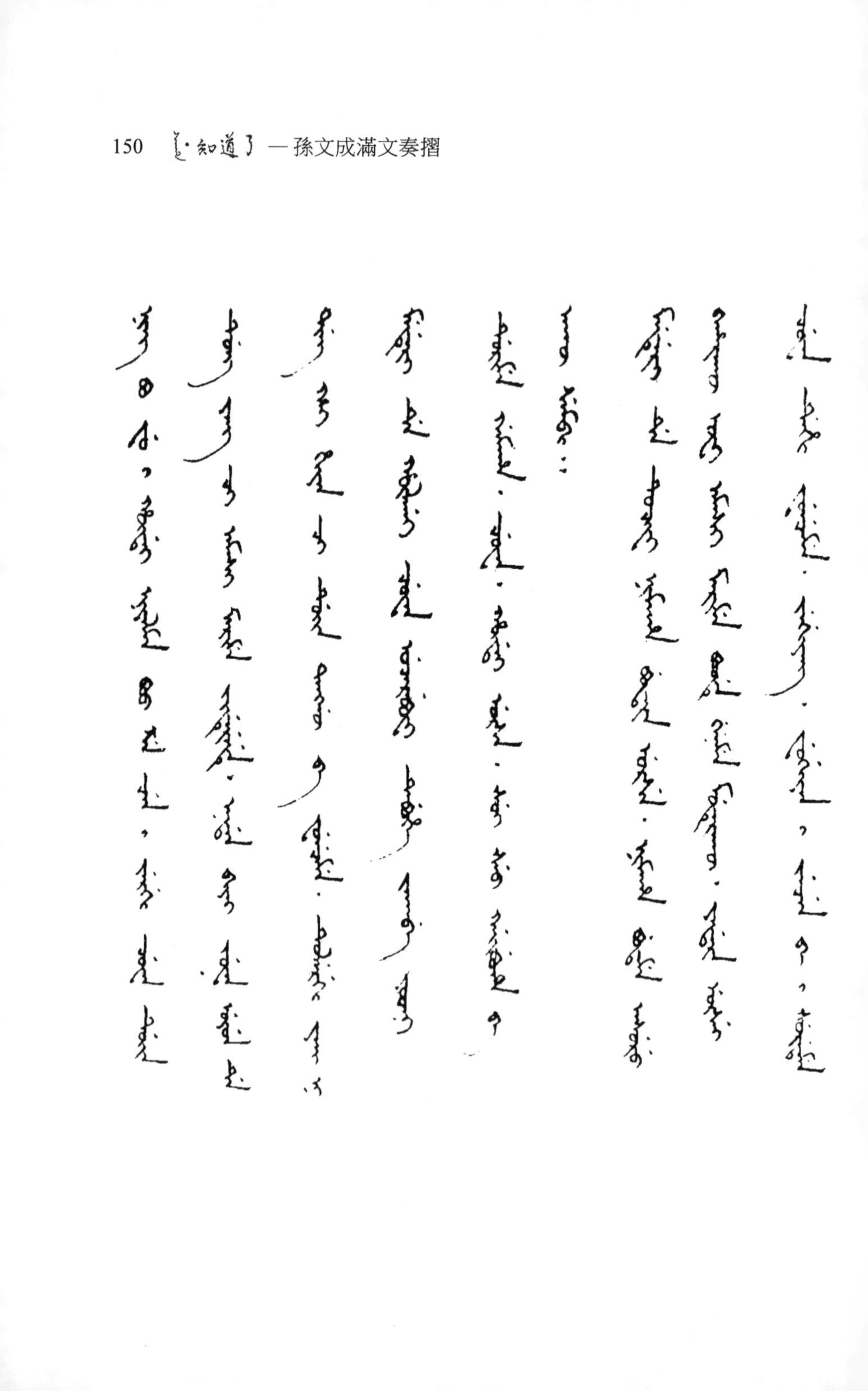

ning bo fu i hūdai niyalma boo dze cen i jergi cuwan duin, dung yang ci amasi marime jiderede, nadan biyai juwan uyun de ding hai hiyan ci duin tanggū ba funceme, tulergi yang ni mederi de hūlgai cuwan ucarabufi tebuhe jakabe yooni durime gamaha, cuwan, hūdai urse, šui šeo gaibuha ba akū sembi.

mederi de tucifi nimaha butara urse, nimaha butame asuru baharakū ofi amasi marime boode geneme muterakū, yadara ursei cuwan dehi funceme, jegiyang, fugiyan i jecen ba i šurdeme

---

寧波府商人鮑則陳等船四隻，自東洋返回時，於七月十九日距定海縣四百餘里外洋海中遭遇賊船，將所裝載物品俱行奪去，船隻、商人、水手未被擄云云。
出海捕魚之人，因捕魚毫無所獲，不能返回家中，貧民之船四十餘隻，往來於浙江、福建交界周圍

宁波府商人鲍则陈等船四只，自东洋返回时，于七月十九日距定海县四百余里外洋海中遭遇贼船，将所装载物品俱行夺去，船只、商人、水手未被掳云云。
出海捕鱼之人，因捕鱼毫无所获，不能返回家中，贫民之船四十余只，往来于浙江、福建交界周围

ᠮᡝᠨᡳ᠂ ᠪᠠᡞᡨᠠ ᠵᠠᠯᠠᠨᡳ ᠨᡳᠶᠠᠯᠮᠠ ᡝᠮᡠ ᠵᠠᠨᡴᠠ᠂

ᠪᠠ᠂

ᡠᠯᡝᡝᠨ ᠴᡝᠨᡳ᠂

ᠶᠠᠪᡠᠮᠪᠠᡞ ᠰᡝᠮᡝ᠂ ᠪᠠ ᡝᡵᡝ᠂

ᠪᠠᡳᡨᠠ ᠪᡝ ᡝᠮᡠ᠂ ᠶᠠᠪᡠ᠂ ᠮᡝᠨᡳᠩᡤᡝ᠂

ᠰᡠᠨ ᠸᡝᠨ ᠴᡝᠩ ᠪᠠᡳᡨᠠ ᠪᡝ ᡝᠮᡠ᠂ ᡠᠨᡤᡤᡳᠶᡝᡵᡝ ᠪᡝ᠂

ᠪᡝ ᡝᡵᡝ᠂ ᠠᠮᠪᠠ᠂ ᠰᡳᠨ ᠪᡝ᠂ ᠰᡝᠮᡝ ᠠᡞᠰᡳᠨ ᠪᡝ᠂

pu to šan, ja pu, wen jeo fu i tulergi yang ni mederi de balai
cuwangname durime yabumbi. ememu hūsun niyeri cuwan
be ucaraci uthai durime, niyalma be warakū, jakabe gaimbi.
duribuha niyalma ci donjiha gisun, gemu fugiyan,
guwangdung ni bai niyalma labdu sembi. erei jalin
gingguleme donjibume wesimbuhe.

saha.

elhe taifin i dehi nadaci aniya uyun biyai ice uyun.

普陀山、乍浦、溫州府外洋海面妄行搶劫。間或憑恃其力，
遇船即搶，不殺人，奪取物品。自被劫之人所聞之言，皆
以福建、廣東地方之人為多云云。謹此奏聞。
【硃批】知道了。
康熙四十七年九月初九日

普陀山、乍浦、溫州府外洋海面妄行抢劫。间或凭恃其力，
遇船即抢，不杀人，夺取物品。自被劫之人所闻之言，皆
以福建、广东地方之人为多云云。谨此奏闻。
【朱批】知道了。
康熙四十七年九月初九日

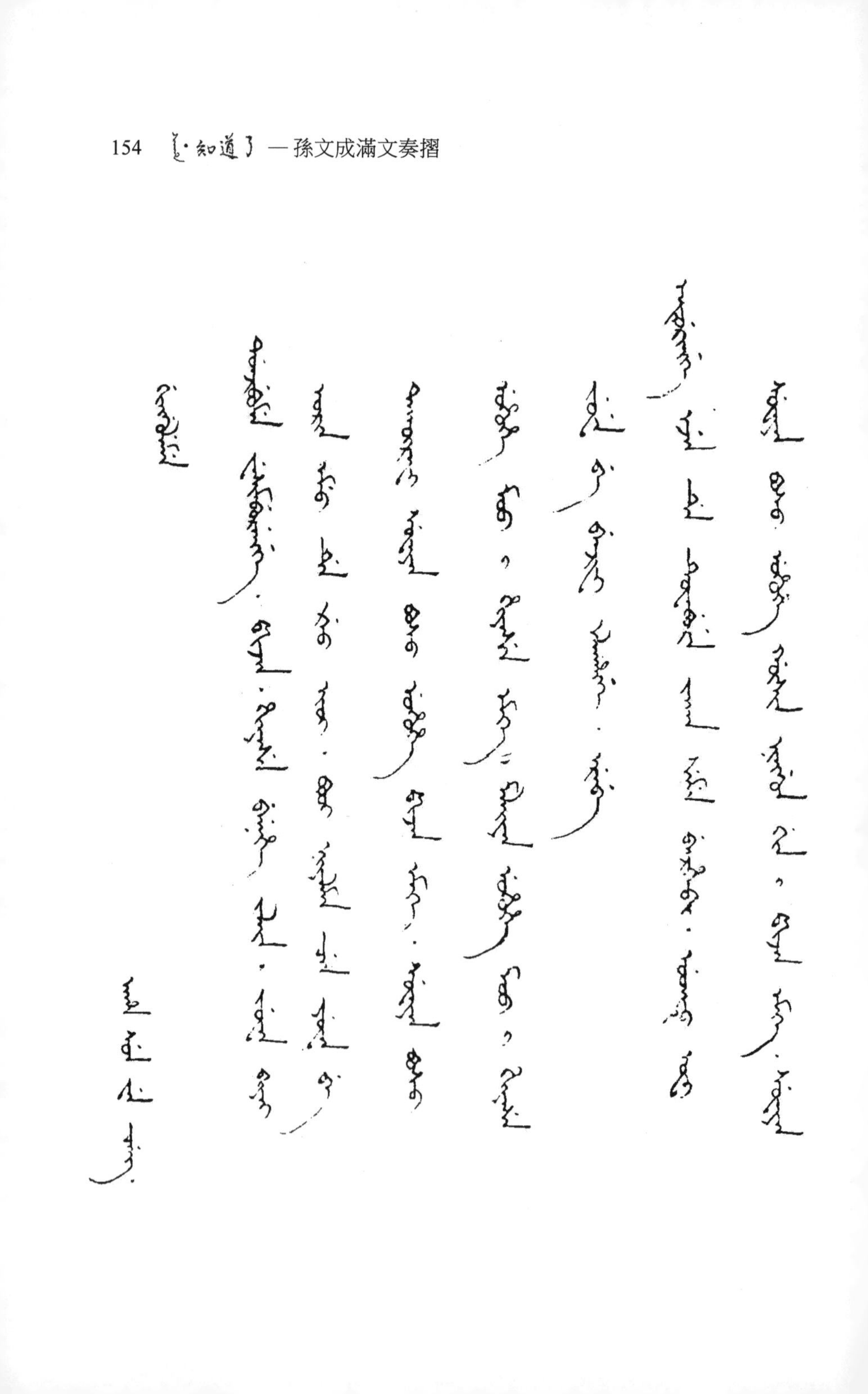

【28】奏報差人齎送皮箱木匣日期摺

aha sun wen ceng, gingguleme donjibume wesimburengge, pijan, hiyase benehe jalin, juwan biyai orin emu de g'ao ioi, booi niyalma cen yuwan be takūrafi suwayan boso uhuhe pijan emke, suwayan boso uhuhe moo i hiyase emke, maliyan uhuhe moo i hiyase juwe be benjifi alahangge, erebe enduringge ejen de tuwabure jaka seme benjihebi. uttu ofi suwayan boso uhuhe gūsin ninggun gin i pijan emke, suwayan

奴才孫文成

謹奏聞，為齎送皮箱、匣子事。十月二十一日，高興差遣家人陳元將黃布所包皮箱一個，黃布所包木匣子一個，馬蓮所包木匣子二個送來告稱：此為進呈聖主御覽之物云云。是以將黃布所包三十六斤皮箱一個，

奴才孙文成

谨奏闻，为赍送皮箱、匣子事。十月二十一日，高舆差遣家人陈元将黄布所包皮箱一个，黄布所包木匣子一个，马莲所包木匣子二个送来告称：此为进呈圣主御览之物云云。是以将黄布所包三十六斤皮箱一个，

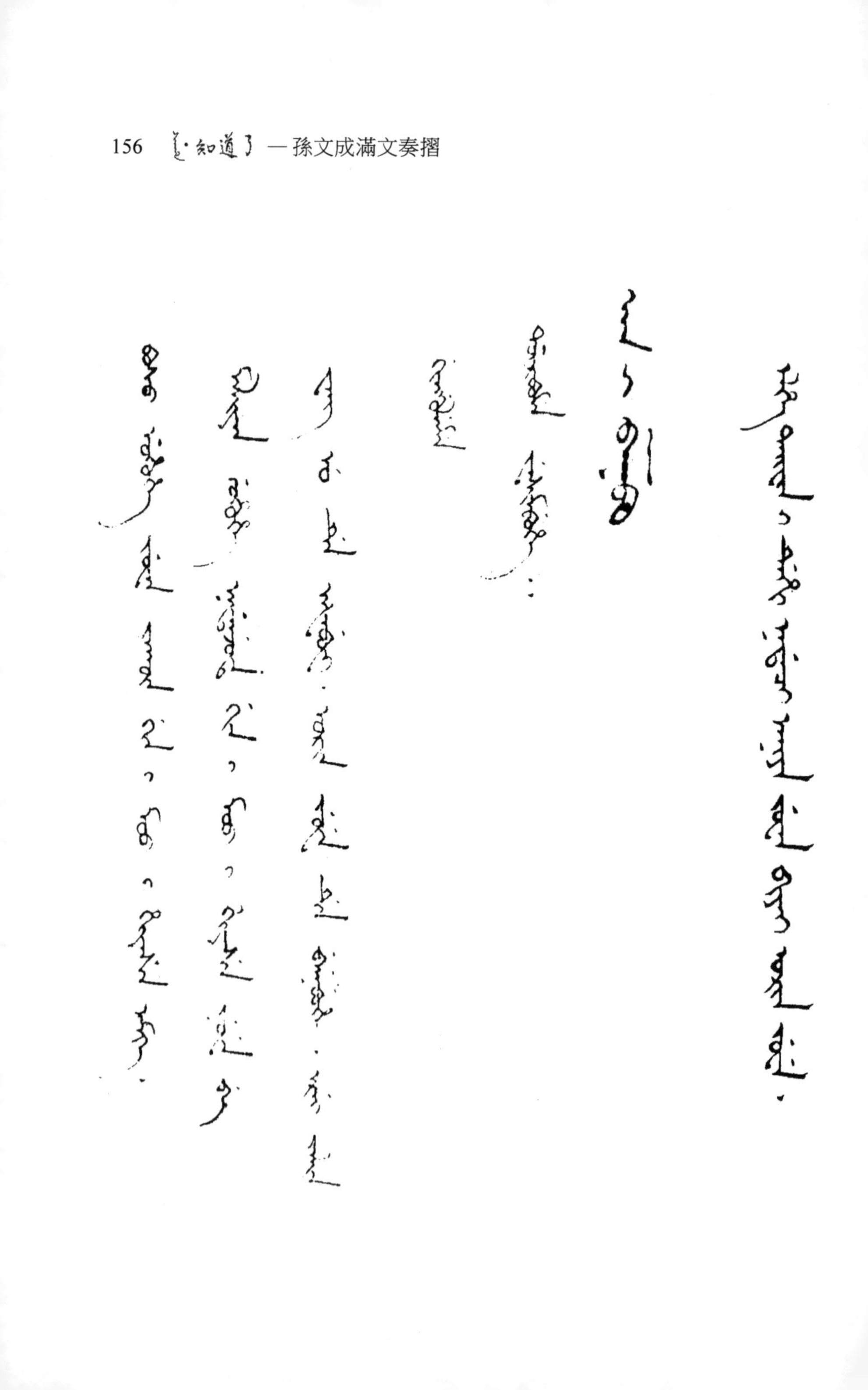

ᡝᠯᡝᡳ

ᠮᠠᠨᠵᡠ

ᡥᡝᡵᡤᡝᠨ

boso uhuhe juwan jakūn gin i moo i hiyase emke, maliyan uhuhe nadanjuta gin i moo i hiyase juwe be wang u de afabufi, orin juwe de benebuhe. erei jalin gingguleme donjibume wesimbuhe.

an i benebu.

elhe taifin i dehi nadaci aniya juwan biyai orin juwe.

黃布所包十八斤木匣子一個，馬蓮所包各七十斤木匣子二個，交與王五，於二十二日令其齎送。謹此奏聞。

【硃批】著照常齎送。

康熙四十七年十月二十二日

黃布所包十八斤木匣子一个，馬蓮所包各七十斤木匣子二个，交与王五，于二十二日令其赍送。謹此奏聞。

【朱批】着照常赍送。

康熙四十七年十月二十二日

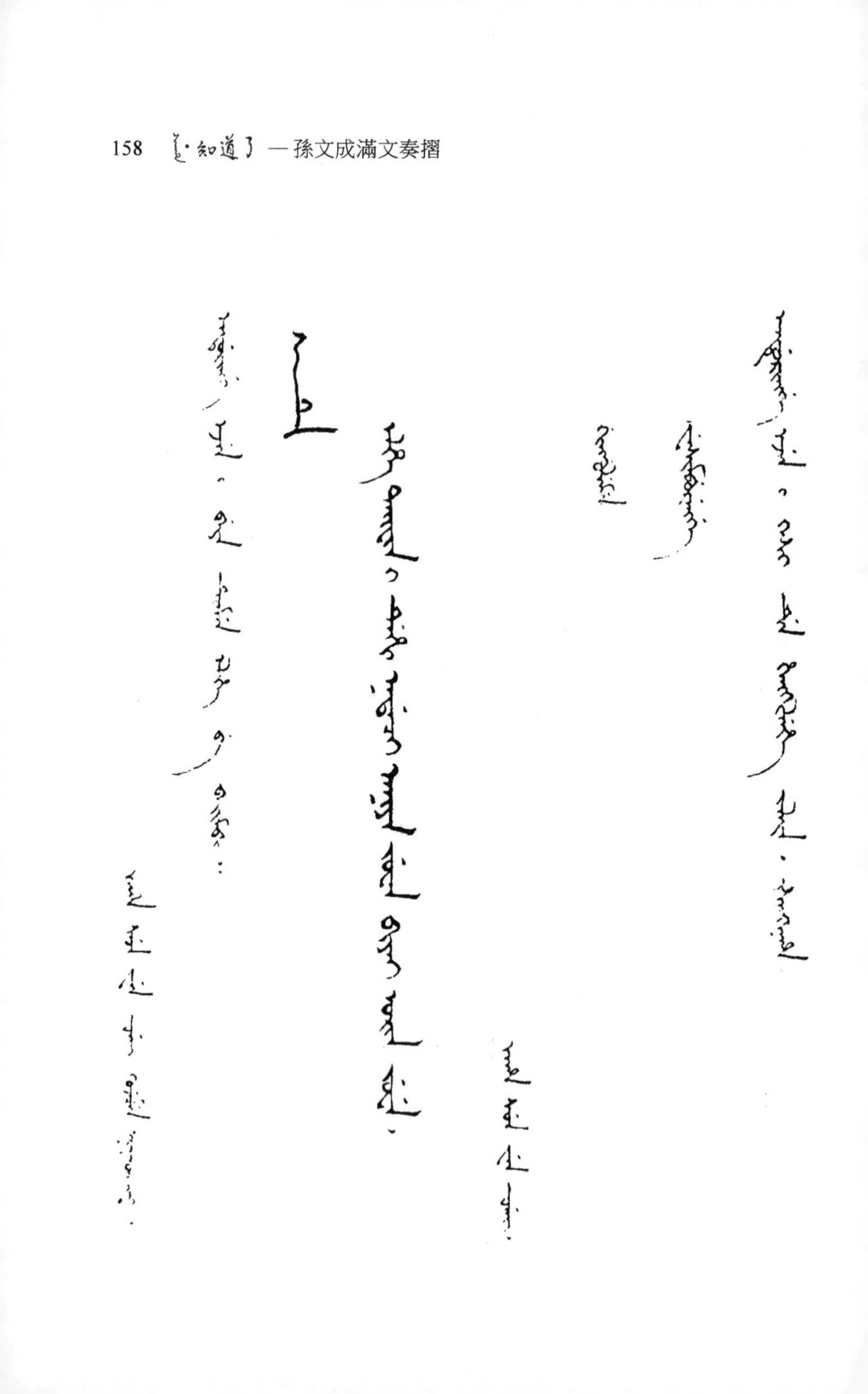

【29】請安摺

aha sun wen ceng hujume niyakūrafi enduringge ejen i beye
tumen elhe be baimbi.

saha.

elhe taifin i dehi nadaci aniya juwan biyai orin juwe.

【30】謝恩摺

aha sun wen ceng, gingguleme wesimburengge, enduringge
ejen i kesi de hengkilehe jalin, šangnaha

奴才孫文成俯伏跪
請聖主聖躬萬安。
【硃批】知道了。
康熙四十七年十月二十二日

奴才孫文成
謹奏，為叩謝聖恩事。

奴才孙文成俯伏跪
请圣主圣躬万安。
【朱批】知道了。
康熙四十七年十月二十二日

奴才孙文成
谨奏，为叩谢圣恩事。

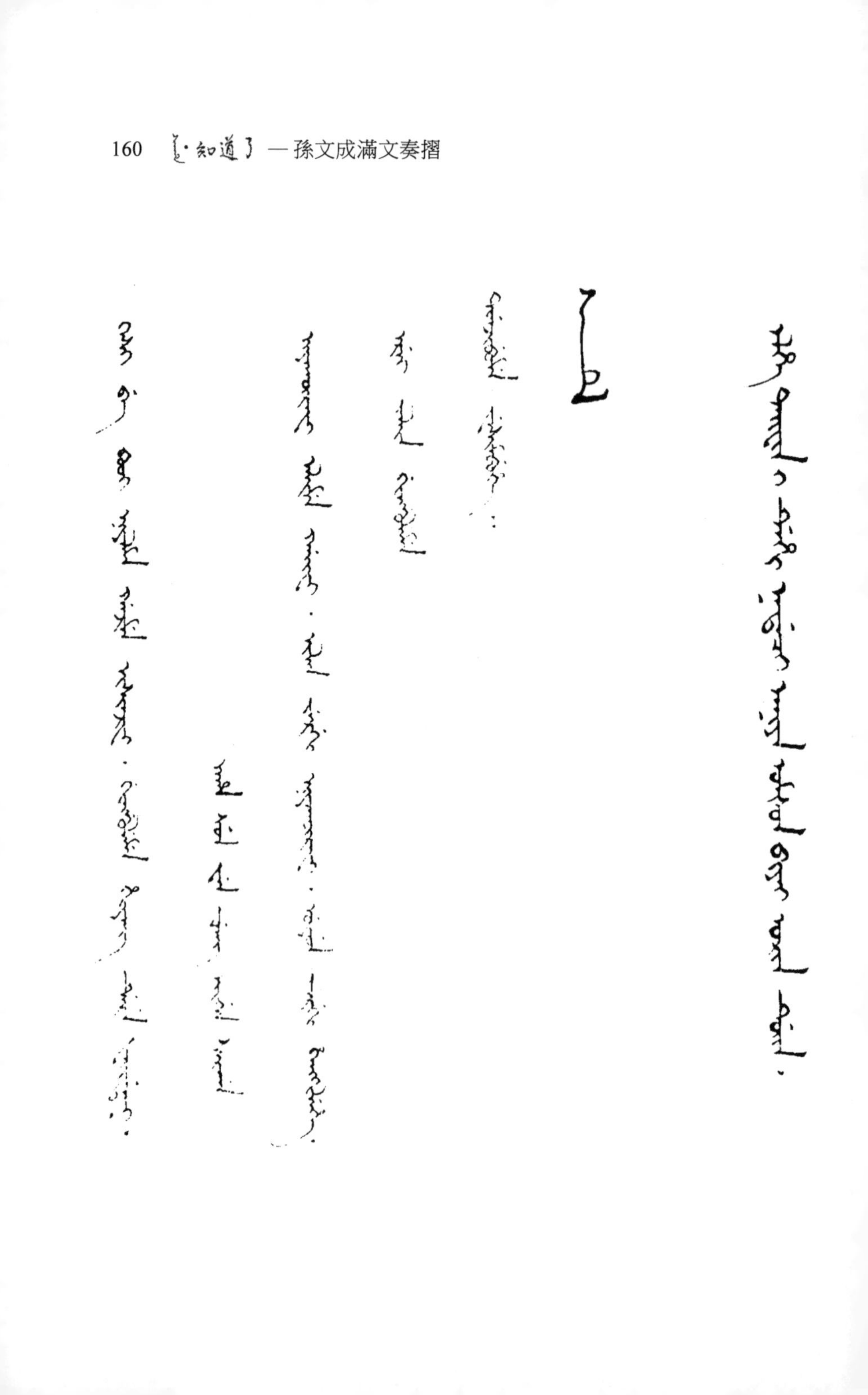

kesi be booi niyalma gajime isinjifi, gingguleme hiyang dere
faidafi, aha sun wen ceng eigen sargan niyakūrafi alime gaifi,
ilan jergi niyakūrafi, uyun jergi hengkilehe. erei jalin
gingguleme donjibume wesimbuhe.
saha
elhe taifin i dehi nadaci aniya omšon biyai orin duin.

頒賞之恩，家人齎至，恭設香案。奴才孫文成夫妻跪領祗
受，三跪九叩。謹此奏聞。
【硃批】知道了。
康熙四十七年十一月二十四日

颁赏之恩，家人赍至，恭设香案。奴才孙文成夫妻跪领祗
受，三跪九叩。谨此奏闻。
【朱批】知道了。
康熙四十七年十一月二十四日

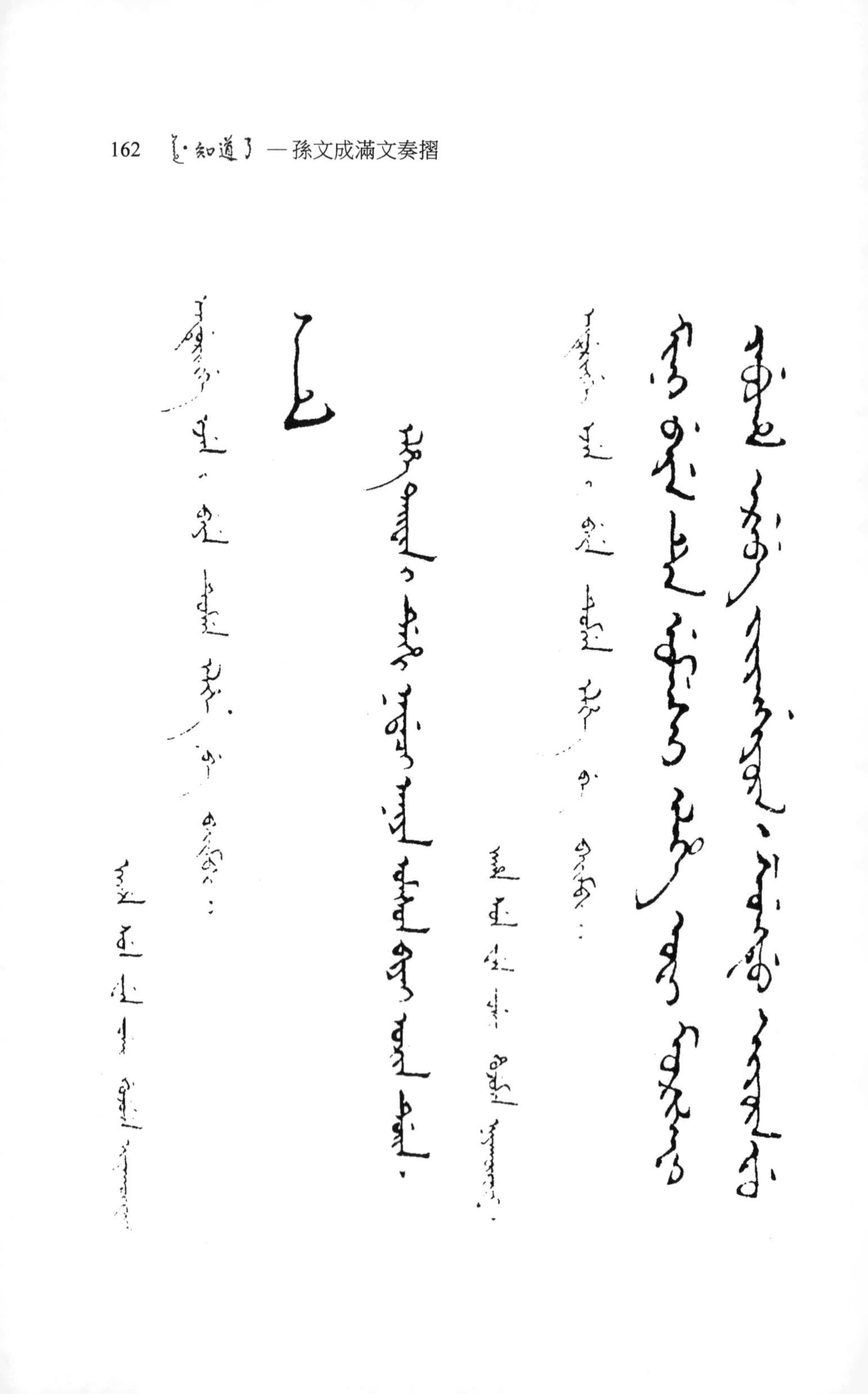

【31】請安摺

aha sun wen ceng hujume niyakūrafi, enduringge ejen i beye
tuman elhe be baimbi.

saha

elhe taifin i dehi nadaci aniya omšon biyai orin duin.

【32】請安摺

aha sun wen ceng hujume niyakūrafi, enduringge ejen i beye
tumen elhe be baimbi.

mini beye te umesi elhe ofi morilafi yabuha, erebe
jiyanggiyūn, dzungdu, siyūn fu

奴才孫文成俯伏跪

請聖主聖躬萬安。

【硃批】知道了。

康熙四十七年十一月二十四日

才孫文成俯伏跪

請聖主聖躬萬安。

【硃批】今朕體甚安，已經騎馬行走，將此旨著皆與將軍、
總督、巡撫

奴才孫文成俯伏跪

请圣主圣躬万安。

【朱批】知道了。

康熙四十七年十一月二十四日

才孙文成俯伏跪

请圣主圣躬万安。

【朱批】今朕体甚安，已经骑马行走，将此旨着皆与将军、
总督、巡抚

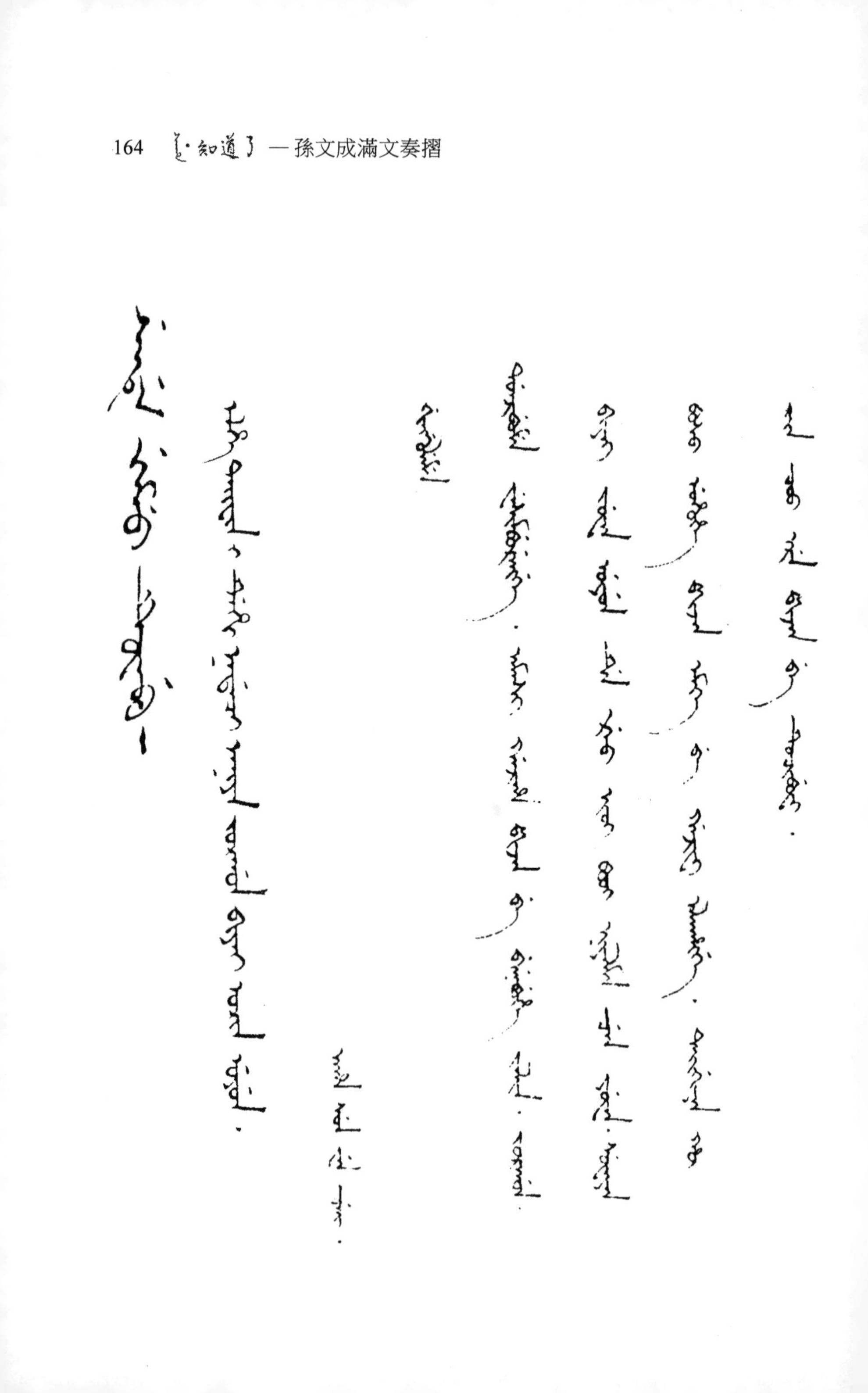

ᠮᠠᠨᠵᡠ
ᠮᠠᠨᠵᡠ

sede gemu tuwabu.

elhe taifin i dehi nadaci aniya jorgon biyai orin uyun.

【33】奏聞遵旨差人齎送皮箱摺

aha sun wen ceng, gingguleme donjibume wesimburengge, amasi gajiha pijan be benebuhe jalin, jorgon biyai juwan uyun de g'ao ioi booi niyalma cen yuwan, suwayan boso uhuhe pijan emke be gajifi alahangge, taigiyan hū jin coo ere pijan be tucibufi,

---

等眾人看。

康熙四十七年十二月二十九日

奴才孫文成

謹奏聞，為差人齎送所攜回之皮箱事。十二月十九日，高興家人陳元將黃布所包皮箱一個齎來告稱：太監胡金朝取出

等众人看。

康熙四十七年十二月二十九日

奴才孙文成

谨奏闻，为差人赍送所携回之皮箱事。十二月十九日，高舆家人陈元将黄布所包皮箱一个赍来告称：太监胡金朝取出

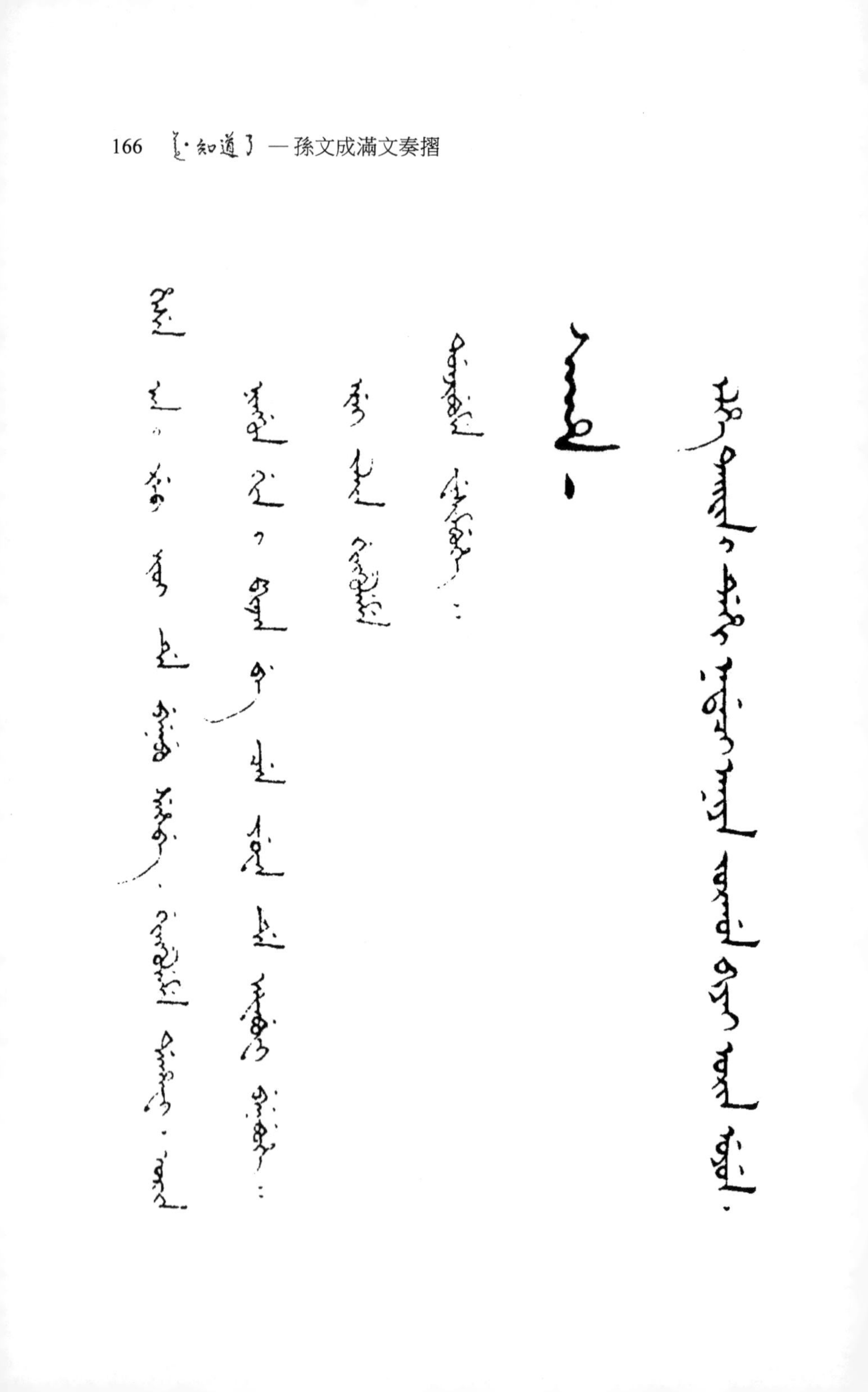

hese an i g'ao ioi de benebu sehebe, gingguleme dahafi, orin
ninggun gin i pijan be cen yuwan de afabufi benebuhe. erei
jalin gingguleme donjibume wesimbuhe.

saha.

elhe taifin i dehi nadaci aniya jorgon biyai orin uyun.

此皮箱，奉旨著照常送與高興，欽此。欽遵將二十六斤皮
箱交與陳元寶送。謹此奏聞。

【硃批】知道了。

康熙四十七年十二月二十九日

此皮箱，奉旨着照常送与高舆，钦此。钦遵将二十六斤皮
箱交与陈元赍送。谨此奏闻。

【朱批】知道了。

康熙四十七年十二月二十九日

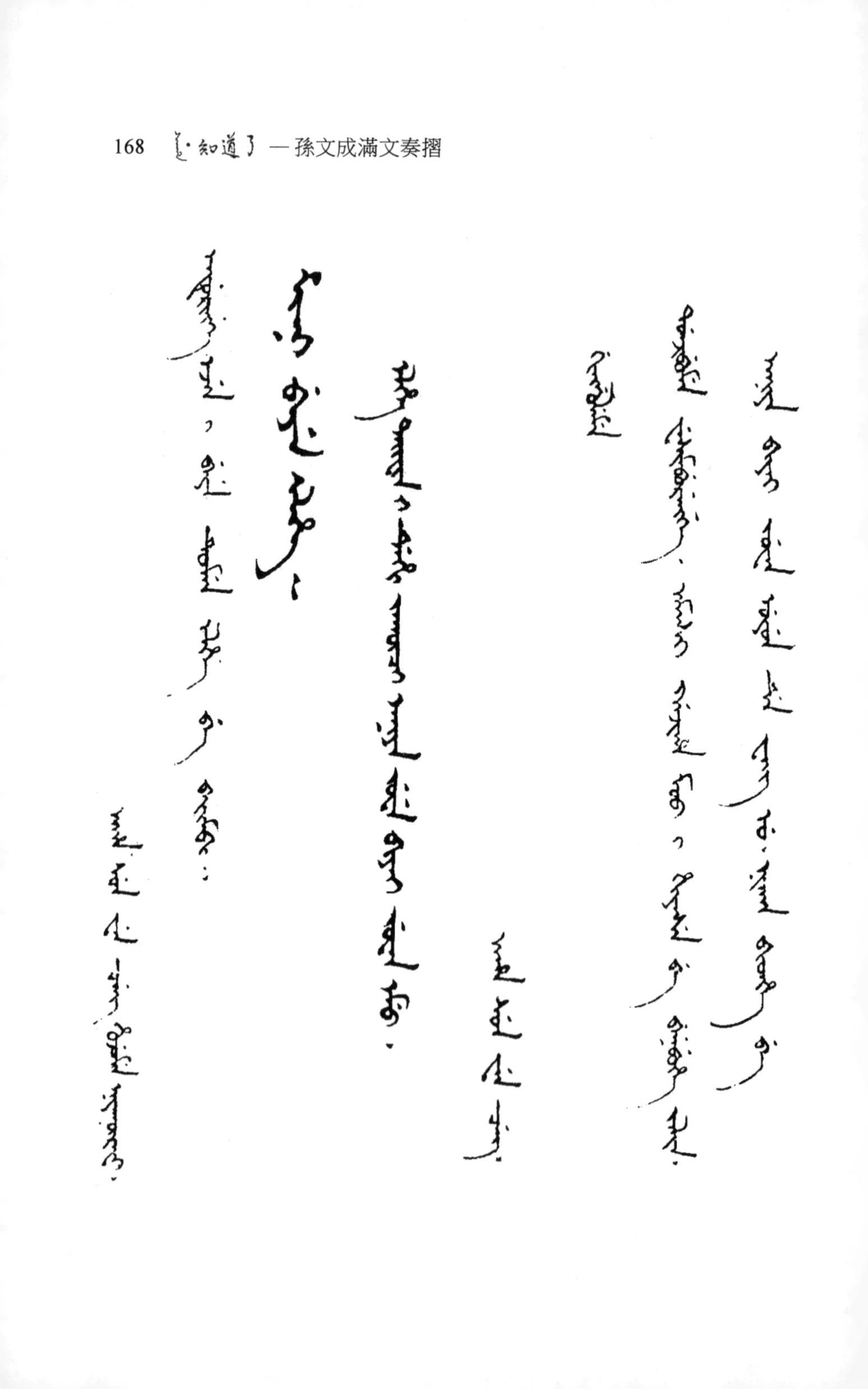

【34】請安摺

aha sun wen ceng hujume niyakūrafi, enduringge ejen i beye
tumen elhe be baimbi.

mini beye elhe.

elhe taifin i dehi jakūci aniya juwe biyai juwan emu.

【35】奏聞差人齎送木匣摺

aha sun wen ceng, gingguleme donjibume wesimburengge,
amasi gajiha moo i hiyase be benebuhe jalin, aniya biyai
juwan uyun de wang u, nikan bithe be

奴才孫文成俯伏跪
請聖主聖躬萬安。
【硃批】朕體安。
康熙四十八年二月十一日

奴才孫文成
謹奏聞，為差人齎送所攜回之木匣子事。正月十九日，王
五將裝漢書

奴才孙文成俯伏跪
请圣主圣躬万安。
【朱批】朕体安。
康熙四十八年二月十一日

奴才孙文成
谨奏闻，为差人赍送所携回之木匣子事。正月十九日，王
五将装汉书

�) ᠠᠮᠪᠠ᠂ ᡝᠵᡝᠨ

ᡥᡝᠰᡝ

ᠪᡳᡨᡥᡝ

ᠵᠠᠰᠠᡴᡝᠨ

ᠠᠯᡳ᠍ᠮᠪᠠ᠂

tebuhe moo i hiyase emke be gajifi alahangge, taigiyan hū
jin coo ere hiyase be tucibufi hese g'ao ioi de benebu sehe
seme alanjihabe, gingguleme dahafi, nikan bithe be tebuhe
moo i hiyase emke be wang u benefi g'ao ioi de afabuha.
erei jalin gingguleme donjibume wesimbuhe.
saha.
elhe taifin i dehi jakūci aniya juwe biyai juwan emu.

之木匣子一個齎來告稱：太監胡金朝取出此匣子，奉旨著
送與高輿，欽此。欽遵將裝漢書之木匣子一個令王五送交
高輿。謹此奏聞。
【硃批】知道了。
康熙四十八年二月十一日

之木匣子一个赍来告称：太监胡金朝取出此匣子，奉旨着
送与高舆，钦此。钦遵将装汉书之木匣子一个令王五送交
高舆。谨此奏闻。
【朱批】知道了。
康熙四十八年二月十一日

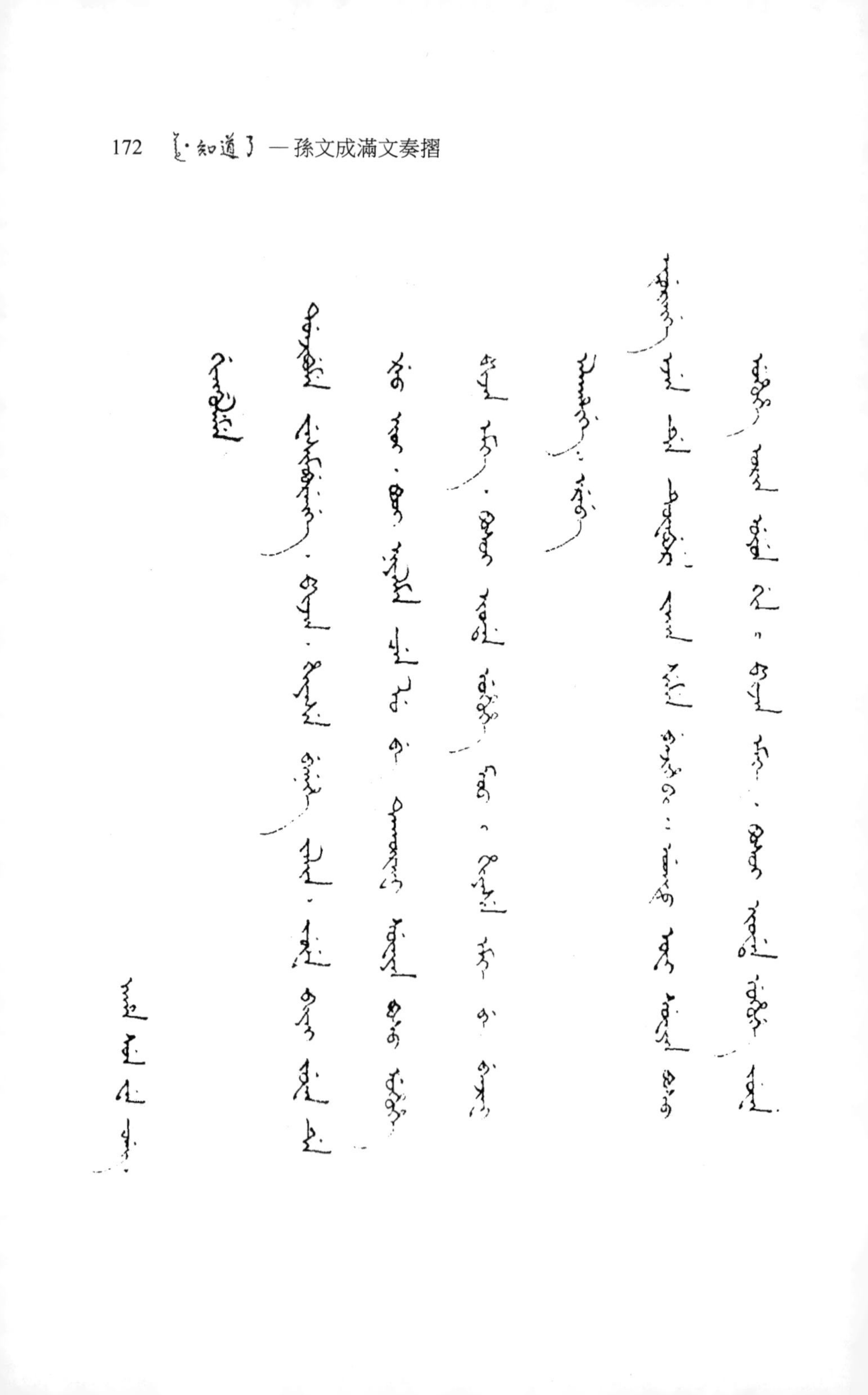

【36】奏報差人齎送皮箱木匣日期摺

aha sun wen ceng, gingguleme donjibume wesimburengge, pijan, hiyase benehe jalin, juwe biyai juwan de g'ao ioi, booi niyalma cen lu be takūrafi suwayan boso uhuhe pijan emke, bosoi iodan uhuhe moo i hiyase emke be benjifi alahangge, erebe enduringge ejen de tuwabure jaka seme benjihebi. uttu ofi suwayan boso uhuhe orin uyun gin i pijan emke, bosoi iodan uhuhe juwan

----

奴才孫文成

謹奏聞，為齎送皮箱匣子事。二月初十日，高輿差遣家人陳祿將黃布所包皮箱一個，布皮所包木匣子一個齎來告稱：此為進呈聖主御覽之物云云。是以將黃布所包二十九斤皮箱一個，及布單所包

奴才孙文成

谨奏闻，为赍送皮箱匣子事。二月初十日，高輿差遣家人陈禄将黄布所包皮箱一个，布皮所包木匣子一个赍来告称：此为进呈圣主御览之物云云。是以将黄布所包二十九斤皮箱一个，及布单所包

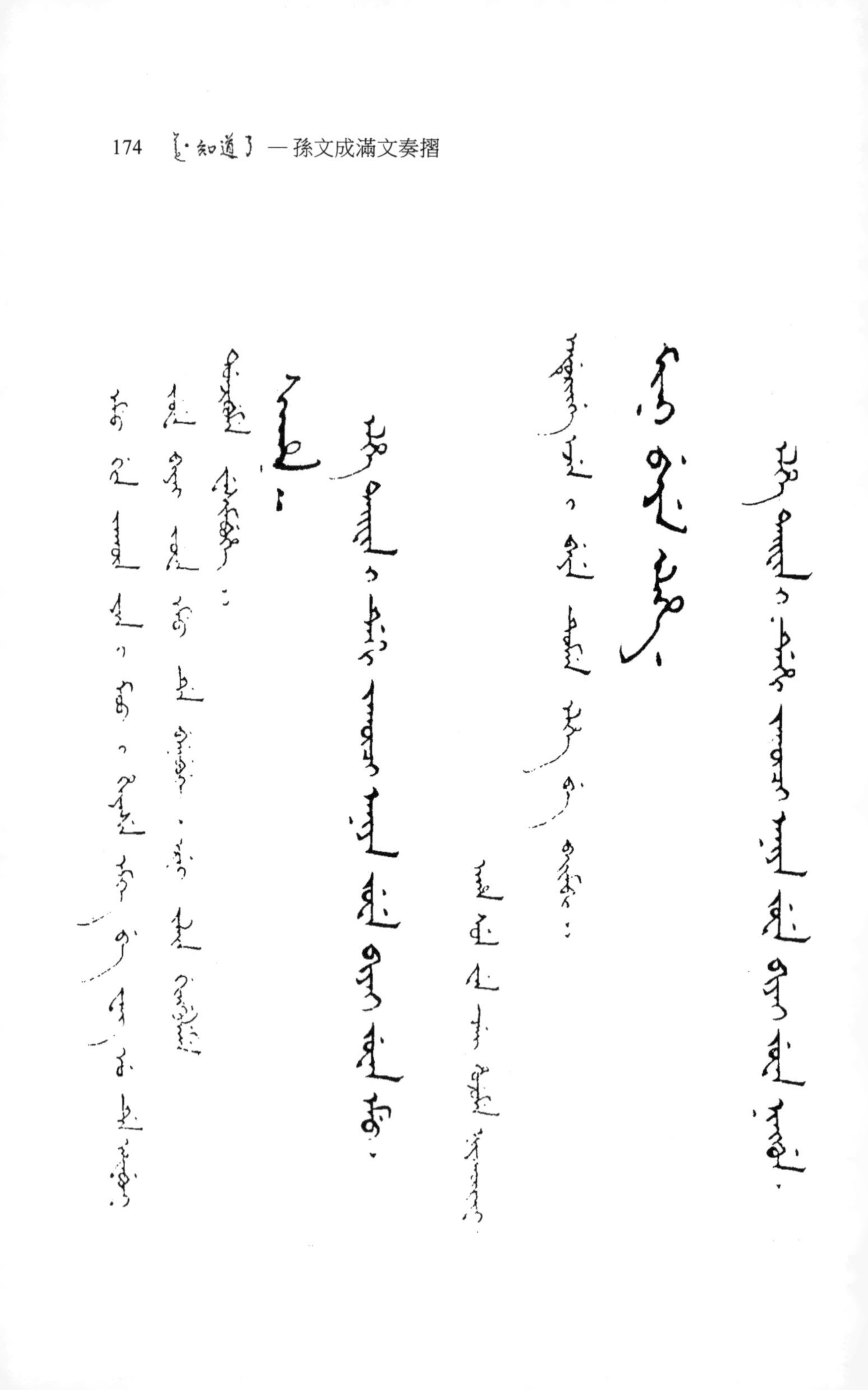

emu gin jakūn yan i moo i hiyase emke be wang u de afabufi,
juwe biyai juwan emu de benebuhe. erei jalin gingguleme
donjibume wesimbuhe.

saha.

elhe taifin i dehi jakūci aniya juwe biyai juwan emu.

【37】請安摺

aha sun wen ceng hujume niyakūrafi, enduringge ejen i beye
tumen elhe be baimbi.

mini beye elhe.

elhe taifin i dehi jakūci aniya juwe biyai juwan ninggun.

十一斤八兩木匣子一個，交與王五，於二月十一日令其齎
送，謹此奏聞。
【硃批】知道了。
康熙四十八年二月十一日
　　　　　　　　　　　　　　　奴才孫文成俯伏跪

請聖主聖躬萬安。
【硃批】朕體安。
康熙四十八年二月十六日

十一斤八兩木匣子一个，交与王五，于二月十一日令其赍
送，谨此奏闻。
【朱批】知道了。
康熙四十八年二月十一日
　　　　　　　　　　　　　　　奴才孙文成俯伏跪

请圣主圣躬万安。
【朱批】朕体安。
康熙四十八年二月十六日

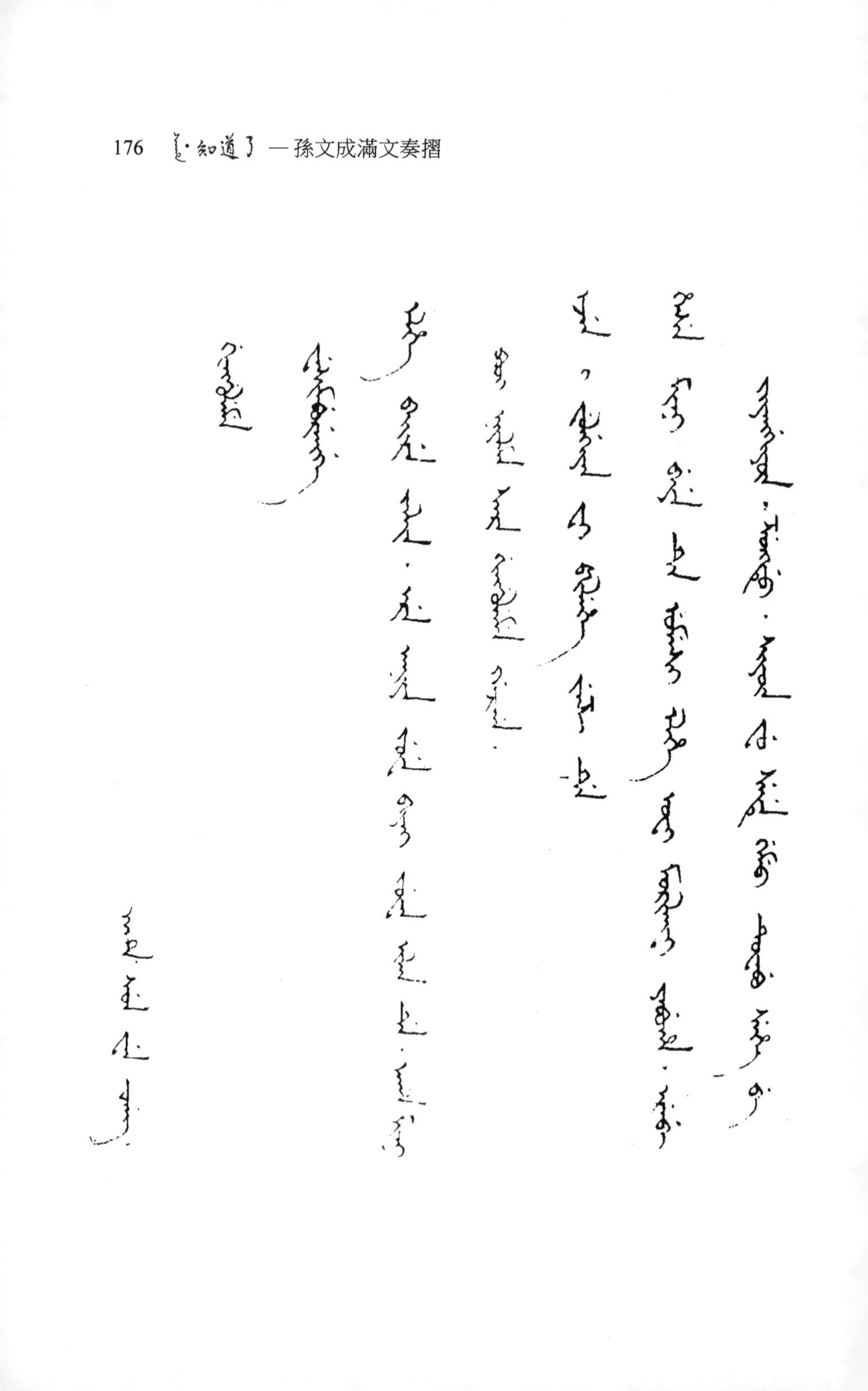

【38】奏聞遵旨傳閱硃批摺

aha sun wen ceng, gingguleme wesimburengge, elhe baire
jalin, ere aniya juwe biyai juwan ilan de, aha mini booi
niyalma sara gingguleme gajiha, ejen i fulgiyan fi pilehe
jedz de hese mini beye te umesi elhe ofi morilafi yabuha,
erebe jiyanggiyūn, dzungdu, siyūn fu sede gemu tuwabu
sehe be

奴才孫文成

謹奏，為請安事。今年二月十三日，奴才家人薩喇敬謹齎
來主子硃批摺子，奉旨今朕體甚安，已經騎馬行走，將此
旨著皆與將軍、總督、巡撫等眾人看，欽此。

奴才孙文成

谨奏，为请安事。今年二月十三日，奴才家人萨喇敬谨赍
来主子朱批折子，奉旨今朕体甚安，已经骑马行走，将此
旨着皆与将军、总督、巡抚等众人看，钦此。

ᠠᠮᠪᠠ᠂

ᡝᠵᡝᠨ᠂ ᠨᡝᠴᡳᠨᠴᡝ

ᡝᠵᡝᠨ᠂ ᠨᡝᠴᡳᠨᠴᡝ

ᡝᠵᡝᠨ᠂

ᠵᡳᡳᠯᠠᠨ

ᡝᠵᡝᠨ᠂

ᡝᠵᡝᠨ᠂

gingguleme dahafi, ineku inenggi ejen i fulgiyan fi pilehe
jedz be, jiyanggiyūn norbu, siyūn fu i doron be daiselaha an
ca ši hafan u guwe ing se niyakūrame alime gaifi tuwafi,
ejen i beye umesi elhe oho seme sabufi, geren gemu
alimbaharakū fekuceme urgunjehe. jai dzungdu fugiyan de
bisire be dahame, aha bi niyalma takūrafi ejen i hese be
gingguleme jafabufi benebuhe, jegiyang ni goloi tidu,

本日，將軍諾爾布、署理巡撫印務按察使武國楹等跪領閱
看，見主子聖躬已甚安，眾人皆不勝忭悅。再因總督現在
福建，奴才差人恭齎主子諭旨送去。浙江省提督、

本日，将军诺尔布、署理巡抚印务按察使武国楹等跪领阅
看，见主子圣躬已甚安，众人皆不胜忭悦。再因总督现在
福建，奴才差人恭赍主子谕旨送去。浙江省提督、

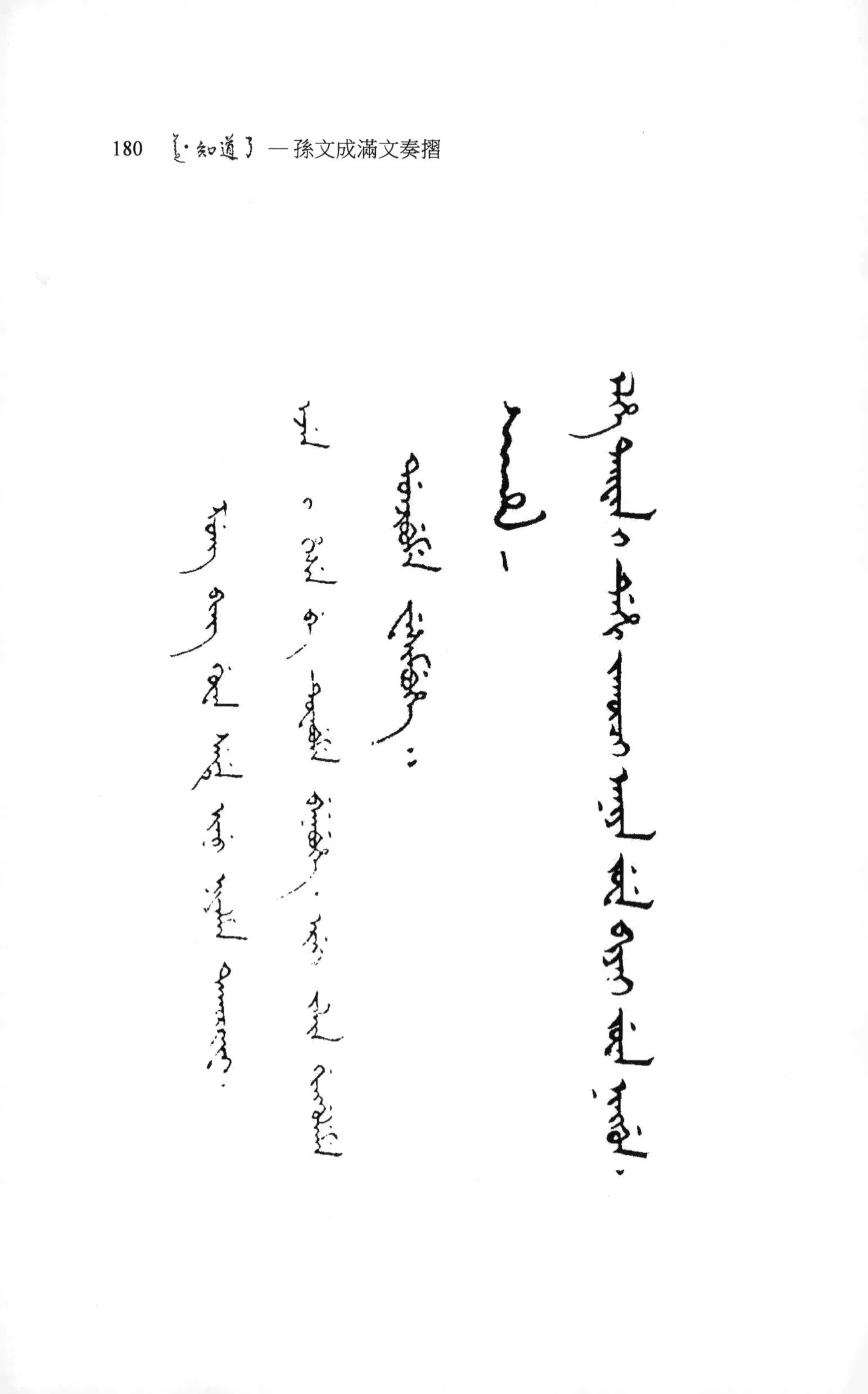

dzung bing guwan sede inu niyalma takūrafi, ejen i hese be tuwabume benebuhe. erei jalin gingguleme donjibume wesimbuhe.

saha.

elhe taifin i dehi jakūci aniya juwe biyai juwan ninggun.

總兵官眾人處，亦差人將主子諭旨送往令其閱看。謹此奏聞。

【硃批】知道了。

康熙四十八年二月十六日

总兵官众人处，亦差人将主子谕旨送往令其阅看。谨此奏闻。

【朱批】知道了。

康熙四十八年二月十六日

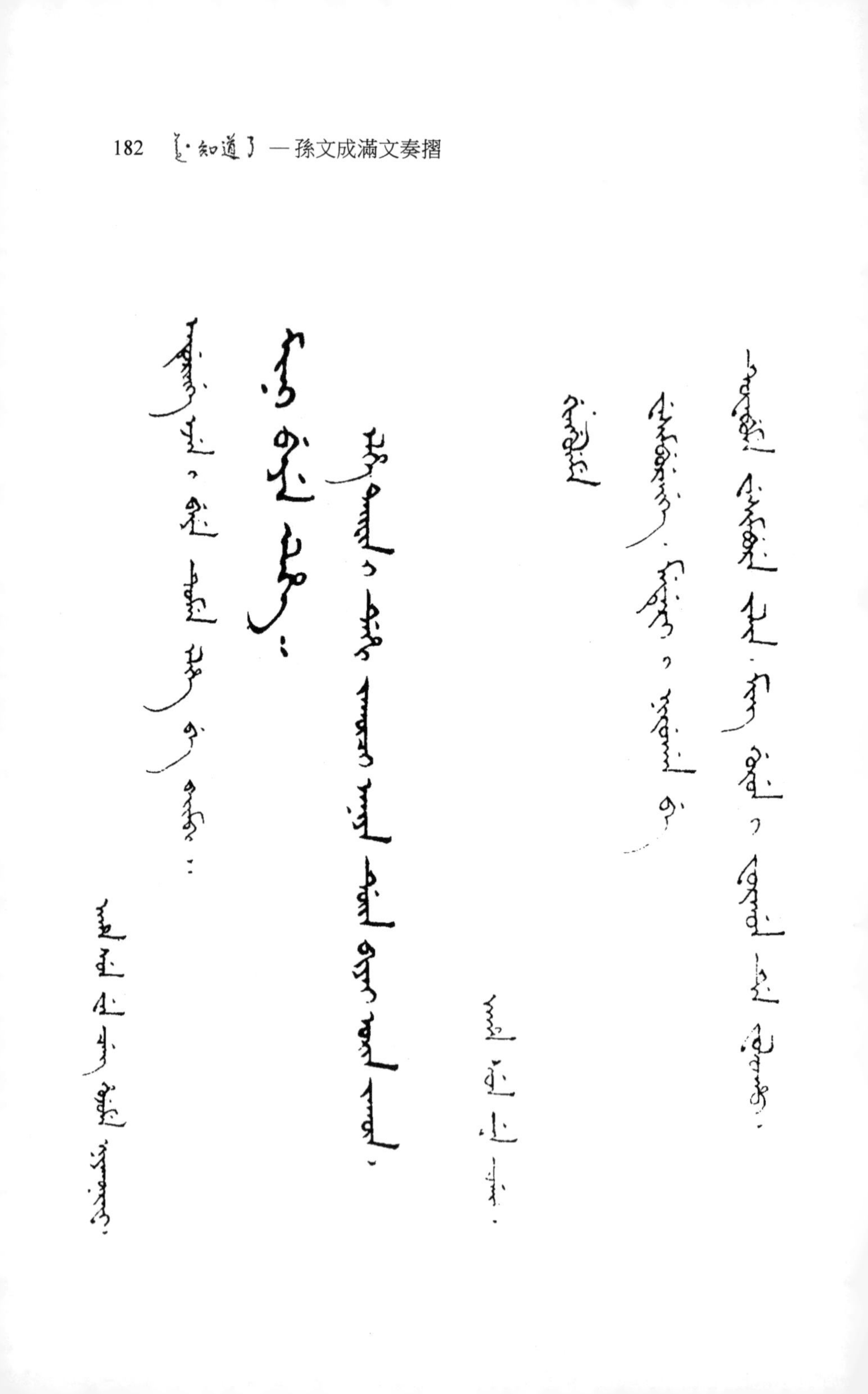

【39】請安摺

aha sun wen ceng hujume niyakūrafi, enduringge ejen i beye
tumen elhe be baimbi.

mini beye elhe.

elhe taifin i dehi jakūci aniya duin biyai orin jakūn.

【40】奏呈浙江海圖摺

aha sun wen ceng, gingguleme wesimburengge, mederi i
nirugan be tuwabume wesimbure jalin, ming gurun i forgon
de foloho,

奴才孫文成俯伏跪

請聖主聖躬萬安。

【硃批】朕體安。

康熙四十八年四月二十八日

奴才孫文成

謹奏，為呈覽海圖事。明朝之時所刻

奴才孙文成俯伏跪

请圣主圣躬万安。

【朱批】朕体安。

康熙四十八年四月二十八日

奴才孙文成

谨奏，为呈览海图事。明朝之时所刻

jegiyang ni goloi mederi i nirugan, bithei undehen bu jeng sy
yamun de bi seme. aha bi donjifi beye tuwaki seme niyalma
takūrafi emu ubu be šuwaselame gajifi tuwaci, tere undehen
aniya goidara jakade, nirugan bithei hergen ememu ba tuhefi
edelehe babi, jai bithe inu labdu, uttu ofi aha bi terei dorgi
oyonggo babe tuwame bithe juwan jakūn afaha, nirugan dehi
juwe afaha be gingguleme sarkiyame arafi, nirufi

浙江省海圖書板，存於布政司衙門。奴才聞知後，欲親自
閱看而差人刷印一分攜來看時，該書板因年代已久，圖書
文字，間有脫落殘缺者，其文亦多，是以奴才視其内重要
之處，將書十八頁，圖四十二頁，恭謹謄錄繪圖

浙江省海图书板，存于布政司衙门。奴才闻知后，欲亲自
阅看而差人刷印一分携来看时，该书板因年代已久，图书
文字，间有脱落残缺者，其文亦多，是以奴才视其内重要
之处，将书十八页，图四十二页，恭谨誊录绘图

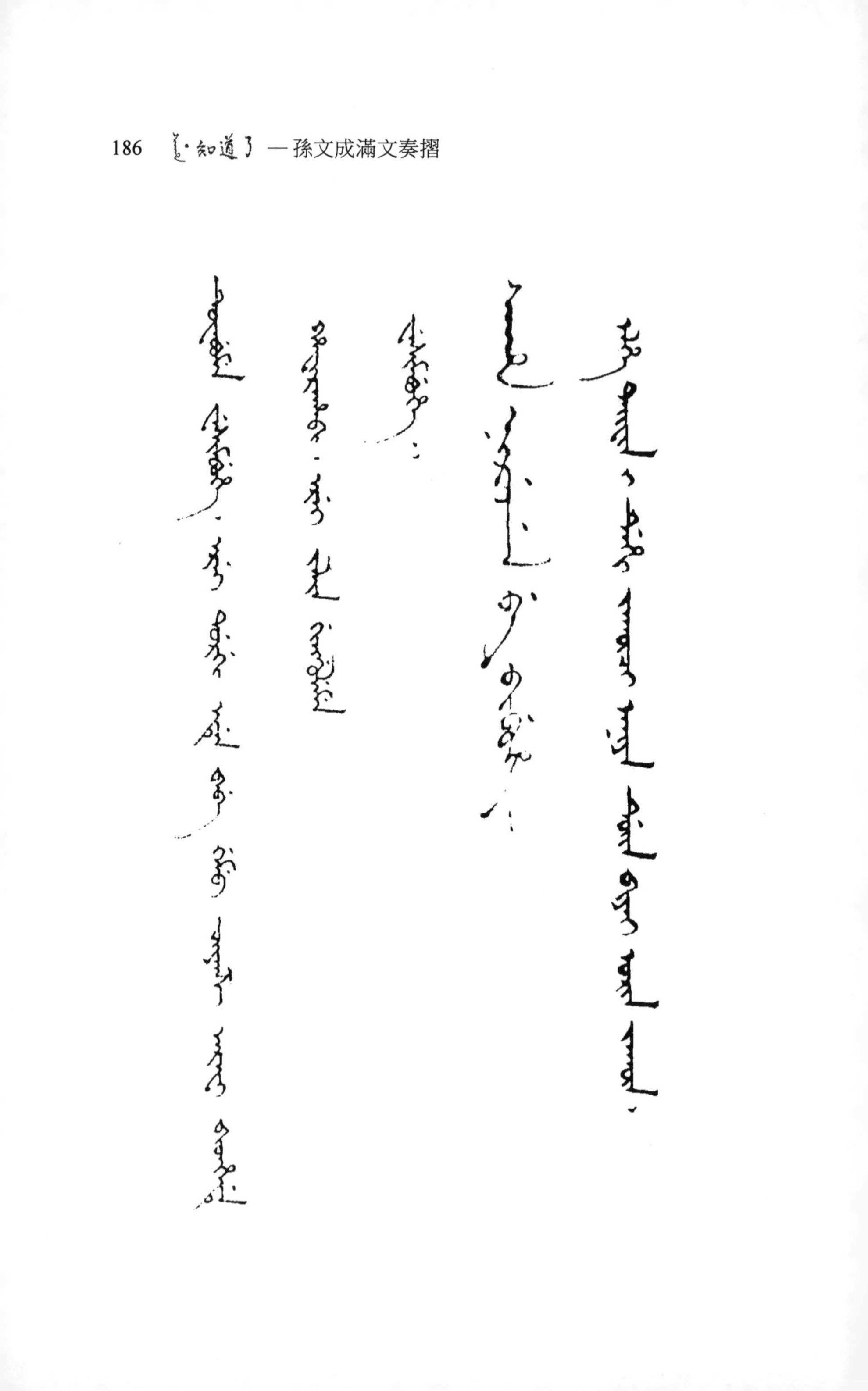

tuwabume wesimbuhe, erei dorgi eden babe gemu ciyandz
arafi bithede hafirahabi. erei jalin gingguleme wesimbuhe.
saha, nirugan be bibuhe.
elhe taifin i dehi jakūci aniya duin biyai orin jakūn.

呈覽，將此內殘缺之處，皆書寫籤子，夾於書上。為此謹
奏。
【硃批】知道了。圖留中矣。
康熙四十八年四月二十八日

呈览，将此内残缺之处，皆书写签子，夹于书上。为此谨
奏。
【朱批】知道了。图留中矣。
康熙四十八年四月二十八日

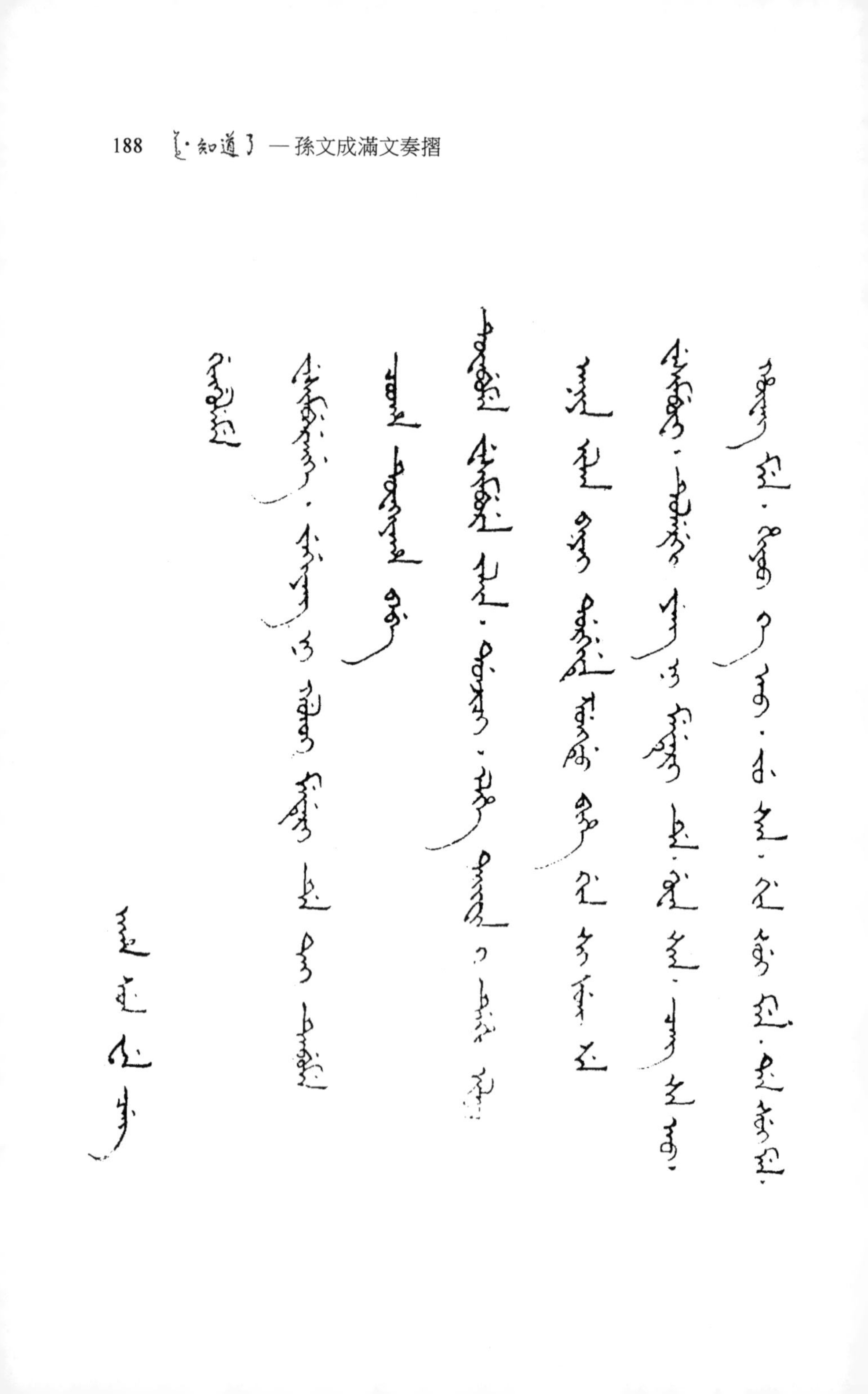

【41】奏聞浙江沿海臺汛繪圖呈覽摺

aha sun wen ceng, gingguleme wesimburengge, jegiyang ni
goloi mederi de tai tebume cooha tuwakiyaha babe
tuwabume wesimbure jalin, donjici, elhe taifin i dehi ilaci
aniya ilan biyai dorgide dzungdu bihe gin ši žung se
wesimbufi, tulergi yang ni mederi de guwan šan, cang ša ao,
hūwang men, hiyoo ke ao, ju šan, gin šui men, dan šui men,

奴才孫文成

謹奏，為將浙江省海上坐臺兵駐守之處呈覽事。聞康熙四
十三年三月內，原任總督金世榮等奏稱[8]：外洋海上關山、
長沙澳、黃門、小克澳、珠山、金水門、淡水門、

奴才孙文成

謹奏，为将浙江省海上坐臺兵驻守之处呈览事。闻康熙四
十三年三月内，原任总督金世荣等奏称[8]：外洋海上关山、
长沙澳、黄门、小克澳、珠山、金水门、淡水门、

8　金世榮，原任閩浙總督，康熙四十五年五月，陞兵部尚書。

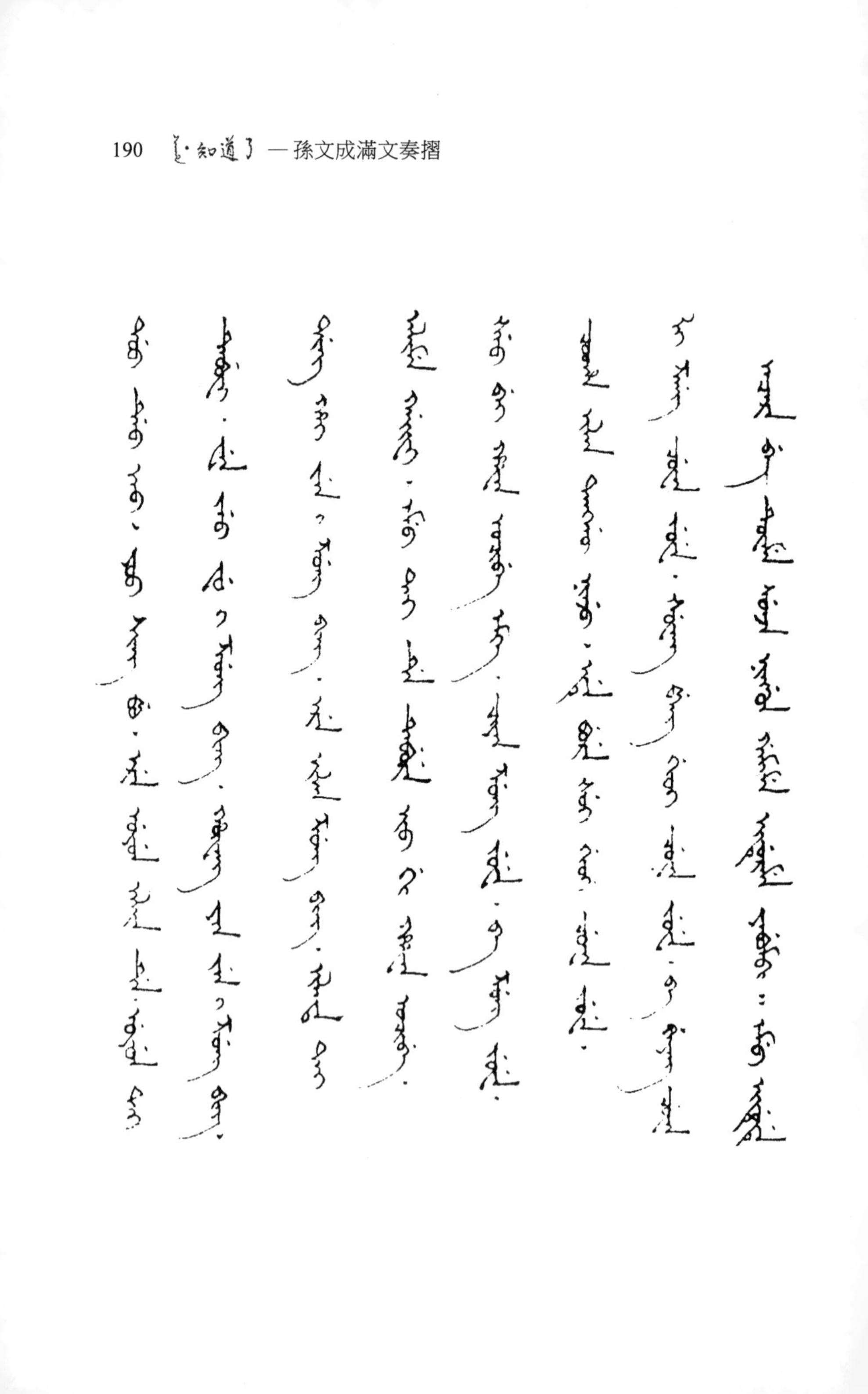

ᠮᠠᠨᠵᡠ

doo deo ao, yoo sing pu, ere uyun alin de, uyun tai tebufi,
wen jeo fu i dzung bing, hūwang yan jen i dzung bing, ding
hai jen i dzung bing, ere ilan dzung bing, ilata tai alime gaifi,
emu tai de tebure io gi hafan ocibe, šeo bei hafan ocibe emke,
ciyan dzung juwe, ba dzung juwe, cooha ilan tanggū ninju,
ede bure šui gioi cuwan juwe, li dzeng cuwan juwe, šuwang
peng gioi cuwan juwe, ba giyang cuwan acara be tuwame
sunja ninggun gamame idurame yabumbi. emu idude

道德澳、姚興埔，此九山共坐九臺，溫州府總兵、黃巖鎮
總兵、定海鎮總兵，此三總兵承領各三臺。一臺或駐遊擊，
或守備一員，千總二員，把總二員，兵三百六十名。給與
彼等水艍船二隻，犁繒船二隻，雙篷艍船二隻，八槳船酌
量帶領五六隻輪班行走。一班

道德澳、姚兴埔，此九山共坐九臺，溫州府总兵、黄岩镇
总兵、定海镇总兵，此三总兵承领各三臺。一臺或驻游击，
或守备一员，千总二员，把总二员，兵三百六十名。给与
彼等水艍船二只，犁缯船二只，双篷艍船二只，八桨船酌
量带领五六只轮班行走。一班

ᠮᡳᠨᡳᠶᠠ ᡝᠵᡝᠨ ᡳ
ᡝᠯᠪᡳᡥᡝ᠂ ᠪᡳ
ᠮᠠᠶᠠᡥᠠ᠂ ᠪᠠᡳᡨᠠ ᠪᡝ

juwe biya tefi halambi, niyengniyeri dosime cooha be gaifi,
tulergi yang de meni meni bade genefi tuwakiyame tembi,
bolori dosifi, tuwakiyara cooha be amasi gocimbi seme
wesimbufi toktobuhabi sembi. te hūdai urse i alaha gisun,
nenehe aniya hono yebe bihe, ere udu aniya tebuhe tai de
tuwakiyara cooha akū ofi, cang šan ao, be gi šan, pi šan, da
lu šan i jergi bade, nimaha butara ursei cuwan tomombi.
hūwang ioi nimaha butarangge, niyengniyeri dosika manggi,
nimaha teni dulembi, juwari ten

駐兩月後更換，入春時領兵前往外洋各自地方駐守，入秋
後撤回駐守之兵，奏請定奪云云。現據商人稟稱：昔年尚
好，惟此數年因無坐臺駐守之兵，長沙澳、北麂山、皮山、
大陸山等處，有漁民之船棲息，捕捉黃魚，入春之後，魚
始經過，自夏至

駐兩月后更換，入春时領兵前往外洋各自地方驻守，入秋
后撤回驻守之兵，奏请定夺云云。現据商人稟称：昔年尚
好，惟此数年因无坐台驻守之兵，长沙澳、北麂山、皮山、
大陆山等处，有渔民之船栖息，捕捉黄鱼，入春之后，鱼
始经过，自夏至

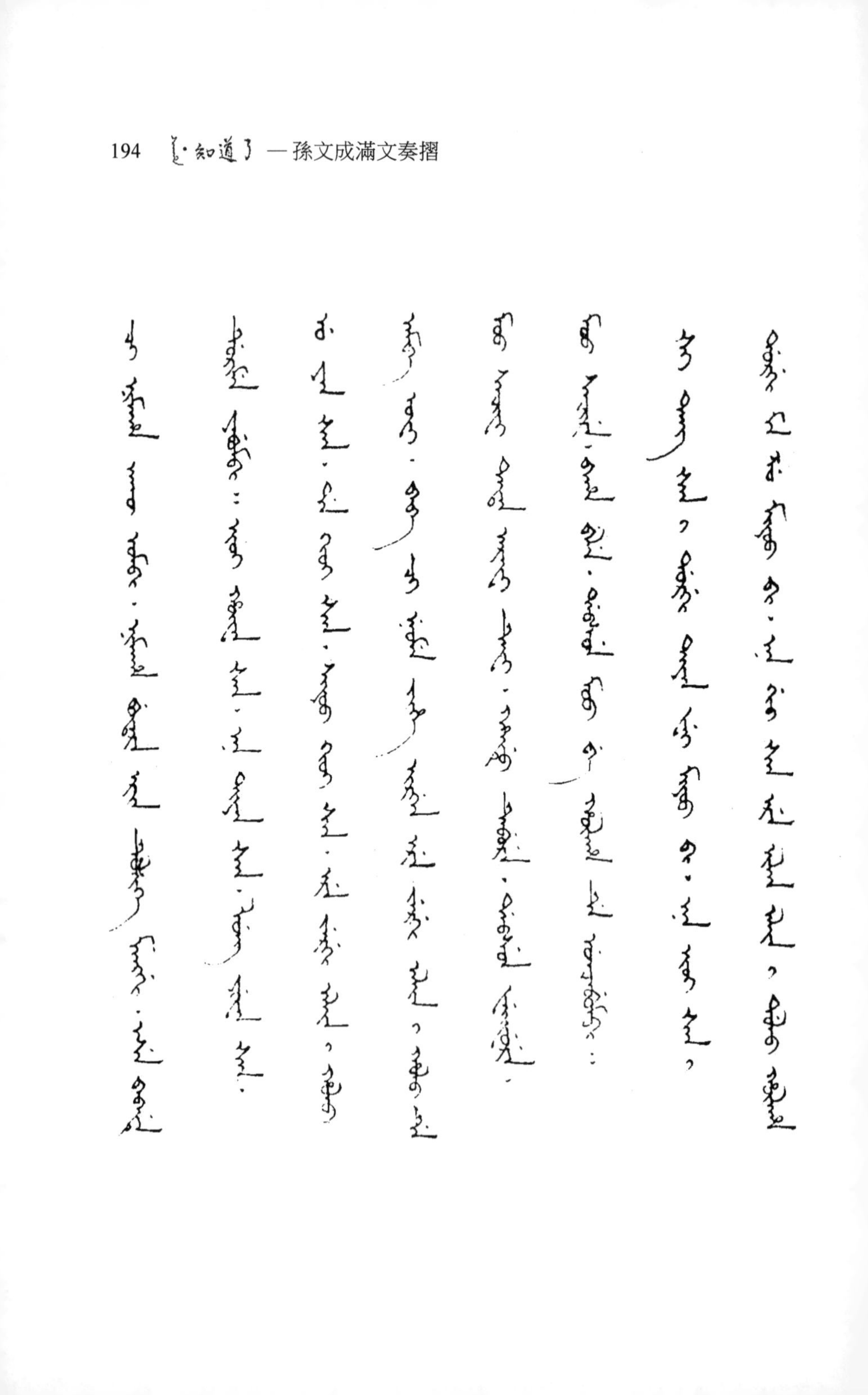

ci nimaha akū ombi, nimaha butara erin dulike〔duleke〕
manggi, ese babade durime yabumbi. ioi hūwan šan, nan
tiyan šan, lung yuwan šan, u yan šan, da kioi šan, siyoo kioi
šan, ere jergi alin i holo amba ofi, baba ci neome jihe irgen
ere jergi alin i holo de moo sacifi tatan arafi tefi, handu
tebure, dabsun feifure, moo sacire, baha bele, dabsun, moo
be hūlha de uncabumbi. ši tang šan i dorgi tiyan fei miyoo bi,
nan ioi šan i dorgi ma dzu miyoo bi, nan gio šan ere ilan alin
i dolo hūlha

起無魚，故捕魚季節過後，彼等至各處行搶。玉環山、南
田山、龍涎山、屋簷山、大衢山、小衢山，因此等山谷甚
大，自各處流寓此處之百姓，在此等山谷內砍木築屋居
住，種稻、煎鹽、砍木，所得米、鹽、木，售與賊徒。石
塘山內有天妃廟，南玉山內有媽祖廟，及南韮山，此三山
內

起无鱼，故捕鱼季节过后，彼等至各处行抢。玉环山、南
田山、龙涎山、屋檐山、大衢山、小衢山，因此等山谷甚
大，自各处流寓此处之百姓，在此等山谷内砍木筑屋居住，
种稻、煎盐、砍木，所得米、盐、木，售与贼徒。石塘山
内有天妃庙，南玉山内有妈祖庙，及南韭山，此三山内

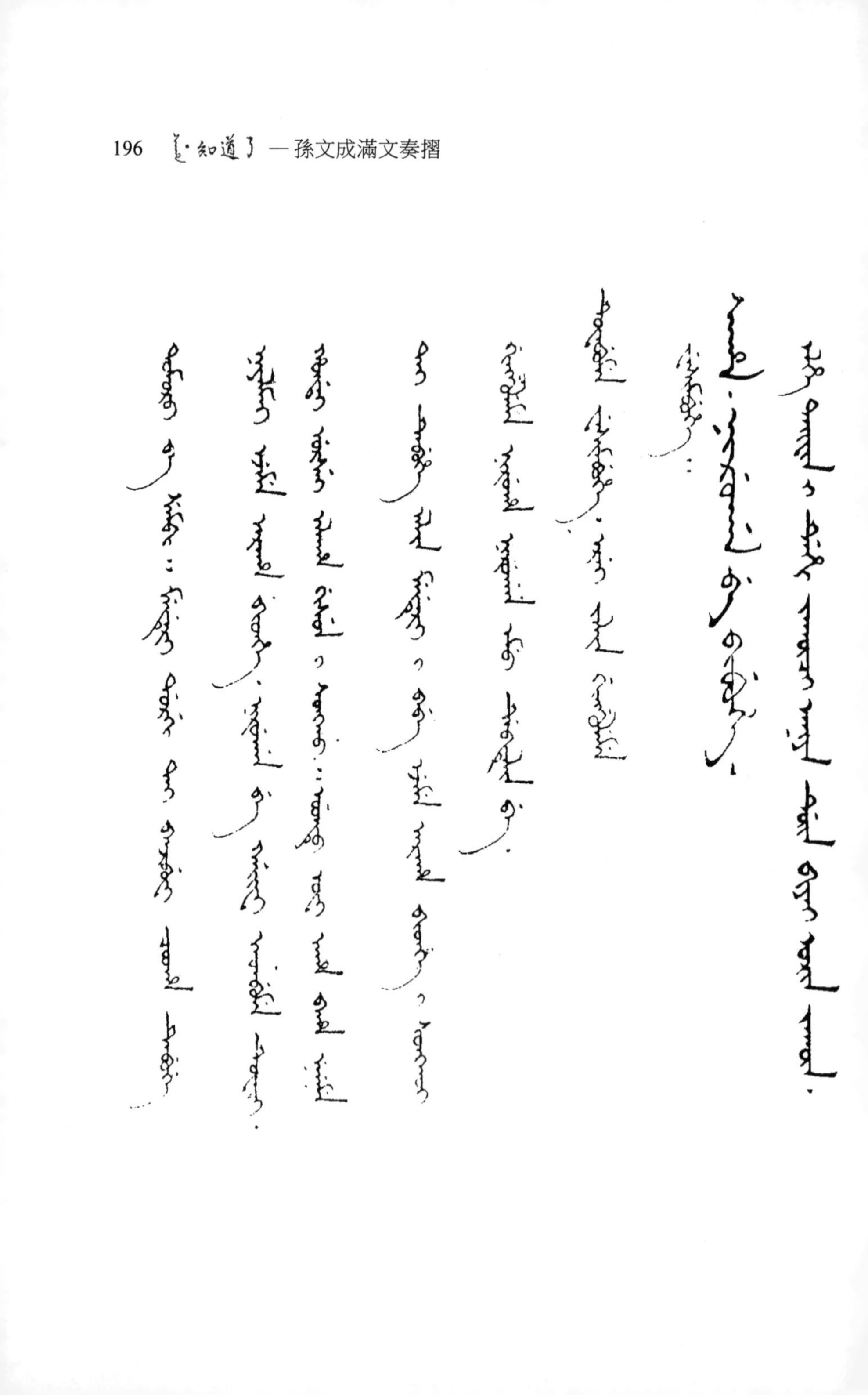

tomoro ba sembi. mederi dorgi tai banjibufi cooha tebuhe
niyalmai ejeme araha bithe, nirugan be gaifi acabume tuwafi,
hūdai ursei alaha gisun i songko. uttu ofi aha baha neneme
tai tebuhe alin mederi i babe ejeme araha bithe i songkoi
gingguleme niruha nirugan emu debtelin be, tuwabume
wesimbuhe. erei jalin gingguleme wesimbuhe.

saha, nirugan be bibuhe.

elhe taifin i dehi jakūci aniya duin biyai orin jakūn.

為賊棲息之處。將海內編臺駐兵之人所記載之書、圖取來
勘合時，與商人所稟告之言一樣。是以奴才先將坐臺山海
之處，按照記載之書，恭謹繪圖一冊呈覽。為此謹奏。
【硃批】知道了。圖留中矣。
康熙四十八年四月二十八日

为贼栖息之处。将海内编台驻兵之人所记载之书、图取来
勘合时，与商人所禀告之言一样。是以奴才先将坐台山海
之处，按照记载之书，恭谨绘图一册呈览。为此谨奏。
【朱批】知道了。图留中矣。
康熙四十八年四月二十八日

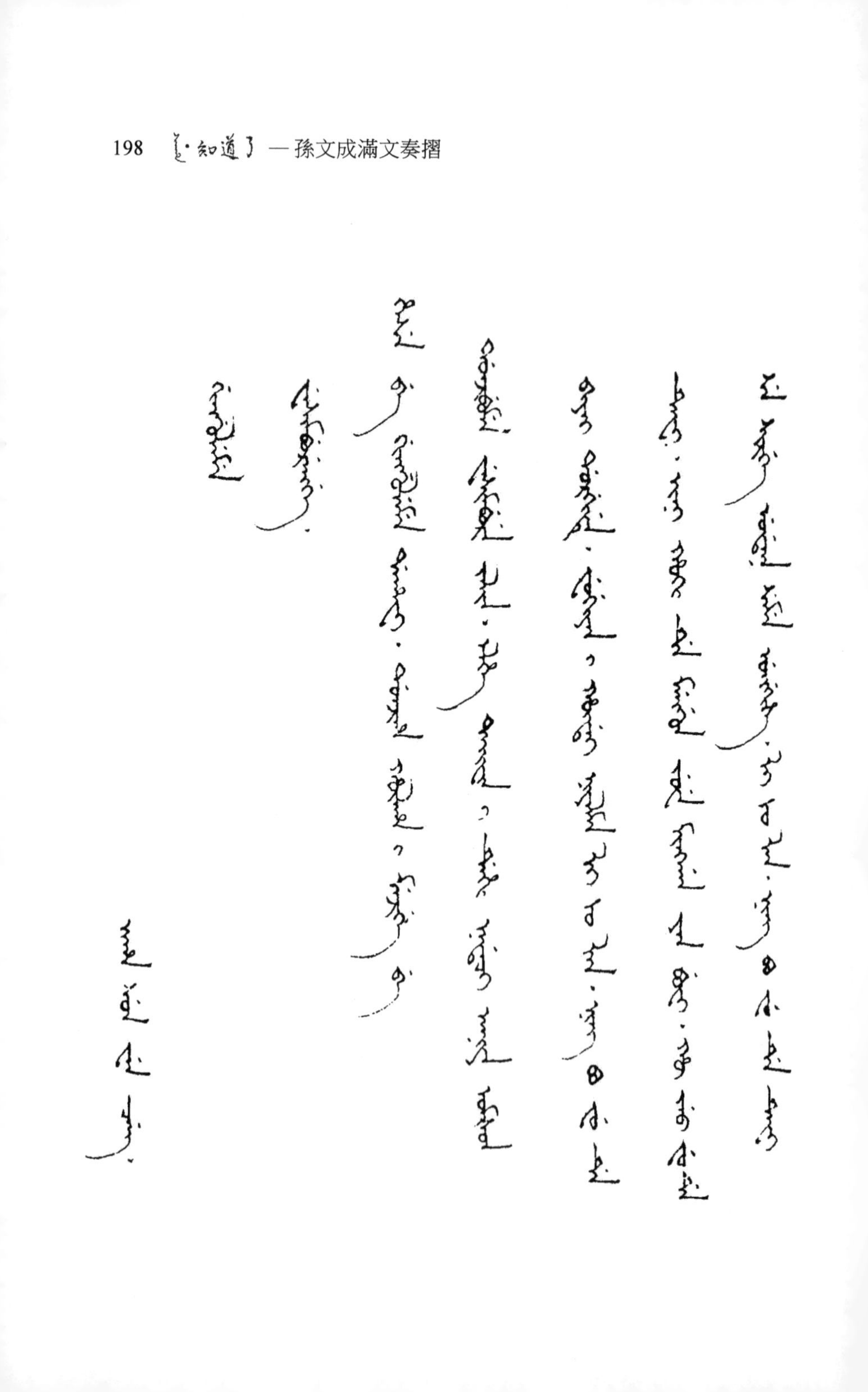

【42】奏聞海賊劫奪商船摺

aha sun wen ceng, gingguleme wesimburengge, hese be gingguleme dahafi, donjiha hūlha i mejige be donjibume wesimbure jalin, elhe taifin i dehi nadaci aniya omšon biyai dorgide, fugiyan i hūdai niyalma li žo lan, ning bo fu de tefi, ini hoki de menggun juwe minggan yan bufi, hū jeo fu de se sirge udana seme unggihe. li žo lan, ning bo fu de tefi

　　　　　　　　　　　　　　　　　　奴才孫文成

謹奏，為欽遵諭旨奏聞所聞賊信事。康熙四十七年十一月內，福建商人李若蘭居住寧波府，給與其夥伴銀二千兩，差往湖州府購買生絲。李若蘭住在寧波府

　　　　　　　　　　　　　　　　　　奴才孙文成

謹奏，为欽遵谕旨奏闻所闻贼信事。康熙四十七年十一月內，福建商人李若兰居住宁波府，给与其伙伴银二千兩，差往湖州府购买生丝。李若兰住在宁波府

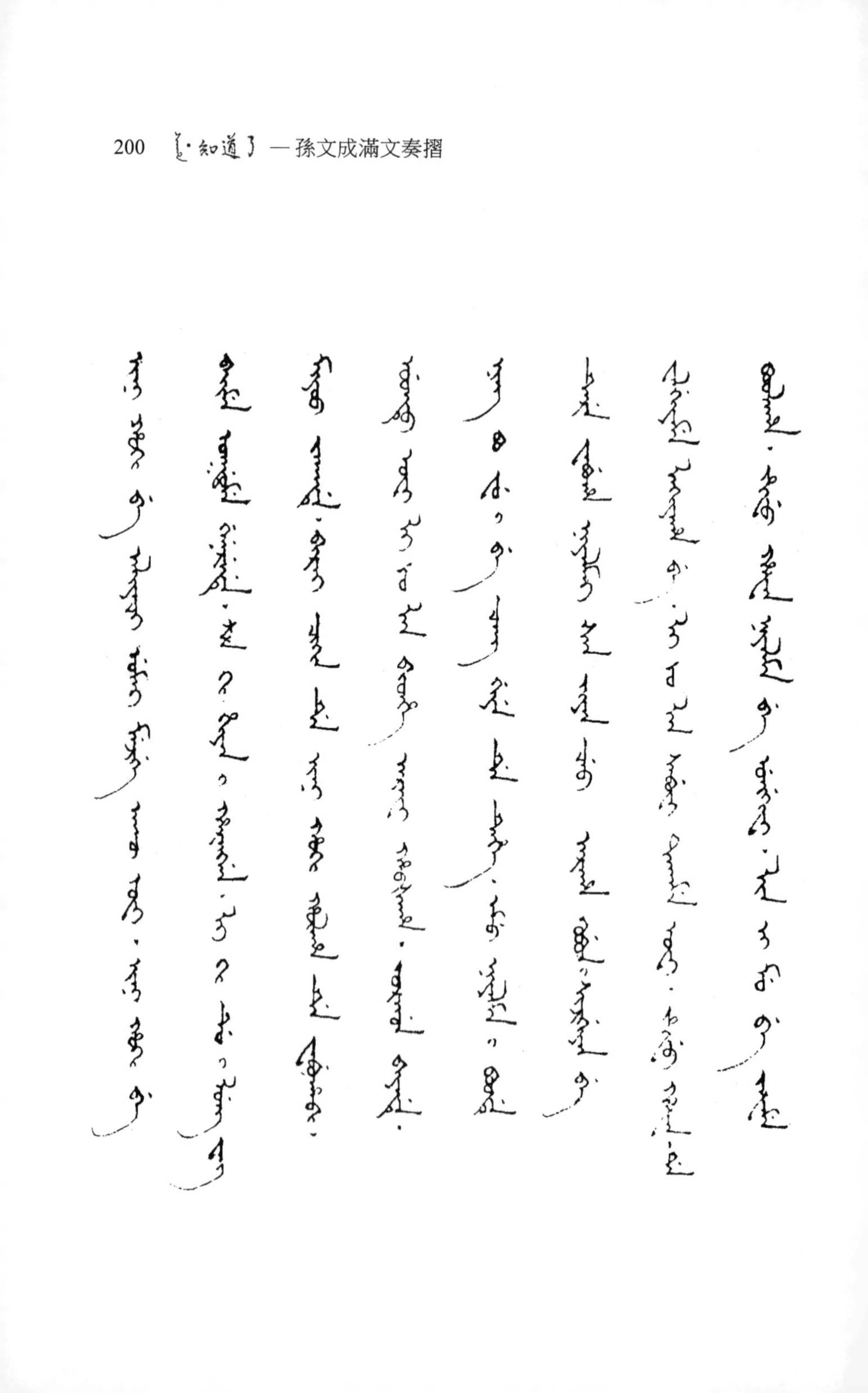

ini hoki be aliyaci umai mejige akū ofi, ini hoki be baime okdome generede, ts'y ki hiyan i harangga li ki du i lung wang miyoo jakade, birai cikin de ini hoki hūlha de wabuhabi, uttu ofi li žo lan bithe arafi habšaha. jorgon biyade, ning bo fu i be cang giye de tehe emu niyalma i boode tere wabuha niyalmai šan jiyan ceo araha kubun i sijigiyan be walgiyame lakiyaha be, li žo lan sabufi takame ofi, jyfu hafan de boolaha, jyfu hafan niyalma be unggifi, lin i mu be jafame

---

等候其夥伴，並無音信，迎往尋其夥伴時，於慈谿縣所屬李七堵之龍王廟前河岸，見其夥伴為賊所殺，是以李若蘭具書告狀。十二月間，住寧波府北常街一人家中，將其被殺者之閃箭綢所製棉袍懸掛晾晒，李若蘭看後認得，故稟報知府。知府差人將林一木拏獲

等候其伙伴，并无音信，迎往寻其伙伴时，于慈溪县所属李七堵之龙王庙前河岸，见其伙伴为贼所杀，是以李若兰具书告状。十二月间，住宁波府北常街一人家中，将其被杀者之闪箭绸所制棉袍悬挂晾晒，李若兰看后认得，故禀报知府。知府差人将林一木拏获

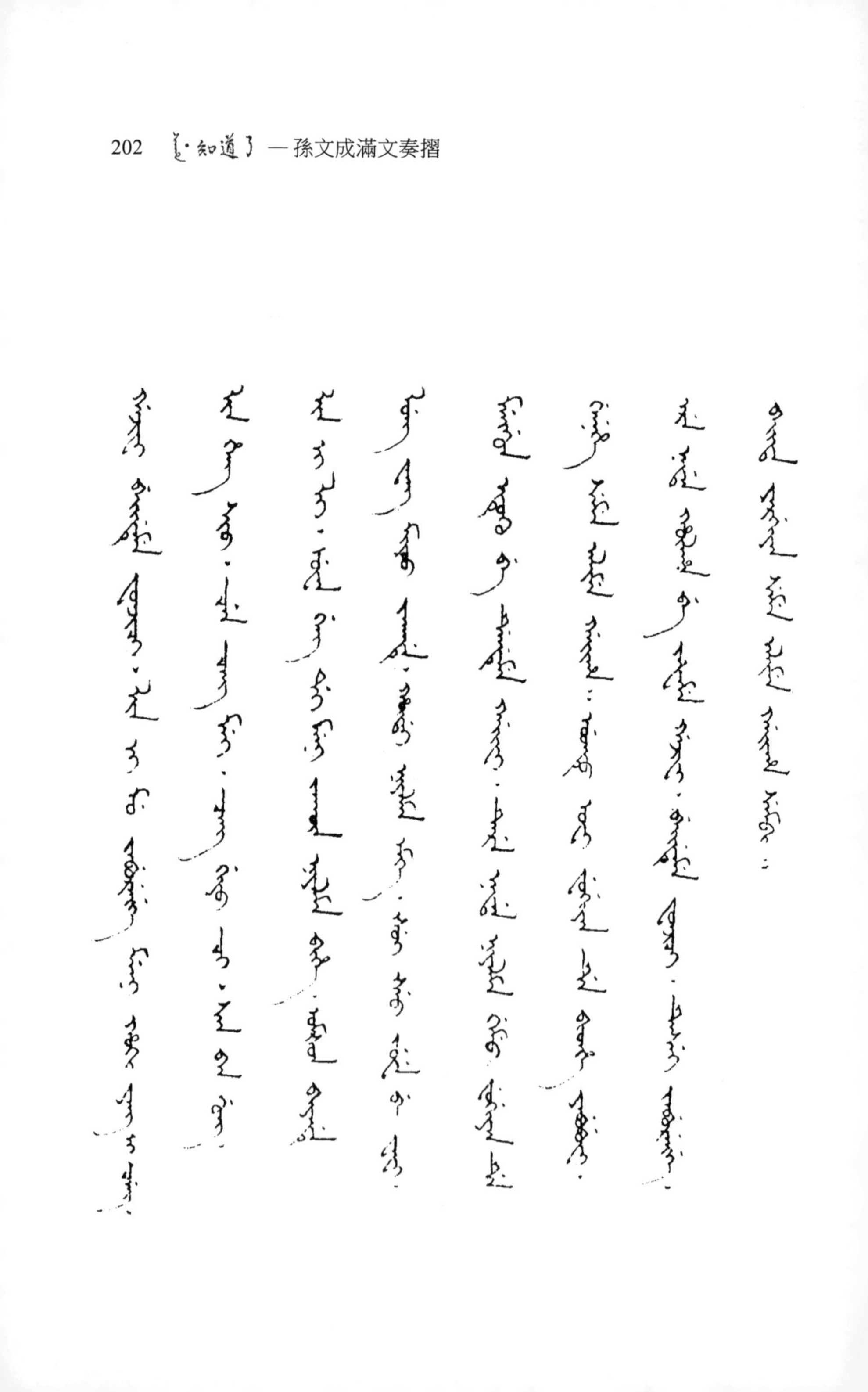

gajifi beideme fonjici, lin i mu jaburengge, meni hoki yang i ceng, lin heng sio, cen cang mei, cang gio ci, san ban gung, lin i li, zuwan geng di meni jakūn niyalma bihe, omšon biyade lung wang miyoo jakade, hūdai niyalma emke, šui šeo juwe be wafi, menggun etuku be dendeme gaifi, tere nadan niyalma gemu fugiyan de genehe seme alime gaiha. uttu ofi fugiyan de bithe yabubufi, ere nadan hūlha be jafame gajifi, beideme fonjici, tesei jaburengge, baita yargiyan seme alime gaiha sembi.

審問時，林一木供稱：我等同黨為楊易成、林恆秀、陳常梅、常九齊、單半功、林易理、阮耿地八人[9]，於十一月內在龍王廟前將商人一名、水手二名殺害，分取銀兩衣服，其七人皆已往福建云云，供認不諱。是以行文福建緝拏此七賊，審訊時，彼等供稱：事情屬實，供認不諱云云。

审问时，林一木供称：我等同党为杨易成、林恒秀、陈常梅、常九齐、单半功、林易理、阮耿地八人[9]，于十一月内在龙王庙前将商人一名、水手二名杀害，分取银两衣服，其七人皆已往福建云云，供认不讳。是以行文福建缉拏此七贼，审讯时，彼等供称：事情属实，供认不讳云云。

---

[9]　原摺內 li žo lan，音譯作李若蘭。lin i mu，音譯作林一木。yang i ceng，音譯作楊易成。lin heng sio，音譯作林恆秀。cen cang mei，音譯作陳常梅。cang gio ci，音譯作常九齊。san ban gung，音譯作單半功。lin i li，音譯作林易理。žuwan geng di，音譯作阮耿地。hūng ing kui，音譯作洪應魁。

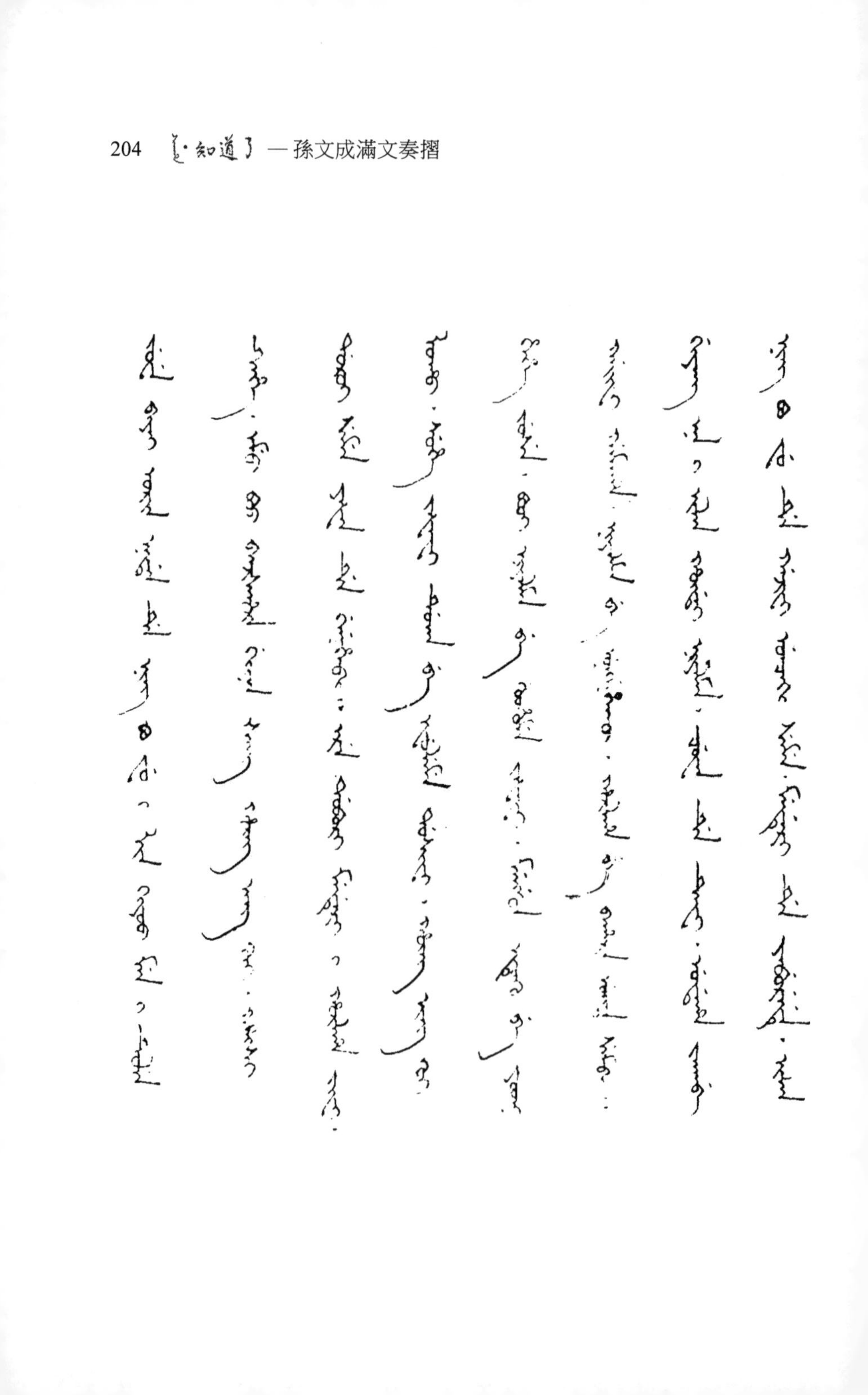

juwe biyai orin nadan de ning bo fu i lin kiyoo men i tule tehe emu boo banjishūn giyan šeng hūng ing kui, hangsi doroi seme yafan de genehebi. ere dobori mederi i hūlha jifi, loho, suhe jafafi duka be efuleme dosifi, hūng ing kui hehe juse, booi niyalma be huthume jafafi, menggun, etuku be yooni gaifi gamaha, niyalma be nungnehekū, hūlha be bahara unde sembi.

giyang nan i ilan hūdai niyalma, cuwan de tefi, udaha jakabe ning bo fu de gajifi uncaki seme, mederi de yaburede, ilan

---

二月二十七日，寧波府靈巧門外住有一家生活小康之監生洪應魁，以清明節前往墓園。是夜，海賊前來，持腰刀、斧子破門進入，將洪應魁婦孺及其家人綑綁，銀兩、衣服俱取去，未殺害人，尚未拏獲賊云云。

江南商人三名坐船，欲將所購物品攜往寧波府出售，在海上航行時，

二月二十七日，宁波府灵巧门外住有一家生活小康之监生洪应魁，以清明节前往墓园。是夜，海贼前来，持腰刀、斧子破门进入，将洪应魁妇孺及其家人捆绑，银两、衣服俱取去，未杀害人，尚未拏获贼云云。

江南商人三名坐船，欲将所购物品携往宁波府出售，在海上航行时，

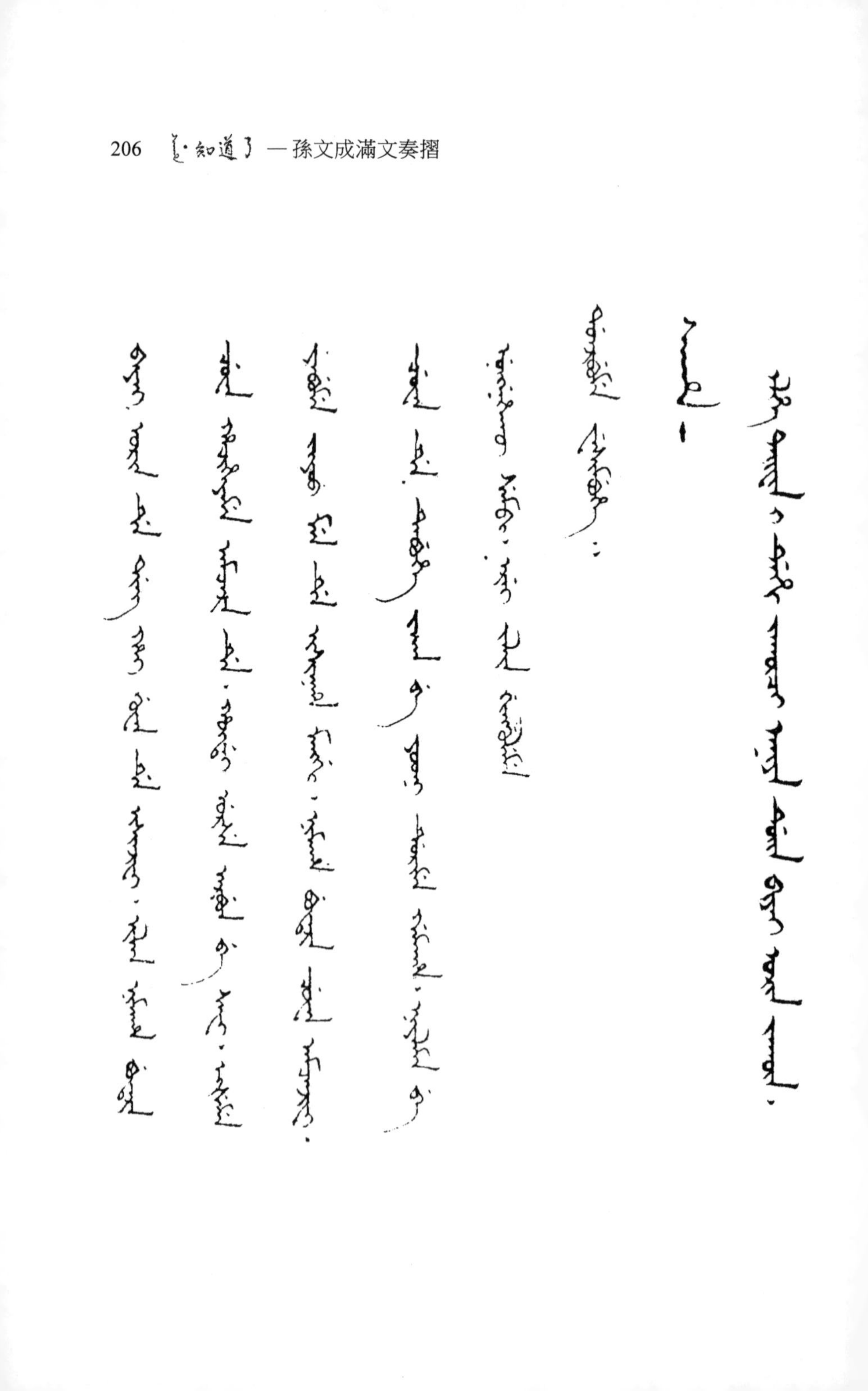

biyai orin de ding hai guwan de isinjifi, ilan nimaha butara
cuwan hacihiyame amcara de, hūdai urse arbun be safi,
ekšeme yabume jiyoo men de isinaha manggi, nimaha butara
cuwan amcanjifi, cuwan de tebuhe jaka be yooni durime
gamaha, niyalma be nungnehekū sembi. erei jalin
gingguleme donjibume wesimbuhe.

saha.

elhe taifin i dehi jakūci aniya duin biyai orin jakūn.

於三月二十回至定海關，有三隻捕魚船緊追，商人見情
勢，急忙航行，至角門時，捕漁船追及，船上所裝載物品
俱奪去，未殺害人云云。謹此奏聞。

【硃批】知道了。

康熙四十八年四月二十八日

于三月二十回至定海关，有三只捕鱼船紧追，商人见情势，
急忙航行，至角门时，捕渔船追及，船上所装载物品俱夺
去，未杀害人云云。谨此奏闻。

【朱批】知道了。

康熙四十八年四月二十八日

ᡝᠯᡝ ᠪᡝ ᠰᠠᡳᠰᠠ
ᡝᠯᡝ ᠪᠠᡳᡨᠠ ᠪᡝ ᡝᠮᡝᡳ
ᡝᠯᡝ ᡩᡝ ᡝᠮᡝᡳᠪᡝ

ᡝᠯᡝ ᠪᡝ ᠰᠠᡳᠰᠠ

【43】奏聞官兵查拏賊眾摺

aha sun wen ceng, gingguleme wesimburengge, hese be gingguleme dahafi, hūlha i mejige be donjibume wesimbure jalin, jegiyang ni goloi cu jeo fu i harangga sung yang hiyan, yūn ho hiyan de hūlha dekdehebi seme donjifi, aha bi niyalma be unggifi mejige gaici, ilan biyai juwan nadan de tanggū isire hūlha, sui cang hiyan ci

奴才孫文成

謹奏，為欽遵諭旨奏聞賊信事。聞浙江省處州府所屬松陽縣、雲和縣有賊滋事，奴才差人探取信息，三月十七日，百許賊徒自遂昌縣四十里外，

奴才孙文成

謹奏，为钦遵谕旨奏闻贼信事。闻浙江省处州府所属松阳县、云和县有贼滋事，奴才差人探取信息，三月十七日，百许贼徒自遂昌县四十里外，

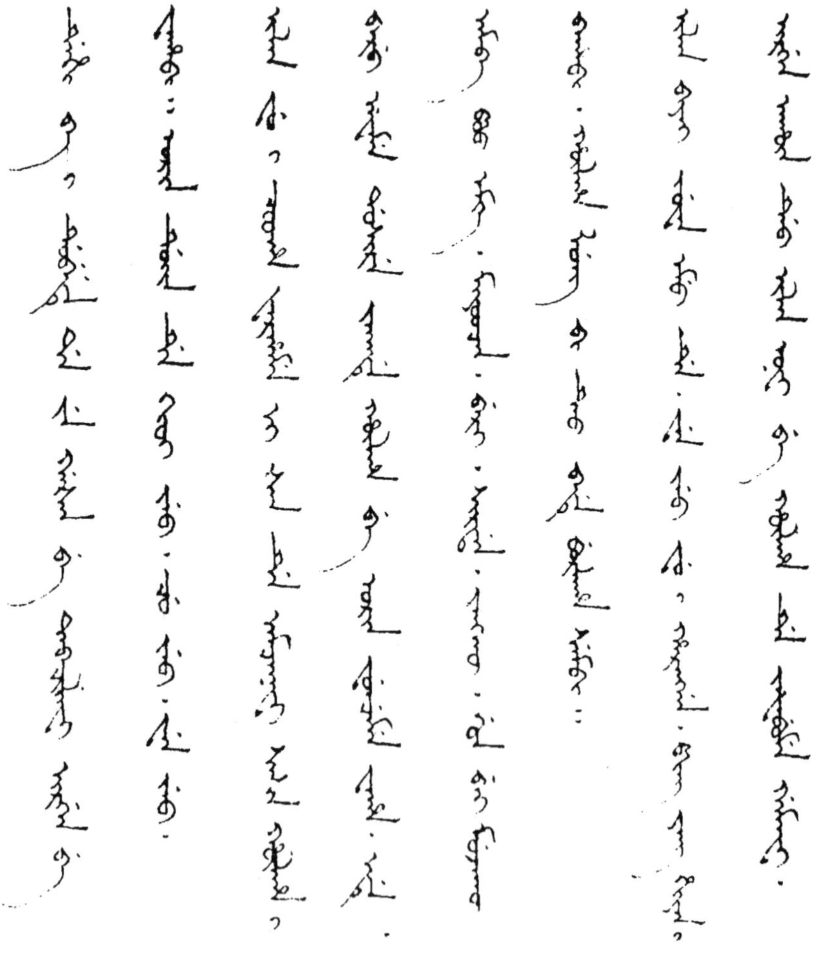

ᠠᠮᠪᠠ
ᠠᠮᠪᠠᠨ
ᠰᡠᠨ
ᠸᡝᠨ
ᠴᡝᠩ
ᠨᡳ
ᡤᡳᠩᡤᡠᠯᡝᠮᡝ
ᠸᡝᠰᡳᠮᠪᡠᡵᡝ

dehi ba i dubede da je gašan be tabcilafi irgen be wahabi.
orin duin de kioi jeo, cu jeo, wen jeo, ilan fu i cooha farhame
i šan de amcanafi sasa hūlha i baru afame dosire jakade
hūlha be orin funceme waha, ede amba poo emke, miyoocan,
beri, sirdan, jangkū, gun bei〔pai〕mujakū bahabi, hūlha
lung bi teo bade burlaha sembi.
ilan biyai juwan emu de, wen jeo fu i harangga ping yang
hiyan i irgen ahūn deo ilan nofi be hūlha de jafabume
gamafi,

搶劫大淛村，殺害百姓。二十四日，衢州、處州、溫州三
府之兵追趕，在奕山追及，一齊進攻賊徒，殺賊二十餘名，
獲大砲一尊，鳥鎗、弓、箭、大刀、滾牌甚夥，賊眾敗竄
至龍鼻頭云云。
三月十一日，溫州府所屬平陽縣之百姓兄弟三人為賊擄
去，

抢劫大淛村，杀害百姓。二十四日，衢州、处州、温州三
府之兵追赶，在奕山追及，一齐进攻贼徒，杀贼二十余名，
获大炮一尊，鸟鎗、弓、箭、大刀、滚牌甚伙，贼众败窜
至龙鼻头云云。
三月十一日，温州府所属平阳县之百姓兄弟三人为贼掳
去，

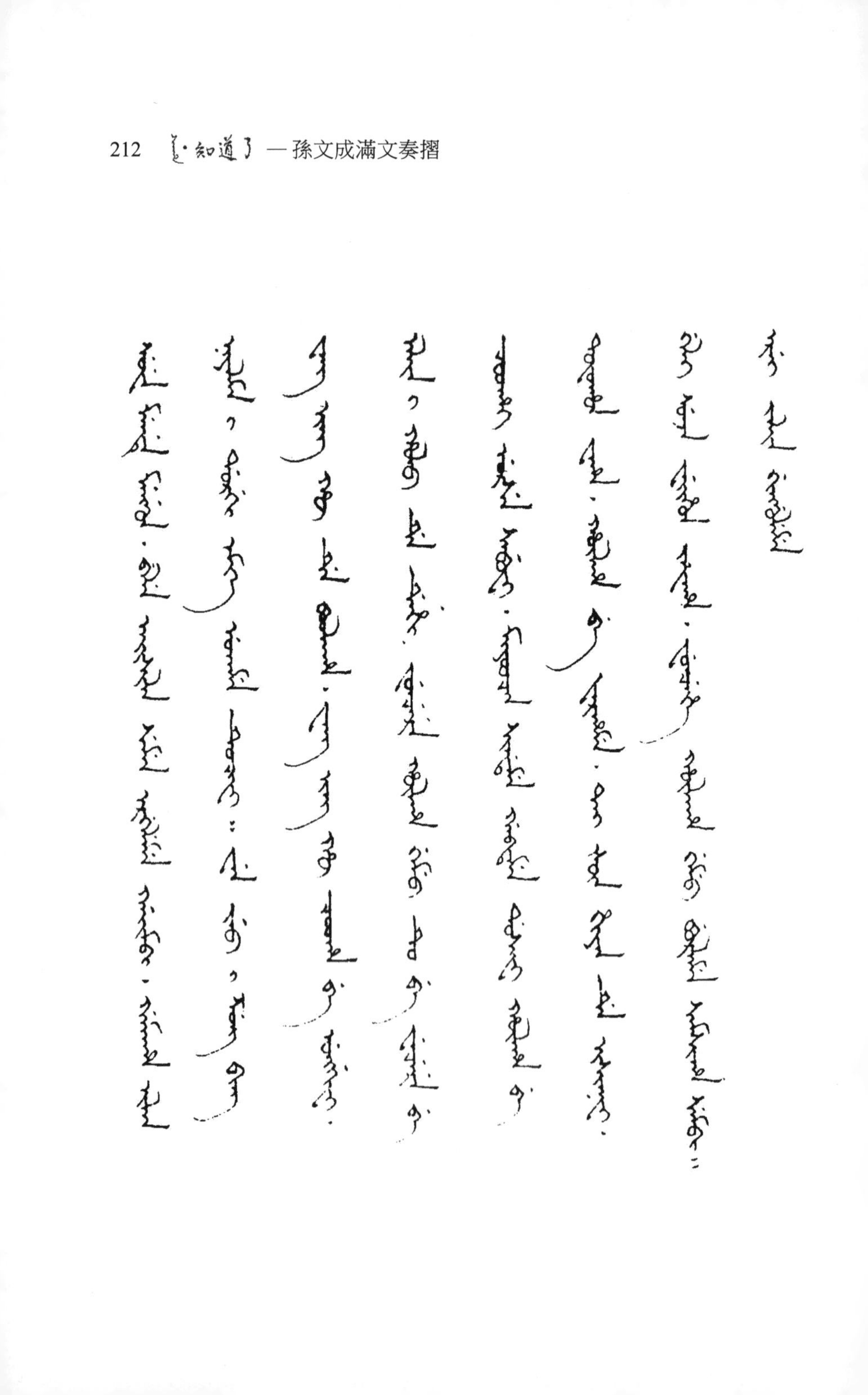

suwe mende menggun, bele aisila seme ergeleme gaimbi.
gamaha ilan niyalma i dorgi emke ukame tucifi, wen jeo i
dzung bing wang ing hū de boolaha, wang ing hū cooha be
unggifi, alin i holo de dehi funcere hūlha gemu tu be wecere
be coohai urse sabufi, miyoocan sindame gabtame dosifi
hūlha be tofohon waha, hūlha be farhame, tai šūn hiyan de
isinafi geli sunja weihun jafaha, funcehe hūlha gemu
burlame samsiha sembi. erei jalin gingguleme

賊稱：爾等幫助我等銀、米而強行勒索。被擄去三人內，
有一人逃出稟報溫州總兵王應虎，王應虎遣兵至山谷，兵
丁見賊四十餘名皆祭旗，即進入放鎗射擊，殺賊十五名，
追擊賊眾至泰順縣，復生擒五名，餘賊皆已逃散云云。謹
此

賊称：尔等帮助我等银、米而强行勒索。被掳去三人内，
有一人逃出禀报温州总兵王应虎，王应虎遣兵至山谷，兵
丁见贼四十余名皆祭旗，即进入放鎗射击，杀贼十五名，
追击贼众至泰顺县，复生擒五名，余贼皆已逃散云云。谨
此

ᠪᠠ

ᠮᠠ ᠰᠠᠷᠠᡴᡡ ᠪᡳᡨᡥᡝ ᠰᠠᠷᠠᡴᡡ

ᡵᠠ ᠮᡝ ᠪᠠ

ᠪᠠ ᠰᠠᠷᠠᡴᡡ

ᠮᠠ ᠪᠠ ᠰᠠᠷᠠᡴᡡ ᠪᡳᡨᡥᡝ ᠰᠠᠷᠠᡴᡡ ᠮᠠ

donjibume wesimbuhe.

saha.

elhe taifin i dehi jakūci aniya duin biyai orin jakūn.

【44】奏聞差人齎送木匣摺

aha sun wen ceng, gingguleme donjibume wesimburengge,
amasi gajiha hiyase be benebuhe jalin, duin biyai orin ilan de
wang u moo i hiyase emke gajifi alahangge, taigiyan

奏聞。

【硃批】知道了。

康熙四十八年四月二十八日

　　　　　　　　　　　　　　　　奴才孫文成

謹奏聞，為差人齎送所攜回之匣子事。四月二十三日，王
五齎來木匣子一個告稱：太監

奏闻。

【朱批】知道了。

康熙四十八年四月二十八日

　　　　　　　　　　　　　　　　奴才孙文成

谨奏闻，为差人赍送所携回之匣子事。四月二十三日，王
五赍来木匣子一个告称：太监

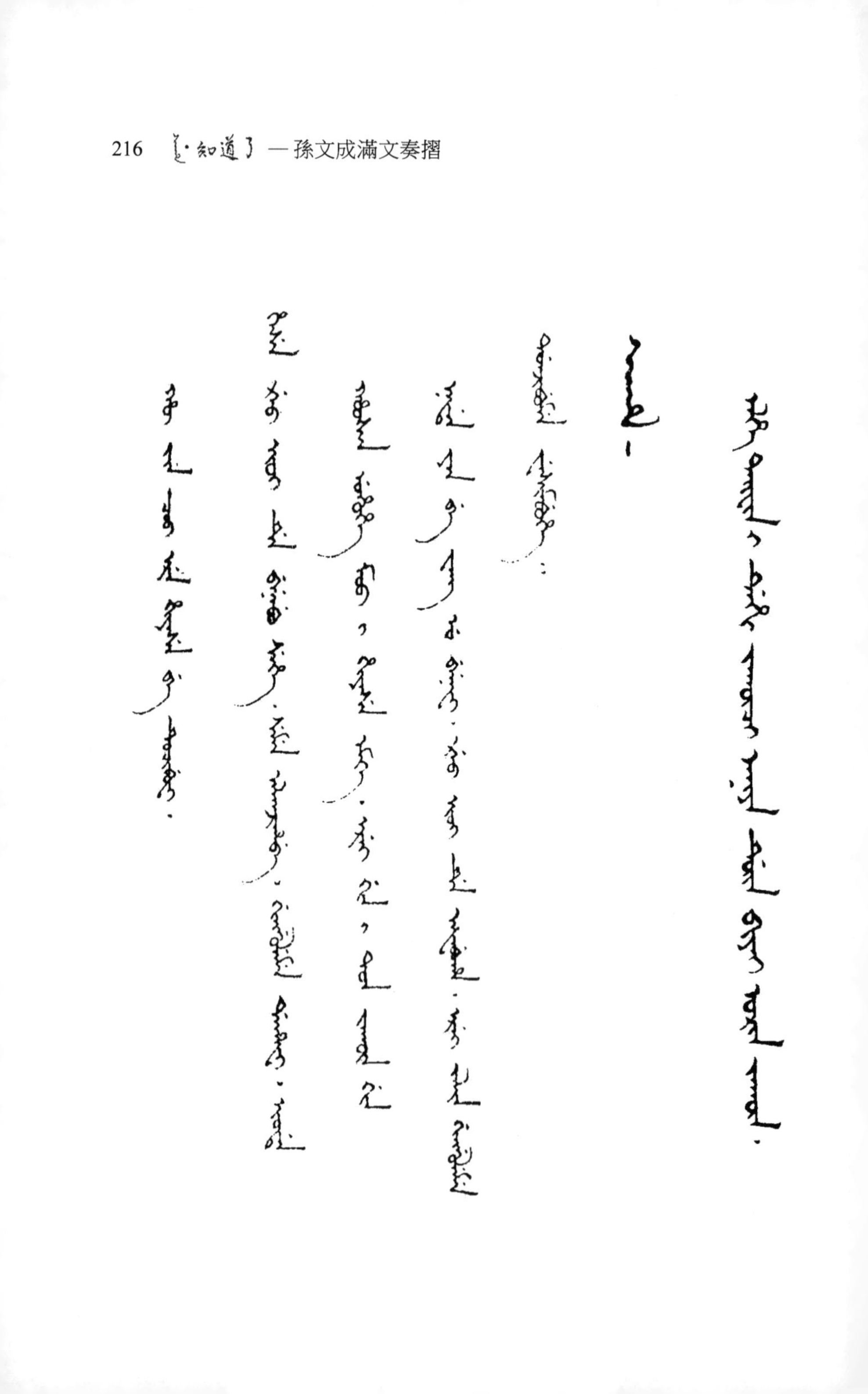

ᡝᠯᡳᠶᠠ ᠰᠠᡴᡩᠠ ᠪᠠᠩ᠂

hū jin coo ere hiyase be tucibufi, hese g'ao ioi de benebu

sehe seme alanjihabe, gingguleme dahafi, iodan hoošan

uhuhe moo i hiyase emke, erei gin i ton jakūn gin nadan yan

be wang u benefi, g'ao ioi de afabuha, erei jalin gingguleme

donjibume wesimbuhe.

saha.

elhe taifin i dehi jakūci aniya duin biyai orin jakūn.

胡金朝取出此匣子，奉旨著送與高輿，欽此。欽遵將油紙
所包木匣子一個，此斤數為八斤七兩，令王五送交高輿。
謹此奏聞。
【硃批】知道了。
康熙四十八年四月二十八日

胡金朝取出此匣子，奉旨着送与高輿，钦此。钦遵将油纸
所包木匣子一个，此斤数为八斤七两，令王五送交高輿。
谨此奏闻。
【朱批】知道了。
康熙四十八年四月二十八日

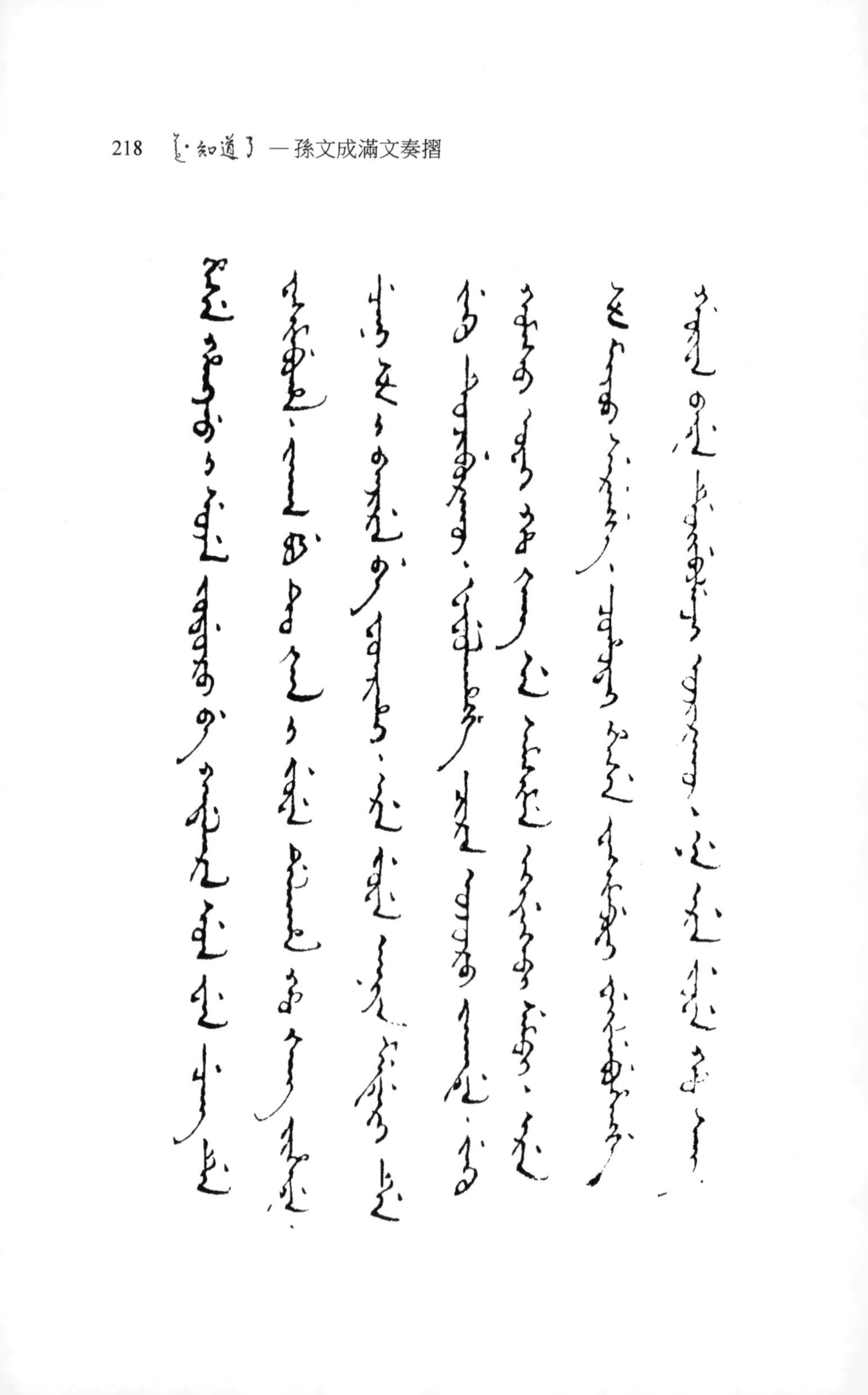

【45】諭孫文成籌議普陀山寺廟食米事

hese hangjeo i suje jodoro be kadalara sun wen ceng de
wasimbuha, jakan pu to šan i juwe dalaha ho šang jihede,
ceni sy i banjire be fonjihai, ere juwe aniya mederi de jeku
tuciburakū, fafulahangge cira ojoro jakade, jeku komso ofi
ho šang se samsime ekiyekebi sembi. ere sy miyoo serengge,
cohotoi hese wasimbufi weilebuhengge gūwa bade duibuleci
ojirakū. ne ere juwe ho šang

諭管理杭州緞疋織造孫文成，新近普陀山二住持和尚來
時，詢問彼等寺內生活。據云：此二年海上不出穀，禁令
嚴密，因此穀少，眾和尚離散減少等語。此寺廟係特頒諭
旨修建者，非他處可比。今此二和尚

諭管理杭州緞疋织造孙文成，新近普陀山二住持和尚来
时，询问彼等寺内生活。据云：此二年海上不出谷，禁令
严密，因此谷少，众和尚离散减少等语。此寺庙系特颁谕
旨修建者，非他处可比。今此二和尚

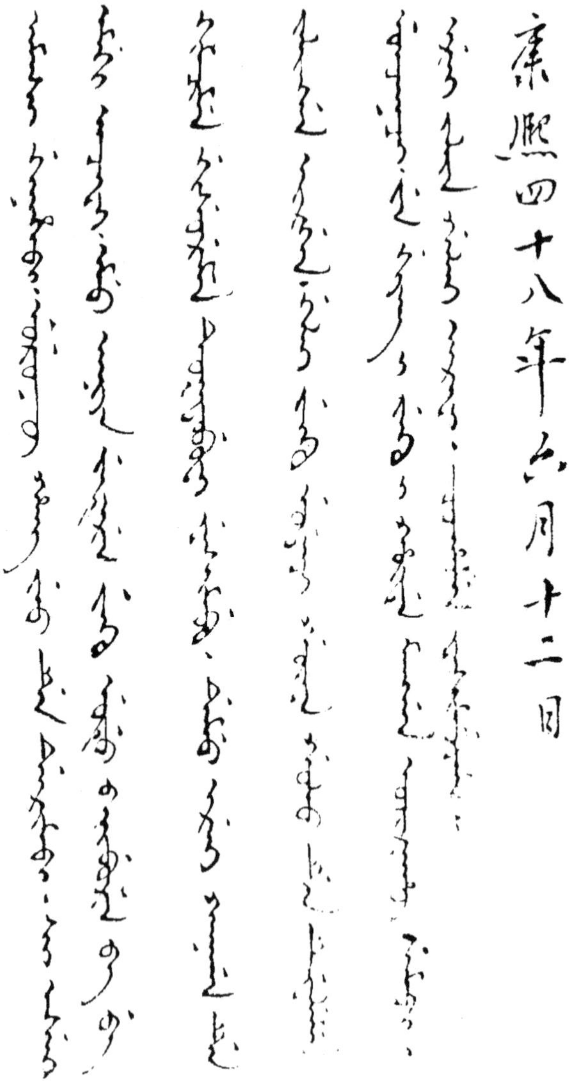

康熙四十八年六月十二日

amasi genehebi, urunakū hang jeo de darimbi, si esei emgi acafi, emu aniya jetere jeku udu baibure ba be kimcime gisureme toktobufi wesimbu. damu erei kanagan de jalingga irgen, geli jeku udafi gūwa golo de tuweleme uncanaci, je giyang i jeku i hūda mangga ojirahū sembi. erei jalin galai arafi, cohome wasimbuha.

康熙四十八年六月十二日

已經返回，必路過杭州，爾會同彼等，將一年食穀需多少之處，詳察定議後具奏。惟因此故，奸民又購穀運往他省販賣，恐浙江穀價昂貴也。為此親手書寫，特諭。

康熙四十八年六月十二日

已经返回，必路过杭州，尔会同彼等，将一年食谷需多少之处，详察定议后具奏。惟因此故，奸民又购谷运往他省販卖，恐浙江谷价昂贵也。為此亲手书写，特谕。

康熙四十八年六月十二日

ᠮᠠᠨᠵᡠ
ᡥᡝᡵᡤᡝᠨ

ᠴᡳᠨ
ᠸᠠᠩ
ᠨᡳ
ᠪᠠᡳᡨᠠ
ᠪᡝ
ᡤᡳᠩᡤᡠᠯᡝᠮᡝ
ᠠᠯᡳᠪᡠᠮᡝ
ᠸᡝᠰᡳᠮᠪᡠᡵᡝ

ᠵᠠᠩ
ᠪᠠᡳᡨᠠ
ᠪᡝ
ᠸᡝᠰᡳᠮᠪᡠᡵᡝ

【46】請安摺

aha sun wen ceng hujume niyakūrafi enduringge ejen i beye
tumen elhe be baimbi.

mini beye elhe, suweni bade ere aniya nimehede, hang jeo i
manju se gemu saiyūn. jiyanggiyūn i bithe geli jiderakū,
mini mujilen de manju sei jalin mujakū jobošombi. ere bithe
be manju sede tuwabu.

elhe taifin i dehi jakūci aniya ninggun biyai juwan juwe.

奴才孫文成俯伏跪
請聖主聖躬萬安。
【硃批】朕體安，今年得病時，爾處杭州眾滿洲皆安否？
將軍之書又不來，朕心為眾滿洲著實憂愁，著將此書與眾
滿洲看。
康熙四十八年六月十二日

奴才孙文成俯伏跪
请圣主圣躬万安。
【朱批】朕体安，今年得病时，尔处杭州众满洲皆安否？
将军之书又不来，朕心为众满洲着实忧愁，着将此书与众
满洲看。
康熙四十八年六月十二日

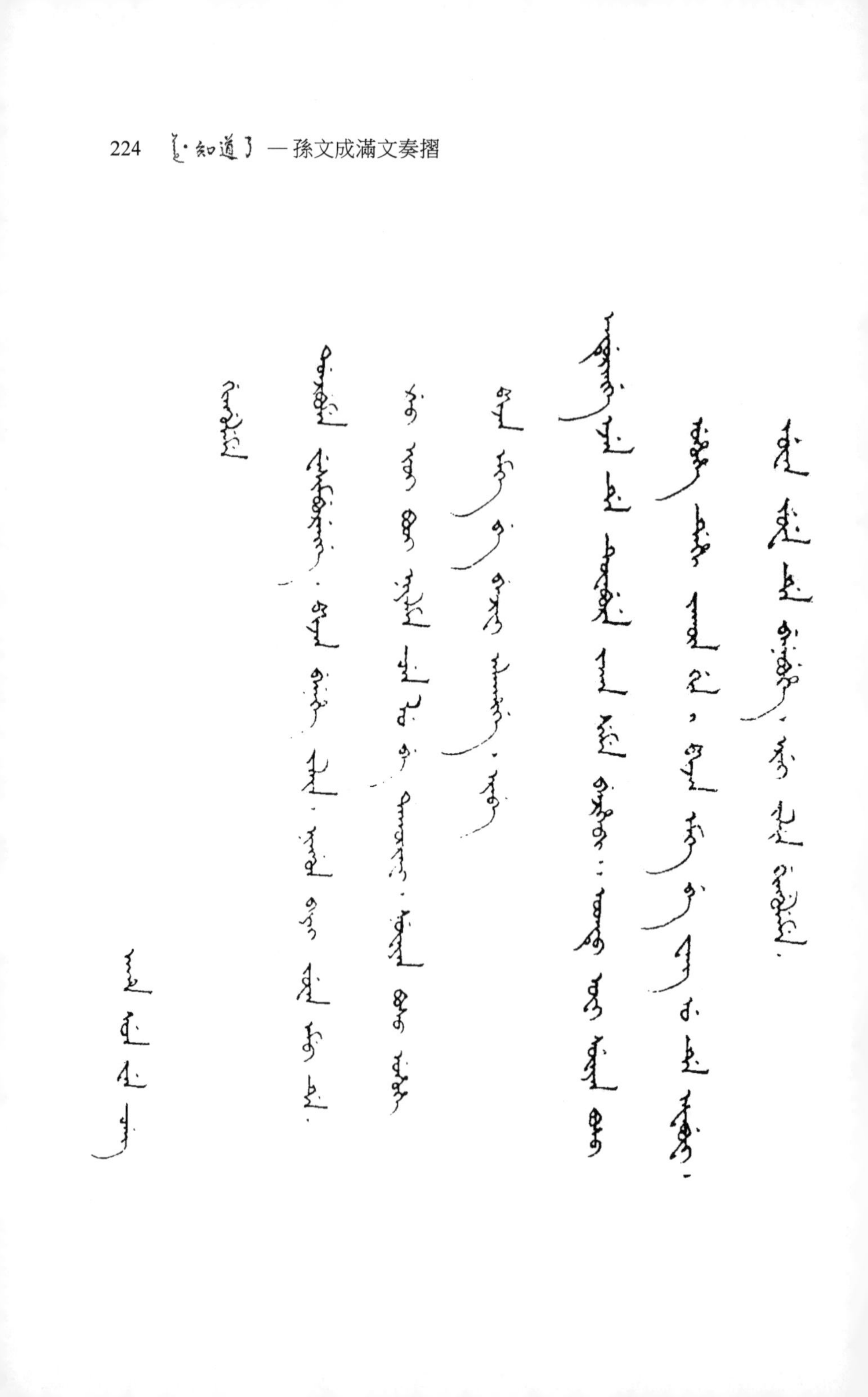

【47】奏報齎送皮箱日期摺

aha sun wen ceng gingguleme donjibume wesimburengge,
pijan benehe jalin, ninggun biyai juwan emu de, g'ao ioi
booi niyalma cen lu be takūrafi, suwayan boso uhuhe pijan
emke be benjifi alahangge, erebe enduringge ejen de
tuwabure jaka seme benjihebi. uttu ofi suwayan boso uhuhe
dehi jakūn gin i pijan emke be wang u de afabufi, juwan
juwe de benebuhe. erei jalin gingguleme

　　　　　　　　　　　　　奴才孫文成
謹奏聞，為齎送皮箱事。六月十一日，高興差家人陳祿將
黃布所包皮箱一個齎來告稱：此為進呈聖主御覽之物云
云。是以將黃布所包四十八斤皮箱一個交與王五。於十二
日令其齎送。謹

　　　　　　　　　　　　　奴才孙文成
谨奏闻，为赍送皮箱事。六月十一日，高兴差家人陈禄将
黄布所包皮箱一个赍来告称：此为进呈圣主御览之物云
云。是以将黄布所包四十八斤皮箱一个交与王五。于十二
日令其赍送。谨

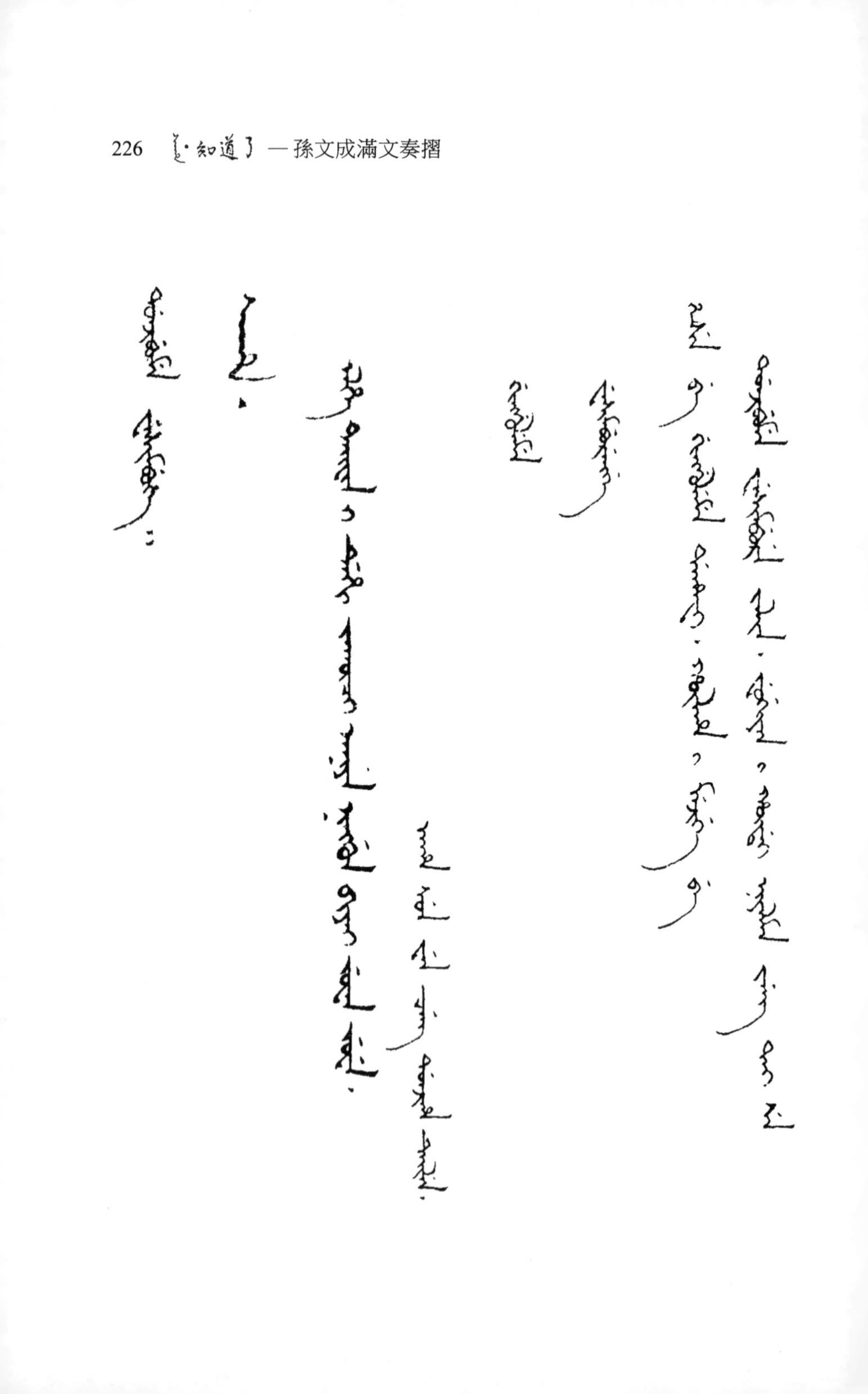

donjibume wesimbuhe.

saha.

elhe taifin i dehi jakūci aniya ninggun biyai juwan juwe.

【48】奏聞官兵拏獲海賊摺

aha sun wen ceng donjiha teile, gingguleme wesimburengge
hese be gingguleme dahafi, hūlha i mejige be donjibume
wesimbure jalin, fugiyan i hūdai niyalma jeng tai se

此奏聞。

【硃批】知道了。

康熙四十八年六月十二日

　　　　　　　　　　　奴才孫文成僅以所聞

謹奏，為欽遵諭旨奏聞賊信息事。福建商人鄭泰等

此奏闻。

【朱批】知道了。

康熙四十八年六月十二日

　　　　　　　　　　　奴才孙文成仅以所闻

谨奏，为钦遵谕旨奏闻贼信息事。福建商人郑泰等

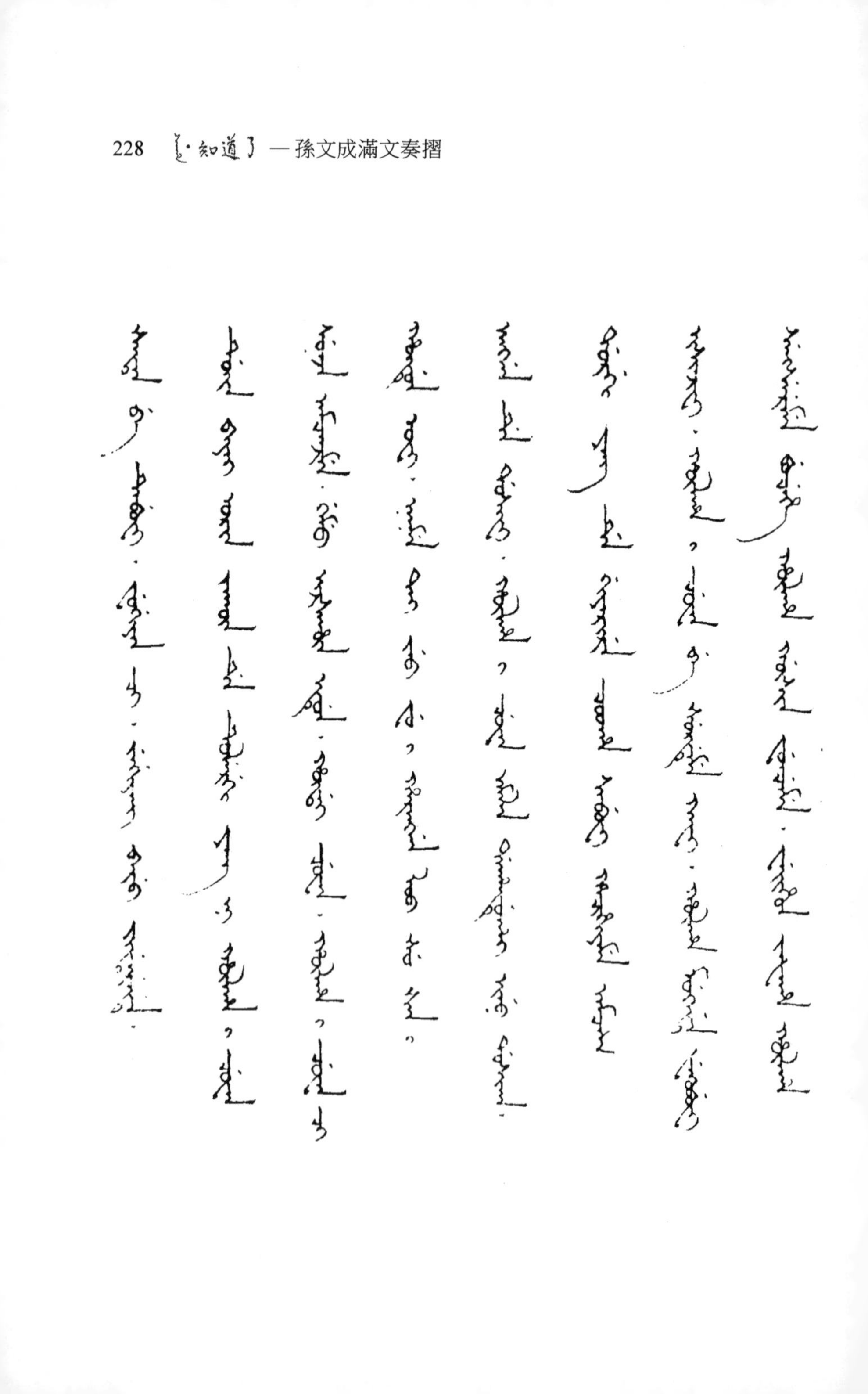

ᠮᠠᠨᠵᡠ ᠪᡳᡨᡥᡝ

šatan be tebufi, fugiyan ci, jegiyang baru jiderede, duin biyai orin jakūn de tulergi yang ni hūlha i cuwan sunja amcanjime, gemu ijishūn edun, hūdai cuwan, hūlha i cuwan ci hūdun ofi, naname〔neneme〕tai jeo fu i harangga loo šu šan i angga de dosifi, hūlha i cuwan amala dahanduhai inu dosika. dorgi yang de giyarire cooha sabufi hacihiyame amcame isinjifi, hūlha i cuwan be šurdeme kafi, hūlha mukede fekubufi sengsereme bucehe hūlha gūsin funceme, weihun jafaha hūlha

装載白糖[10]，自福建往浙江來時，四月二十八日，有外洋賊船五隻追來，皆係順風，因商船較賊船快，先進入臺州府所屬老鼠山口，賊船隨後亦進入。內洋巡邏兵丁見後，上緊追至，包圍賊船，賊徒跳水淹死之賊三十餘名，生擒

装載白糖，自福建往浙江来时，四月二十八日，有外洋賊船五只追来，皆系順風，因商船較賊船快，先进入臺州府所属老鼠山口，賊船随后亦进入。內洋巡逻兵丁见后，上緊追至，包围賊船，賊徒跳水淹死之賊三十余名，生擒

---

[10] jeng tai，音譯作鄭泰。

juwan duin, ne tidu wang ši cen beidembi. loo šu šan, jai emu gebu loo šu ju seme inu hūlambi, umesi ajige alin, mederi i coo muke mukdeci, ere alin i angga deri cuwan yabuci ombi, coo muke gocika manggi yabuci ojorakū sembi. neneme wesimbuhe jedz de ilan biyai orin duin de kioi jeo, cu jeo, wen jeo ilan fu i cooha farhame i šan de amcanafi, tanggū funcere hūlha be orin funceme waha, funcehe hūlha lung bi teo bade burlaha sembi seme

十四名，現由提督王世臣審訊。老鼠山又一名亦喚作老鼠渚，係甚小之山，海潮高漲時，可由此山口行船，潮水退後，不能行船云云。前所奏摺子，曾具奏三月二十四日衢州、處州、溫州三府兵追至奕山地方，將百餘賊中殺死二十餘名，餘賊敗竄至龍鼻頭地方等因。

十四名，现由提督王世臣审讯。老鼠山又一名亦唤作老鼠渚，系甚小之山，海潮高涨时，可由此山口行船，潮水退后，不能行船云云。前所奏折子，曾具奏三月二十四日衢州、处州、温州三府兵追至奕山地方，将百余贼中杀死二十余名，余贼败窜至龙鼻头地方等因。

ᠪᠢ᠂ ᠰᠠᡳᠨ ᠪᡳᡨᡥᡝ ᡠᡨᡥᠠᡳ ᠪᠠᡳᡨᠠᠯᠠᠮᡝ ᡴᠠᠨᡝ᠂

ᡝᠯᡥᡝ ᠪᠠᠨᠵᡳᠮᠪᡳ᠂

ᡝᠯᡥᡝ ᠰᠠᡳᠨ ᠪᠠᠨᠵᡳᠮᠪᡳ᠂

ᡝᠯᡥᡝ᠂ ᠪᡳ ᠪᠠ ᠪᠠᡳᠨᡝ ᠵᡳᡥᠠᡳ ᠪᠠᡳᡨᠠᠯᠠᠮᡝ᠂

ᡝᠯᡥᡝ ᠰᠠᡳᠨ ᠪᠠᡳᡨᠠᠯᠠᠮᡝ᠂ ᡳᠨᡝᠨᡤᡳ ᡨᡠᠸᠠᠮᡝ᠂ ᠪᠠᡳᡨᠠᠯᠠᠮᡝ᠂ ᠪᠠᡳᡨᠠᠯᠠᠮᡝ᠂ ᠪᠠᡳᡨᠠᠯᠠᠮᡝ᠂

wesimbuhe bihe. te donjici duin biyai ice, ice nadan ere juwe
inenggi šui cang hiyan, lung ciowan hiyan ere juwe hiyan de
jafaha hūlha i da peng dz ing, erei hoki gūsin funceme, waha
hūlha dehi funcembi sembi. erei jalin gingguleme donjibume
wesimbuhe.

saha.

elhe taifin i dehi jakūci aniya ninggun biyai juwan juwe.

今聞四月初一日、初七日，此二日在遂昌縣、龍泉縣此二
縣地方拏獲賊首彭子英，及其黨徒三十餘名，所殺之賊四
十餘名云云。謹此奏聞。

【硃批】知道了。

康熙四十八年六月十二日

今闻四月初一日、初七日，此二日在遂昌县、龙泉县此二
县地方拏获贼首彭子英，及其党徒三十余名，所杀之贼四
十余名云云。谨此奏闻。

【朱批】知道了。

康熙四十八年六月十二日

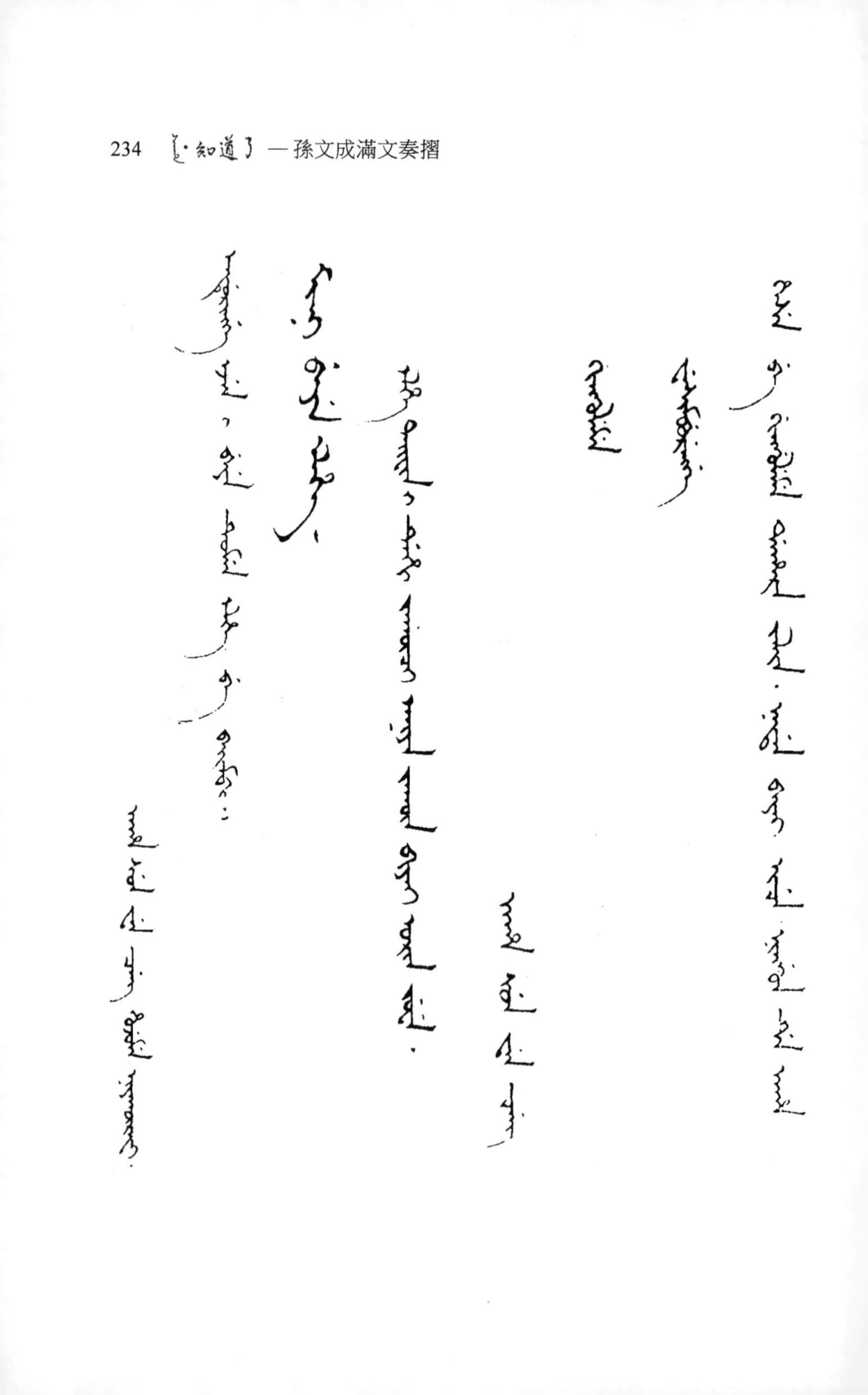

【49】請安摺

aha sun wen ceng hujume niyakūrafi, enduringge ejen i beye
tumen elhe be baimbi.

mini beye elhe.

elhe taifin i dehi jakūci aniya jakūn biyai orin juwe.

【50】奏覆普濟法雨二寺和尚食米數量摺

aha sun wen ceng gingguleme wesimburengge, hese be
gingguleme dahara jalin, nadan biyai ice ninggun de aha

奴才孫文成俯伏跪

請聖主聖躬萬安。

【硃批】朕體安。

康熙四十八年八月二十二日

奴才孫文成

謹奏，為欽遵諭旨事。七月初六日，

奴才孫文成俯伏跪

请圣主圣躬万安。

【朱批】朕体安了。

康熙四十八年八月二十二日

奴才孙文成

谨奏，为钦遵谕旨事。七月初六日，

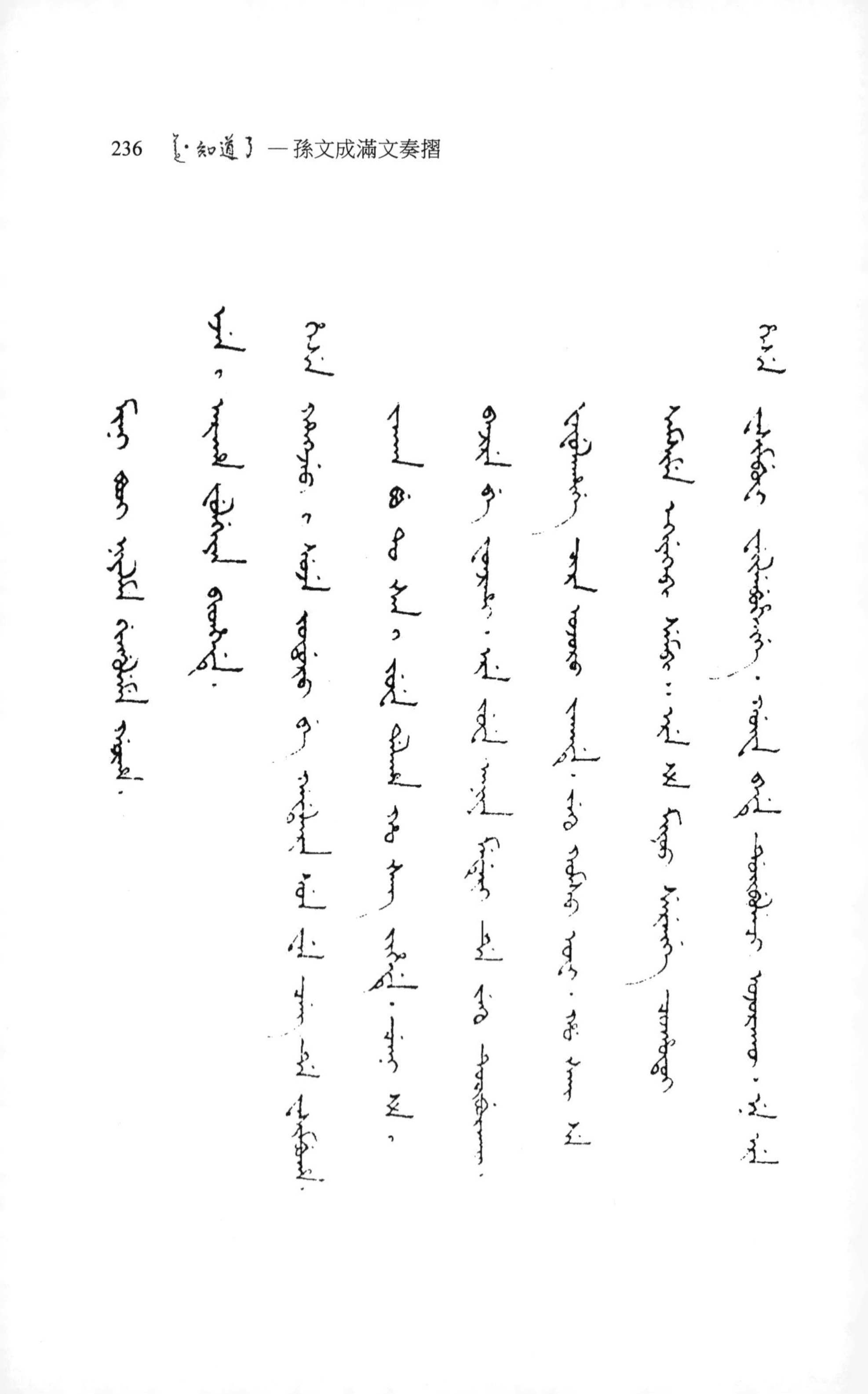

mini booi niyalma gingguleme gajiha, ejen i araha fulgiyan bithede, hese hangjeo i suje jodoro be kadalara sun wen ceng de wasimbuha, jakan pu to šan i juwe dalaha ho šang jihede, ceni sy i banjire be fonjihai, ere juwe aniya mederi de jeku tuciburakū, fafulahangge cira ojoro jakade, jeku komso ofi, ho šang se samsime ekiyekebi sembi. ere sy miyoo serengge cohotoi hese wasimbufi weilebuhengge, gūwa bade duibuleci ojorakū, ne ere

奴才家人敬謹齎來主子所寫硃書：諭管理杭州緞疋織造孫文成，新近普陀山二住持和尚來時，詢問彼等寺內生活。據云此二年海上不出穀，禁令嚴密，因此穀少，眾和尚離散減少等語。此寺廟係特頒諭旨修建者，非他處可比。

奴才家人敬谨赍来主子所写朱书：谕管理杭州缎疋织造孙文成，新近普陀山二住持和尚来时，询问彼等寺内生活。据云此二年海上不出谷，禁令严密，因此谷少，众和尚离散减少等语。此寺庙系特颁谕旨修建者，非他处可比。

ᠪᡳ᠂ ᠰᠣᠨ ᠸᡝᠨ ᠴᡝᠩ ᡤᡳᠩᡤᡠᠯᡝᠮᡝ ᠸᡝᠰᡳᠮᠪᡠᡵᡝ᠂ ᡝᠯᡥᡝ ᠪᡝ ᠪᠠᡳᠮᡝ
ᠸᡝᠰᡳᠮᠪᡠᡵᡝ ᠵᠠᠯᠠᠨ᠂ ᡥᡝᠰᡝ ᠪᡝ ᠪᠠᡳᠮᡝ
ᠪᠠᡳᡨᠠᠯᠠᡴᡳ᠂ ᡝᠯᡥᡝ ᠰᠠᡳᠨ᠂ ᡝᠯᡥᡝ ᠰᠠᡳᠨ᠂
ᡝᠯᡥᡝ ᠪᡝ ᠪᠠᡳᠮᡝ᠂ ᡥᡝᠰᡝ ᡠᠮᡝᠰᡳ ᠰᠠᡳᠨ᠂
ᡤᡳᠩᡤᡠᠯᡝᠮᡝ ᠸᡝᠰᡳᠮᠪᡠᡵᡝ᠂ ᡝᠯᡥᡝ ᠰᠠᡳᠨ᠂
ᠪᠠᡳᠮᡝ ᠸᡝᠰᡳᠮᠪᡠᡵᡝ᠂ ᡝᠯᡥᡝ ᠪᡝ
ᠪᠠᡳᠮᡝ ᠸᡝᠰᡳᠮᠪᡠᡵᡝ᠂ ᡥᡝᠰᡝ ᠪᡝ

juwe ho šang amasi genehebi, urunakū hangjeo de darimbi,
si esei emgi acafi, emu aniya jetere jeku udu baibure babe
kimcime gisureme toktobufi wesimbu. damu erei kanagan de
jalingga irgen geli jeku udafi, gūwa golode tuweleme
uncanafi, je giyang ni jeku i hūda mangga ojorahū sembi.
erei jalin galai arafi cohome wasimbuha, sehebe gingguleme
dahafi, jakūn biyai ice ninggun de pu to šan i dalaha ho šang
sin ming, hing tung hangjeo de isinjiha, aha bi esei

───────

今此二和尚已經返回，必路過杭州，爾會同彼等，將一年
食穀需多少之處，詳察定議後具奏。惟因此故，奸民又購
穀運往他省販賣，恐浙江穀價昂貴也，為此親手書寫，特
諭，欽此。八月初六日，普陀山住持和尚心明、性統來至
杭州，

───────

今此二和尚已经返回，必路过杭州，尔会同彼等，将一年
食谷需多少之处，详察定议后具奏。惟因此故，奸民又购
谷运往他省贩卖，恐浙江谷价昂贵也，为此亲手书写，特
谕，钦此。八月初六日，普陀山住持和尚心明、性统来至
杭州，

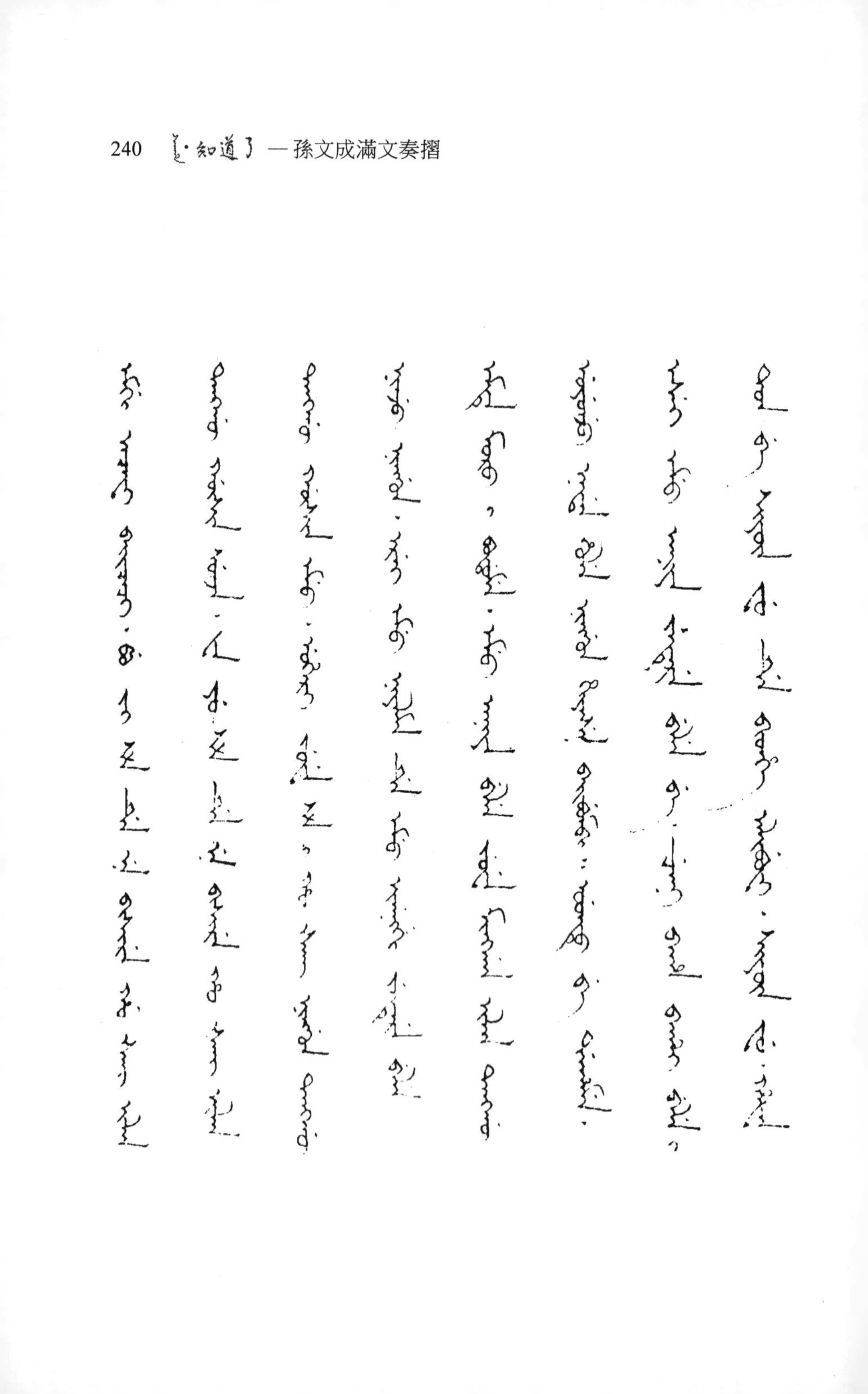

emgi acafi baicaci, pu ji sy de ne bisire ho šang ilan tanggū gūsin sunja, fa yu sy de ne bisire ho šang ilan tanggū gūsin emu, uheri juwe sy i ho šang ninggu tanggū ninju ninggun, erei emu niyalma de emu inenggi jetere bele emte moro i bodome, emu aniya bele juwe minggan ilan tanggū uyunju nadan hule ninggun hiyase baibumbi. uttu be dahame, esei emu aniya jetere bele be, ceni baha bahai bele i ton be siyūn fu de bithe alibufi, siyūn fu hafan

奴才會同彼等查明，普濟寺現有和尚三百三十五名，法雨寺現有和尚三百三十一名，二寺和尚共六百六十六名。以一人一日食米各一升計算，一年需米二千三百九十七石六斗，為此將彼等一年食米及其取得米數呈書巡撫後，

奴才会同彼等查明，普济寺现有和尚三百三十五名，法雨寺现有和尚三百三十一名，二寺和尚共六百六十六名。以一人一日食米各一升计算，一年需米二千三百九十七石六斗，为此将彼等一年食米及其取得米数呈书巡抚后，

ᠪᡳᡨᡥᡝ ᡳ ᡝᡵᡝᠨ ᡥᠠᡶᠠᠨ ᠨᠠᠨ ᠠᡵᠠᡥᠠ ᡝᡵᡝᠨ᠂

ᠪᡝ ᡳ ᡥᠠᡵᠠᠨ᠄

ᡥᠠᡶᠠᠨᡥᠠ

ᠪᡝᡳᠯᡝ ᡳ ᠨᠠᠨ ᠮᡝᠨᡥᠨ ᠠᠷᠠᡥᠠ ᠨᠠᠨ᠄ ᠠᠷᠠᡥᠠ ᠮᡝ᠂

ᠪᡝᡳᠯᡝ ᠨᠠᠨ ᠠᡵᠠᡥᠠ᠂ ᡥᠠᠨ ᠮᡝᠨ ᠨᠠᠨ ᠮᡝ ᡥᡠᠨ᠂ ᡥᠠᠨ᠂

ᠪᡝᡳᠯᡝᠨ ᡳ ᠨᠠᠨ ᠮᡝᠨ ᠮᡝ ᡥᠠᠨ ᠠᡵᠠᡥᠠ

ᠪᡝᡳᠯᡝ ᠨᠠᠨ ᡥᠠᠷᠠᠨ ᠮᡝᠨ ᠠᠷᠠᡥᠠ ᠮᡝᠨ᠂

tucibufi baicabufi temhetu bithe bufi, mederi de tucibukini,
ere ton ci fulu bele be mederi de tuciburakū obuki, uttu
ohode jalingga irgen i bele kanagan de bahafi tucirakū ombi.
erei jalin gingguleme wesimbuhe, hese be baimbi.
saha.
elhe taifin i dehi jakūci aniya jakūn biyai orin juwe.

巡撫派出官員查明，給與照票，准其出海，超過此數之米，
不令其出海，如此則奸民之米可無從藉故出海。為此謹奏
請旨。
【硃批】知道了。
康熙四十八年八月二十二日

巡抚派出官员查明，给与照票，准其出海，超过此数之米，
不令其出海，如此则奸民之米可无从借故出海。为此谨奏
请旨。
【朱批】知道了。
康熙四十八年八月二十二日

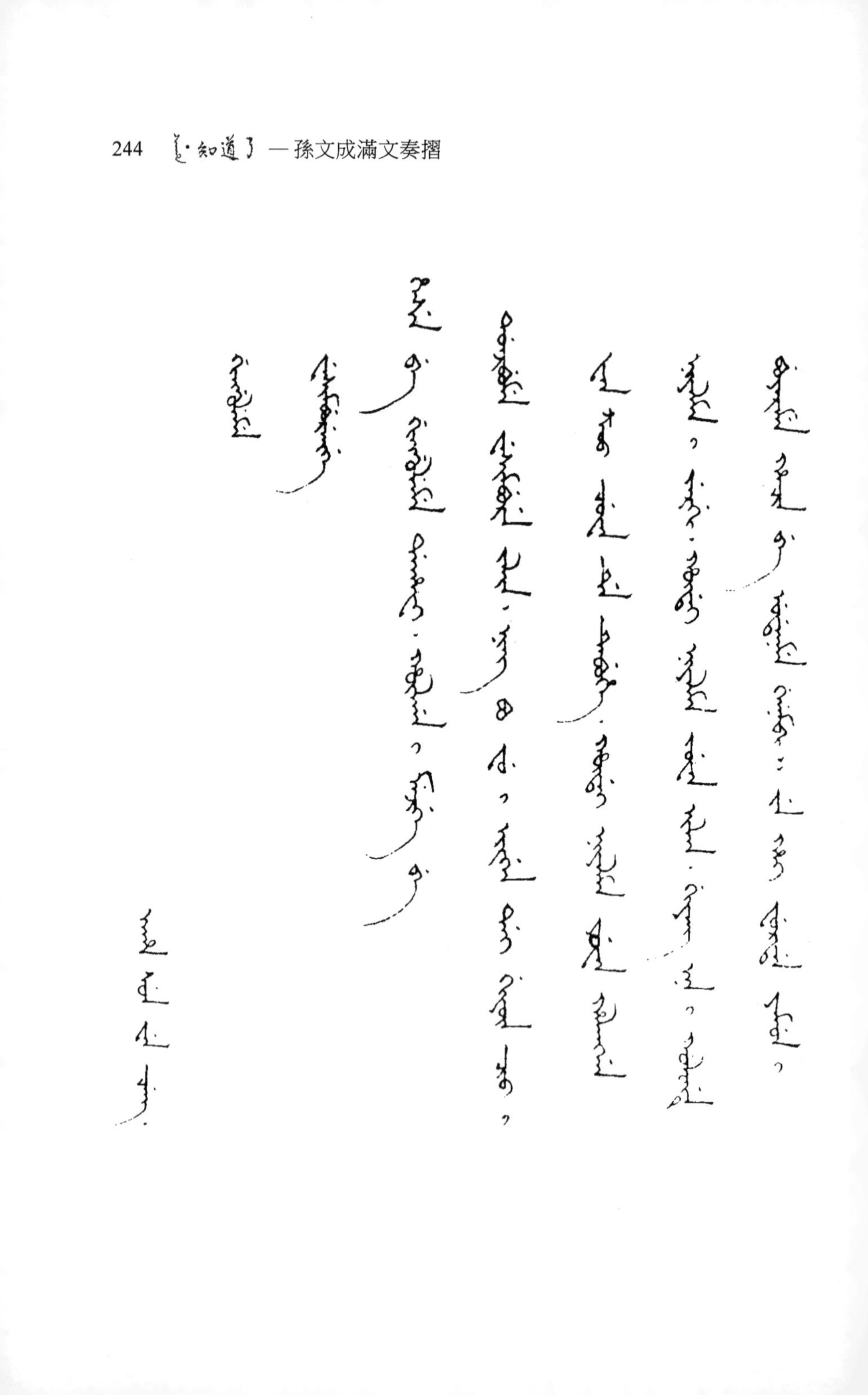

【51】奏聞海賊搶奪商民銀兩摺

aha sun wen ceng gingguleme wesimburengge hese be
gingguleme dahafi, hūlga i mejige be donjibume wesimbure
jalin, ning bo fu i irgen dai giyūn cio i fan ts'oo cuwan de
tebuhe hūdai niyalma yuwan halangga niyalma i jergi, hūdai
niyalma juwan ilan, giyang na i golode buyarame hacin be
udaname genembi. je hai furdan yamun i

奴才孫文成
謹奏，為欽遵諭旨奏聞賊信事。乘坐寧波府民戴君裘之帆
漕船商人袁姓等十三人，前往江南省購買雜貨，浙海關

奴才孙文成
谨奏，为钦遵谕旨奏闻贼信事。乘坐宁波府民戴君裘之帆
漕船商人袁姓等十三人，前往江南省购买杂货，浙海关

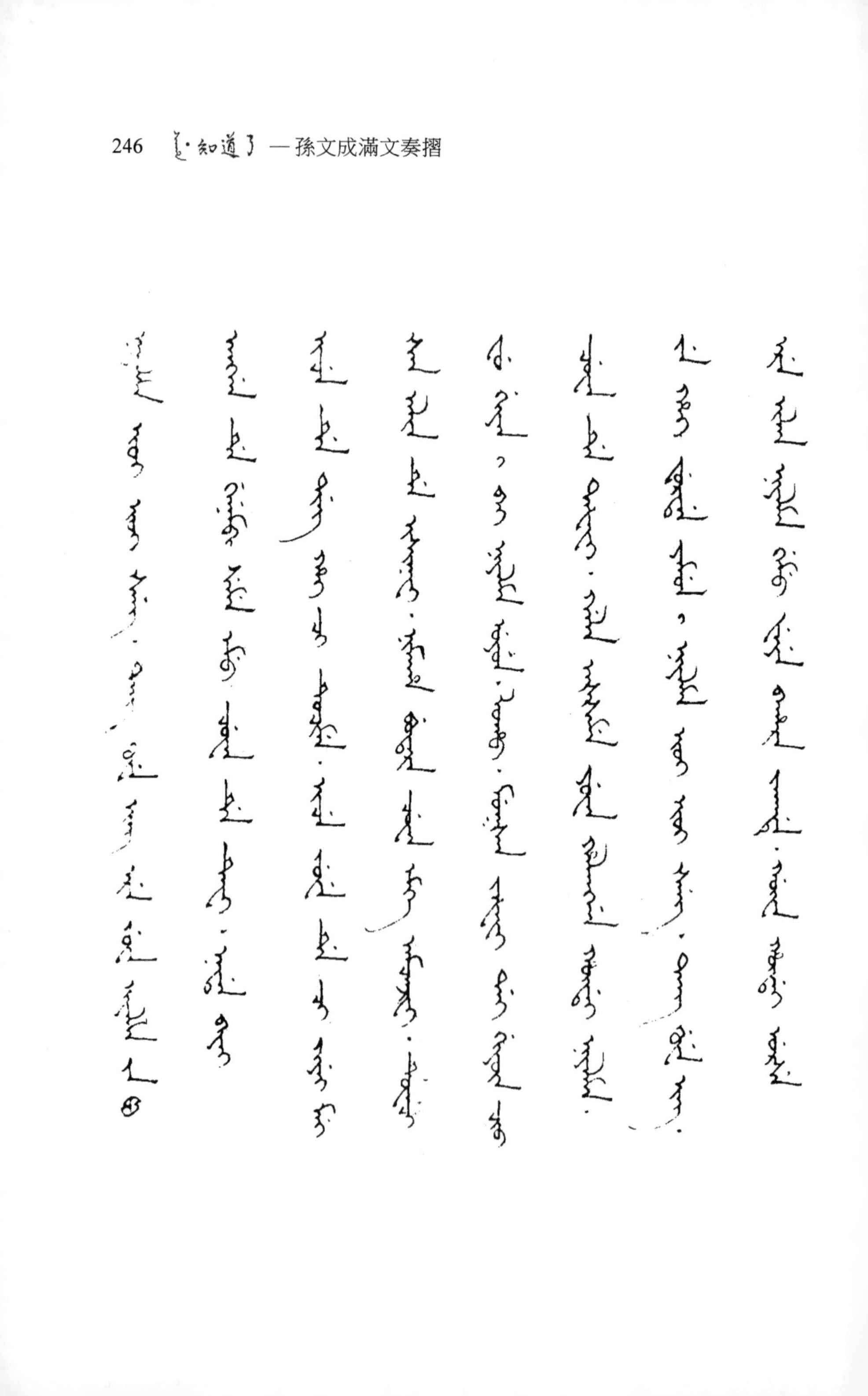

niyalma ioi ioi šeng, tang guwe ing ere juwe niyalma ja pu
angga de genembi seme emu cuwan de tefi, nadan biyai ice
de ding hai ci tucime, ice juwe de ci jiyei mei šan alin de
isinafi, nimaha butara cuwan emke amcanjifi, tuwaci fu
giyan i bai niyalma uyun, loho, mukšan jafafi dai giyūn cio
cuwan de tafafi, gala aššame yuwan halangga hūdai niyalma,
je hai furdan yamun i niyalma ioi ioi šeng, tang guwe ing,
ere ilan niyalma gemu feye bahara jakade, gūwa hūdai urse

衙役于雨生、唐國英二人欲往乍浦口，而乘坐一船。七月
初一日，由定海出海，初二日，至七姊妹山，捕魚船一隻
追來，見福建地方之人九名，各持腰刀、棍棒，攀登戴君
裘船上動手，袁姓商人及浙海關衙役于雨生、唐國英此三
人皆受傷，其餘商人

衙役于雨生、唐国英二人欲往乍浦口，而乘坐一船。七月
初一日，由定海出海，初二日，至七姊妹山，捕鱼船一只
追来，见福建地方之人九名，各持腰刀、棍棒，攀登戴君
裘船上动手，袁姓商人及浙海关衙役于雨生、唐国英此三
人皆受伤，其余商人

ᠪᡳᡨᡥᡝ᠈ ᠠᠮᠪᠠᠨ ᠰᡠᠨ ᠸᡝᠨ ᠴᡝᠩ ᡤᡳᠩᡤᡠᠯᡝᠮᡝ

ᡧᡳ᠈

ᠸᡝᠰᡳᠮᠪᡠᡥᡝ ᠪᠠ᠈

ᡝᠯᡥᡝ ᡨᠠᡳᡶᡳᠨᠠᡴᠠ᠈

ᠰᠠᡳᠨ᠈ ᡝᠯᡥᡝ ᡳᠩᡤᡠᠨ᠈ ᠪᠠᡴ᠈ ᠨᠠᠰᡝ᠈

ᠮᡠᠵᡳᠯᡝᠨ᠈ ᠠᠮᠪᠠᠨ ᠰᠠᡳᠨ᠈ ᡝᠯᡥᡝ᠈

geleme ofi, benciyan menggun yooni tucibufi hūlga de bufi gamaha, hūdai urse amasi jifi, ning bo fu i harangga ning hiyan i jy hiyan jakade habšaci, habšara bithe be alime gaijarakū sembi. erei jalin gingguleme donjibume wesimbuhe.

saha.

elhe taifin i dehi jakūci aniya jakūn biyai orin juwe.

因懼怕而將本錢銀兩俱行拿出給賊取去，商人回來，至寧波府所屬寧縣知縣處告狀，惟訴狀未被受理云云。謹此奏聞[11]。

【硃批】知道了。

康熙四十八年八月二十二日

因惧怕而将本钱银两俱行拿出给贼取去，商人回来，至宁波府所属宁县知县处告状，惟诉状未被受理云云。谨此奏闻 [11]。

【朱批】知道了。

康熙四十八年八月二十二日

11　dai giyūn cio，音譯作戴君裘。ioi ioi šeng，音譯作于雨生。tang guwe ing，音譯作唐國英。

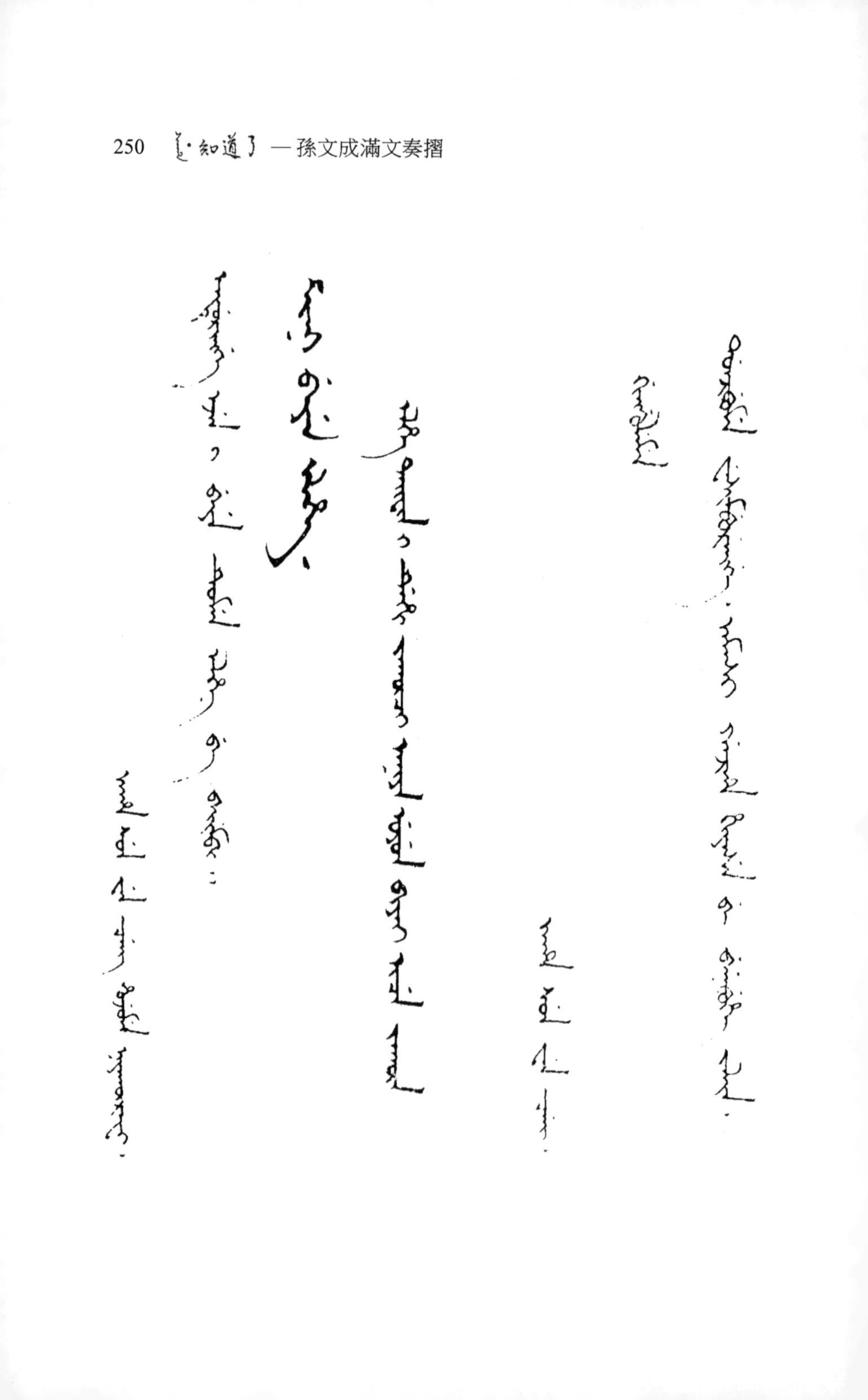

【52】請安摺

aha sun wen ceng hujume niyakūrafi, enduringge ejen i beye
tumen elhe be baimbi.

mini beye elhe.

elhe taifin i dehi jakūci aniya uyun biyai ice jakūn.

【53】奏聞差人齎送木匣摺

aha sun wen ceng, gingguleme donjibume wesimburengge,
amasi gajiha hiyase be benebuhe jalin,

奴才孫文成俯伏跪

請聖主聖躬萬安。

【硃批】朕體安。

康熙四十八年九月初八日

奴才孫文成

謹奏聞，為差人齎送所攜回之匣子事。

奴才孙文成俯伏跪

请圣主圣躬万安。

【朱批】朕体安。

康熙四十八年九月初八日

奴才孙文成

谨奏闻，为差人赍送所携回之匣子事。

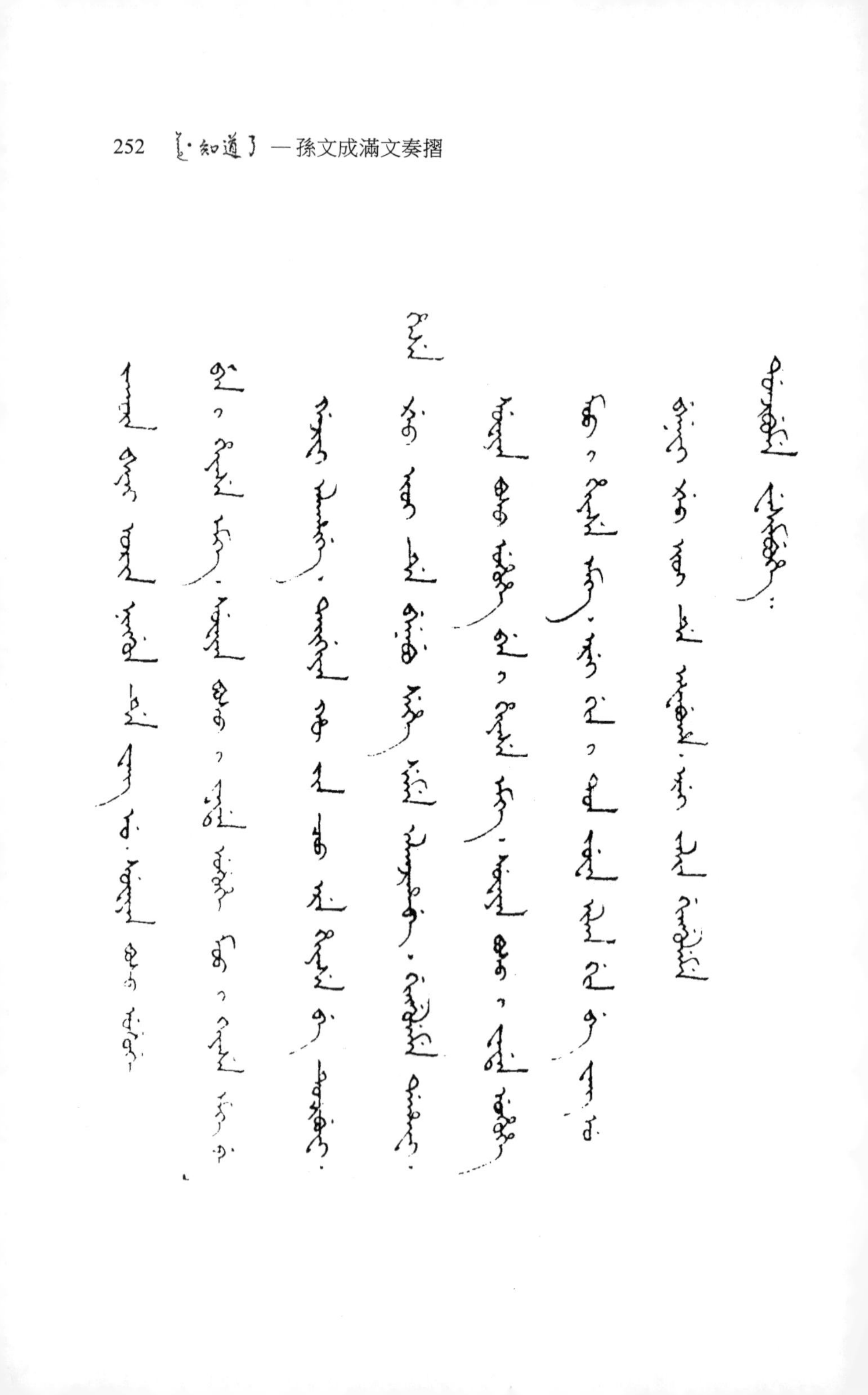

ᠮᡝᠨᡳ
ᠮᡝᠨᡳ

ᠮᡝᠨᡳ
ᠮᡝᠨᡳ

jakūn biyai orin ninggun de wang u, suwayan boso uhuhe
ben i hiyase emke, suwayan boso i wadan uhuhe moo i
hiyase emke be gajifi alahangge, taigiyan hū jin coo ere
hiyase be tucibufi, hese g'ao ioi de benebu sehe seme
alanjihabe, gingguleme dahafi, suwayan boso uhuhe ben i
hiyase emke, suwayan boso i wadan uhuhe moo i hiyase
emke, erei gin i ton juwan ilan gin be wang u benefi g'ao ioi
de afabuha. erei jalin gingguleme donjibume wesimbuhe.

———————

八月二十六日，王五將黃布所包本匣子一個、黃布皮所包
木匣子一個齎來告稱：太監胡金朝取出此匣子，奉旨著送
與高輿，欽此。欽遵將黃布所包本匣子一個，黃布皮所包
木匣子一個，此斤數為十三斤，令王五送交高輿。謹此奏
聞。

———————

八月二十六日，王五将黄布所包本匣子一个、黄布皮所包
木匣子一个赍来告称：太监胡金朝取出此匣子，奉旨着送
与高舆，钦此。钦遵将黄布所包本匣子一个，黄布皮所包
木匣子一个，此斤数为十三斤，令王五送交高舆。谨此奏
闻。

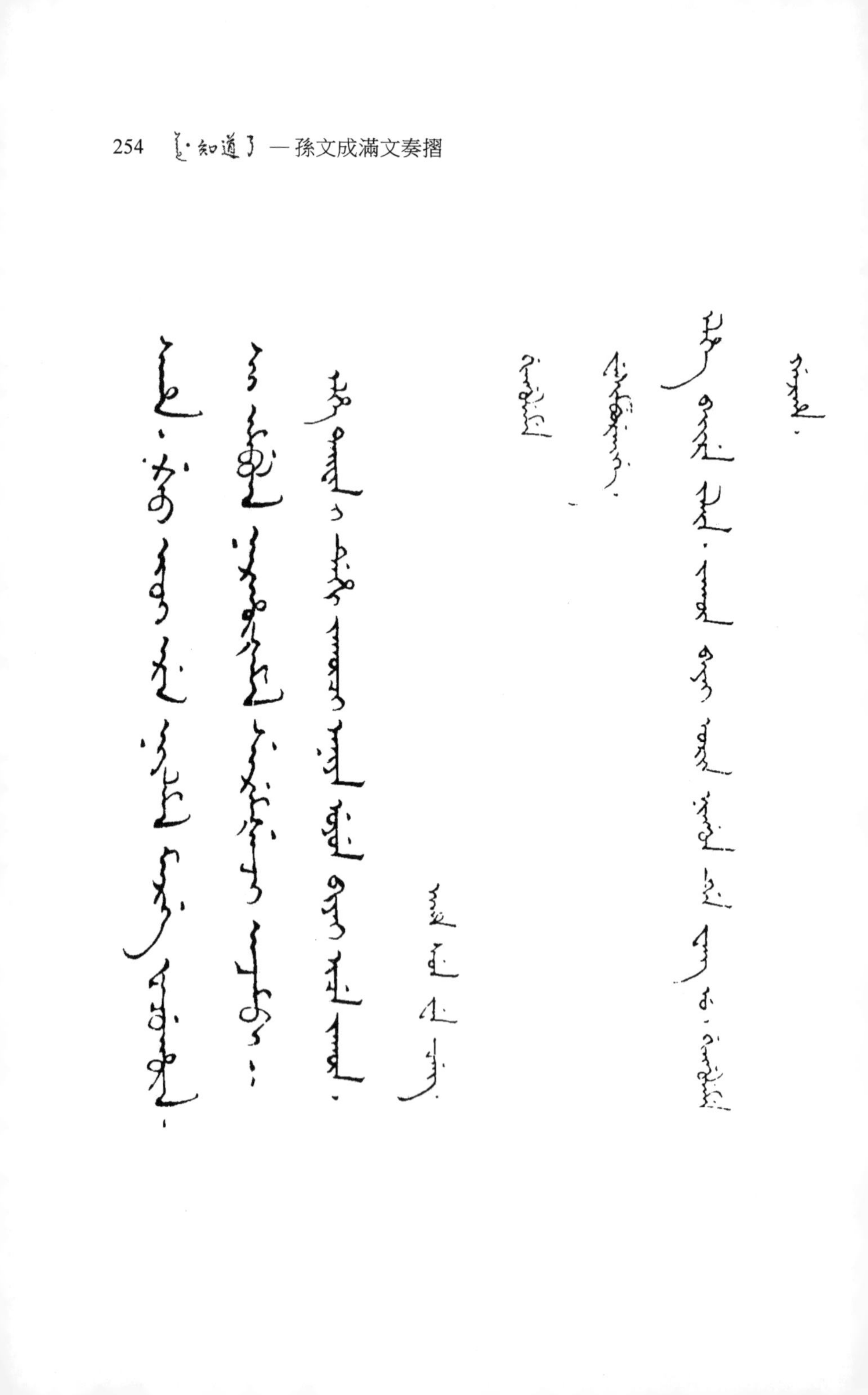

saha, g'ao ioi ere niyalma majige facuhūn, si ambula narhūšame seremšeci acambi.

elhe taifin i dehi jakūci aniya uyun biyai ice jakūn.

【54】奏聞遵旨傳閱硃批摺

aha sun wen ceng, gingguleme wesimburengge, elhe baire jalin, jakūn biyai orin ninggun de wang u, gingguleme gajiha,

---

【硃批】知道了，高興此人稍亂，爾應多加密防。

康熙四十八年九月初八日

　　　　　　　　　　　　　　　奴才孫文成

謹奏，為請安事。八月二十六日，王五敬謹齎來

【朱批】知道了，高興此人稍乱，尔应多加密防。

康熙四十八年九月初八日

　　　　　　　　　　　　　　　奴才孙文成

谨奏，为请安事。八月二十六日，王五敬谨赍来

ᠪᠢᡨᡥᡝ ᠠᠮᠪᠠ ᡝᠯᡥᡝ ᠪᠠᡳ᠂

ᠰᡝᠴᡝ᠂ ᠰᠠᡳᠨ ᠪᠠᡳᠮᡝ᠂

ᡳᠨᡝᠩᡤᡳ᠂ ᠰᠠᡳᠨ ᠪᠠᠨᠵᡳᠮᡝ᠂ ᡥᡝᡥᡝ᠂

ᠪᠠᠨᠵᡳᠮᡝ᠂ ᡤᠠᠰᠠᠨ᠂ ᡤᠠᠰᠠᠨ᠂ ᠠᠮᠪᠠ᠂

ᡝᠯᡥᡝ᠂ ᠰᠠᡳᠨ ᠪᠠᡳᠮᡝ᠂ ᠪᡝ᠂ ᡝᠯᡥᡝ᠂

ᠠᠮᠪᠠ᠂ ᡝᠯᡥᡝ ᠪᠠᡳᠮᡝ᠂ ᠪᡳᡨᡥᡝ᠂ ᠰᡝᠴᡝ᠂

ᠰᠠᡳᠨ᠂ ᠰᠠᡳᠨ ᠪᠠᡳᠮᡝ᠂

ejen i fulgiyan fi pilehe jedz de, hese mini beye elhe, suweni
bade, ere aniya nimehede, hang jeo i manju se gemu saiyūn.
jiyanggiyūn i bithe geli jiderakū, mini mujilen de manju sei
jalin mujakū jobošombi. ere bithe be manju sede tuwabu
sehebe, gingguleme dahafi. ineku inenggi jiyanggiyūn norbu,
meiren janggin, gūsai data, jalan i janggin, nirui janggin,
sula hafan, funde bošokū, ajige bošokū, uksin se be
selgiyeme gajifi niyakūrabufi,

主子硃批摺子，奉旨：朕體安，今年得病時，爾處杭州眾
滿洲皆安否？將軍之書又不來，朕心為眾滿洲著實憂愁，
著將此書與眾滿洲看，欽此。欽遵於本日傳來將軍諾爾
布、副都統、眾翼長、參領、佐領、閑散官、驍騎校、小
領催、披甲等，

主子朱批折子，奉旨：朕体安，今年得病时，尔处杭州众
满洲皆安否？将军之书又不来，朕心为众满洲着实忧愁，
着将此书与众满洲看，钦此。钦遵于本日传来将军诺尔布、
副都统、众翼长、参领、佐领、闲散官、骁骑校、小领催、
披甲等，

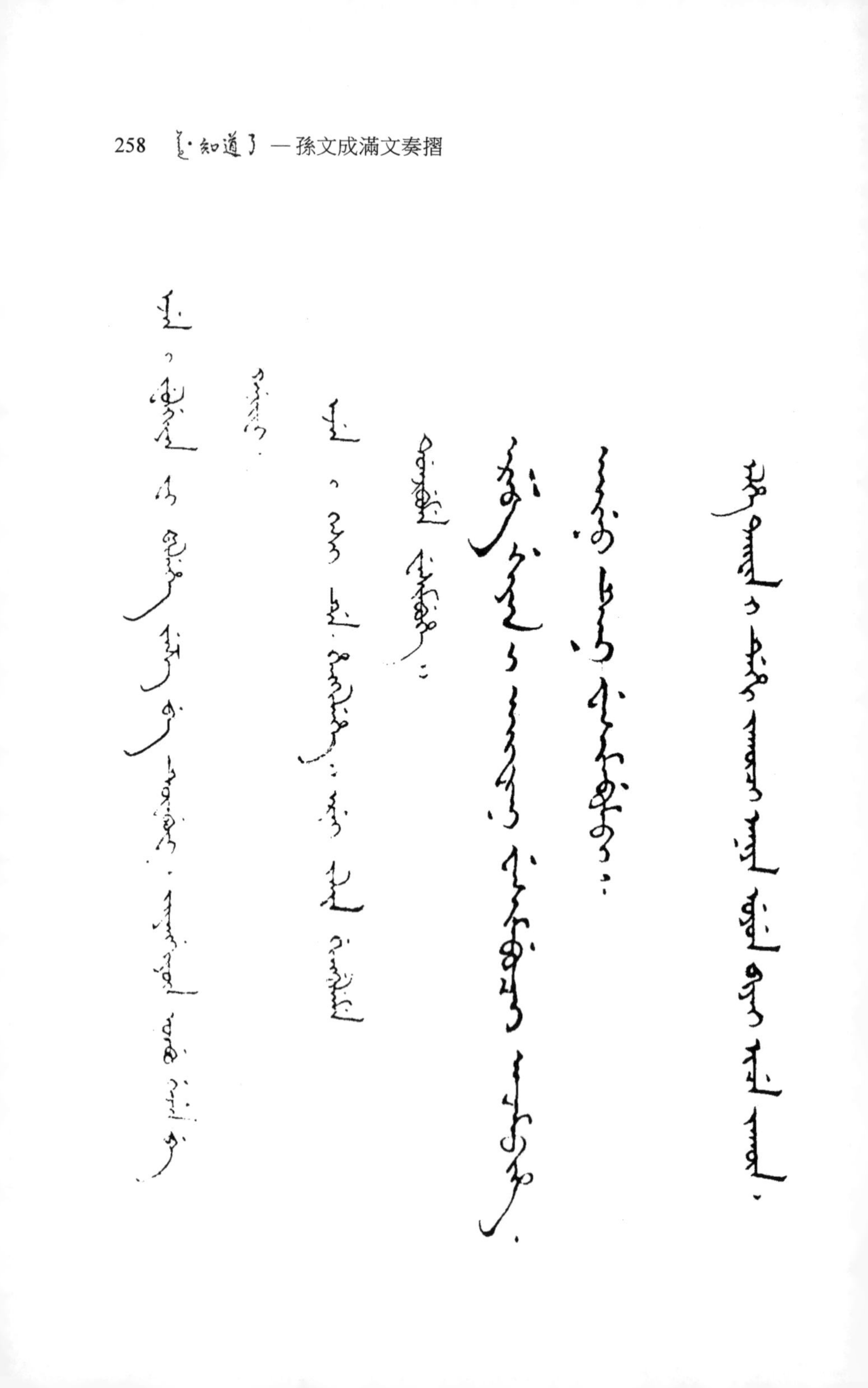

ejen i fulgiyan fi pilehe jedz be tuwabufi, jiyanggiyūn norbu
geren be gaifi, ejen i kesi de hengkilehe. erei jalin gingguleme
donjibume wesimbuhe.

erebe giyan i aifini wesimbuci acambihe, ainu teni
wesimbumbi.

elhe taifin i dehi jakūci aniya uyun biyai ice jakūn.

令其跪看主子硃批摺子，將軍諾爾布率眾叩謝主子恩典[12]，
謹此奏聞。

【硃批】此原應早奏，為何纔奏？

康熙四十八年九月初八日

令其跪看主子朱批折子，将军诺尔布率众叩谢主子恩典[12]，
谨此奏闻。

【朱批】此原应早奏，为何纔奏？

康熙四十八年九月初八日

---

[12] 將軍諾爾布，原摺滿文或作 "norbu"，或作 "norobu"，《清聖祖實錄》、
　　《杭州府志》，俱作諾羅布。按滿文 "norbu"，係藏文 "nor bu" 之音譯，
　　意即「財寶」。

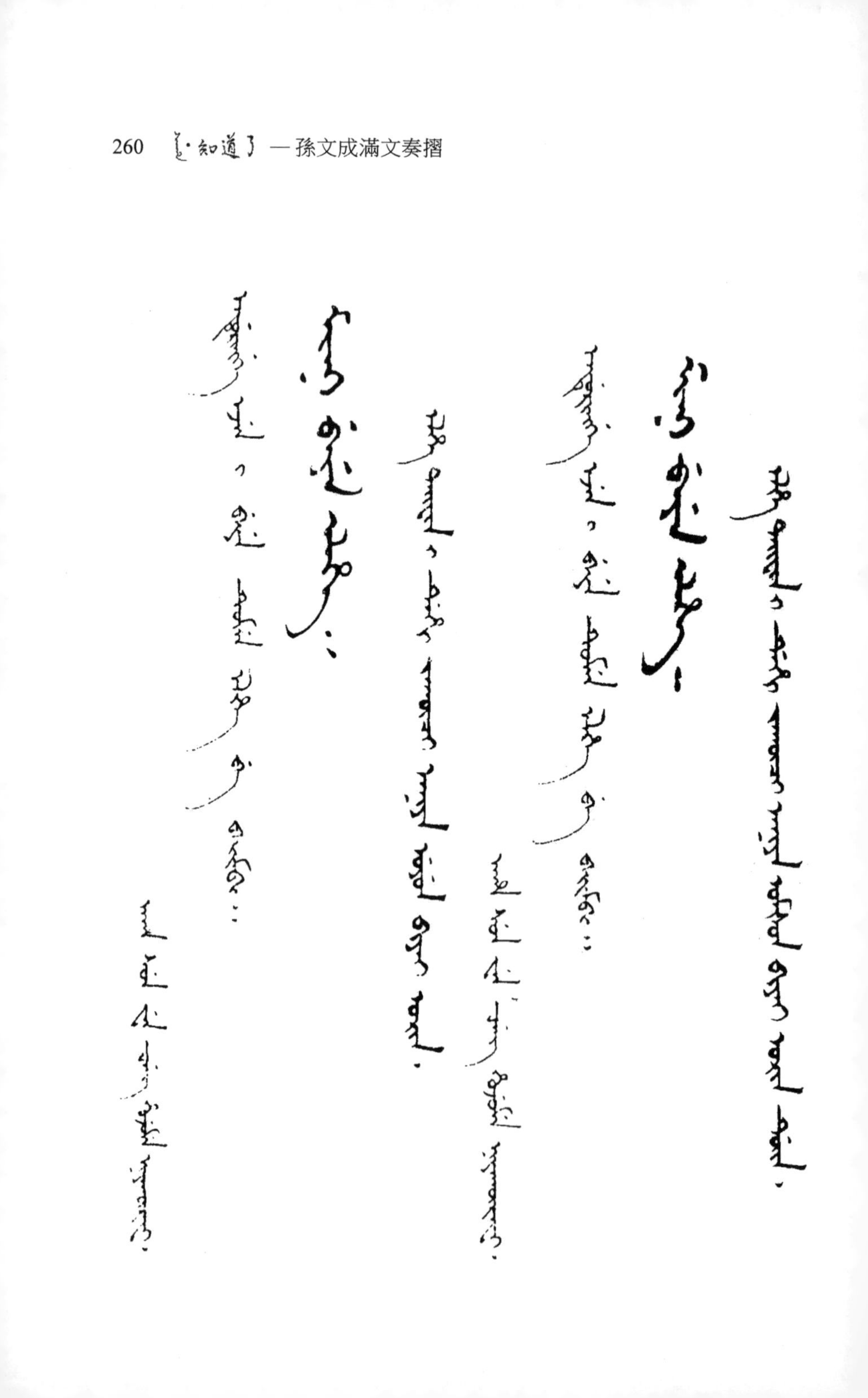

【55】請安摺

aha sun wen ceng hujume niyakūrafi, enduringge ejen i beye tuman elhe be baimbi.

mini beye elhe.

elhe taifin i dehi jakūci aniya uyun biyai orin.

【56】請安摺

aha sun wen ceng hujume niyakūrafi, enduringge ejen i beye tumen elhe be baimbi.

mini beye elhe.

elhe taifin i dehi jakūci aniya omšon biyai orin duin.

———————

奴才孫文成俯伏跪

請聖主聖躬萬安。
【硃批】朕體安。
康熙四十八年九月二十日

奴才孫文成俯伏跪

請聖主聖躬萬安。
【硃批】朕體安。
康熙四十八年十一月二十四日

———————

奴才孙文成俯伏跪

请圣主圣躬万安。
【朱批】朕体安。
康熙四十八年九月二十日

奴才孙文成俯伏跪

请圣主圣躬万安。
【朱批】朕体安。
康熙四十八年十一月二十四日

ᠵᡳ ᠪᠠᠨᡳᡥᠠ ᠪᡳ ᠵᡳᠨᠠᠨ

ᠮᠠᠶᡳᠨᡳᠮᡝ ᠪᠠᠶᡳᠪᡝ

ᠨᡳᠮᠠᠶᡳᠨᡳᠮᡝ

ᠪᡳ ᠨᡳᠮᠠᠶᡳᠨᡳᠮᡝ ᠪᠠᠶᡳᠪᡝ

【57】奏覆遵旨密防高興摺

aha sun wen ceng, gingguleme wesimburengge, hese be
gingguleme dahara jalin, amasi gajiha hiyase be g'ao ioi de
benebuhe seme, juwan biyai ice ilan de donjibume
wesimbuhede, hese i fulgiyan fi pilehengge, g'ao ioi ere
niyalma majige facuhūn, si ambula narhūšame seremšeci
acambi, seme tacibume gosingga

奴才孫文成
謹奏，為欽遵諭旨事。十月初三日，奏聞將所攜回匣子差
人送與高興時，奉硃批諭旨：高興此人稍亂，爾應多加密
防。

奴才孙文成
谨奏，为钦遵谕旨事。十月初三日，奏闻将所携回匣子差
人送与高舆时，奉朱批谕旨：高舆此人稍乱，尔应多加密
防。

ᠪᡳᡨᡥᡝ
ᡠᠪᠠᠯᡳᠶᠠᠮᠪᡳ ᠮᡝᠨᡳ᠂

ᡝᠮᡝ ᡥᠠᡶᠠᠨ ᠪᡝ᠂
ᡨᡝᡳᠯᡝ ᡩᡝ᠂ ᡝᠮᡝ
ᡥᠠᡶᠠᠨ ᡳ᠂

hese wasimbure jakade, aha bi alimbaharakū hukšeme
urgunjehe. aha bi hūwa i dorgide banjiha umai sarkū dulba
albatu mokto aha, daci g'ao ioi ishunde takara ba akū bihe,
enduringge ejen, aha sun wen ceng be hangjeo i suje jodoro
yamun de sindaha manggi. wang u, g'ao ioi baita de
yabumbi, julergi golode tehe be dahame, si tuwašata sehe,
hese be gingguleme dahafi, g'ao ioi baita de, aha bi acira
lose, yalubure lose be turire pancalara de mudan dari wang u
de

奉頒寬仁訓諭，奴才不勝感激歡悅。奴才係生長院內無知
懵懂粗野之奴，原與高興不相識，聖主將奴才孫文成補放
杭州織造衙門後，欽奉諭旨：王五辦理高興之事，既住在
南省，爾即照顧，欽此。辦理高興之事時，租僱馱騾、騎
騾之盤川，奴才每次給與王五

奉颁宽仁训谕，奴才不胜感激欢悦。奴才系生长院内无知
懵懂粗野之奴，原与高兴不相识，圣主将奴才孙文成补放
杭州织造衙门后，钦奉谕旨：王五办理高兴之事，既住在
南省，尔即照顾，钦此。办理高兴之事时，租雇馱骡、骑
骡之盘川，奴才每次给与王五

ᠵᠠᡳ ᡤᠠᡤᠠ᠋ᡳ᠌᠂ ᠠᠮᠪᠠᠨ ᠠᠯᡳᠮᠪᠠ᠂ ᠰᠠᡳᠨ᠂ ᡠᠪᠠᠰᠠ

ᡩᠠᠴᠠ᠂ ᡠᠰᠠᡳ ᡥᠠᡳ᠌ ᡥᡝᠨᡩᡠ᠂ ᠰᠠᡳᠨᠠ᠂ ᠪᠠᠨ

ᠰᡝᠮᠪᡳ᠂ ᡳᠨᡠ᠂ ᡤᡝᠯᡝ ᠠᠮᠪᠠᠨ᠂ ᡨᡠᠸᠠ ᠠᠯᡳᠮᠪᠠ

ᡤᡝᠯᡝᠮᡝ᠂ ᡨᡝᠨᡳ᠂ ᡳᠨᡠ᠂ ᠰᡝᠮᡝ᠂ ᠠᡳᠮᠠᠨ

ᡨᡝᠮᡝ᠂ ᠰᠠᠶᠠ᠂ ᠪᠠᠨ᠂ ᠠᠮᠪᠠ᠂ ᠠᠪᠠ

ᠰᡝᠮᠪᡳ᠂ ᠠᠶᠠ᠂ ᠪᠠᠨ᠂ ᠠᠯᡳᠮᠪᠠ᠂ ᡳᠨᡠ᠂ ᠰᡝᠮᠪᡳ

ᡥᠠᡳ᠌᠂ ᠪᠠᠨ᠂ ᠠᠯᡳᠮᠪᠠ᠂ ᠰᠠᡳᠨ᠂ ᡤᡝᠯᡝᠮᡝ

dehi yan funcere menggun bumbi. g'ao ioi beye hangjeo de
isinjici, ishunde acaname yabuha gojime, emu erin i buda
dagilafi, g'ao ioi be dosimbume ulebuhe ba akū. aha bi, booi
aha, g'ao ioi nikan ishunde guculeme yabuci ainaha seme
banjinarakū. aha bi hangjeo de tefi damu mini yamun i baita
be icihiyambi, ba na i hafasa baru ishunde nure omicara, hise
donjire, dere feleme baita yandure jergi baita, gemu oron akū,
inenggi dobori akū, damu

銀四十餘兩。高興親自來至杭州時，但只彼此行走會晤，
並未備辦一餐飯，請高興進來吃飯。奴才係家奴，高興係
漢人，若彼此交往，則斷然不成。奴才住在杭州，僅辦理
奴才衙門之事，絕無與地方官彼此喝酒、聽戲、不顧體面
請託諸事。不分晝夜，

銀四十余两。高興亲自来至杭州时，但只彼此行走会晤，
并未备办一餐饭，请高興进来吃饭。奴才系家奴，高興系
汉人，若彼此交往，则断然不成。奴才住在杭州，仅办理
奴才衙门之事，绝无与地方官彼此喝酒、听戏、不顾体面
请托诸事。不分昼夜，

ᠮᡳᠨᡳ᠂ ᠵᠠᡴᠠ ᠰᠠᠮᠠᠨ ᠮᠠᠮᠠ ᠰᠠᠮᠠᠨ ᠮᠠᠮᠠ᠂

ᠪᠠᡳᡨᠠ ᠶᠠᠯᠠ᠂

ᠪᠠᡳᡨᠠ ᠶᠠᠯᠠ᠂ ᠪᠠᡳᡨᠠ ᠶᠠᠯᠠ ᠰᠠᠮᠠ᠂

ᠮᠠᠮᠠ ᠰᠠᠮᠠ ᠶᠠᠯᠠ ᠪᠠᡳᡨᠠ᠂ ᠮᠠᠮᠠ ᠶᠠᠯᠠ ᠪᠠᡳᡨᠠ ᠰᠠᠮᠠ᠂

ᠮᠠᠮᠠ ᠶᠠᠯᠠ᠂ ᠮᠠᠮᠠ ᠰᠠᠮᠠ ᠶᠠᠯᠠ᠂

ᠮᠠᠮᠠ᠂ ᠮᠠᠮᠠ ᠶᠠᠯᠠ ᠪᠠᡳᡨᠠ ᠰᠠᠮᠠ᠂

ejen i fafun tušan be gūtuburahū seme olhome geleme
yabumbi. enduringge ejen i desereke kesi de tacibuha hese
be, aha bi fahūn de faliki, ufuhu de ulime gingguleme ejeme
yabuki. erei jalin gingguleme donjibume wesimbuhe.
saha.
elhe taifin i dehi jakūci aniya omšon biyai orin duin.

兢兢業業，惟恐有玷主子之法度。蒙聖主洪恩訓諭，奴才
塗肝穿肺，謹記遵行。謹此奏聞。
【硃批】知道了。
康熙四十八年十一月二十四日

兢兢业业，惟恐有玷主子之法度。蒙圣主洪恩训谕，奴才
涂肝穿肺，谨记遵行。谨此奏闻。
【朱批】知道了。
康熙四十八年十一月二十四日

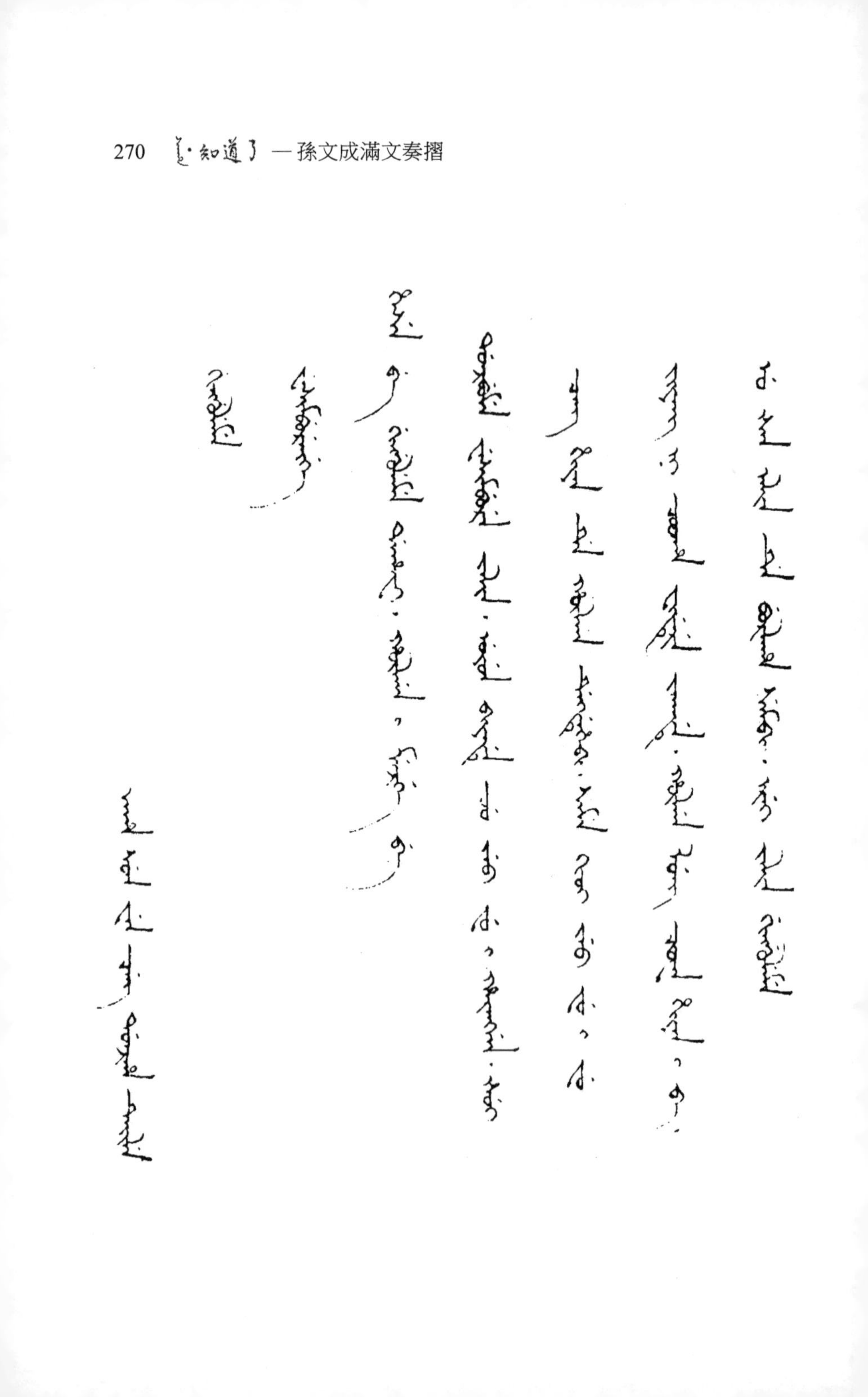

【58】奏聞遂昌盜賊滋事摺

aha sun wen ceng donjiha teile gingguleme wesimburengge, hese be gingguleme dahafi, hūlga i mejige be donjibume wesimbure jalin, uyun biyade cu jeo fu i harangga šui cang hiyan de hūlga dekdehebi seme kioi jeo fu i fu jiyang ni cooha fidere jakade, hūlga lung ciowan hiyan i ba, u šan alin de burlaha sembi. erei jalin gingguleme

　　　　　　　　　　　奴才孫文成僅以所聞
謹奏，為欽遵諭旨奏聞賊信事。九月間，處州府所屬遂昌
縣有賊滋事，調遣衢州府副將之兵時，賊向龍泉縣地方、
烏山敗竄云云。謹此

　　　　　　　　　　　奴才孙文成仅以所闻
谨奏，为钦遵谕旨奏闻贼信事。九月间，处州府所属遂昌
县有贼滋事，调遣衢州府副将之兵时，贼向龙泉县地方、
乌山败窜云云。谨此

ᠮᠨᠢ ᡝᠯᠪᡳᠰᡳ ᠪᠠᡳᡨᠠᠯᠠᠮᠠ ᠸᠠᠰᡳᡥᠠ ᡥᠠᠮᠠᡴᠠ᠂

ᠮᠨᠢ ᡨᠠᠴᡳᠨ᠂ ᡠᠮᡝᠰᡳ ᠰᠠᡳᠨ ᠪᡳᡥᡝ᠃

ᡨᡠᠸᠠᡥᠠ ᡨᡝᠨᡳ ᠮᡝᠵᡠ ᠪᠠᡳᡨᠠᠯᠠᠮᡝ ᠸᠠᠰᡳᡥᠠ ᡥᠠᠮᠠᡴᠠ᠃

ᠰᠠᠪᠠᠨ ᠰᠠᡳᡥᠠ᠃

donjibume wesimbuhe.

saha.

elhe taifin i dehi jakūci aniya omšon biyai orin duin.

【59】請安摺

aha sun wen ceng hujume niyakūrafi, enduringge ejen i beye
tumen elhe be baimbi.

mini beye elhe

elhe taifin i dehi uyuci aniya juwe biyai juwan ninggun.

奏聞。

【硃批】知道了。

康熙四十八年十一月二十四日

　　　　　　　　　　　　　奴才孫文成俯伏跪

請聖主聖躬萬安。

【硃批】朕體安。

康熙四十九年二月十六日

奏聞。

【朱批】知道了。

康熙四十八年十一月二十四日

　　　　　　　　　　　　　奴才孙文成俯伏跪

请圣主圣躬万安。

【朱批】朕体安。

康熙四十九年二月十六日

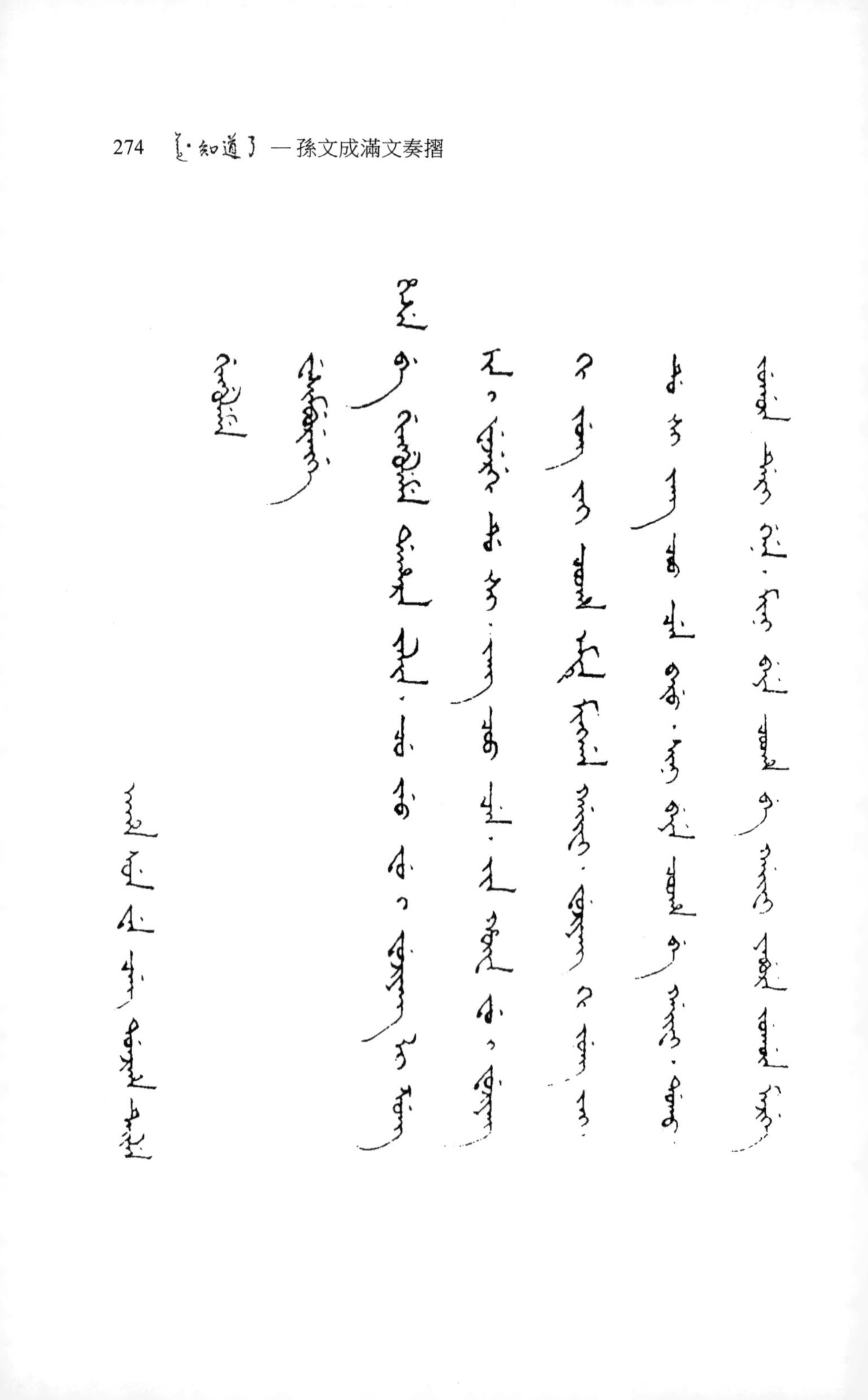

【60】奏聞官兵勦賊都司遇害摺

aha sun wen ceng donjiha teile gingguleme wesimburengge.
hese be gingguleme dahara jalin, cu jeo fu i fujiyang li
dzung žin i fejergi du ši jang coo cen, jin hūwa fu i fujiyang
ki jung jai cooha emte mingga gaifi, fujiyang ki jung jai, du
ši jang coo cen baru, sini beye cooha be gaifi, doko jugūn
deri gene, mini beye cooha be gaifi yabure jugūn majige

奴才孫文成僅以所聞
謹奏，為欽遵諭旨事。處州府副將李宗仁屬下都司張朝
臣，金華府副將祁中豸各領一千兵。副將祁中豸與都司張
朝臣約定：爾親領兵由捷徑前往，我本人領兵所行之路

奴才孫文成仅以所闻
谨奏，为钦遵谕旨事。处州府副将李宗仁属下都司张朝臣，
金华府副将祁中豸各领一千兵。副将祁中豸与都司张朝臣
约定：尔亲领兵由快捷方式前往，我本人领兵所行之路

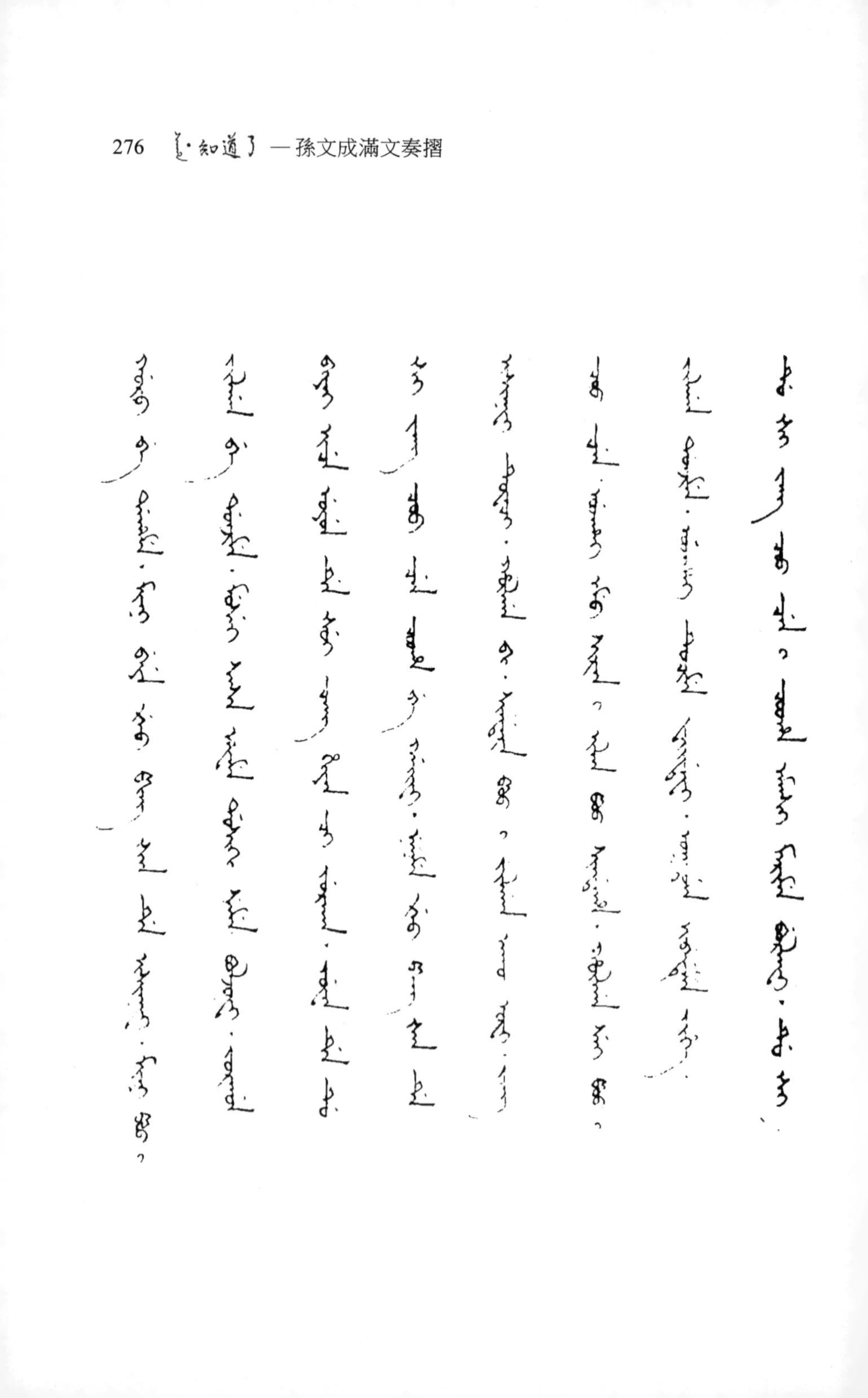

ᠮᠤᠩᡤᠣ

goro be dahame, mini beye g'ao ping šan de isinafi, mini poo i jilgan be donjime, musei sasa afame dosiki seme boljofi, jorgon biyai ice uyun de šui cang hiyan ci juraka. juwan de du ši jang coo cen cooha be gaifi, neneme g'ao ping šan de isinafi tuwaci, hūlga bi, sindara poo i jilgan akū ofi, jang coo cen uthai emu siran i ilan poo sindaha. hūlga sei poo i jilgan donjime, uthai tucime faidafi, okdome ibedeme jihe. du ši jang coo cen i cooha amasi marime burlafi, du ši

---

既稍遠，俟我本人至高坪山後，聽我之礮聲，我等一齊攻入云云。遂於十二月初九日，由遂昌縣啟程。初十日，都司張朝臣領兵先至高坪山，見有賊徒，因無放礮之聲，張朝臣即一連施放三礮。賊眾聞有礮聲，即出列陣，向前迎來。都司張朝臣之兵向後退却，

既稍远，俟我本人至高坪山后，听我之炮声，我等一齐攻入云云。遂于十二月初九日，由遂昌县启程。初十日，都司张朝臣领兵先至高坪山，见有贼徒，因无放炮之声，张朝臣即一连施放三炮。贼众闻有炮声，即出列阵，向前迎来。都司张朝臣之兵向后退却，

jang coo cen i beye, booi niyalma emke funcebufi hūlga de
wabuha. geren cooha du ši gaibuha be safi, teni julesi ibefi
afame dosirede, fujiyang ki jung jai cooha isijifi〔isinjifi〕
inu dosika, hūlga be gidafi, hūlga se da je i bade burlaha,
hūlga be ilan waha. du ši jang coo cen niyalma gejureku ehe
oshon seme, coohai urse same jang coo cen be hūlga de
wabuha sembi. geli donjici jegiyang ni goloi niowanggiyan
tu i coohai hafasa kooli de, emu minggan cooha seme, ton

餘下都司張朝臣本人及家人一名，為賊所殺。眾兵知都司
被害後，始向前攻入，副將祁中爻兵至後亦進入，將賊擊
敗，賊眾向大淛地方敗竄，殺賊三名。據稱都司張朝臣人
甚暴虐，兵丁知而讓張朝臣為賊所殺。又聞浙江省綠旗兵
官定例雖為一千兵，

余下都司张朝臣本人及家人一名，为贼所杀。众兵知都司
被害后，始向前攻入，副将祁中爻兵至后亦进入，将贼击
败，贼众向大淛地方败窜，杀贼三名。据称都司张朝臣人
甚暴虐，兵丁知而让张朝臣为贼所杀。又闻浙江省绿旗兵
官定例虽为一千兵，

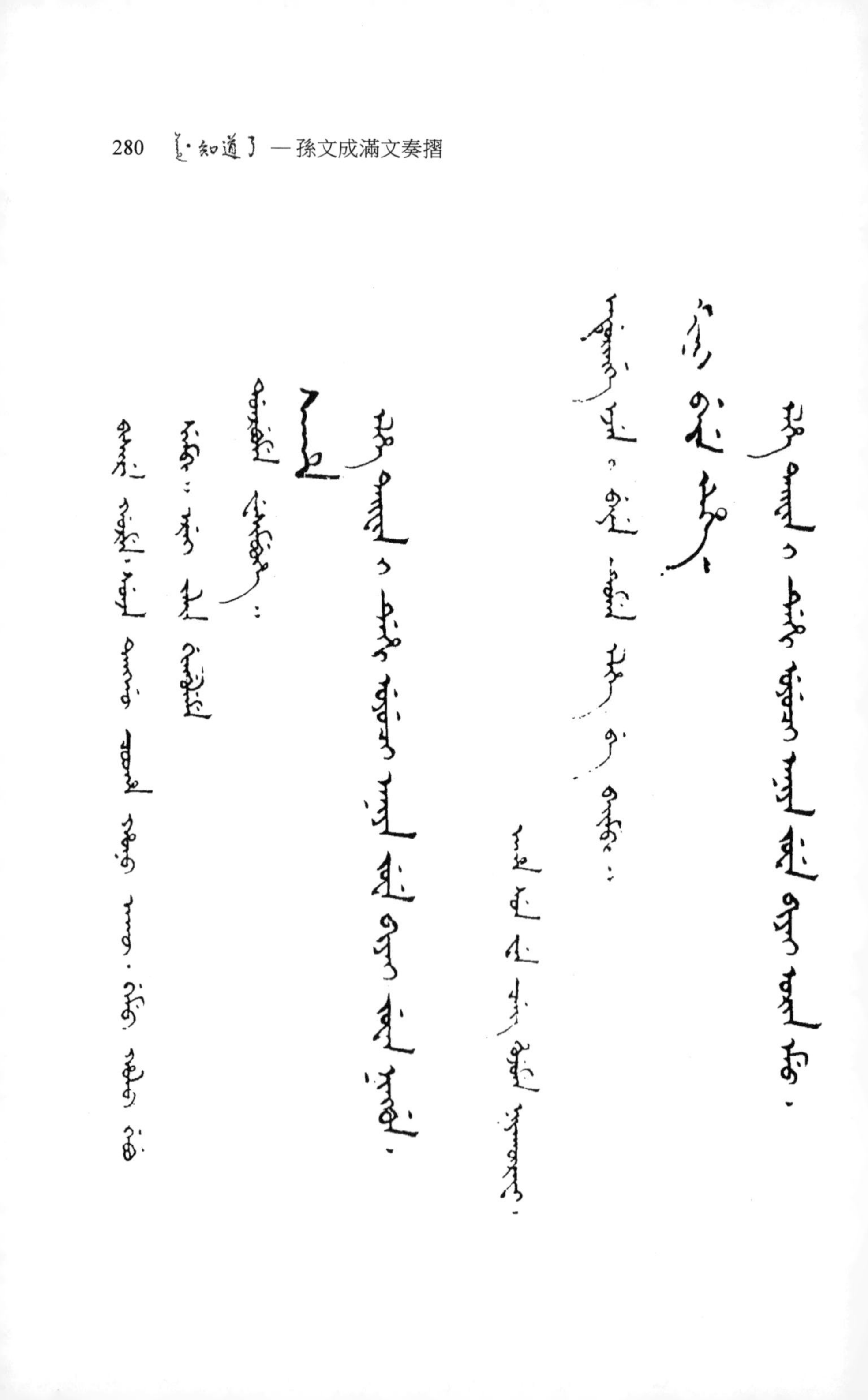

bisire gojime, sunja tanggū cooha hono akū, gemu holo gebu
sembi. erei jalin gingguleme donjibume wesimbuhe.

saha.

elhe taifin i dehi uyuci aniya juwe biyai juwan ninggun.

【61】請安摺

aha sun wen ceng hujume niyakūrafi, enduringge ejen i beye
tumen elhe be baimbi.

mini beye elhe.

elhe taifin i dehi uyuci aniya juwe biyai orin emu.

惟現有之數，連五百名尚且不足，皆係虛報名額云云。謹
此奏聞。
【硃批】知道了。
康熙四十九年二月十六日

　　　　　　　　　　　　　　　　奴才孫文成俯伏跪

請聖主聖躬萬安。
【硃批】朕體安。
康熙四十九年二月二十一日

惟現有之數，連五百名尚且不足，皆系虛報名額云云。謹
此奏聞。
【朱批】知道了。
康熙四十九年二月十六日

　　　　　　　　　　　　　　　　奴才孫文成俯伏跪

请圣主圣躬万安。
【朱批】朕体安。
康熙四十九年二月二十一日

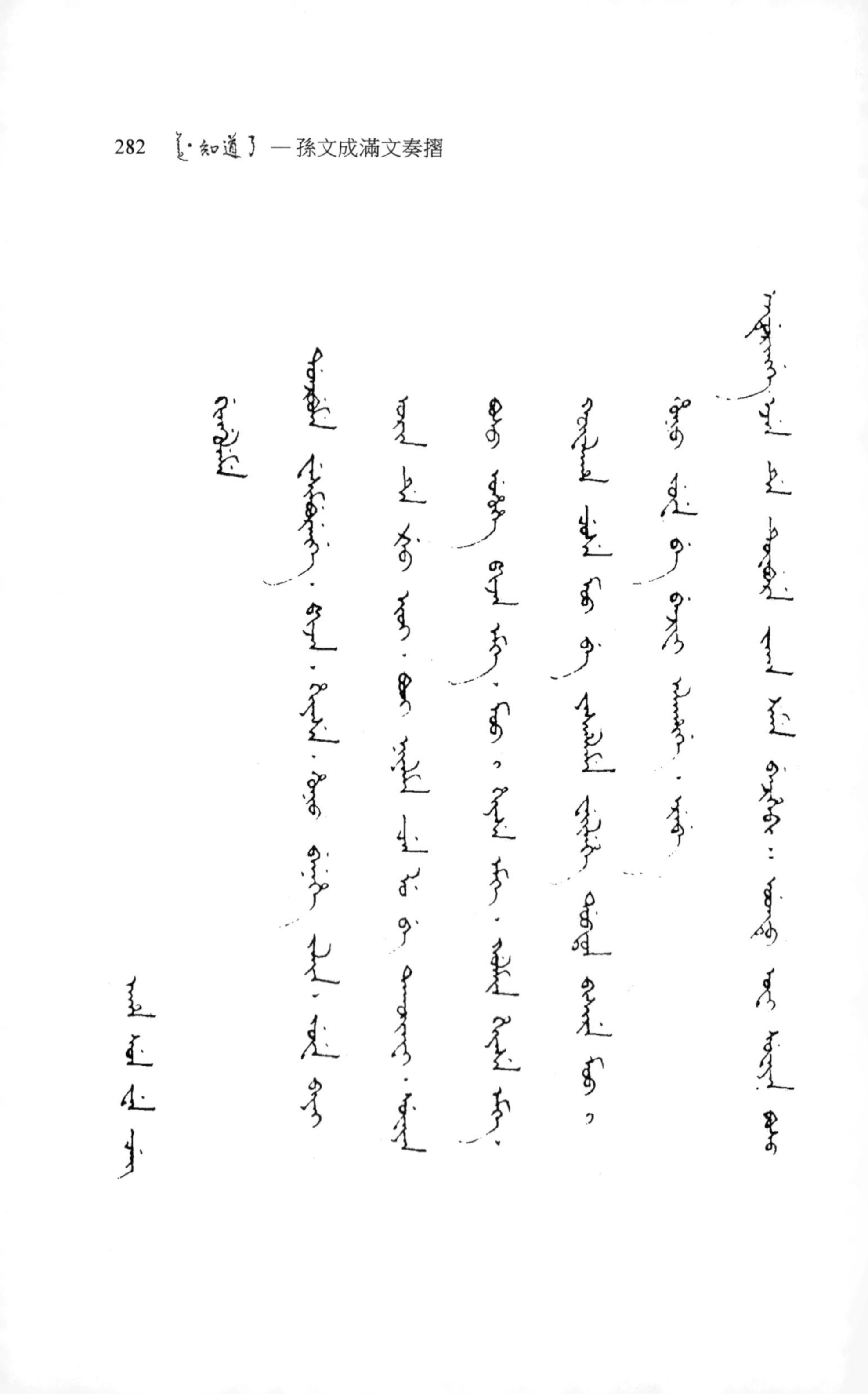

【62】奏聞差人齎送皮箱匣子水桶摺

aha sun wen ceng gingguleme donjibume wesimburengge,
pijan, hiyase, hunio benehe jalin, juwe biyai orin de g'ao ioi,
booi niyalma cen lu be takūrafi, suwayan boso uhuhe pijan
emke, moo i hiyase emke, golmin hiyase emke, kūwalaha
cuse moo be yashalame weilehe dobton bisire moo i hunio
juwe be benjifi alahangge, erebe enduringge ejen de
tuwabure jaka seme benjihebi. uttu ofi suwayan boso

奴才孫文成
謹奏聞，為齎送皮箱、匣子、水桶事。二月二十日，高興
差家人陳祿，將黃布所包皮箱一個，木匣子一個，長匣子
一個，竹片編結帶套木製水桶二個齎來告稱：此為進呈聖
主御覽之物云云。是以將黃布

奴才孙文成
谨奏闻，为赍送皮箱、匣子、水桶事。二月二十日，高興
差家人陈禄，将黄布所包皮箱一个，木匣子一个，长匣子
一个，竹片编结带套木制水桶二个赍来告称：此为进呈圣
主御览之物云云。是以将黄布

ᠪᠠᡳᡨ᠌ᠠ᠈ ᠠᠮᠪᠠᠨ ᠪᡳ ᡥᡠᡳᠯᠠᠮᠪᡳ᠈ ᡝᡵᡝ ᠪᠠᡳᡨ᠌ᠠ ᠪᡝ᠈

ᡝᠵᡝᠨ ᡩᡝ᠈

ᠵᠠᠰᠠᠮᠪᡳ᠈

ᠵᠠᠰᠠᠮᠪᡳ᠈ ᠵᠠᠰᠠᠮᠪᡳ᠈

ᠪᠠᡳᡨ᠌ᠠ ᠪᡝ᠈ ᡠᠮᡝᠰᡳ ᡥᠠᠯᠠᡴᠠ᠈ ᠠᠮᠪᠠᠨ ᠪᡳ᠈

ᠠᡴ᠋ᡠ᠈ ᠠᠯᠪᠠᠨ ᡵᡝᠯᠠᡳ᠈ ᠪᠠᡳᡨ᠌ᠠ ᡠᠮᡝᠰᡳ᠈

ᠠᠮᠪᠠᠨ ᠪᡳ᠈ ᠪᡝᠶᡝ ᡳᠨᡝᠩᡤᡳ ᠠᠯᠪᠠᠨ᠈ ᠪᠠᡳᡨ᠌ᠠ

uhuhe dehi sunja gin i pijan emke, suwayan boso uhuhe orin
emu gin jakūn yan i moo i hiyase emke, suwayan boso uhuhe
jakūn gin jakūn yan i moo i golmin hiyase emke, kūwalaha
cuse moo be yashalame weilehe dobton bisire jakūnju duite
gin i moo i hunio juwe be wang u de afabufi, orin emu de
benebuhe. erei jalin gingguleme donjibume wesimbuhe.

kemuni nenehe songkoi benebu.

elhe taifin i dehi uyuci aniya juwe biyai orin emu.

所包四十五斤皮箱一個，黃布所包二十一斤八兩木匣子一
個，黃布所包八斤八兩木製長匣子一個，竹片編結帶套各
八十四斤木製水桶二個，交與王五，於二十一日令其齎
送。謹此奏聞。

【硃批】著仍照前送去。

康熙四十九年二月二十一日

所包四十五斤皮箱一个，黄布所包二十一斤八两木匣子一
个，黄布所包八斤八两木制长匣子一个，竹片编结带套各
八十四斤木制水桶二个，交与王五，于二十一日令其赍送。
谨此奏闻。

【朱批】着仍照前送去。

康熙四十九年二月二十一日

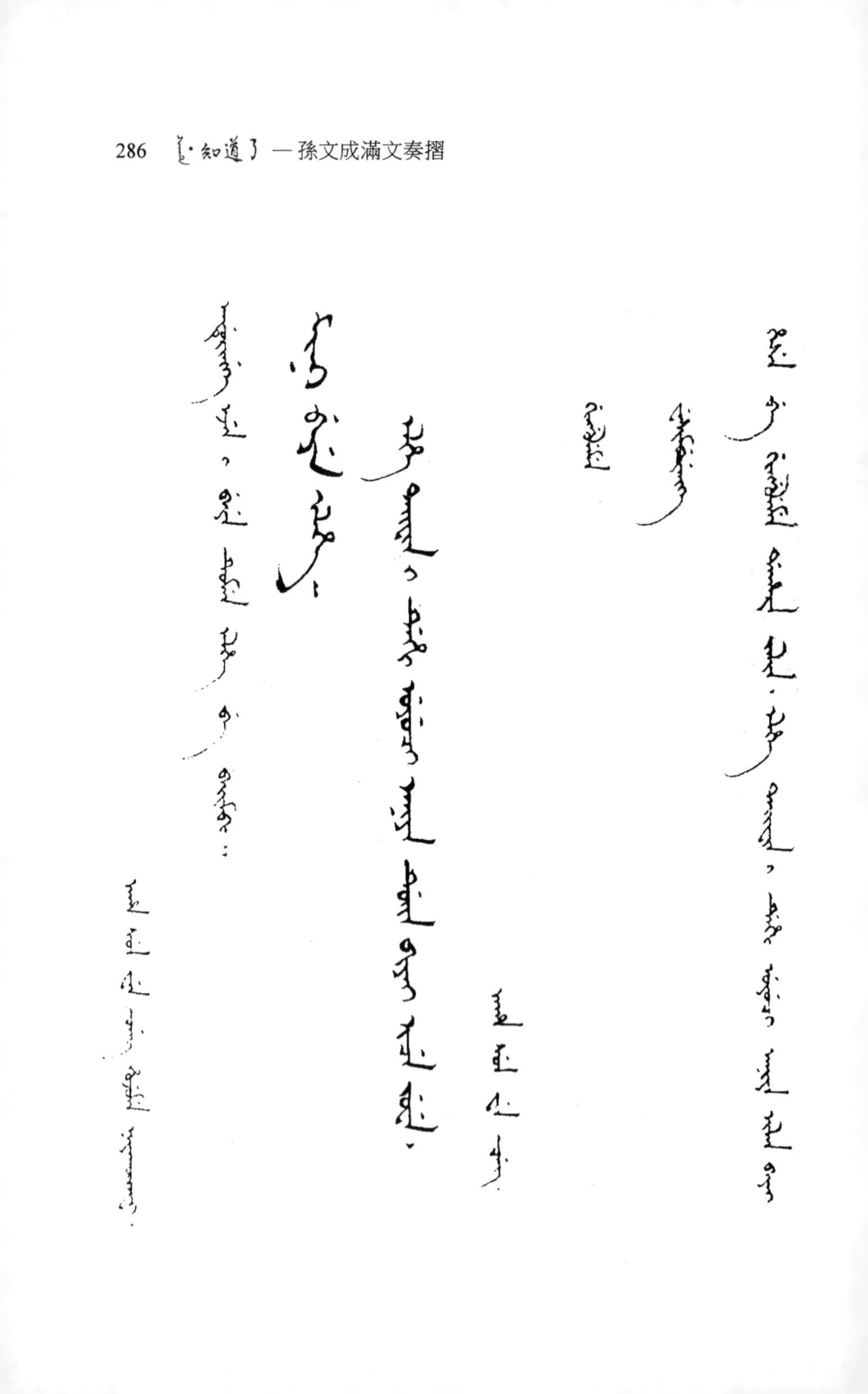

【63】請安摺

aha sun wen ceng hujume niyakūrafi, enduringge ejen i beye
tumen elhe be baimbi.
mini beye elhe.
elhe taifin i dehi uyuci aniya duin biyai ice juwe.

【64】奏聞遵旨轉奏諾爾布請安摺

aha sun wen ceng gingguleme wesimburengge, hese be
gingguleme dahara jalin, elhe taifin i dehi uyuci aniya ilan
biyai

奴才孫文成俯伏跪

請聖主聖躬萬安。
【硃批】朕體安。
康熙四十九年四月初二日

奴才孫文成

謹奏，為欽遵諭旨事。康熙四十九年三月

奴才孙文成俯伏跪

请圣主圣躬万安。
【朱批】朕体安。
康熙四十九年四月初二日

奴才孙文成

谨奏，为钦遵谕旨事。康熙四十九年三月

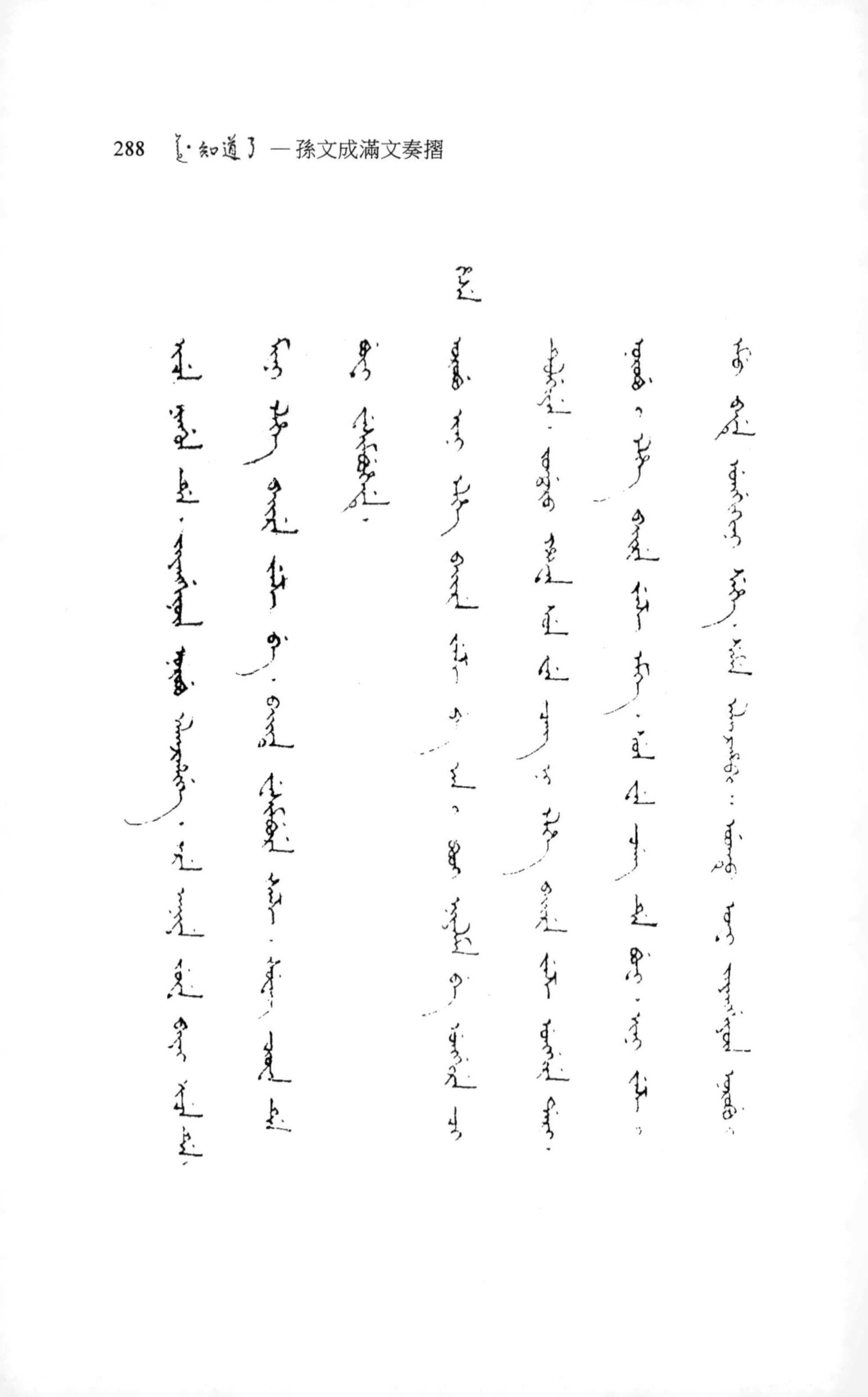

ice ninggun de, jiyanggiyūn norbu alanjihangge, ere aniya
juwe biyai ice de, mini elhe baire jedz be, baita wesimbure
šadz, šuwang ciowan de bufi wesimbuhede, hese norobu ini
elhe baire jedz be an i booi niyalma be unggire ci tulgiyen,
jodoro hafan sun wen ceng ni elhe baire jedz unggire dari,
norobu i elhe baire jedz emke, sun wen ceng de bufi, ini jedz
i emu bade unggikini sehe, seme alanjihabi. uttu ofi
jiyanggiyūn norobu i

初六日，將軍諾爾布來告稱：今年二月初一日，我將請安
摺子給與奏事傻子、雙全奏呈時，奉旨：諾爾布其請安摺
子除照常差遣家人外，織造官孫文成每次發送請安摺子，
諾爾布請安摺子一件，給與孫文成，與其摺子於一處發
遞，欽此。是以把將軍諾爾布

初六日，将军诺尔布来告称：今年二月初一日，我将请安
折子给与奏事傻子、双全奏呈时，奉旨：诺尔布其请安折
子除照常差遣家人外，织造官孙文成每次发送请安折子，
诺尔布请安折子一件，给与孙文成，与其折子于一处发递，
钦此。是以把将军诺尔布

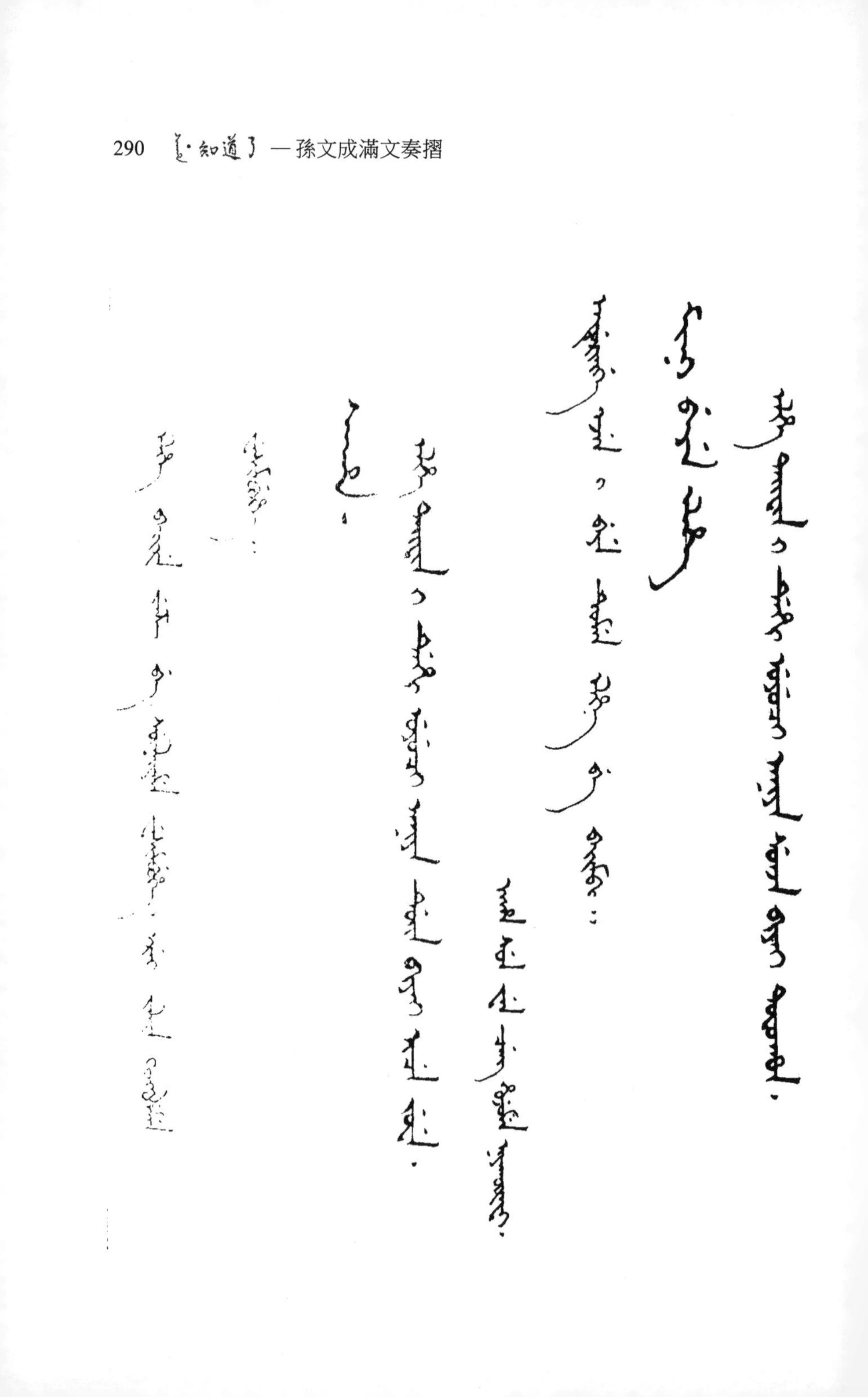

ᡝᠯᡝᠮᡝᠠ
ᠪᡝ
ᡝᠯᡝᠮᡝ

ᡝᠯᡝᠮᡝ
ᠪᡝ
ᡝᠯᡝᠮᡝ

elhe baire jedz be suwaliyame wesimbuhe, erei jalin
gingguleme wesimbuhe.

saha.

elhe taifin i dehi uyuci aniya duin biyai ice juwe.

【65】請安摺

aha sun wen ceng hujume niyakūrafi, enduringge ejen i beye
tumen elhe be baimbi.

mini beye elhe.

elhe taifin i dehi uyuci aniya sunja biyai tofohon.

請安摺子一併奏呈，為此謹奏。
【硃批】知道了。
康熙四十九年四月初二日

　　　　　　　　　　　　　　　奴才孫文成俯伏跪

請聖主聖躬萬安。
【硃批】朕體安。
康熙四十九年五月十五日

请安折子一并奏呈，为此谨奏。
【朱批】知道了。
康熙四十九年四月初二日

　　　　　　　　　　　　　　　奴才孙文成俯伏跪

请圣主圣躬万安。
【朱批】朕体安。
康熙四十九年五月十五日

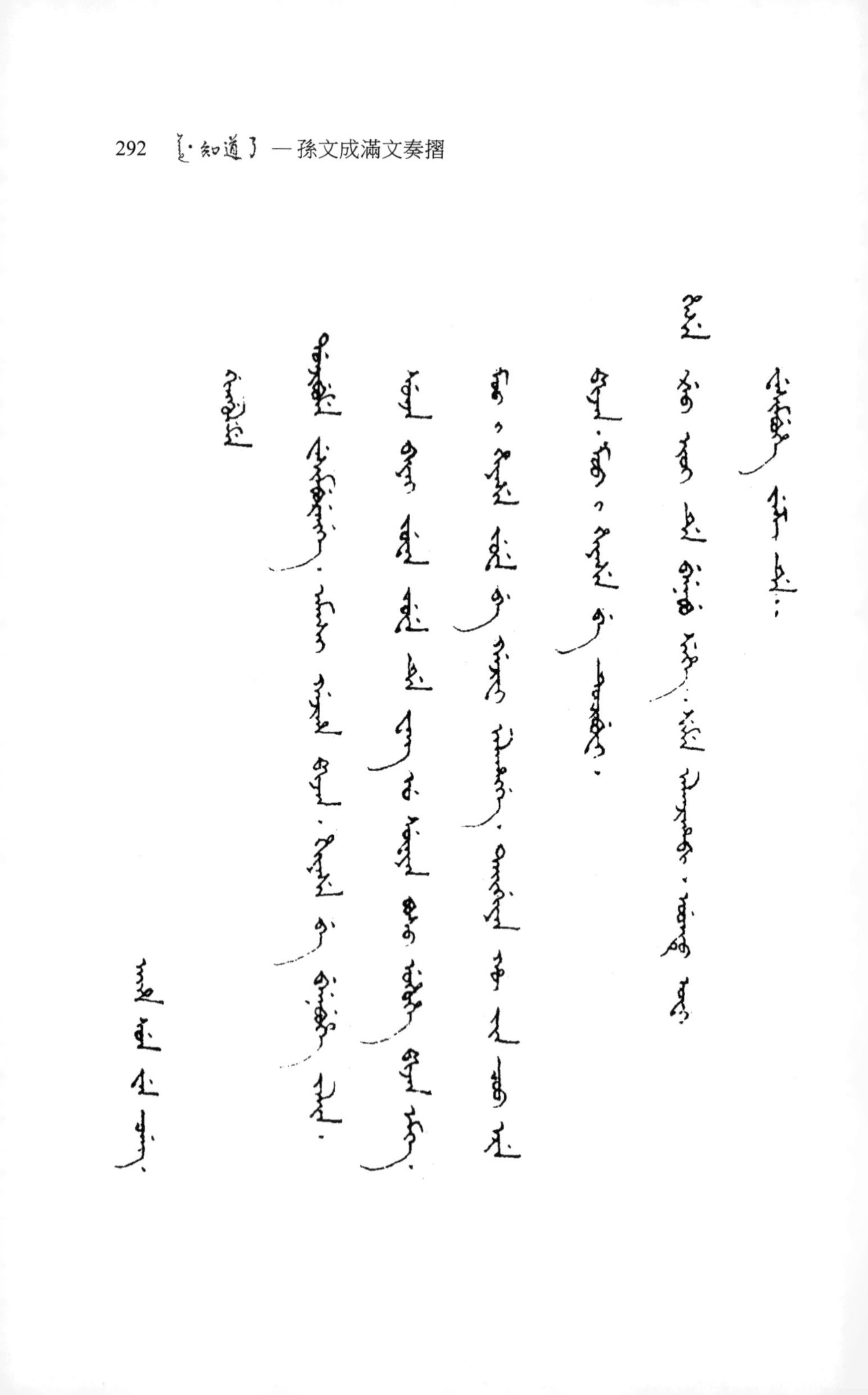

ᠪᡳᡨᡥᡝ
ᠮᠠᠨᠵᡠ

【66】奏聞差人齎送皮箱木匣摺

aha sun wen ceng, gingguleme donjibume wesimburengge,
amasi gajiha pijan, hiyase be benebuhe jalin, sunja biyai
juwan juwe de wang u suwayan boso uhuhe pijan emke, moo
i hiyase juwe be gajifi alahangge, taigiyan hū jin coo ere
pijan, moo i hiyase be tucibufi, hese g'ao ioi de benebu sehe.
seme alanjihabi. uttu ofi wesimbuhe jedz de ,

　　　　　　　　　　　　　　　　奴才孫文成

謹奏聞，為差人齎送所攜回之皮箱、匣子事。五月十二日，
王五將黃布所包皮箱一個、木匣子二個齎來告稱：太監胡
金朝取出此皮箱、木匣子，奉旨：著送與高興，欽此。是
以於所奏摺子上

　　　　　　　　　　　　　　　　奴才孙文成

谨奏闻，为差人赍送所携回之皮箱、匣子事。五月十二日，
王五将黄布所包皮箱一个、木匣子二个赍来告称：太监胡
金朝取出此皮箱、木匣子，奉旨：着送与高興，钦此。是
以于所奏折子上

ᠪᠣᠯᠵᠠᡳ᠂

ᡥᡝᠨᡩᡠᡥᡝ᠂ ᡝᠯᡝᡳ ᠪᡳᡨᡥᡝ

ᡝᠯᡝᠮᡝᠨ ᡥᡝᠨᡩᡠᡥᡝ᠂

ᡥᡝᠨᡩᡠᡥᡝ᠂ ᠪᠠ ᡝᡥᡝ

ᡝᠯᡝᡳ ᡥᡝᠨᡩᡠᡥᡝ᠂ ᡝᠯᡝ

ᡝᠯᡝᠮᡝᠨ ᠪᡳᡨᡥᡝ ᡝᠯᡝᠮᡝᠨ᠂

hese i fulgiyan fi pilehengge, kemuni nenehe songkoi benebu sehengge, gingguleme dahafi, suwayan boso uhuhe dehi ninggun gin jakūn yan i pijan emke, suwayan boso uhuhe orin gin i moo i hiyase emke, suwayan boso uhuhe jakūn gin juwe yan i moo i golmin hiyase emke be juwan ilan de wang u benefi, g'ao ioi de afabuha. erei jalin gingguleme

---

欽奉硃批諭旨：著仍照前送去，欽此。欽遵將黃布所包四十六斤八兩皮箱一個，黃布所包二十斤木匣子一個，黃布所包八斤二兩木製長匣子一個，於十三日令王五送交高興。謹此

钦奉朱批谕旨：着仍照前送去，钦此。钦遵将黄布所包四十六斤八两皮箱一个，黄布所包二十斤木匣子一个，黄布所包八斤二两木制长匣子一个，于十三日令王五送交高兴。谨此

[illegible]

donjibume wesimbuhe.

saha.

elhe taifin i dehi uyuci aniya sunja biyai tofohon.

【67】奏聞未齎送諾爾布請安摺

aha sun wen ceng, gingguleme donjibume wesimburengge, elhe be baire jedz jalin, icihiyara hafan carkin, sunja biyai ice jakūn de hangjeo de isinjifi, juwan de jiyanggiyūn norobu, meiren janggin gartu [galtu], g'ao deng fu, siyūn fu

---

奏聞。

【硃批】知道了。

康熙四十九年五月十五日

奴才孫文成

謹奏聞，為請安摺子事。郎中察爾欽於五月初八日來至杭州，初十日，將軍諾爾布、副都統噶爾圖、高登符，巡撫

奏闻。

【朱批】知道了。

康熙四十九年五月十五日

奴才孙文成

谨奏闻，为请安折子事。郎中察尔钦于五月初八日来至杭州，初十日，将军诺尔布、副都统噶尔图、高登符，巡抚

ᠪᠠᡳᡨᠠᠯᠠ ᠪᡝ᠈ ᡝᠮᡠ
ᠮᡠᡨᡝᡵᡝ᠈ ᠮᡠᡨᡝᡵᡝ ᠪᡝᡳ
ᡝᠮᡠ ᠮᡠᡨᡝᡵᡝ᠈

ᡳᠨᡝᠩᡤᡳ᠈ ᡝᠮᡠ
ᠪᠠᡳᡨᠠ᠈ ᡝᠮᡠ

ᠪᠠᡳᡨᠠᠯᠠᠮᠪᡳ᠈ ᡝᠮᡠ
ᠮᡠᡨᡝᡵᡝ ᠪᡝᡳ
ᠪᠠᡳᡨᠠᠯᠠᠮᠪᡳ᠈
ᠮᡠᡨᡝᡵᡝ᠈

ᡝᠮᡠ
ᠮᡠᡨᡝᡵᡝ᠈

hūwang bing jung uhei cu jeo fu de jurame [jurafi] genehe,
uttu ofi jiyanggiyūn norobu i elhe baire jedz be bahafi
gajihakū. erei jalin gingguleme donjibume wesimbuhe.

elhe taifin i dehi uyuci aniya sunja biyai tofohon.

【68】請安摺

aha sun wen ceng hujume niyakūrafi, enduringge ejen i beye
tumen elhe be baimbi.

mini beye elhe.

elhe taifin i dehi uyuci aniya anagan i nadan biyai juwan
jakūn.

黃秉中共同啟程前往處州府，是以將軍諾爾布之請安摺子
未得齎來。謹此奏聞。
康熙四十九年五月十五日

　　　　　　　　　　　　奴才孫文成俯伏跪

請聖主聖躬萬安。
【硃批】朕體安。
康熙四十九年閏七月十八日

黄秉中共同启程前往处州府，是以将军诺尔布之请安折子
未得赉来。谨此奏闻。
康熙四十九年五月十五日

　　　　　　　　　　　　奴才孙文成俯伏跪

请圣主圣躬万安。
【朱批】朕体安。
康熙四十九年闰七月十八日

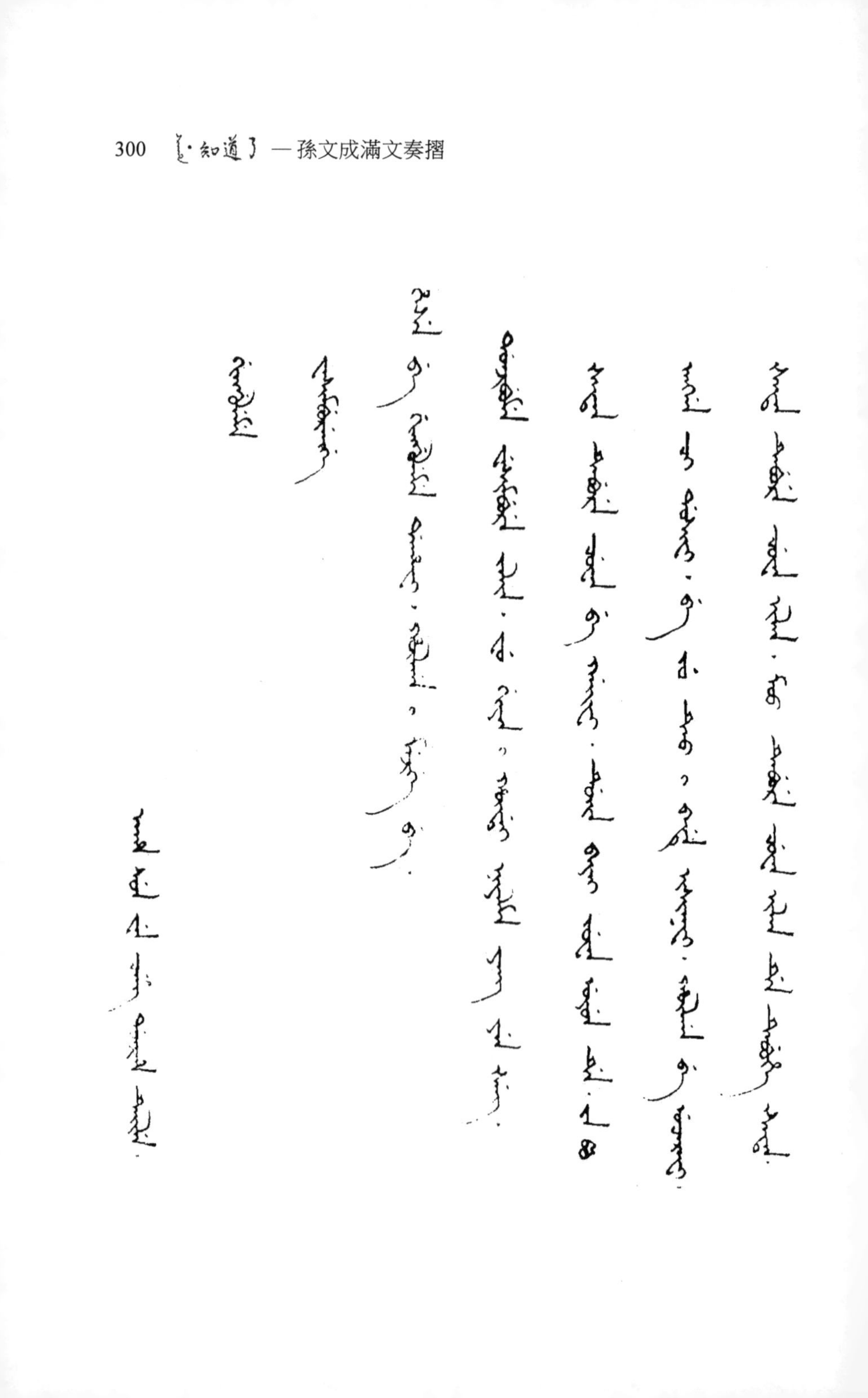

【69】奏聞盜賊搶劫商船貨物摺

aha sun wen ceng donjiha teile, gingguleme wesimburengge, hese be gingguleme dahafi, hūlga i mejige be, donjibume wesimbure jalin, fu giyan i hūdai niyalma yang yen šeng, šatan tebure cuwan be gaifi, duin biyai juwan uyun de, ja pu angga ci dosifi, be ju teo i bade isinafi, hūlga be ucarafi, šatan tebure cuwan ilan, moo tebure cuwan ilan de tebuhe šatan,

---

　　　　　　　　　　　奴才孫文成僅以所聞
謹奏，為欽遵諭旨奏聞賊信事。福建商人楊蔭生帶領載糖
船隻於四月十九日自乍浦口進入，至白渚頭地方遇賊，將
載糖之船三隻及載木之船三隻所載之白糖、

　　　　　　　　　　　奴才孫文成仅以所闻
謹奏，为欽遵谕旨奏闻賊信事。福建商人杨荫生带领載糖
船只于四月十九日自乍浦口进入，至白渚头地方遇賊，將
載糖之船三只及載木之船三只所載之白糖、

ᠪᠢᡨᡥᡝ᠂ ᠠᠮᠪᠠᠰᠠ ᠰᡳᠮᠨᡝᠮᡝ ᠪᠠᡳᠴᠠᡥᠠ ᠰᡝᠮᠪᡳ᠂

ᠮᠠᠨᠵᡠ ᠪᡳᡨᡥᡝ ᠪᡝ᠂ ᡥᠠᠨ ᠤ ᠪᠠᡳᡨᠠ᠂

ᠠᠮᠪᠠᠰᠠ᠂ ᠵᠠᡳ ᠮᠠᠨᠵᡠ ᠪᡳᡨᡥᡝ ᠪᡝ ᠰᡳᠮᠨᡝᠮᡝ᠂

ᠪᠠᡳᠴᠠᠮᡝ᠂ ᠮᠠᠨᠵᡠ ᠪᡳᡨᡥᡝ ᠪᡝ ᠰᠠᡵᠠᡴᡡ᠂

pancan i menggun be yooni durifi gamaha sembi, erei jalin gingguleme donjibume wesimbuhe.

ere dorgi ba kai, adarame mederi hūlha sembi.

elhe taifin i dehi uyuci aniya anagan i nadan biyai juwan jakūn.

【70】請安摺

aha sun wen ceng hujume niyakūrafi, enduringge ejen i beye tumen elhe be baimbi.

saha.

elhe taifin i susaici aniya juwe biyai juwan ilan.

盤川銀俱行搶去云云。謹此奏聞。
【硃批】此乃內地也，如何稱之為海賊？
康熙四十九年閏七月十八日

　　　　　　　　　　奴才孫文成俯伏跪

請聖主聖躬萬安。
【硃批】知道了。
康熙五十年二月十三日

盘川银俱行抢去云云。谨此奏闻。
【朱批】此乃内地也，如何称之为海贼？
康熙四十九年闰七月十八日

　　　　　　　　　　奴才孙文成俯伏跪

请圣主圣躬万安。
【朱批】知道了。
康熙五十年二月十三日

ᠮᠠᠩᡤᠠ ᠪᡳᡨᡥᡝ ᡝᠵᡝᠨ ᠮᡝᠨᡳ᠂

ᠠᡳᠰᡳᠯᠠᠮᡝ ᠪᠠᡳᡨᠠ ᠠᡴᡡ᠂ ᠠᠯᠠᠮᠪᡳ᠂

ᠠᠯᠠᠮᠪᡳ᠂ ᠠᠯᠠᠮᡝ ᠪᠠᡳᡨᠠ᠂ ᠠᡳᠰᡳᠯᠠᠮᡝ᠂

ᠠᠯᠠᠮᠪᡳ᠂ ᠠᠯᠠᠮᡝ ᠪᠠᡳᡨᠠ᠂ ᠠᠯᠠᠮᠪᡳ᠂

ᠠᠯᠠᠮᠪᡳ ᠠᠯᠠᠮᡝ᠂

【71】奏聞拏獲海賊信息摺

aha sun wen ceng donjiha teile, gingguleme wesimburengge,
hese be gingguleme dahafi, jafaha mederi i hūlgai mejige be,
donjibume wesimbure jalin, elhe taifin i susaici aniya, aniya
biyai dorgide, ning tai dooli hafan hū ceng dzu, ning bo fu i
jyfu hafan giyang yoo, siyang šan hiyan i jyhiyan hafan
yuwan meng iowan, ere ilan hafan, ning bo fu i hoton dolo,

奴才孫文成僅以所聞
謹奏，為欽遵諭旨奏聞拏獲海賊信息事。康熙五十年正月
內，寧臺道胡承祖、寧波府知府蔣敩、象山縣知縣袁孟淵，
此三官員據報寧波府城內，

奴才孫文成仅以所闻
谨奏，为钦遵谕旨奏闻拏获海贼信息事。康熙五十年正月
内，宁台道胡承祖、宁波府知府蒋敩、象山县知县袁孟渊，
此三官员据报宁波府城内，

ᠪᠠᡳᡨᠠ ᡳ ᠵᡠᠯᡝᡵᡤᡳ ᠂ ᠪᡳ ᠨᡳᠶᠠᠯᠮᠠ ᠪᡝ ᡨᠠᡴᡡᡵᠠᡥᠠ ᠪᠠᡳᡨᠠ ᠪᡝ

ᠪᠠᡳᠴᠠᠮᡝ ᠂ ᠰᠠᡵᡤᠠᠨ ᠵᡠᠶ ᠂ ᠪᠠᡳ ᠰᡠ

ᠪᠠᡳᠴᠠᠮᡝ ᠂ ᠨᡳᠶᠠᠯᠮᠠ ᠪᡝ ᠪᠠᡳᡨᠠ

ᠨᠠᡴᠠᠮᡝ ᠂ ᠰᠠᡵᡤᠠᠨ ᠵᡠᠶ ᠪᡝ

ᠰᠠᡵᡤᠠᠨ ᠵᡠᠶ ᠂ ᡨᡝᠮᡤᡝᠯ

ᠪᡝ ᠵᡝᠮᡝ ᠂ ᠰᡝᠮᡝ ᠂ ᠰᠠᡵᡤᠠᠨ

ᠪᠠᡳᡨᠠ ᠂ ᡤᡳᠰᡠᠨ ᠪᠠᡳ

ᠪᠠᡳᠴᠠᠮᡝ ᠂ ᠰᡝᠮᡝ ᠪᠠᡳ

ju mei šeng ni boode hūlga be somibuhabi, seme mejige be
bahafi, cooha, yamun i urse, booi niyalma be gaifi, ju mei
šeng ni boode dosifi, hūlga wang giyūn ioi, booi ejen ju mei
šeng be suwaliyame jafaha. wang giyūn ioi i hoki, jegiyang
ni niyalma ding liyan, jang hūng, šen hūi jung, fu ceng lung,
wang madz, li yuwan fu, siyoo yang, siyoo jang, ce dz liyang,
fan han san, fan šeng hūi, fugiyan i niyalma lin ioi. jegiyang
ni niyalma wang giyūn ioi, ju mei šeng be dabume jafaha
niyalma

有賊藏匿於朱梅生家中，得信息後即率兵丁、衙役、家人
進入朱梅生家中，將賊王君玉及戶主朱梅生一併拏獲。王
君玉之黨徒有浙江人丁連、張鴻、申輝宗、傅成龍、王麻
子、李元富、蕭揚、蕭章、車子良、范漢三、范勝輝，福
建人林玉，連浙江人王君玉、朱梅生算入拏獲之人

有贼藏匿于朱梅生家中，得信息后即率兵丁、衙役、家人
进入朱梅生家中，将贼王君玉及户主朱梅生一并拏获。王
君玉之党徒有浙江人丁连、张鸿、申辉宗、傅成龙、王麻
子、李元富、萧扬、萧章、车子良、范汉三、范胜辉，福
建人林玉，连浙江人王君玉、朱梅生算入拏获之人

ᠮᡝᠨ᠂ ᠪᡝᠶᡝᡳ

ᠰᠠᠪᠠ᠂ ᠨᡳ

ᠵᡠᠸᡝᡳ᠂ ᠪᠠᠶᠠᠨ

ᡳᠨᡝᠩᡤᡳ᠂ ᡝᠯᠪᠠᠰᡳ᠂ ᡠ

ᡳᠯᡳᡠᡶᡳ᠂ ᡳᠯᡳ᠂ ᠯᠠᠨ

ᠮᡠᠸᠠᠩᡤᡳᡠ᠂

ᡠᠪᠠ

juwan duin. esei jaburengge, meni orin ninggun niyalma
gemu mederi de bihe, donjici dzungdu gali, jiyanggiyūn ma
san ki cooha be gaifi, mederi de dosifi, membe jafambi seme,
coohai cuwan be sabufi, da mu šan jakade isinafi, cuwan ci
ebufi, yafaha burlafi, ning bo fu i hoton de dosifi hūlgame
somifi tehe, jai juwan juwe niyalma, jafara mejige bahafi
ukaha sembi. tere juwan juwe niyalmai gebu hala, aibai
niyalma be sambio. seme fonjici, esei jaburengge, fugiyan i
niyalma li loo el,

十四名。據彼等供稱：我等二十六人皆在海上，聞總督噶
禮、將軍馬三奇領兵入海，捉拏我等，見兵船後，即至大
目山前下船徒步逃遁，進入寧波府城潛匿居住。再有十二
人，得捉拏之信息後逃去云云。詢問其十二人姓名，何處
人？知道否？彼等供稱：福建人李老二、

十四名。据彼等供称：我等二十六人皆在海上，闻总督噶
礼、将军马三奇领兵入海，捉拏我等，见兵船后，即至大
目山前下船徒步逃遁，进入宁波府城潜匿居住。再有十二
人，得捉拏之信息后逃去云云。询问其十二人姓名，何处
人？知道否？彼等供称：福建人李老二、

ᠪᠠᡳᡨᠠ ᠪᠠ ᠠᠯᡳᠶᠠᠮᡝ᠂ ᡝᠨᡝᠩᡤᡳᠨᡳ
ᡳᠨᡝᠩᡤᡳ ᠰᠠᡳᠨ ᠪᠠᠨ᠂ ᠠᡳᡥᡠᡠ
ᠰᠠᡳᠨ ᠪᠠᡳᡨᠠ ᡳᠨᡝᠩᡤᡳ᠂ ᡠᡨᡥᠠᡳ ᡝᠮᡠ

giyang gio, hiya yan nio, cen ši el, lin ding di, jegiyang ni niyalma yoo el guwan, ma ši san, sun madz. jai ši tai še, ju de ming, jang pei jio, siyoo wang, ere duin niyalmai, aibai niyalma be, be gemu sarkū sembi. suweni miyoocan, loho ahūra, aibici bahangge, ya niyalmai cuwan de tefi, mederi angga ci adarame tucifi genembihe, seme fonjici, hūlga wang giyūn ioi sei jaburengge, cuwan šurure jegiyang ni niyalma, ši mao yan, yang loo da, cen mao ts'ai, tiyan dze sy,

江角、夏彥紐、陳時兒、林定地，浙江人姚二官、馬時三、孫麻子。再施臺社、朱德明、張佩久、蕭旺，此四人為何處人？我等皆不知云云。又問爾等之鳥鎗、腰刀、兵器，自何處得來？乘坐何人之船隻？如何由海口出去？賊王君玉等供稱：駕船者為浙江人，施茂顏、楊老大、陳茂才、田哲嗣、

江角、夏彥紐、陈时儿、林定地，浙江人姚二官、马时三、孙麻子。再施台社、朱德明、张佩久、萧旺，此四人为何处人？我等皆不知云云。又问尔等之鸟鎗、腰刀、兵器，自何处得来？乘坐何人之船只？如何由海口出去？贼王君玉等供称：驾船者为浙江人，施茂颜、杨老大、陈茂才、田哲嗣、

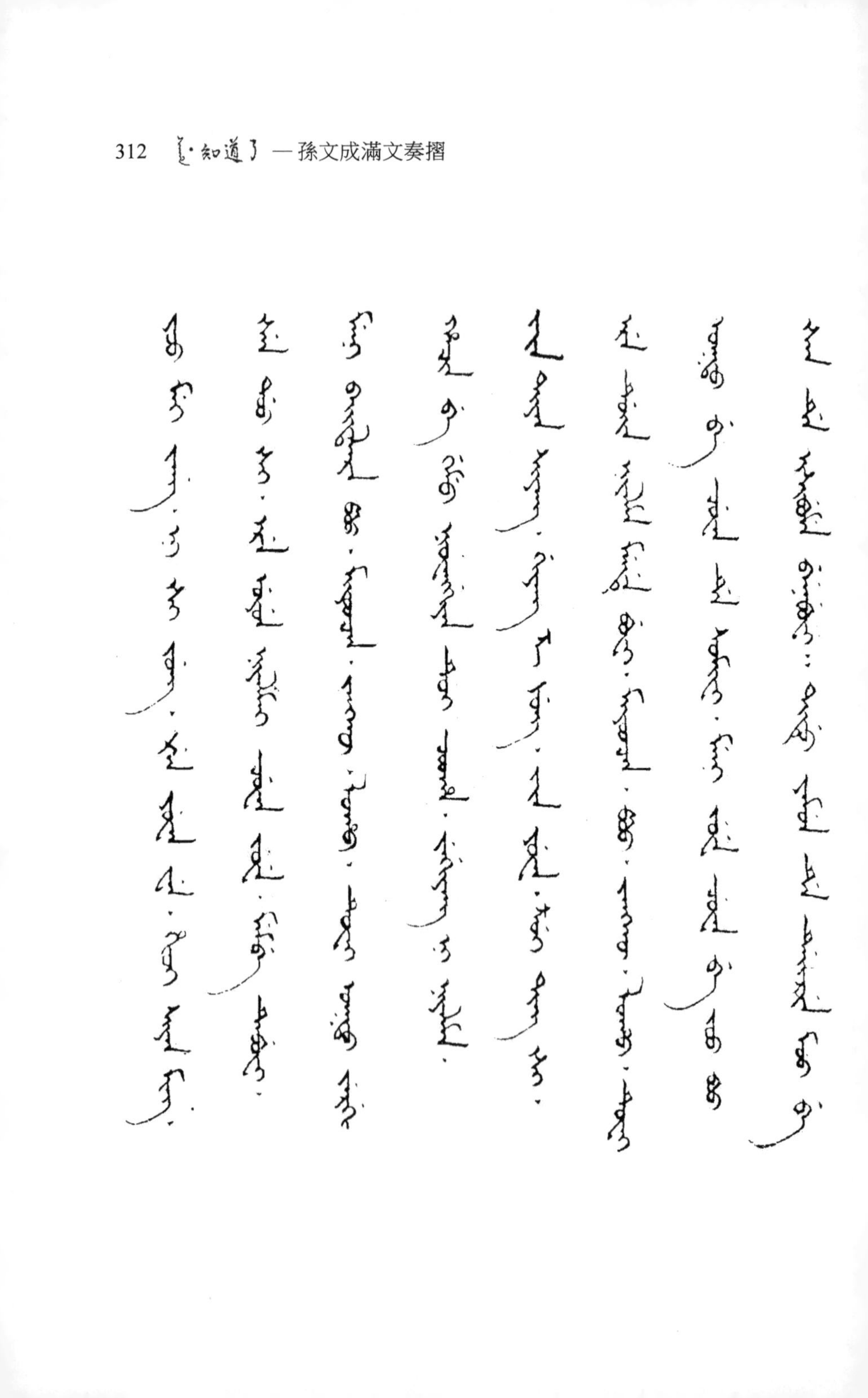

yoo mei jang, ni ši jung, g'an yuwan wen, hioi siyan ming,
šen doo ši, ere uyun niyalmai cuwan juwe, membe tebufi,
meni baitalara poo, miyoocan, jangkū, loho, tuwai okto jergi
hacin be gemu niowanggiyan tui cooha, jegiyang ni niyalma,
jin tiyan siyang, giyang dz žung, jin yuwan, ts'ui ting ši, ere
duin niyalma mende bufi, miyoocan, poo, jangkū, loho,
tuwai okto be cuwan de somifi, meni juwe cuwan be joo boo
šan de isibume benebufi. tidu yamun de deijire moo be

姚梅章、倪時中、甘元文、徐顯明、沈道施，此九人之二
船載我等。我等所用之礟、鳥鎗、大刀、腰刀、火藥等項，
皆係綠旗兵，浙江人金天祥、江子榮、金源、崔廷時，此
四人給與我等[13]。鳥鎗、礟、大刀、腰刀、火藥藏在船上，
令我等二船送至趙堡山，偽裝為提督衙門前往砍柴

姚梅章、倪时中、甘元文、徐显明、沈道施，此九人之二
船载我等。我等所用之炮、鸟鎗、大刀、腰刀、火药等项，
皆系绿旗兵，浙江人金天祥、江子荣、金源、崔廷时，此
四人给与我等 [13]。鸟鎗、炮、大刀、腰刀、火药藏在船上，
令我等二船送至赵堡山，伪装为提督衙门前往砍柴

---

[13]　原摺內 "ju mei šeng" 等姓名，俱按讀音譯出漢字。

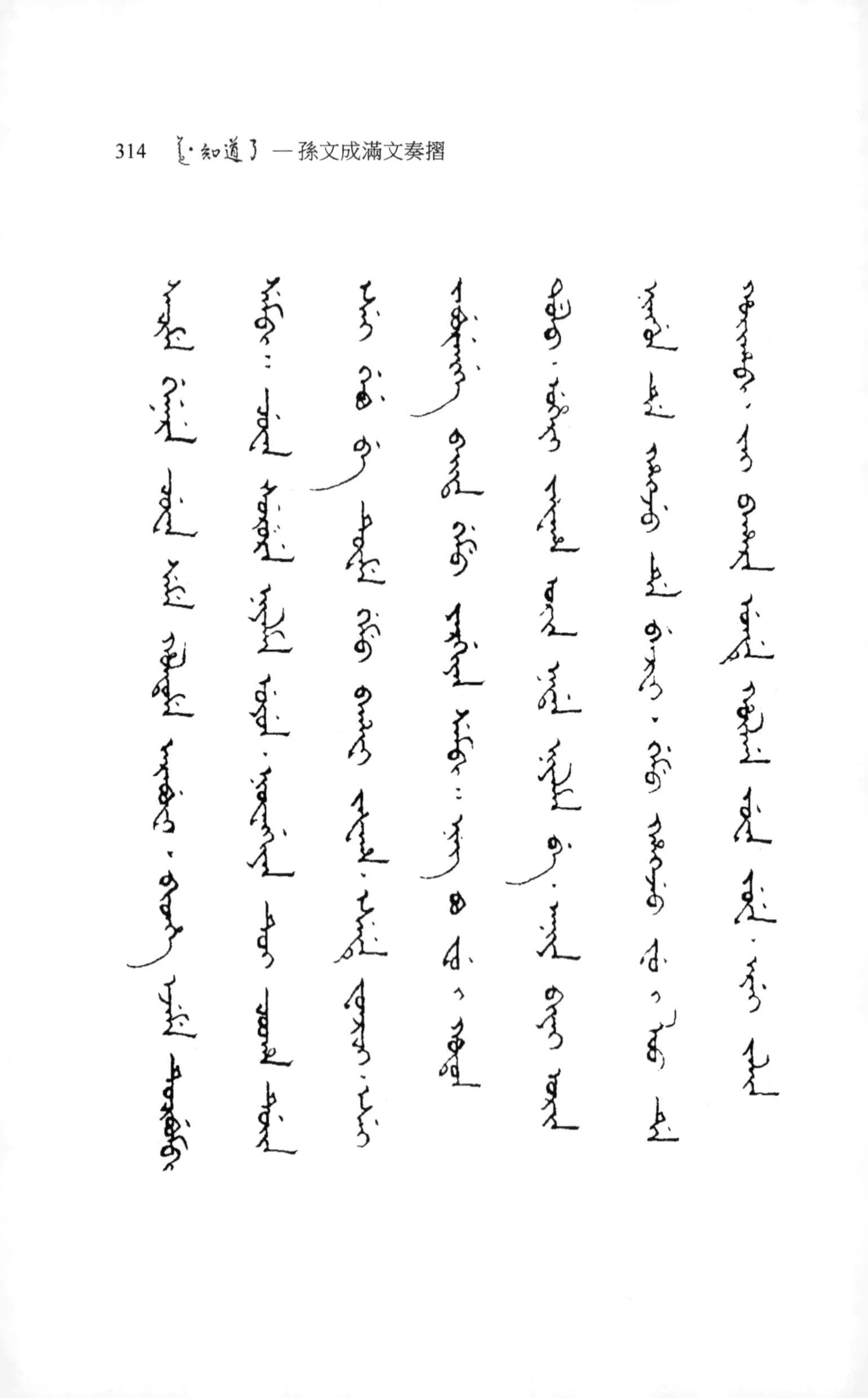

sacime genere cuwan seme holtome arabufi, bithe ejeme
tucibumbi sembi. cuwan šurure niyalma uyun, niowanggiyan
tui cooha duin esei gebu be tuwame gemu bahafi jafaha.
esede fonjici, esei jaburengge baita gemu yargiyan sembi.
ning bo fu i hoton dolo, uheri jafaha orin nadan niyalma be,
aniya biyai orin ninggun de hangjeo de benjifi, gemu
hangjeo fu i loo de horihabi. jai bahara unde hūlga juwan
juwe, erei jalin

之船，記票放出等語。將駕船之九人及綠旗兵四人，皆按
名拏獲。訊問彼等，彼等供稱：事皆實在等語。將寧波府
城內共拏獲之二十七人，於正月二十六日解送杭州，皆監
禁於杭州府牢內。再尚未緝獲之賊十二名。

之船，记票放出等语。将驾船之九人及绿旗兵四人，皆按
名拏获。讯问彼等，彼等供称：事皆实在等语。将宁波府
城内共拏获之二十七人，于正月二十六日解送杭州，皆监
禁于杭州府牢内。再尚未缉获之贼十二名。

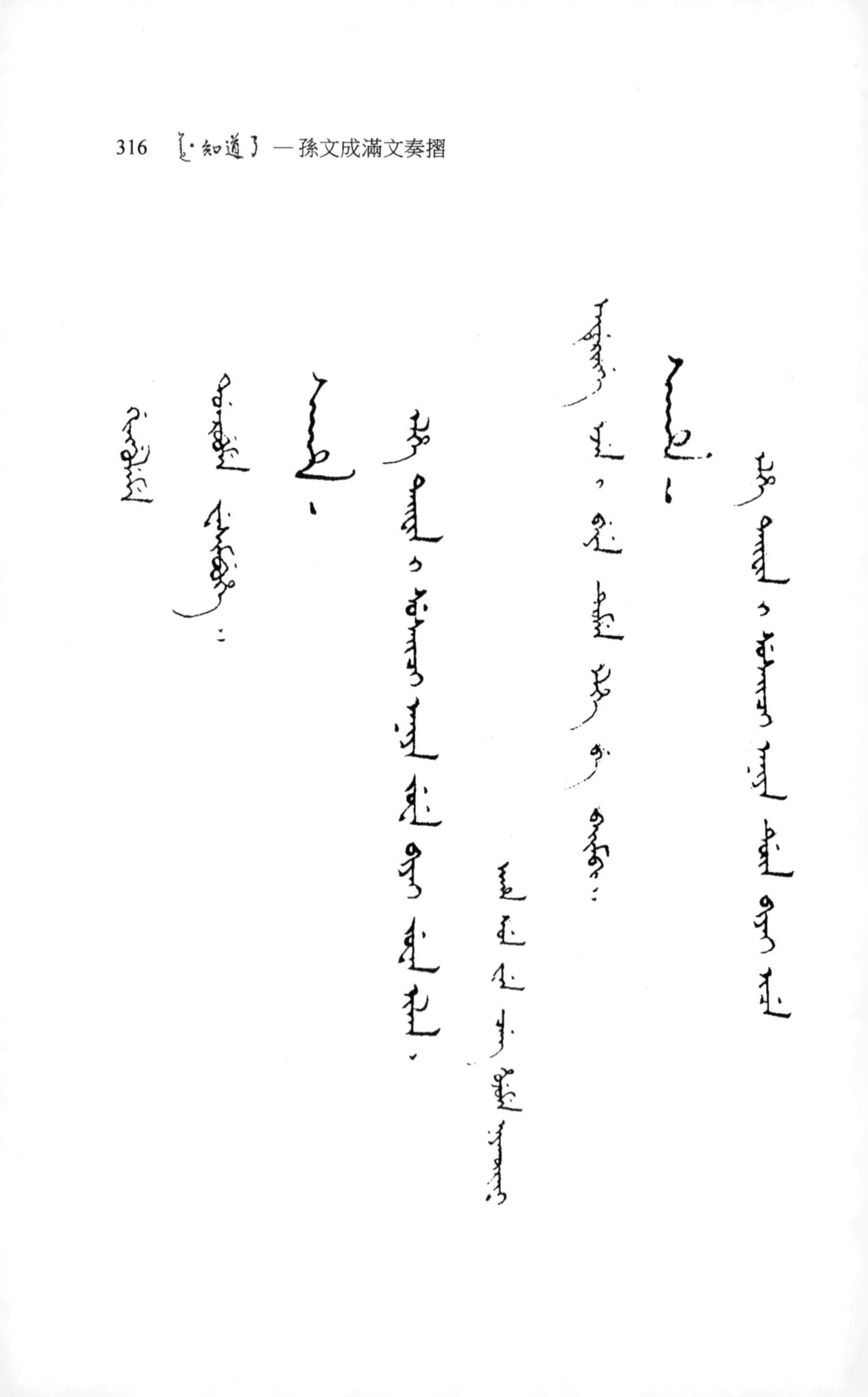

gingguleme donjibume wesimbuhe.

saha.

elhe taifin i susaici aniya juwe biyai juwan ilan.

【72】請安摺

aha sun wen ceng hujume niyakūrafi, enduringge ejen i beye tumen elhe be baimbi.

saha.

elhe taifin i susaici aniya duin biyai ice

謹此奏聞。

【硃批】知道了。

康熙五十年二月十三日

　　　　　　　　　　奴才孫文成俯伏跪

請聖主聖躬萬安。

【硃批】知道了。

康熙五十年四月初一日

謹此奏聞。

【朱批】知道了。

康熙五十年二月十三日

　　　　　　　　　　奴才孫文成俯伏跪

请圣主圣躬万安。

【朱批】知道了。

康熙五十年四月初一日

ᡥᠠᡵᠠᠨ ᠪᡳ᠂ ᡝᠵᡝᠨ ᠪᡝ ᡝᠩᡤᡳ ᡥᡝᠩᡴᡳᠯᡝᠮᡝ᠂ ᠪᠠᡳᠮᡝ ᡳᠨᡝᠩᡤᡳ ᠪᠠᠨᠵᡳᠮᠪᡳ᠂

ᠠᠮᠪᠠ ᠪᠠᡳᡨᠠ ᠪᡝ ᠠᠯᡳᠮᠪᠠᡥᠠ ᠠᠮᠠᠨ ᠠᡳᠰᡳᠨ᠂

ᠪᠠᡳ ᠪᠠᡳ ᠰᡝᡳ ᠪᡝᠯᡝ ᠪᡝᠯᡝ ᡝᠵᡝᠨ ᠪᡝ᠂ ᠪᠠᡳᠮᡝ᠂

【73】請安摺

aha sun wen ceng hujume niyakūrafi, enduringge ejen i beye
tumen elhe be baimbi.

mini beye elhe.

elhe taifin i susaici aniya duin biyai orin.

【74】奏聞福建官兵勦賊摺

aha sun wen ceng donjiha teile, gingguleme wesimburengge,
hese be gingguleme dahafi, hūlgai mejige be,

　　　　　　　　　　　奴才孫文成俯伏跪

請聖主聖躬萬安。

【硃批】朕體安。

康熙五十年四月二十日

　　　　　　　　　　　奴才孫文成僅以所聞

謹奏，為欽遵諭旨奏聞賊信事。

　　　　　　　　　　　奴才孙文成俯伏跪

请圣主圣躬万安。

【朱批】朕体安。

康熙五十年四月二十日

　　　　　　　　　　　奴才孙文成仅以所闻

谨奏，为钦遵谕旨奏闻贼信事。

ᠪᠢ᠂ ᠵᠠᠰᠠᡴ ᠪᠠ ᠪᡳ ᠨᡳ ᠰᠠᡳᡴᠠᠨ᠂ ᠵᠠᡳ ᠪᡳ ᠪᠠ ᠨᡳ ᡤᡝᠮᡠᠨ ᠪᠠ

ᠰᡝᠮᠪᡳ ᠪᠠ ᠨᡳ ᠰᡠᠪᡠᠮᠪᠠ ᡥᡝᠨᡩᡠ ᠪᠠ ᠨᡳ ᠪᠠ ᠨᡳ ᠰᠠᠩᡤᠠ ᠪᠠ᠂ ᠵᠠᠮᡠᡳ ᠪᡳ

ᡴ ᠠ᠂ ᠰᠠᠮᡝᠪ ᠪᠠ ᠴᡳᠩ᠂ ᠪᡳ ᠪᡝ ᠮᡠᡳ ᠵᠠ ᠰᠠᠩᡤ ᠪᠠᠰᡝ᠃

ᠠᠰ᠂ ᠵᡝᠮ ᠪᠠ ᠪᡳᡥᠠ᠂ ᠵᠠᡳ ᠪᠠ ᠪᠠ ᠵᠠᠮ ᠴᡳ ᡥᠠᡳᡤᠠᡴᠠᡳᠨ᠃

ᠵᠠᠮ᠂ ᠪᡝ ᠪᠠ ᠵᠠ᠂ ᠪᠠ ᠪᡝ ᠪᠠᠮᡝᡥᠠ ᠪᠠ ᠪᡝ ᠵᠠᠮᠠᠰᡝ᠃

ᠵᠠᠮᡠ᠂ ᠪᠠ ᠵᠠᡳ᠂ ᠵᠠᠮᠠᠰᡝ ᠪᡳᠴᡳ ᠵᠠᠮᠠᠰᡝ ᠪᠠᠰᠠᠮᡝᡴᠠᡳᡴᠠ᠃

ᠪᠠᠰᠠᠮᡝᡴᠠᡳᠨ᠂ ᠵᠠᠮᠠᠰᡝᠨᡳ᠂ ᠵᠠᠮᠠᠰᡝ ᠪᡳᠴᡳ ᠪᠠᠰᠠᠮ᠂ ᠵᠠᡳ ᠪᠠ ᠨᡳ᠃

donjibume wesimbure jalin, donjici fugiyan i goloi ciowan
jeo fu i hūlgai da hala cen, isabuha hūlga ududu minggan
funcembi sembi. ere aniya juwe biyai ice juwe de hing
ciowan dooli hafan tung pei niyan, tidu lan li i dulimbai ing
ni ts'an jiyang hafan šang jy jin, cooha be gaifi, de hūwa
hiyan de jurafi genehe sembi. orin de fugiyan i dzungdu fan
ši cung, siyūn fu hūwang bing jung, tidu lan li i hashū ergi
ing ni io gi hafan du, ciowan jeo fu i ceng šeo ing ni io gi
hafan han, ere juwe io gi de

聞福建省泉州府陳姓賊首糾集賊徒數千餘名。今年二月初
二日，興泉道佟沛年、提督藍理之中營參將尚之瑸領兵啟
程前往德化縣。二十日，福建總督范時崇、巡撫黃秉中箚
飭提督藍理左營遊擊杜、泉州府城守營遊擊韓此二遊擊，

闻福建省泉州府陈姓贼首纠集贼徒数千余名。今年二月初
二日，兴泉道佟沛年、提督蓝理之中营参将尚之瑸领兵启
程前往德化县。二十日，福建总督范时崇、巡抚黄秉中札
饬提督蓝理左营游击杜、泉州府城守营游击韩此二游击，

ᠴᠠᠨ ᠰᠠ᠊᠂ ᠵᡳᠶᠠᠩ ᠨᠠᠨ᠂ ᠵᡳ ᠵᡳᠶᠠᠩ᠂ ᡥᡡᠪ ᡤᡠᠸᠠᠩ ᠵᡝᡵᡤᡳ ᠪᠠᠪᡝ᠂

ᠠᠪᡴᠠᠢ ᠰᡠ ᡩ᠋ᡝᡵᡝ᠂ ᠠᠪᡴᠠᠢ ᡶᡝᠵᡝᡵᡤᡳ ᠪᠠᡳᡨᠠ ᠪᡝ᠂

ᡤᡝᠮᡠᠨ ᠠᠯᡳᠮᠪᠠᡥᠠᠩᡤᡝ᠂ ᡝᡵᡝ ᠠᠮᠪᠠᠨ ᠮᡳᠨᡳ᠂

ᠠᠯᠪᠠᡨᡠ ᠪᠠᡳᡨᠠ᠂ ᠠᠨᠠᡴᡡ ᠰᡝᠮᡝ᠂ ᠪᠠᠪᡝ

ᠰᡝᡵᡝᠮᡝ᠂ ᡩᠠᡳ᠋ᠯᠠᠮᡝ᠂ ᠴᠠᠨ ᠰᠠ ᠸᠠᠩ ᠨᠠᠨ᠂ ᠪᠠ

ᠵᡳᠶᠠᠩ᠂ ᠪᠠᠪᡝ ᠪᠠᡳᡨᠠ ᠨᡳ ᠪᠠᠪᡝ᠂

ᡤᡝᠮᡠᠨ ᠵᡝᠯᡝᡴᡝ ᠰᡝᠮᡝᠨ᠂ ᡝᡵᡝᠨ᠂ ᡥᠠᠨ ᠪᡝ᠂

bithe afabufi cooha be gaifi, de hūwa hiyan i hūlga be jafame unggihe sembi.

orin ninggun de jang jeo fu i ceng šeo ing ni io gi hafan lin, cooha be gaifi, jang ping hiyan i da šen boo i bade hūlga be acafi afaha, hūlga be gidafi, alin de tafafi burlaha, ede hūlga ilan, tu juwan funceme baha sembi.

ilan biyai ice juwe de hing ciowan dooli hafan tung pei niyan, tidu lan li i dulimbai ing ni ts'an jiyang hafan šang jy jin

---

領兵往拏德化縣之賊。

二十六日，漳州府城守營遊擊林，領兵至漳平縣大神堡地方遇賊交戰，將賊擊敗，賊登山敗竄。此役獲賊三名，旗十餘桿。

三月初二日，興泉道佟沛年、提督藍理之中營參將尚之瑁

领兵往拏德化县之贼。

二十六日，漳州府城守营游击林，领兵至漳平县大神堡地方遇贼交战，将贼击败，贼登山败窜。此役获贼三名，旗十余杆。

三月初二日，兴泉道佟沛年、提督蓝理之中营参将尚之瑁

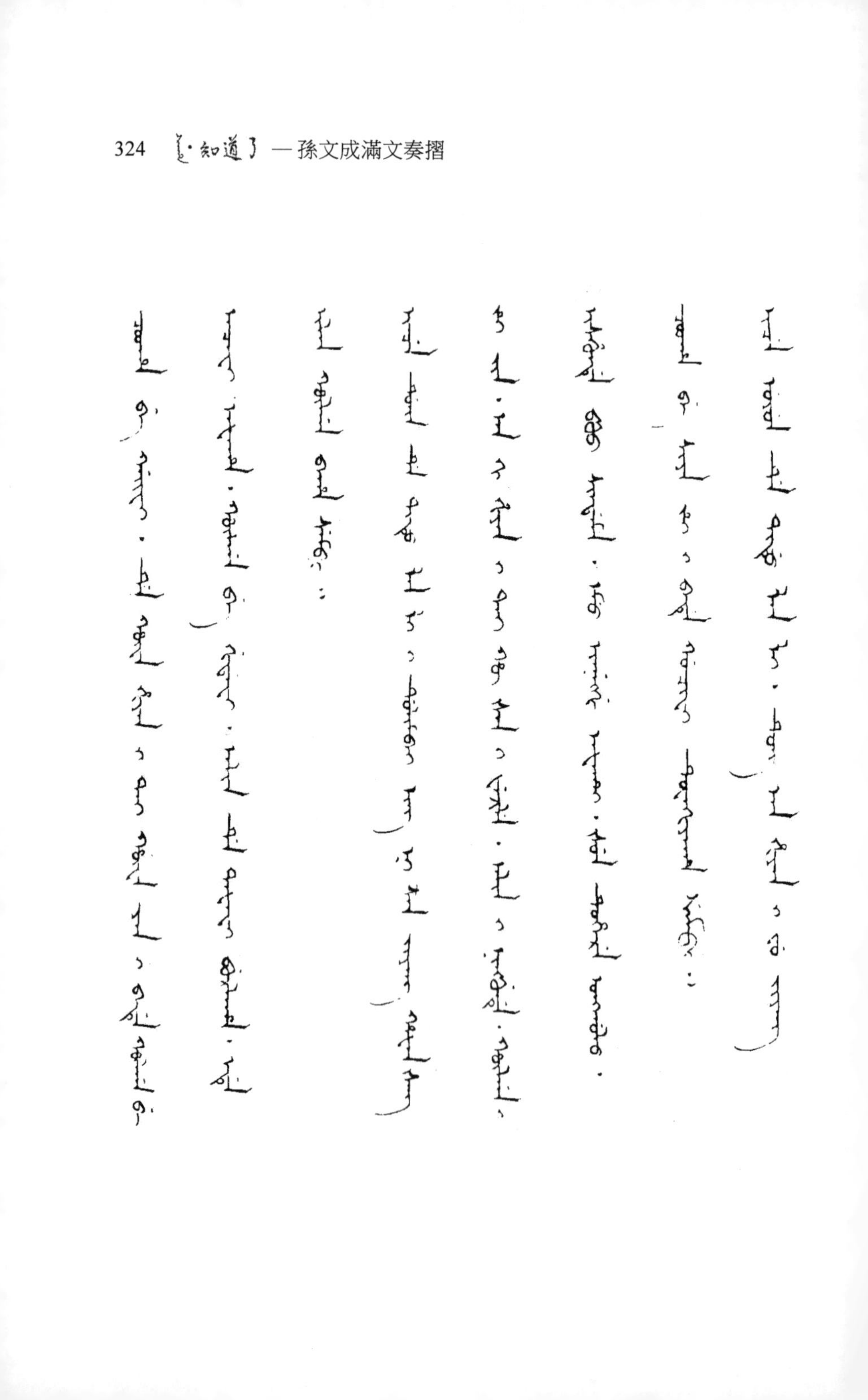

cooha be gaifi, de hūwa hiyan i tai hūwa yan i bade hūlga be acafi afaha, hūlga be gidafi, alin de tafafi burlaha, ede ilan hūlga baha sembi.

ice duin de tidu lan li i dulimbai ing ni ts'an jiyang hafan šang jy jin, an ki hiyan i tai hū šan i fejile, alin i ninggude, hūlga i ishunde poo sindame, emu inenggi afahai, šun tuhere onggolo, cooha be siya jy i bade gocifi tuwakiyaha sembi.

ice uyun de tidu lan li, tung an hiyan i fu jiyang

領兵至德化縣太華巖地方遇賊交戰，將賊擊敗，登山敗竄，此役獲賊三名。

初四日，提督藍理之中營參將尚之瑨於安溪縣太湖山下、山頂與賊互相放礮，攻打一日，於日落前收兵至下芝地方防守。

初九日，提督藍理差遣同安縣副將

领兵至德化县太华岩地方遇贼交战，将贼击败，登山败窜，此役获贼三名。

初四日，提督蓝理之中营参将尚之瑨于安溪县太湖山下、山顶与贼互相放炮，攻打一日，于日落前收兵至下芝地方防守。

初九日，提督蓝理差遣同安县副将

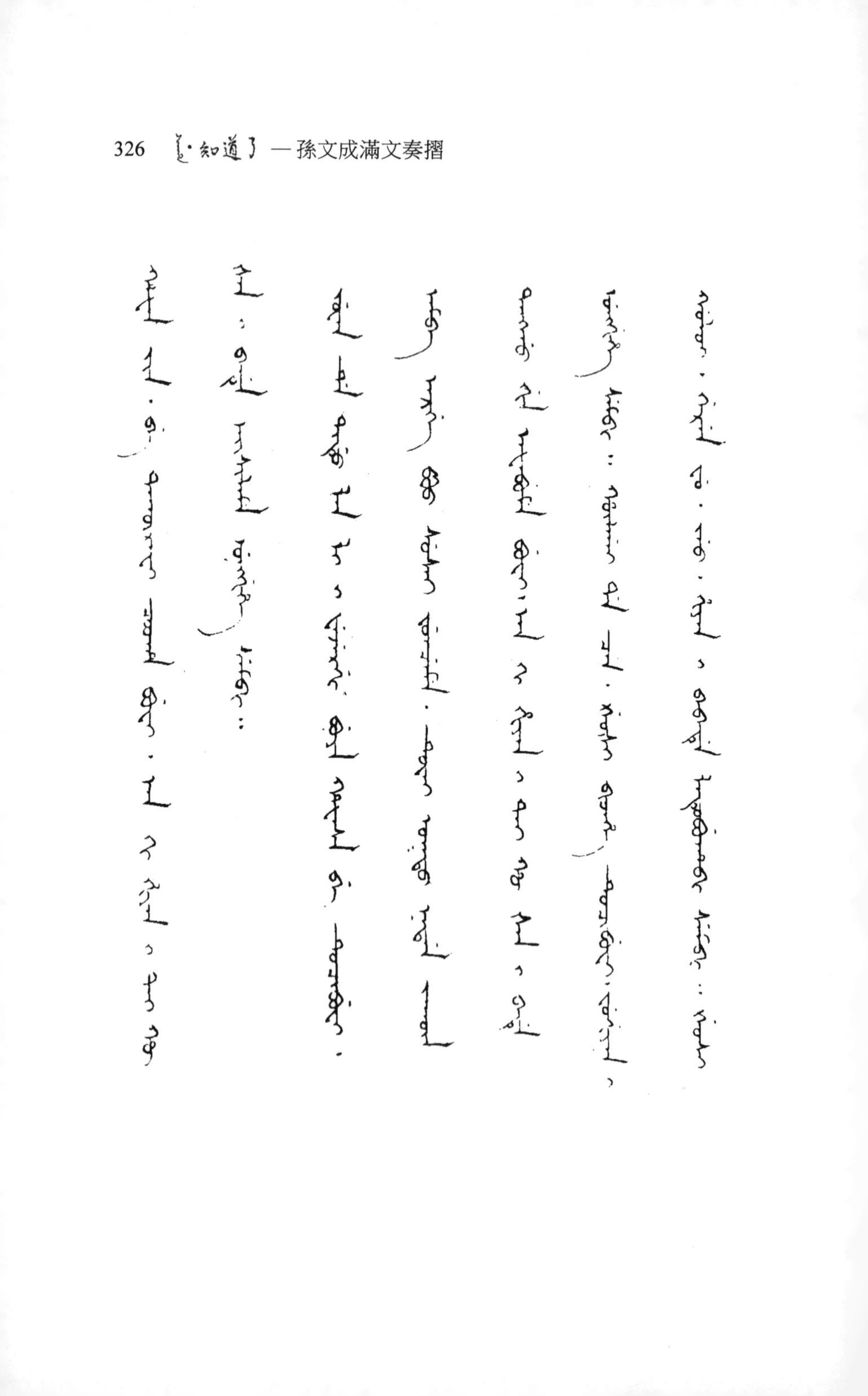

ᠪᡳᡨᡥᡝ ᠪᡝ᠂ ᠪᠠᡳ᠂ ᠮᡳᠨᡳ᠂ ᠪᠠᡳᡨᠠᠯᠠᠮᡝ᠂

hafan jin, be takūrafi cooha bufi, an ki hiyan i tai hū šan i
bade aisilame unggihe sembi.

juwan de tidu lan li i fejergi buya hafasa be tucibufi, amba
ajige poo susai funceme, tuwai okto nadan jakūn tanggo gin
afabume bufi, an ki hiyan i tai hū šan i bade unggihe sembi.

hūlgai da cen, g'aoši bithe tucibufi, fugiyan i goloi geren fu,
jeo, hiyan i babade latubuhabi sembi. g'aoši

金，給與兵往安溪縣太湖山地方支援。

初十日，提督藍理派出屬下眾微員，交給大小礮五十餘
尊，火藥七八百斤，差往安溪縣太湖山地方。發出賊首陳
告示，粘貼於福建省府州縣各處。

金，给与兵往安溪县太湖山地方支持。

初十日，提督蓝理派出属下众微员，交给大小炮五十余尊，
火药七八百斤，差往安溪县太湖山地方。发出贼首陈告示，
粘贴于福建省府州县各处。

ᠮᡝᠨᡤᡝ ᡤᡝᠨ ᡤᡝᠨᡤᡝ ᠮᡝᠨ

ᡳᠨᡝᠩᡤᡳ ᠨ ᠪᠠᡳᡨᠠ ᠪᡝ

ᡝᠮᡠ ᠪᠠᡳᡨᠠ ᡳᠨᡝᠩᡤᡳ

bithe songkoi sarkiyaha jedz emke be suwaliyame gajiha,
erei dorgi gebu be saha niyalma, gebu be araha, gebu be
sarakū〔sarkū〕niyalma, hala be araha. erei jalin gingguleme
donjibume wesimbuhe.

saha, geli mejige gaifi wesimbu.

elhe taifin i susaici aniya duin biyai orin.

照告示抄寫摺子一件一併齎來。此內知其名字之人，書寫
名字，不知名字之人，則書寫其姓氏。謹此奏聞。
【硃批】知道了，再探信具奏。
康熙五十年四月二十日

照告示抄写折子一件一并赍来。此内知其名字之人，书写
名字，不知名字之人，则书写其姓氏。谨此奏闻。
【朱批】知道了，再探信具奏。
康熙五十年四月二十日

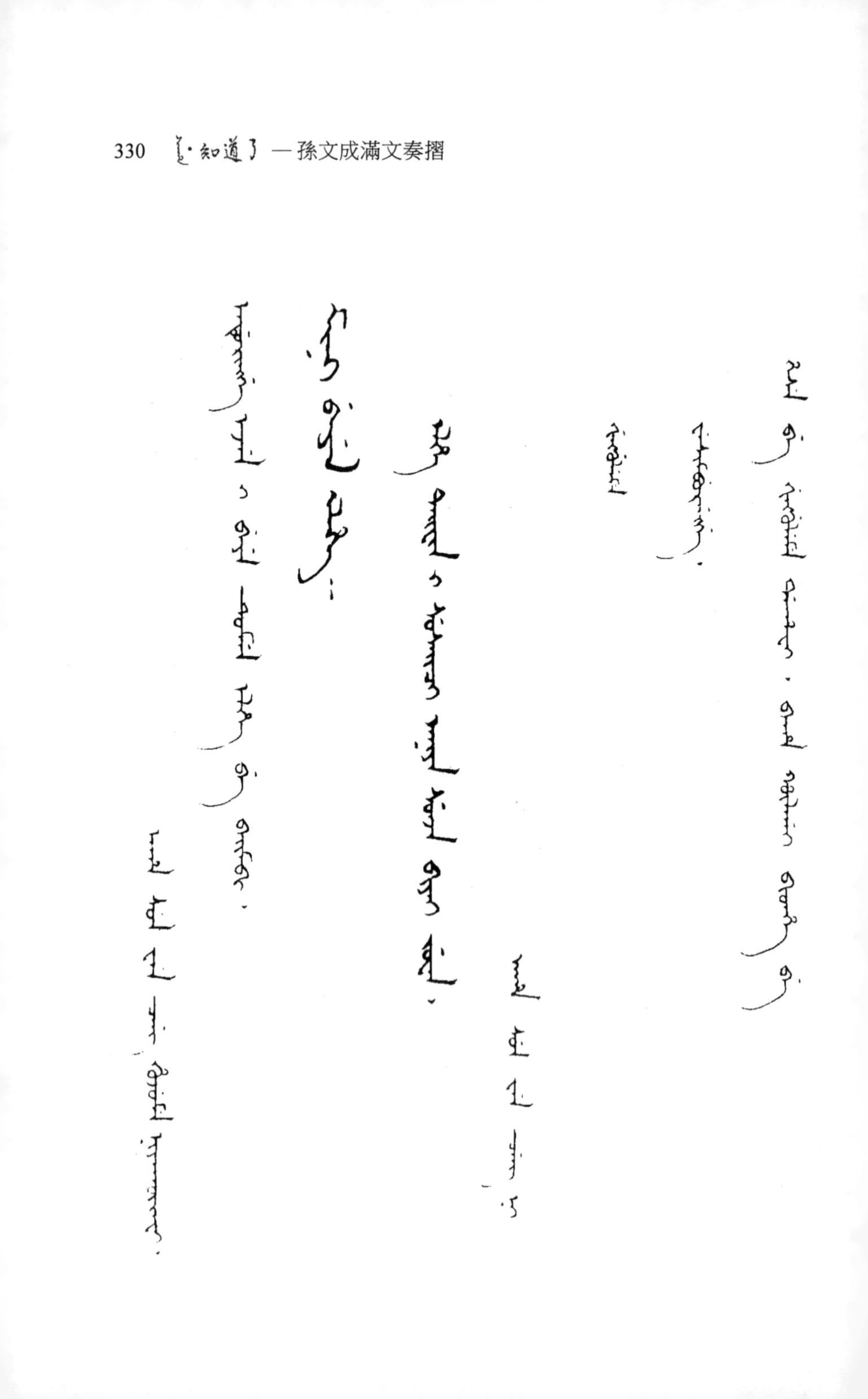

【75】請安摺

aha sun wen ceng hujume niyakūrafi, enduringge ejen i beye tumen elhe be baimbi.

mini beye elhe.

elhe taifin i susaici aniya sunja biyai juwan.

【76】奏聞抄錄陳五顯書稿摺

aha sun wen ceng ni gingguleme wesimburengge, hese be gingguleme dahafi, baha hūlgai bithe be

---

奴才孫文成俯伏跪

請聖主聖躬萬安。

【硃批】朕體安。

康熙五十年五月初十日

奴才孫文成

謹奏，為欽遵諭旨奏聞所獲賊書摺。

奴才孙文成俯伏跪

请圣主圣躬万安。

【朱批】朕体安。

康熙五十年五月初十日

奴才孙文成

谨奏，为钦遵谕旨奏闻所获贼书折。

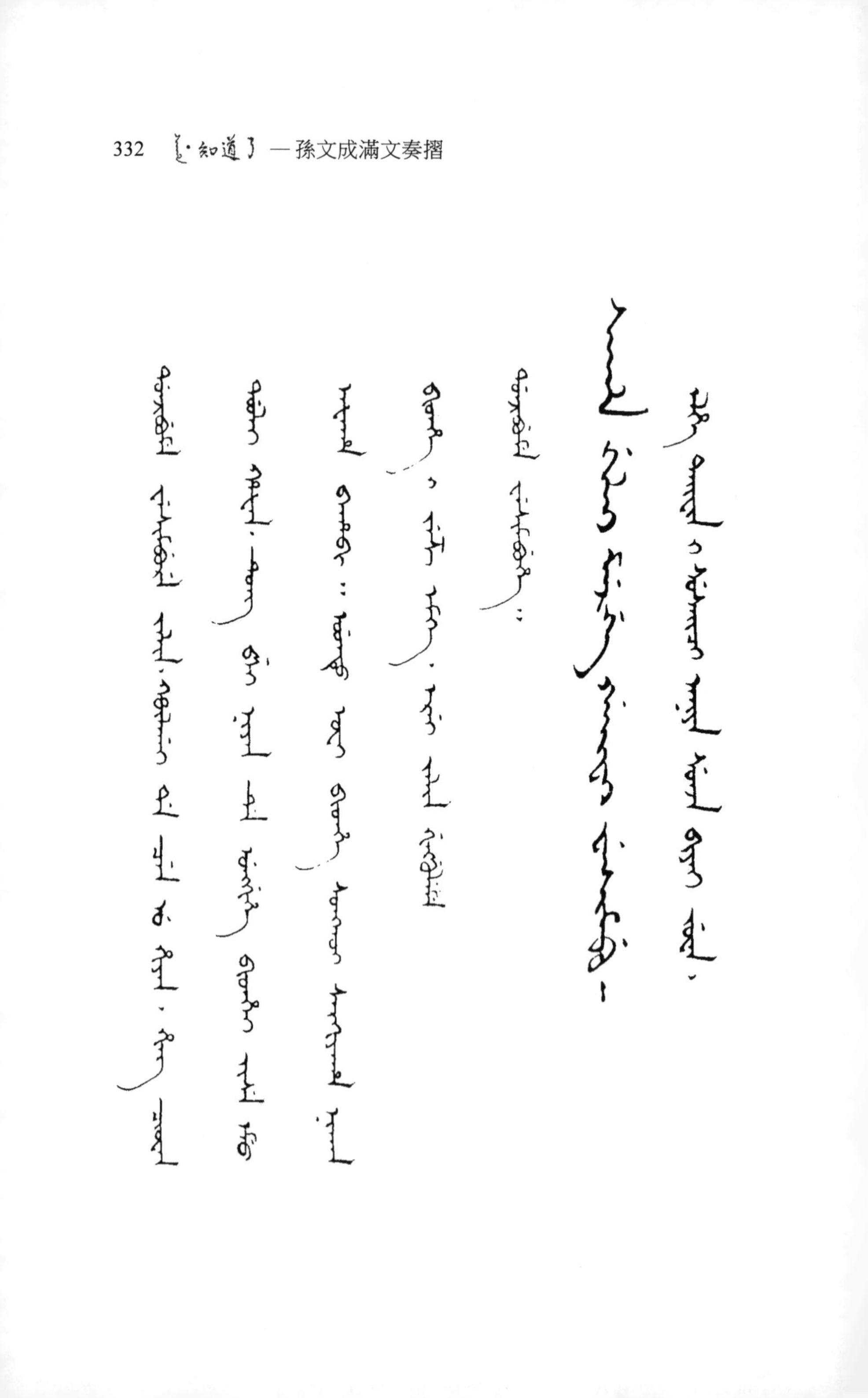

donjibume wesimbure jalin, hūlgai da cen u hiyan, hing
ciowan dooli hafan tung pei niyan de unggihe bithei jise emu
afaha bahabi. uttu ofi bithe songkoi sarkiyaha nikan bithe i
jedz emke, erei jalin gingguleme donjibume wesimbuhe.
saha geli mejige gaifi wesimbu.
elhe taifin i susaici aniya sunja biyai juwan.

因得賊首陳五顯致送興泉道佟佩年書稿一張，是以照書抄
寫漢文摺子一件。謹此奏聞。
【硃批】知道了，再探信具奏。
康熙五十年五月初十日

因得賊首陳五显致送兴泉道佟佩年书稿一张，是以照书抄
写汉文折子一件。谨此奏闻。
【朱批】知道了，再探信具奏。
康熙五十年五月初十日

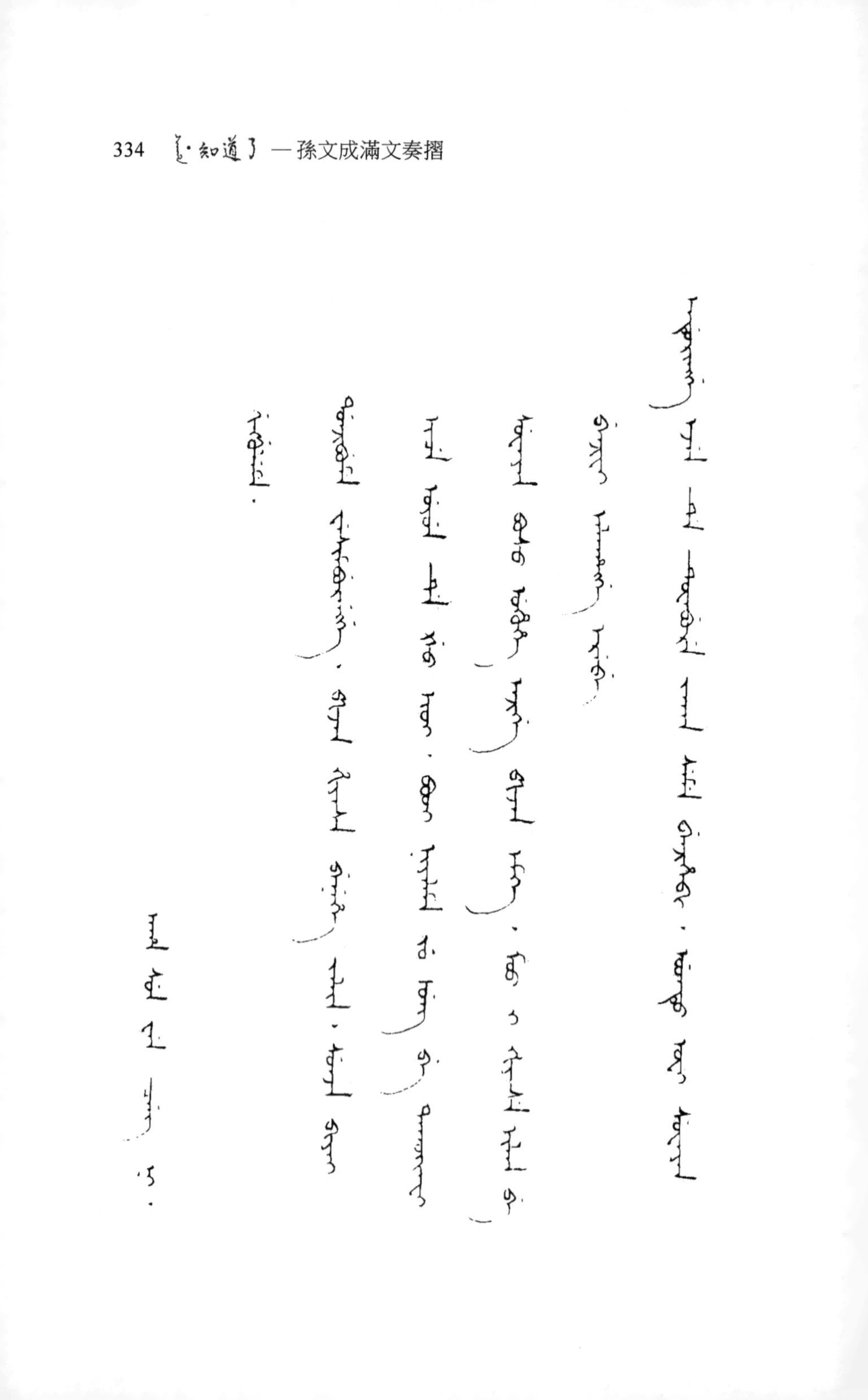

【77】聞差人齎送皮箱木匣摺

aha sun wen ceng ni, gingguleme donjibume wesimburengge, pijan hiyase benehe jalin, sunja biyai ice uyun de g'ao ioi, booi niyalma ju žung be takūrafi suwayan boso uhuhe ajige pijan emke, moo i hiyase ilan be benjifi alahangge, erebe enduringge ejen de tuwabure jaka seme benjihebi. uttu ofi suwayan

　　　　　　　　　　　　　　奴才孫文成
謹奏聞，為齎送皮箱、匣子事。五月初九日，高興差家人朱榮將黃布所包小皮箱一個，木匣子三個齎來告稱：此為進呈聖主御覽之物云云。

　　　　　　　　　　　　　　奴才孙文成
谨奏闻，为赍送皮箱、匣子事。五月初九日，高興差家人朱荣将黄布所包小皮箱一个，木匣子三个赍来告称：此为进呈圣主御览之物云云。

ᠮᠣᠨᡤᡝ᠈ ᡳᠯᠠᠨ ᠰᠠᡵᠠ ᠪᠣᡥᠠ ᡳᠨᡠ᠃

ᠮᠣᠨ᠂

ᠮᠣᠨ᠈ ᠨᡳᠨᡤᡠᠨ

ᠰᠣᡵ᠈ ᠨᡳᠨᡤᡠᠨ ᠪᠣᠯ᠈ ᡥᠠᠵᠠ ᡳᠨᡠ

ᡵᠣᠨ᠈ ᠪᠣᠨ᠈ ᠰᠠᡵᠠ᠈ ᡥᠠᠵᠠ᠈ ᠪᠣᠯ᠈ ᡥᠠᠵᠠ᠈

ᠮᠣᠨ ᠰᠠᡵᠠ ᠨᡳᠨᡤᡠᠨ ᠪᠣᠯᠣ᠈ ᡥᠠᠵᠠ᠈ ᠰᠠᡵᠠ᠈

boso uhuhe orin gin i ajige pijan emke, susai sunja gin i moo
i hiyase emke, susai ninggute gin i moo i hiyase juwe be,
wang u de afabufi, juwan de benebuhe. erei jalin gingguleme
donjibume wesimbuhe.

saha.

elhe taifin i susaici aniya sunja biyai juwan.

是以將黃布所包二十斤小皮箱一個，五十五斤木匣子一
個，各五十六斤木匣子二個，交與王五，於初十日令其齎
送。謹此奏聞。

【硃批】知道了。

康熙五十年五月初十日

是以將黃布所包二十斤小皮箱一个，五十五斤木匣子一
个，各五十六斤木匣子二个，交与王五，于初十日令其赍
送。謹此奏聞。

【朱批】知道了。

康熙五十年五月初十日

ᠪᡳᡨᡥᡝ ᠮᡝᠵᡳᠨᡝᡥᡝ᠈

ᠪᠠᡳᡨᠠ ᠪᡝᡥᡝ᠈ ᠴᠣᡥᠣᠮᡝ) ᡥᡝᠰᡝᠮᡝ ᠮᡝᡩᠠᠴᡳ ᡝᠯᡥᡝᡳᡝᡥᡝ ᠪᡳ᠊ ᠙᠈ ᡝᡩᡝᠮᡝᡨᡝᡳ

ᠪᡳ ᠊ᠮᡝ ᠊ ᠪᡝᠰᡝᠮᡝ ᡵᠠᡴᡥ ᡩᠠ ᡴᡳᠰᠠ᠈ ᡝᡝᠣ ᡨᡳᠰᡳᠨᡝᠴᡳ ᠮᡝᡩᠠᠴᡳ᠈ ᡝᡝᠣᠣᠯᠣᡝᠴ

ᠪᡝᠣ ᡨᡳᠨᠯᠣᠴ᠈ ᡩᠠ᠊ᡩᡳᠣ ᠊ ᠪᡝᠨᠣ ᠮᡝᡠᠯᠣᡝᡳᡳᡝ ᠊ᠮᠠ ᡩᠯᠣᠯᠣᠴᡨᡝ ᡝᡝᠣᡝᡠᡝᠴ

ᠮᠠᠰᠠ ᠪᡝᠨ ᠮᡝᠣᠯᠣᠴᠠᡝᠴ ᡝᡝᡵᠠᠯᡝ ᡝᡴᡝ᠈ ᠪᡝᠯ ᠯᡝᠯ ᠪᡝᠯᠯ ᡳᡝ᠙ᠨ ᠪᡝᠯ ᡝᠴᠠᡝᠯ

ᡴᠠᠰᡝᠨᡝᡝ᠈

ᠮᠠ ᠯᡝ ᠪᠠ ᠮᠠᠯᠣᡝ

ᠯᡝ᠈

【78】奏聞遵旨種植菩提樹摺

aha sun wen ceng ni, gingguleme wesimburengge, hese be
gingguleme dahara jalin, ere aniya aniyai biyai orin nadan de
sujeo i suje jodoro be kadalame icihiyara, dai li sy i aliha
hafan li hioi, booi niyalma takūrafi, coimjor orin benjifi,
unggihe nikan bithede, taigiyan wei ju, coimjor ninju
tucibufi,

———————

奴才孫文成

謹奏，為欽遵諭旨事。今年正月二十七日，管理蘇州緞疋
織造大理寺卿李煦，差家人齎來菩提子二十粒，於致送漢
文書中稱：太監魏珠取出菩提子六十粒，

———————

奴才孙文成

謹奏，为钦遵谕旨事。今年正月二十七日，管理苏州缎疋
织造大理寺卿李煦，差家人赍来菩提子二十粒，于致送汉
文书中称：太监魏珠取出菩提子六十粒，

ᠵᡳᠯᠠ
ᡬᠠ
ᡳᠨᡳ
ᡨᠠᠮᡳ
ᡴᡳ᠂
ᠵᠠᡴᠠ
ᠨᡳ
ᡳᠨᡳ
ᡨᠠᠮᡳ
ᡴᡳ᠂

ᠴᡳ
ᡥᡠ

ᠵᠠᡴᠠ
ᠨᡳ
ᡳᠨᡳ
ᠵᠠᡴᠠ
ᠪᠠ᠂
ᡳᠨᡳ᠂

hese be ulame wasimbuhangge, ere ninju coimjor be suweni
ilan bade orita dendeme gaifi tarime tuwa, argan tucike
manggi, donjibume wesimbukini sehe be gingguleme dahafi,
meni hangjeo juwe biyai ice ilan de niyengniyeri dulin
inenggi, suwayan boihon, alin i boihon, hukun suwaliyabuha
boihon, yunggan, an i boihon, ere sunja hacin i boihon de
faksalafi tariha. duin biyai

傳降諭旨曰：將此六十粒菩提子於爾等三處各分取二十粒
試種，俟發芽之後奏聞，欽此。我等杭州欽遵於二月初三
日春分，在黃土、山土、混合糞土、沙子、普通土，此五
種土上分別種植。四月

传降谕旨曰：将此六十粒菩提子于尔等三处各分取二十粒
试种，俟发芽之后奏闻，钦此。我等杭州钦遵于二月初三
日春分，在黄土、山土、混合粪土、沙子、普通土，此五
种土上分别种植。四月

�()ᠠᡳᠯᡳ᠂ ᡥᡝᠰᡝᡳ ᠪᡳᡨᡥᡝ ᡤᡝᠮᡝ ᠪ᠋ᡝ᠂

ᡥᠠᠨᡳ ᠵᠠᠰᠠᠨ᠌ ᠠᠮᠪᠠ ᠪᠠᡳᡨᠠ ᡴᠠᡳ᠂

ᡝᠯ ᠮᠠᠮᠠ ᠪ᠋ᡝ ᠠᡥᠠ ᠨᡳᠶᠠᠯᠮᠠᡳ ᡤᠠᠮᠵᠠᠨᠠ᠂

ᡨᡳᠶᡝᠮᠪᡳ᠂ ᡳᠨᡝᠩᡤᡳ ᠵᠠᡴᠠ ᡤᡝᠮᡝ ᠪᠠᠨᠵᡳᠮᡝ ᠠᠮᠪᠠ᠂

ᠮᡳᠨ᠋ᡳ ᡤᠠᠮᠵᠠᠨ᠌ ᠪᠠ᠋ᠨᠵᡳᠮᡝ ᠪ᠋ᡝ ᠠᠮᠪᠠ ᠪᠠ᠂

orin juwe de, hukun suwaliyabuha boihon de tarihangge emke arganame tucikebi. gūwa kemuni tucire unde. uttu ofi boihon ci teni tucike argan i durun emke, geli majige mutuha durun emke be weilefi gingguleme tuwabume wesimbuhe.

saha.

elhe taifin i susaici aniya sunja biyai juwan.

二十二日，種於混合糞土之一株已出芽，其餘尚未長出。是以製作甫由土中出芽之樣式一株，又稍長之樣式一株，敬謹呈覽。

【硃批】知道了。

康熙五十年五月初十日

二十二日，种于混合粪土之一株已出芽，其余尚未长出。是以制作甫由土中出芽之样式一株，又稍长之样式一株，敬谨呈览。

【朱批】知道了。

康熙五十年五月初十日

ᠵᠠᡳ ᡶᡠ
ᠵᡳᠶᠠᠩ ᡥᡳ
ᠶᠠ ᡤᠣᠯᠣ ᠪᠠᡳ
ᠵᠣᠩ ᡩᡠ
ᠨᡳᠶᠠᠯᠮᠠ
ᡳᠨᠵᡝ
ᡥᠠᡳᠯᠠᠨ

ᡥᡝᠩᡴᡳᠯᡝᠮᡝ
ᠪᡠᠯᡝᡴᡠᡧᡝᠮᡝ

ᠰᡠᠨ ᠸᡝᠨ ᠴᡝᠩ
ᡤᡳᠩᡤᡠᠯᡝᠮᡝ
ᠸᡝᠰᡳᠮᠪᡠᡵᡝ

【79】請安摺

aha sun wen ceng hujume niyakūrafi, enduringge ejen i beye
tumen elhe be baimbi.
mini beye elhe.
elhe taifin i susaici aniya jakūn biyai ice juwe.

【80】奏報菩提樹出芽日期摺

aha sun wen ceng ni gingguleme wesimburengge, hese be
gingguleme dahara jalin, ere aniya juwe biyai ice

奴才孫文成俯伏跪

請聖主聖躬萬安。

【硃批】朕體安。

康熙五十年八月初二日

奴才孫文成

謹奏，為欽遵諭旨事。今年二月初

奴才孫文成俯伏跪

请圣主圣躬万安。

【朱批】朕体安。

康熙五十年八月初二日

奴才孙文成

谨奏，为钦遵谕旨事。今年二月初

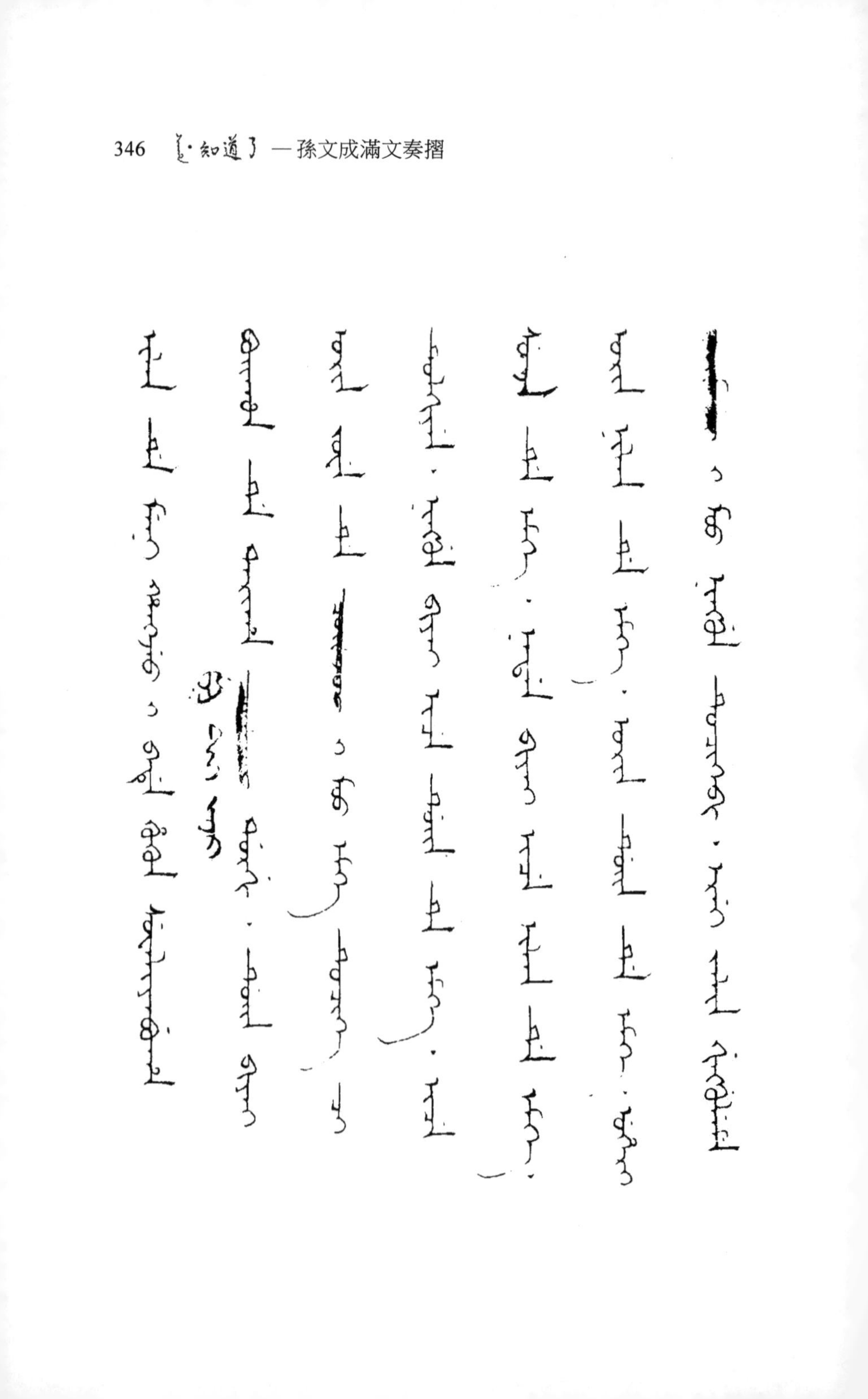

ilan de meni hangjeo i bade hukun suwaliyabuha boihon de tariha coimjor [pu ti or] dorgi, duin biyai orin juwe de coimjor i moo emke tucike ci tulgiyen, ninggun biyai ice duin de emke, ice sunja de emke, nadan biyai ice ilan de emke, orin ilan de emke, orin duin de emke, uheri coimjor i moo ninggun tucikebi. erei jalin gingguleme

───────────

三日，我等杭州地方，於混合糞土所種菩提樹內。除四月二十二日長出菩提樹一株以外，六月初四日一株，初五日一株，七月初三日一株，二十三日一株，二十四日一株，通共長出菩提樹六株。謹此

───────────

三日，我等杭州地方，于混合糞土所种菩提树内。除四月二十二日长出菩提树一株以外，六月初四日一株，初五日一株，七月初三日一株，二十三日一株，二十四日一株，通共长出菩提树六株。谨此

ᠪᡳᡨᡥᡝ᠂ ᡥᡝᠰᡝᠪᡠᡳᡝ ᠮᡳᠨᡳ ᠪᠠᡳᡨᠠ ᡥᡝᠨᡩᡠᡥᠠ᠈

ᠪᡳᡨᡥᡝ᠂ ᡥᡝᠰᡝᠪᡠᡳᡝ ᠮᡳᠨᡳ ᠪᠠᡳᡨᠠ ᠰᡳᠮᡝ ᠪᡳᠪ᠈

ᠪᡳᡨᡥᡝ ᡝᠮᡝᠰᡥᡝᠨ᠈

donjibume wesimbuhe.

saha.

elhe taifin i susaici aniya jakūn biyai ice juwe.

【81】請安摺

aha sun wen ceng hujume niyakūrafi enduringge ejen i beye
tumen elhe be baimbi.

elhe

elhe taifin i susaici aniya uyun biyai orin nadan.

奏聞。

【硃批】知道了。

康熙五十年八月初二日

　　　　　　　　　　　　　　奴才孫文成俯伏跪

請聖主聖躬萬安。

【硃批】安。

康熙五十年九月二十七日

奏聞。

【朱批】知道了。

康熙五十年八月初二日

　　　　　　　　　　　　　　奴才孙文成俯伏跪

请圣主圣躬万安。

【朱批】安。

康熙五十年九月二十七日

ᠮᡝᠨ᠋ᠮᡝ᠂ ᡳᠨᡩᠠ᠋ᠨ ᠪᡝ ᠪᠠᡳᡨᠠᠯᠠᠮᠪᡳ ᠰᡝᠮᡝ ᠪᠠᡳᡨᠠᠯᠠᡥᠠ᠂

ᠮᠠᠩ᠋ᡤᠠ ᠠᠮᠪᠠᠰᠠ ᠪᠠᠨᠵᡳᡥᠠ

ᡤᠠᡳᠰᡠᡴᠠᡳ᠂ ᠪᠠᠨᠵᡳᡥᠠ ᠪᡝ ᠠᠯᡳᠮᠪᡳ᠂

ᡝᠮᡝ᠂ ᠪᠠᡳᡨᠠᠨ ᠠᠮᠪᠠᠰᠠ ᠪᠠᠨᠵᡳᡥᠠᠪᡳ᠂

ᠪᠠᡳᡨᠠᠯᠠᠮᠪᡳ᠂ ᠮᠠᠩᡤᠠ ᠠᠯᡳᠮᠪᡳ ᠠᠯᡳᠮᠪᡳ᠂

ᡩᡝᡵᡤᡳ᠂

【82】奏聞鑴刻碑文呈覽摺

aha sun wen ceng ni, gingguleme wesimburengge, foloho bei
i bithe be, tuwabume wesimbure jalin. duleke aniya, aha suje
beneme genehede, juwan biyai dorgide, wesimbuhengge,
hangjeo i jing ts'y sy be, hese be dahafi icemleme weilehe be
dahame, emu wehei bei ilibufi, tumen aniya isitala weriki,
bei de foloro

奴才孫文成
謹奏，為呈覽所刻碑文事。去年奴才齎送緞疋去時，於十
月內具奏，杭州淨慈寺因遵旨重建，豎立一石碑，以垂萬
年，碑上

奴才孙文成
谨奏，为呈览所刻碑文事。去年奴才赍送缎疋去时，于十
月内具奏，杭州净慈寺因遵旨重建，竖立一石碑，以垂万
年，碑上

ᠪᡳᡨᡥᡝ ᠠᠷᠠᡥᠠ᠃

ᠠᠮᠪᠠᠨ
ᠰᡠᠨ ᠸᡝᠨ
ᠴᡝᠩ ᡤᡳᠩᡤᡠᠯᡝᠮᡝ
ᠸᡝᠰᡳᠮᠪᡠᡵᡝ
ᠨᡳᠶᠠᠯᠮᠠ ᡨᠠ�detiᡳᠮᡝ᠂

ᠪᠠᠨ ᡳᠴᡳ ᡩᡝ ᠠᠯᡳᠮᠪᠠᡥᠠ ᠨᡳᠶᠠᠯᠮᠠ ᠪᡝ ᠠᠯᡳᡥᠠ᠂ ᠪᠠᠨ ᡳᠴᡳ ᠶ ᡤᡳᠰᡠᠨ ᡝᠯᡝᠮᠪᡠᠮᡝᡳ᠂

ᡨᡠᠸᠠᠮᡝ
ᠸᡝᠰᡳᠮᠪᡠᡵᡝ ᠪᠠᡳᡨᠠ᠂

bithe be, ejen šangname bureo seme, baime wesimbuhede, hese adaha da li ting i de arabufi šangnaha, bei bithe be, ere aniya bei de gingguleme folofi ilibuha. uttu ofi forime gaiha bithe juwe afaha, da araha bithe emu afaha be suwaliyame gingguleme

---

鐫刻之文。仰祈主子賞給，奏請時，奉旨令侍讀學士勵廷儀書寫頒賞，今年已將碑文敬謹鐫刻於碑上豎立矣。是以將搨取之文二張及原來所書文一張一併

镌刻之文。仰祈主子赏给，奏请时，奉旨令侍读学士励廷仪书写颁赏，今年已将碑文敬谨镌刻于碑上竖立矣。是以将搨取之文二张及原来所书文一张一并

ᠪᠠᡳᠴᠠᠮᡝ ᡝᠵᡝᠨ ᠠᡳᠰᡳᠨ
ᠪᡝ ᠪᠠ ᠪᡠᠵᠠᠨ᠂ ᠵᡝ ᡝᠮᡝᠮᡝ ᠮᡝᠮᡝ ᠪᡝ ᡝᡵᡝ

ᠮᡝᡳᠮᠠ᠂ ᡝᠰᡝ ᡝᠰᠰᠮᡝ ᠪᡝᡝᡳ ᠮᡝᡳᠮᠠ ᠮᡝᡳᡝ ᠵᠵᡝ

ᠰᠪᡳ᠂ ᡵᡝᡝ ᠮᡝᡳᠮᡝ ᠰᡝᡵᡝ ᡝᡵᡝᡝ ᡝᡝᠮᡝ

ᠮᡝ ᠮᡝᡝᡝ ᡨ ᠮᡝᡝᠮᡝ ᠮᡝᠮᡝ ᠮᡝᡝ ᠮᡝ ᠮᡝ ᠮᡝᡝ᠂
ᠵᡝ ᠮᡝ
ᠮᡝ ᠮᡝ
ᠮᡝᡝ
ᠮᡝ ᡝᠮ

ᠮᡝᠮᡝᠮᡝ ᠮᡝᡝᡝᠮᡝᠮᡝ ᠮᡝᡝ
ᡝᠮᡝ ᠮᡝᡝᡝᡝᡝ᠂ ᠮᡝᡝ ᠮᡝᡝ ᠮᡝᡝᡝᡝᡝᡝ
ᠰᠪᡳ᠂

tuwabume wesimbuhe. erei jalin gingguleme wesimbuhe.
saha.

elhe taifin i susaici aniya uyun biyai orin nadan.

【83】奏聞福建督撫招降餘賊摺

aha sun wen ceng ni, gingguleme wesimburengge, ere aniya
ninggun biyai dorgide fugiyan i hūlgai da cen u hiyan, hing
ciowan dooli hafan tung pei

敬謹呈覽，為此謹奏。

【硃批】知道了。

康熙五十年九月二十七日

　　　　　　　　　　　　　　　　　奴才孫文成

謹奏，今年六月內，將福建賊首陳五顯致送興泉道佟佩

敬谨呈览，为此谨奏。

【朱批】知道了。

康熙五十年九月二十七日

　　　　　　　　　　　　　　　　　奴才孙文成

谨奏，今年六月内，将福建贼首陈五显致送兴泉道佟佩

ᠵᠠᡴᠠ ᠪᡝ᠂ ᡥᡝᠨᡩᡠ ᠪᠠᡵ᠂ ᠵᠠᡴᠠ ᠪᠠᡳ ᡳᠨᡝᠩᡤᡳ ᠰᡠᡵᡝ ᠠᠮᠪᠠ ᠪᠠᠨᠵᡳᠨ᠃

ᠪᠠ ᠪᠠ ᠨᠢ᠂ ᡝᡩᠠᠯᠠ᠂ ᠪᠠᠶᠠ ᠨᡳ ᠪᠠ᠂ ᡩᡝᠯᡝ ᠮᡝᠩᡤᡝᠨ ᠪᠠ ᠴᡝᠨᡤᡳ᠂ ᠪᠠᡵᠠ ᠪᠠᠨᠵᡳᠨ

ᡤᡝᠯᡳ ᡥᠠᠴᡳᠨ᠂ ᠮᡝᠨᡤᡝᠨ ᠮᡝᠨᡤᡤᡝᠨ᠂ ᠪᠠᡳ ᠪᠠ ᠵᠠ ᠨᠢ ᠪᠠᠨᠵᡳᠨ

ᠪᠠ ᠨᠢᠶ᠂ ᡝᠮᡝᠯᡝ᠂ ᠪᠠᡳᠶᠠ ᠶᠠᠨ ᡥᠠᠴᡳᠨ ᠨᡳ ᠪᠠᠨᠵᡳᠨ᠂ ᠪᠠᠶᠠᠨᠵᡳᠨ᠂

ᠪᠠᠨᠵᡳᠨᠠᡵᠠ ᠴᡝᠨᡤᡳ᠂ ᠪᠠ ᠨᠢᠶ ᠮᡝᠩᡤᡝᠨ ᠴᡝᠨᡤᡳ᠂

ᠪᠠᡳᠶᠠ ᠪᠠᠯ ᠮᡝᠩᡤᡝᠨ ᠪᠠᠨᠵᡳᠨ ᠠ᠃

niyan de unggihe bithe be tuwabume wesimbuhede, hese
saha, geli mejige gaifi wesimbu sehe be, gingguleme dahafi,
geli mejige gaici, geren hūlga sai dorgi, dahahangge dahaha,
samsihangge samsiha, cen u hiyan be bahafi nambuhakū
ukaka sembi. geli donjici fu giyan i dzungdu, siyūn fu, dade
jang jeo fu i jyfu hafan bihe, joo wan bi de giyūn ling pai
bufi, mahala etuku jergi jaka šangname bufi,

年之書呈覽時，奉旨：知道了，再探信具奏，欽此。欽遵
再探信息，眾賊內，投降者投降，流散者流散，陳五顯未
被拏獲，已逃遁云云。又聞得福建總督、巡撫給與原任漳
州府知府趙完璧軍令牌，賞給帽、衣等物。

年之书呈览时，奉旨：知道了，再探信具奏，钦此。钦遵
再探信息，众贼内，投降者投降，流散者流散，陈五显未
被拏获，已逃遁云云。又闻得福建总督、巡抚给与原任漳
州府知府赵完璧军令牌，赏给帽、衣等物。

ᠪᠠ᠂ ᠰᠠᠷᠠᡴᡡ ᡝᡳᠨᡠ ᠪᠠ ᠠᡴᡡ᠈

ᡥᡝᠨᡩᡠᠮᡝ ᡳᠨᡠ ᠪᠠ ᠰᠠᡵᠠᡴᡡ᠈᠈

ᡳᠨᡠ ᠪᠠ ᠠᡴᡡ ᡝᠮᡠ ᠠᡳᠰᡳᠯᠠᠮᡝᠪᡳ᠈ ᠨᡳ

ᡝᠮᡠ ᠠᠮᠪᠠ ᠪᠠ᠂ ᡵᡝ ᠪᠠ᠂ ᠠᠮᠪᠠ

ᠨᠠᠨᡤᡤᡳᠶᠠᠨ ᠮᠠᠨᠵᡠ ᡳ ᡥᡝᠨᡩᡠᠮᡝ

ᡤᠠᠰᠠᠨ ᠠᠮᠪᠠ᠂ ᠮᡝᠨ ᠠᡵᠠᠮᡝ᠈ ᡥᡝᠨᡩᡠᡵᡝ ᠪᠠ

jakūn biyai orin uyun de jang jeo fu i jergi bade funcehe
hūlga be dahabume unggihe sembi. erei jalin gingguleme
donjibume wesimbuhe.

geli mejige gaifi boola. jai g'ao ioi inu hūlgai adali niyalma,
si erebe kiceme seremše.

elhe taifin i susaici aniya uyun biyai orin nadan.

八月二十九日，遣往漳州府等地招降餘賊。謹此奏聞。
【硃批】再探信具報。再高興亦同賊人，爾用心防之。
康熙五十年九月二十七日

八月二十九日，遣往漳州府等地招降余賊。謹此奏聞。
【朱批】再探信具报。再高與亦同賊人，尔用心防之。
　康熙五十年九月二十七日

�everᡠᠨᡳ ᠂ ᡥᠠᡶᠠᠨ
ᠪᠣ ᡳᠨ ᠪᡳᠨᡠᠨ
ᠪᠠᠰᠠᠨᠰᠠᡳ ᠁

ᠮᠠᠨ ᡳ ᡥᡝᠨ ᠨᠠ ᠰᡝ ᠪᠠᠰᠠᠨ ᠂ ᡝᡳᡝ ᡝᡳᠨ ᡝᠰᡝᠨ
ᠪᡳᠨᡠᠨ ᡳ ᡥᡝᠨ ᠁ ᡝᠰ ᡝᡴᡝ ᡝᠨ
ᡝᠨ ᠂ ᡥᡝᡝᠨ ᡝᡳᡝ ᡝᠰᠠᠨ ᠂ ᡝᠰᡝᠨ ᡝᠰᡝᠨ
ᡝᠨ

ᡝᠨ ᡝᠨ ᡝᠨ ᡝᠰᠨ
ᡝᠨ ᠂

【84】奏聞諾爾布請安摺

aha sun wen ceng ni gingguleme wesimburengge, hese be
gingguleme dahara jalin, jiyanggiyūn norobu, niyalma
takūraha be dahame, ere mudan de elhe be baire jedz akū
sembi. erei jalin gingguleme donjibume wesimbuhe.
saha.
elhe taifin i susaici aniya uyun biyai orin nadan.

　　　　　　　　　　　奴才孫文成
謹奏，為欽遵諭旨事。將軍諾爾布因已差遣人，此次無請
安摺子。謹此奏聞。
【硃批】知道了。
康熙五十年九月二十七日

　　　　　　　　　　　奴才孙文成
谨奏，为钦遵谕旨事。将军诺尔布因已差遣人，此次无请
安折子。谨此奏闻。
【朱批】知道了。
康熙五十年九月二十七日

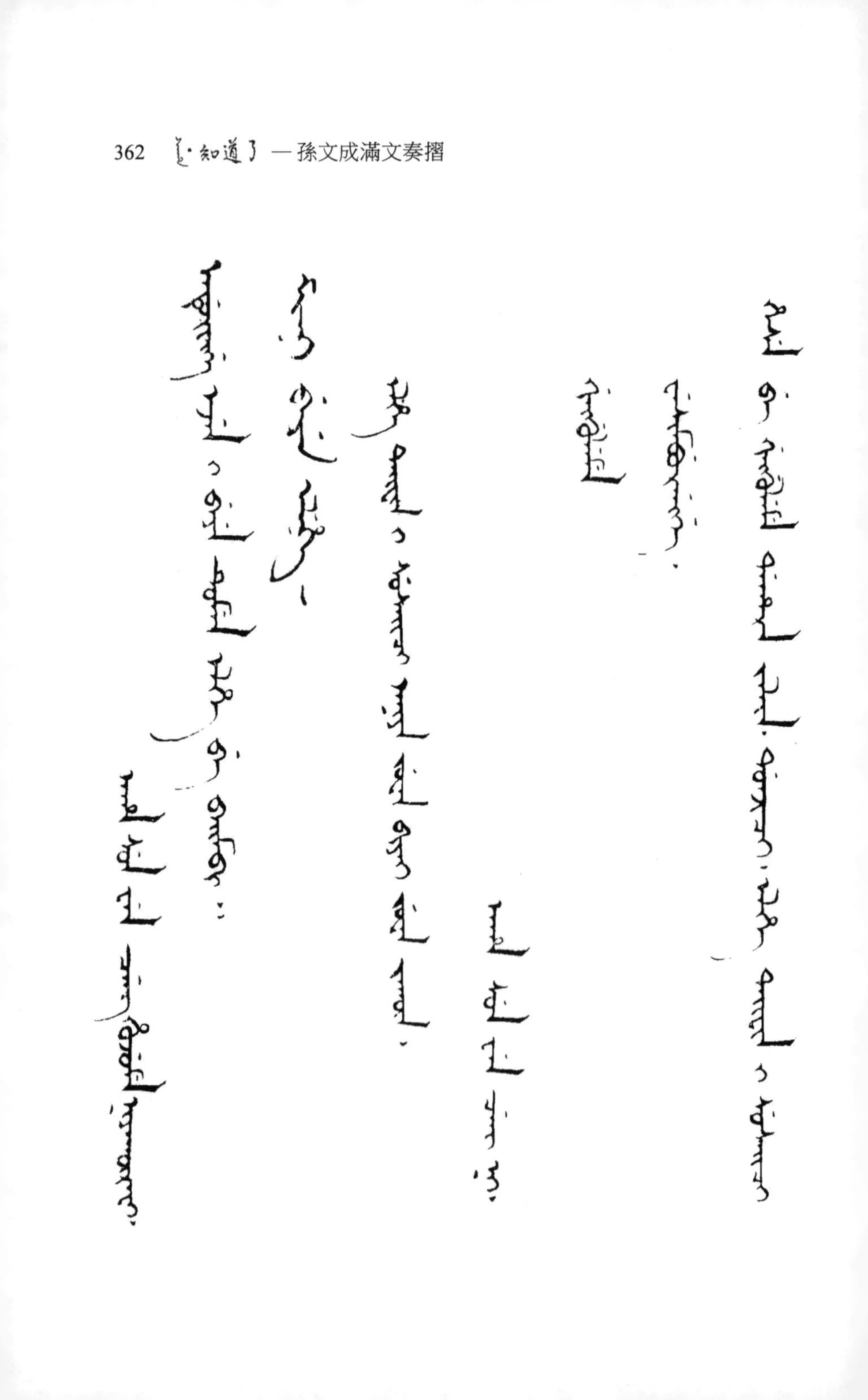

【85】請安摺

aha sun wen ceng hujume niyakūrafi, enduringge ejen i beye
tumen elhe be baimbi.

mini beye elhe.

elhe taifin i susaici aniya juwan biyai juwan jakūn.

【86】奏聞將軍遣人招降陳五顯摺

aha sun wen ceng ni gingguleme wesimburengge, hese be
gingguleme dahara jalin, donjici, elhe taifin i susaici

奴才孫文成俯伏跪

請聖主聖躬萬安。

【硃批】朕體安。

康熙五十年十月十八日

奴才孫文成

謹奏，為欽遵諭旨事。聞康熙五十

奴才孫文成俯伏跪

请圣主圣躬万安。

【朱批】朕体安。

康熙五十年十月十八日

奴才孙文成

谨奏，为钦遵谕旨事。闻康熙五十

ᠪᠠᡳ᠌ᠨ ᡥᠠ ᠪᠠ ᡴ᠊᠊᠊᠊ᠠ ᠪ᠊ᠠ ᡴ᠊ᠠᠪᠠᠪᠠᠶᠠᠪᠠ ᠮᠠᡴᠪᠠᠪᠠᠪᠠᠨ

ᠪᠠ᠊ᠨ ᡥᠠ ᠠᡳ᠌ᠨ ᡳ ᠪᠠᠪᠠᠶᠠᠪᠠᠪᠠ ᠪᠠ᠊᠊ᠨ ᠶᠠᠪᠠᠪᠠᠪ

ᡴ᠊ᠠᠪᠠᠪᠠᠨᠪᠠᠪᠠᠪᠠᠨᠪᠠᠪᠠ

ᠪᠠᠪᠠᠨᠪᠠᠪᠠᠪᠠᠪᠠᠨ

ᠪᠠᠪᠠᠪᠠᠨᠪᠠᠨᠪᠠᠪᠠᠪᠠᠨᠪᠠᠪᠠᠪᠠᠨ

aniya uyun biyai orin ninggun de, fu giyan i hūlgai da cen u
hiyan niyalma takūrafi, jiyanggiyūn dzu liyang bi de bithe
alibuhangge, bi dzungdu, siyūn fu, tidu de dahara ba akū,
jiyanggiyūn, hafan unggifi, minde emu bucere be guwebure
pai bithe buhede, bi uthai dahame jiki sembi. orin nadan de
jiyanggiyūn dzu liyang bi, ini hashū ergi ing ni hūwa šeo bei
be takūrafi, jang jeo fu de cen u hiyan be dahabume unggihe,
cen

年九月二十六日福建賊首陳五顯差人呈書於將軍祖良璧
云：我無向總督、巡撫、提督投降之處，將軍差遣官員給
我一副免死牌時，我即來降云云。二十七日，將軍祖良璧
遣其左營華守備前往漳州府招降陳五顯，

年九月二十六日福建贼首陈五显差人呈书于将军祖良璧
云：我无向总督、巡抚、提督投降之处，将军差遣官员给
我一副免死牌时，我即来降云云。二十七日，将军祖良璧
遣其左营华守备前往漳州府招降陈五显，

ᠪᠢᠴᡳᡥᡝ ᠂ ᠬᡝᠩᡴᡳᠯᡝᠮᡝ ᠪᠠᡳᠮᡝ ᠸᡝᠰᡳᠮᠪᡠᡥᡝ ᠂

ᠰᠠᡳᠨ ᠂ ᠪᡳ ᠰᠠᡥᠠ ᠰᡝᡥᡝ ᠂

ᠪᡳ ᠰᠠᡥᠠ ᠂

ᠬᡝᠰᡝ ᠂ ᠣᠮᠪᠣᠯᠣ ᠰᠠᠮᠪᡠᠮᡝ ᠸᡝᠰᡳᠮᠪᡠᡥᡝ ᠂

ᠵᡝᡳ ᠪᡳᠴᡳᡥᡝ ᠂ ᠰᠠᡳᠨ ᠪᡳ ᠰᠠᡥᠠ ᠂

u hiyan ne jang jeo de bi sembi. erei jalin gingguleme donjibume wesimbuhe.

saha.

elhe taifin i susaici aniya juwan biyai juwan jakūn.

【87】請安摺

aha sun wen ceng hujume niyakūrafi, enduringge ejen i beye tumen elhe be baimbi.

saha.

elhe taifin i susaici aniya omšon biyai ice ninggun.

陳五顯現今在漳州云云。謹此奏聞。

【硃批】知道了。

康熙五十年十月十八日

　　　　　　　　　　　　奴才孫文成俯伏跪

請聖主聖躬萬安。

【硃批】知道了。

康熙五十年十一月初六日

陈五显现今在漳州云云。谨此奏闻。

【朱批】知道了。

康熙五十年十月十八日

　　　　　　　　　　　　奴才孙文成俯伏跪

请圣主圣躬万安。

【朱批】知道了。

康熙五十年十一月初六日

ᠪᠠᡳᡥᠠ ᡥᡡᠩ ᠮᡝᡳᡥᡝ ᠠᠶᠠᠨ ᡥᠠᠯᠠ᠂᠂ ᠰᡠᠨ ᠸᡝᠨ ᠴᡝᠩ ᡳ

ᡥᡡᠩ ᡥᠠᠯᠠ ᠮᡝᡳᡥᡝ ᠠᠶᠠᠨ ᠵᠠᡴᠠ ᠪᠠᡳᡥᠠᠩᡤᡝ

ᡥᡡᠩ ᡥᠠᠯᠠ ᠮᡝᡳᡥᡝ ᠠᠶᠠᠨ ᡩᠠᠮᠠ ᠪᡠᠮᡝ᠂

ᡥᠠᠰᡠᠨ ᠪᡝ᠂ ᠪᠠᡳᡥᠠ

ᡥᠠᠰᡠᠨ ᡝᠯᡝ ᡝᡳᠴᡳᠮᡝ᠂ ᠪᡝᠶᡝ ᡝᠯᡥᡝ

ᡝᠯᡥᡝ

ᠠᠮᠪᠠ ᡝᠯᡥᡝ

【88】奏聞差人齎送皮箱摺

aha sun wen ceng ni, gingguleme donjibume wesimburengge, pijan benehe jalin, omšon biyai ice sunja de g'ao ioi, booi niyalma ju žung be takūrafi, suwayan boso uhuhe ajige pijan emke be benjifi alahangge, erebe enduringge ejen de tuwabure jaka seme benjihebi. uttu ofi suwayan boso uhuhe orin juwe gin i ajige pijan emke be

奴才孫文成

謹奏聞，為齎送皮箱事。十一月初五日，高興差家人朱榮將黃布所包小皮箱一個齎來告稱：此為進呈聖主御覽之物云云。是以將黃布所包二十二斤小皮箱一個

奴才孙文成

谨奏闻，为赍送皮箱事。十一月初五日，高兴差家人朱荣将黄布所包小皮箱一个赍来告称：此为进呈圣主御览之物云云。是以将黄布所包二十二斤小皮箱一个

ᠮᠠᠨᠵᡠ᠂ ᠮᠠᠨᠵᡠ ᠪᡳᡨᡥᡝ ᠪᡳᡨᡥᡝ᠂

ᠮᠠᠨᠵᡠ ᠪᡳᡨᡥᡝ᠂ ᠮᠠᠨᠵᡠ ᠪᡳᡨᡥᡝ᠂

wang u de afabufi, ice ninggun de benebuhe. erei jalin
gingguleme donjibume wesimbuhe.
saha.
elhe taifin i susaici aniya omšon biyai ice ninggun.

【89】請安摺
aha sun wen ceng hujume niyakūrafi, enduringge ejen i beye
tumen elhe be baimbi.
mini beye elhe.
elhe taifin i susaici aniya omšon biyai orin ninggun.

交與王五，於初六日令其齎送，謹此奏聞。
【硃批】知道了。
康熙五十年十一月初六日
　　　　　　　　　　　奴才孫文成俯伏跪
請聖主聖躬萬安。
【硃批】朕體安。
康熙五十年十一月二十六日

交与王五，于初六日令其赍送，谨此奏闻。
【朱批】知道了。
康熙五十年十一月初六日
　　　　　　　　　　　奴才孙文成俯伏跪
请圣主圣躬万安。
【朱批】朕体安。
康熙五十年十一月二十六日

ᠮᡳᠨᡳ ᠪᡝᠶᡝ ᡳᠯᡝ ᠪᠣ ᠶᠣᠩᡴᡳᠶᠠ ᡨᠠ ᡥᠠ ᡨᡝᡴᡨᠣ ᡨᠠ ᡴᡝᡤᡝᠩ᠈

ᡨᡝᠯᡝ ᠣᡝᠷᡝ ᡝᡴᡨᡳᠩᠣᠨᠣ ᡨᠠ ᡳᡝᡴᠠᡳᠩᡝᠨ ᠪᠠ ᠠᠩ ᠪᡝ ᡝᠷᡝᠨ᠈ ᠶᡳᠨᠶᡝᠩ ᡴᠠᡤᠠ᠈

ᠪᠠᡝᠯ ᡴᡳᠣ ᠶᠠᠩ᠈ ᡴᠠᡠᠠ ᡨᠣ ᠪᠠ ᠂ ᡝᡨᠯᠠ ᡴᡝᠴᠠ ᠪᡝᡥᠷ ᠣᡝᠷ ᡴᠠ ᡨᠠᠯᠠ᠈

ᡝᠩᡴᡳᡤᡝᡳ ᡴᡝᡠᠯᡳᠩᡝ ᠂ ᡳᡨᠣᠯᡳᠩᡝᠨ ᡨᠣ ᠶᡳᠩ ᡝᠷ ᠂ ᠶᠠᠩᡴᡳᡳ ᠶᡝᠠᠠᡴ ᠪᡝᠷᡝ ᠨ᠈

ᠶᠠᠯᠠ ᡴᠣ ᡨᡝᡳᠣᠠᡳᡤᠠᡨᡝ ᡥᡝᡥᠯᠠᠨ ᠮᠠ ᠂ ᡝᡥᡝᡴᡥᠠᡵ ᡝᠴᠠᡳᠠᠩᡝᠨ ᡝᡵ ᡨᠠ ᠪᠠ ᠂ ᠪᡝᠷ ᠮᠠ᠈

ᡵᠠᡳᠣᡥᡝᠩ᠈

ᡳᠩᠯᡳᡤᡝᠰᡝᠩ᠈

ᠪᠠ ᡨᠠ ᡨᠠ ᡥᠠᠰᠠ ᠩ᠈

【90】奏聞福建賊首率眾投誠摺

aha sun wen ceng ni, gingguleme wesimburengge, hese be
gingguleme dahara jalin, donjici hūlgai da cen u hiyan sebe
dahabume unggihe, jiyanggiyūn dzu liyang bi i hashū ergi
ing ni hūwa šeo bei, dade jang jeo fu i jyfu hafan bihe joo
wan bi, juwan biyai orin ninggun de hūlgai da cen u hiyan,
erei hoki orin duin niyalma be dzungdu fan ši cung yamun
de gajifi,

奴才孫文成

謹奏，為欽遵諭旨事。聞差往招降賊首陳五顯等將軍祖良
璧之左營華守備、原任漳州府知府趙完璧，於十月二十六
日將賊首陳五顯及其黨徒二十四人帶來總督范時崇衙門。

奴才孙文成

谨奏，为钦遵谕旨事。闻差往招降贼首陈五显等将军祖良
璧之左营华守备、原任漳州府知府赵完璧，于十月二十六
日将贼首陈五显及其党徒二十四人带来总督范时崇衙门。

ᠮᠢᠨ ᠪᠣᡳᠴᠢ ᠪᠠ ᠨ ᡥᡝᠰᡝ ᡳ ᠵᠠᠰᠠᠯᠠᠨ ᡳ ᡥᠠᠨ ᠊᠊ ᠪᠠ

ᠪᡝ ᡣᠣᡥᠣ ᠪᡝ᠊ ᡵᡝᡳ᠊ ᡳ ᠵᠣᠯᠠᠨ ᠵᠠᠯᠠᠨ ᡳ ᡥᠠᠨ ᠪᠠ ᡳ ᠪᠠᠯ

ᡳᠴᡳ ᠪᡳ᠊ᠪᡳ ᠪᠣᠴᡳᡥᡳ ᠪᠠ ᡳ ᠪᠠᠯᠠᠨ ᡥᠠᠨ ᠪᠠ ᠊ ᡥᠠᠨ ᠊᠊ ᠪᠠ

dzungdu fan ši cung niyalma be takūrafi, jiyanggiyūn dzu liyang bi, siyūn fu hūwang bing jung, sy doo hafasa be isabufi, cen u hiyan be dabume, orin sunja niyalma ci jabun gaifi, ts'an jiyang, šang jy jin de afabufi tatara bade unggihe sembi. geli donjici cen u hiyan i hoki i dorgi cihangga irgen obuki sere niyalma inu bi, cooha obuki sere niyalma inu bi, cen u hiyan be, ging hecen de benebure mejige bi sembi, cen u hiyan jang jeo fu i harangga lung ki hiyan i niyalma sembi. geli

總督范時崇差人齊集將軍祖良璧、巡撫黃秉中、司道各官，連陳五顯算入二十五人，訊取口供，交與參將尚之瑨送往駐蹕行在云云。又聞陳五顯黨徒內亦有願為百姓之人，亦有願當兵之人，有差人將陳五顯解送京城之信。陳五顯係漳州府所屬龍溪縣人。

总督范时崇差人齐集将军祖良璧、巡抚黄秉中、司道各官，连陈五显算入二十五人，讯取口供，交与参将尚之瑨送往驻跸行在云云。又闻陈五显党徒内亦有愿为百姓之人，亦有愿当兵之人，有差人将陈五显解送京城之信。陈五显系漳州府所属龙溪县人。

ᡤᡝᠯᡳ ᡥᠠᠨ᠂ ᡥᠣᡤᡳᠶᠠᠮᠪᡳ ᡤᡝᠯᡳ ᡩᡝᠯᡥᡝᠨ ᡩᡝᠯᡝ ᠪᡳᡤᡝ᠂

ᡩᠠᠮᡳᠨᠠᠮᠪᡳ ᠮᡠᡵᡠᡴᡠ᠁

ᡤᡝᠮᡠᠨᡝᠴᡳ ᡴᠠᠨᠴᡳᡵ᠂᠂ ᡴᠠᡳᡵᠠ ᡥᡝᡵᡝ ᡥᡝᠨᡩᡠᡤᡝᠨ᠂

ᡤᡠᡝᠴᠠᠨᡥᠠ ᠮᡝᡴᡝᠨ ᠪᠣ ᠪᠠ᠂ ᡴᠠ ᡝ ᠮᡝᡴᡝᠨᡝ ᠪᠣ ᡥᠣ᠂ ᡝᠮᡝᠰᡳ ᡥᠠᠨ᠂

ᡤᠣᠣ᠂ ᠮᡳᠨᡳᠨᠠᡵᠠ ᠮᡳᡥᡝᠨ ᡝ ᠪᠠ᠂ ᠮᡠᡤᡠᠨ ᠨᡝᠨᡳᡤᡳ᠂ ᡴᠠᡵᠨ ᡥᠠᡳᡴᡠᠨ ᡩᡝᠨ᠂

ᡤᡝᠮᡝᡵ ᠪᠣ ᡴᠠᡨᠠᠨᡝ᠂ ᡝᡤᠣᡵᡝᡴᡳ ᠪᠠ ᡝ ᠪᠣᡤᡳ᠂ ᠮᡠᡵᡠᠨᠰᠠ᠂ ᡴᠠ ᡥᠠᡳ ᡥᠠᡵᡳᠨ᠂

donjici fu giyan i goloi šoo u fu i harangga tai ning hiyan i
bade, hūlga giyang geo se geren niyalma be isabumbi seme,
juwan biyai gūsin de, ba na i hafan, dzungdu fan ši cung de
boolahabi　sembi.　erei　jalin　gingguleme　donjibume
wesimbuhe.

saha.

elhe taifin i susaici aniya omšon biyai orin ninggun.

又聞福建省邵武府所屬泰寧縣地方之賊江狗等糾集眾
人，十月三十日，地方官稟報總督范時崇云云。謹此奏聞。
【硃批】知道了。
康熙五十年十一月二十六日

又闻福建省邵武府所属泰宁县地方之贼江狗等纠集众人，
十月三十日，地方官禀报总督范时崇云云。谨此奏闻。
【朱批】知道了。
康熙五十年十一月二十六日

ᠪᠣᠯᡤᠠᠨ ᠵᡳᠣᡳᠵᠠᡥᠠ᠂

ᠠᠮᠪᠠᠨ ᠪᡳ ᠪᠠᡳᡨᠠ ᠪᡝ᠂

ᠪᠠᡳᡨᠠᠯᠠᠮᠪᡳ᠂ ᠪᡝᠯᡝ ᠰᠠᡳᠨ᠂ ᠪᡝᠯᡝ ᠠᠯᡳᠮᠪᠠ᠂ ᠮᡠᠵᡳᠯᡝᠨ ᠪᡝ᠂

ᠪᠠᡳᠨᡳᡥᠠ ᠪᠠᡳᡨᠠ ᠪᡝ᠂ ᠪᡝᠯᡝ ᠪᡝ᠂ ᡥᡝᠰᡝᠮᠪᡳ᠂

ᠪᡠᠯᡝᡥᡠ ᠪᡝ᠂ ᠴᠣᠣᡥᠠᠨ ᠪᠠᡳᡨᠠ ᠪᡝ᠂ ᠠᠯᡳᠮᠪᠠ᠂ ᠰᠠᡳᠨ᠂

ᠪᡝᠯᡝᠰᡝᠮᠪᡳ᠂

ᠨᡳᠶᠠᠯᠮᠠ ᡳᠨᡝ᠂

【91】奏聞欽奉聖訓摺

aha sun wen ceng ni, gingguleme wesimburengge, hese be
gingguleme dahara jalin, fu giyan i dzungdu, siyūn fu, jakūn
biyai orin uyun de niyalma be tucibufi, jang jeo fu i jergi
bade, funcehe hūlga be dahabume unggihe seme, juwan biyai
juwan jakūn de, donjibume wesimbuhede.

奴才孫文成
謹奏，為欽遵諭旨事。福建總督、巡撫於八月二十九日派
出人前往漳州府等處招降餘賊，十月十八日奏聞時，

奴才孙文成
谨奏，为钦遵谕旨事。福建总督、巡抚于八月二十九日派
出人前往漳州府等处招降余贼，十月十八日奏闻时，

ᠪᡝᠶᡝ ᠪᡝ᠂ ᠰᡝᠮᡝ ᡥᠠ ᠮᡠᡴᡩᡝᠮᠪᡳᠮᠪᡳ ᠮᡳᠨᡳ᠂ ᡥᡝᠩᡴᡳᠯᡝᡥᡝ ᠰᡠᡵᡩᡝᠮᡝ ᠙᠙ ᠮᡳᠨᡳ ᡥᠠᠯᠠ

ᠮᡠᡴᡩᡝᠮᠪᡳᠮᠪᡳ᠂ ᠪᡳ ᠙ ᠰᡳᠮᠨᡝᠮᠪᡳ ᠰᡝᠮᡝ ᡥᠠ ᠮᡠᡴᡩᡝᠮᠪᡳ

ᡳᠰᠠᠮᡝᠮᠪᡳ᠂ ᠰᡝᠨᡤᡝ ᠰᡝᠮᡝ ᠰᡝᠮᡝᡵᡝ

ᠵᡳᠨ ᠙ ᠰᡝᠮᡝ ᠮᡠ ᠰᡝᠮᠨᡝᠮᠪᡳ ᠰᡝᠨ ᠮᠠ ᠰᡝᠮᠨᡝᠮᡝ᠂ ᠰᡝᠮᠨᡝᠮᡝ ᠰᡝᠨᡝᡵᡝ ᠰᡝᠮᡝ ᠮᠠ ᠮᡝ ᠨᡝ ᠮᠠ ᠮᡝ ᠰᡝᠮᠨᡝ

ᠰᡝᠮᠨᡝᡤᡝᡵᡝ ᠰᡝᠮᡝᡵᡝ

ᠰᡝᠨᡝ ᠰᡝᠮᡳᠨᡝᡵᡝ ᠰᡝᠮᡝ ᠮᡝᠨᡝᠮᡝ᠂ ᠮᠠ ᠰᡝᠮᠨᡝ ᠰᡝᠮᠨᡝᠮᡝᡵᡝ ᠰᡝᠨᡝᡵᡝ ᠰᡝᠨᡝ

ᠰᡝᠨᡝ ᠙ ᠰᡝᠮᡳᠨᡝᡵᡝ ᠮᠠ ᠰᡝᠮᠨᡝᠮᡳᠨᡝ᠂ ᠰᡝᠨ ᠰᡝᠨᡝ ᠮᡝᠨᡝ᠂ ᠰᡝᠨ ᠰᡝᠨ ᠰᡝᠨᡝ

hese i fulgiyan fi pilehengge, geli mejige gaifi boola. jai g'ao
ioi inu hūlgai adali niyalma, si erebe kiceme seremše seme,
tacibume gosingga hese be dere de gingguleme dobofi, aha
sun wen ceng ilan jergi niyakūrafi, uyun jergi hengkilehe.
enduringge ejen i desereke kesi de tacibuha hese be, aha bi
gingguleme ejefi, kiceme seremšeki. erei jalin

奉硃批諭旨：再探信具報。再高輿亦同賊人，爾用心防之，
欽此。將訓示仁諭敬謹供於香案，奴才孫文成三跪九叩，
蒙聖主洪恩，奴才謹記訓諭，用心防備。

奉朱批谕旨：再探信具报。再高輿亦同贼人，尔用心防之，
钦此。将训示仁谕敬谨供于香案，奴才孙文成三跪九叩，
蒙圣主洪恩，奴才谨记训谕，用心防备。

ᠪᡳ᠂ ᠪᠠᡳᡨᠠ᠈ ᡝᠵᡝᠨ ᠮᡳᠨᡳ ᡝᠵᡝᠨ ᠨ

ᠠᠩᡴᠠᠨ᠈
ᠠᠯᠪᠠᠨ᠂
ᡤᠠᠯᠪᡳᠨᡳ

ᠰᠠᡳᠨ ᠠᠪᡴᠠᡳ
ᡝᠯᡥᡝ
ᠨᠠᠰᡠᠨ ᠪᠠᡳ

ᠠᠯᠪᠠᠨ ᡤᠠᠮᡝ᠈

ᠪᠠᠨᡳ᠂ ᠠᠯᠪᠠᠨᡳ
ᠠᠯᠪᠠᠨ ᡤᠠᠮᡝ
ᠠᠯᠪᠠ᠈ ᠠᠯᠪᠠ

gingguleme donjibume wesimbuhe.

saha.

elhe taifin i susaici aniya omšon biyai orin ninggun.

【92】請安摺

aha sun wen ceng hujume niyakūrafi, enduringge ejen i beye tumen elhe be baimbi.

mini beye elhe.

elhe taifin i susaici aniya jorgon biyai ice ninggun.

謹此奏聞。

【硃批】知道了

康熙五十年十一月二十六日

　　　　　　　　　　奴才孫文成俯伏跪

請聖主聖躬萬安。

【硃批】朕體安。

康熙五十年十二月初六日

謹此奏聞。

【朱批】知道了

康熙五十年十一月二十六日

　　　　　　　　　　奴才孫文成俯伏跪

请圣主圣躬万安。

【朱批】朕体安。

康熙五十年十二月初六日

ᠪᠣᠯᠵᠣᡳ᠂ ᠰᠣᠯᠣ ᠶᠣᠣᠨ᠂ ᠠᠮᠪᠠ ᠠᠮᠪᠠᠨ

ᠵᠣᠣ ᠵᠣᠣ ᠶᠣᠣᠨ

ᠰᠣᠯᠣ ᠶᠣᠣᠨ

【93】奏聞差人護送王增期家口進京摺

aha sun wen ceng ni, gingguleme wesimburengge, hese be
gingguleme dahara jalin. elhe taifin i susaici aniya duin biyai
ice de uheri tuwara bithei booi da, dorgi yamun i adaha
bithei da bime nirui janggin hesu, aisilakū hafan bime nirui
janggin jang cangju sei afabuhangge, meni wesimbuhengge,
lu ceng k'ao liyao bithe weilere giyan šeng, wang dzeng ki
boigon be ganabuki seme

　　　　　　　　　　　　　　　　　　　　　　奴才孫文成

謹奏，為欽遵諭旨事。康熙五十年四月初一日，總監造管
書房內閣侍讀學士兼佐領和素、員外郎兼佐領張常住等囑
稱：我等奏撰修《路程考略》之監生王增期，欲往接家口

　　　　　　　　　　　　　　　　　　　　　　奴才孙文成

谨奏，为钦遵谕旨事。康熙五十年四月初一日，总监造管
书房内阁侍读学士兼佐领和素、员外郎兼佐领张常住等嘱
称：我等奏撰修《路程考略》之监生王增期，欲往接家口

ᠵᠠᡳ ᠴᡝᠨ ᡵᠠ ᠨ ᠰᠠᠨ ᠰᡳ ᠮᠠ ᠨ ᠵᠠᠰᠠ ᠰᡝ
ᡧᠠᠨ ᡥᠠ ᠮᡝᠨᡥᡠᠨ ᠮᠠ ᠮᠠᠨᠠᡥᠠᠨ ᠵᠠᠰᠠᠨ ᠰᡝ ᠰᠠ ᠰᡝ ᠨ ᠵᠠᡳ
ᠮᠠᠨᠠ ᠮᠠᠨ ᠮᠠᡥᠠ ᠰᠠ ᠴᠠ ᠵᠠᠰᠠ ᠰᡝ ᠰᠠᠨᠠᠨᠠᡥᠠᠨ ᠰᡝᠨ ᠮᠠᠨᠠ ᠮᠠᠰᠠ
ᠮᠠ ᠮᠠᠨᠠᠨᠠᡥᠠ ᠮᠠᡥᠠ ᠮᠠᠨᠠ ᠮᠠᠨᠠ ᠰᠠ ᠮᠠᠨᠠ ᠴᠠ ᠴᠠᠨ ᠮᠠ ᠮᠠᠨ ᠮᠠᠨᠠ
ᠮᠠᠨᠠᠨᠠᡥᠠᠨ ᠮᠠᡥᠠᠨ ᠰᠠ ᠮᠠᠨ ᠮᠠᠨᠠᠨᠠᡥᠠᠨ ᠰᠠᠨ ᠰᠠ ᠮᠠ ᠮᠠᠨᠠ ᠮᠠᠨᠠᠨ ᠰᠠ ᠵᠠᠰᠠ
ᠮᠠᡥᠠ ᠮᠠᠨᠠᠨᠠᡥᠠ ᠮᠠᠨᠠ ᠮᠠᠨ ᠰᠠᠨᠠᡥᠠ ᠮᠠᠨᠠ ᠮᠠᠨᠠ ᠵᠠᠰᠠ ᠵᡳᠰᠠ

šolo baime alibuha nikan bithe be wesimbuhede, hese, erebe
hangjeo i sun wen ceng de afabufi, genere jidere de
tuwašatame unggi sehe be, gingguleme dahafi, wang dzeng
ki i beye, booi niyalma be dabume, uheri duin niyalma, ahai
booi niyalma dahalame, duin biyai orin ninggun de, ging
hecen ci jurafi, sunja biyai orin ilan de hangjeo de isinjiha.
jorgon biyai ice de wang dzeng ki i ama, wang dzeng ki i
ecike, wang dzeng ki i deo, wang dzeng ki i

而奏呈請假漢文時，奉旨：著將其交與杭州孫文成，往來
時差人照料，欽此。連同王增期本人及家人算入共四人，
奴才家人相隨。四月二十六日，由京城啟程，五月二十三
日，至杭州。十二月初一日，王增期之父，王增期之叔，
王增期之弟，

而奏呈请假汉文时，奉旨：着将其交与杭州孙文成，往来
时差人照料，钦此。连同王增期本人及家人算入共四人，
奴才家人相随。四月二十六日，由京城启程，五月二十三
日，至杭州。十二月初一日，王增期之父，王增期之叔，
王增期之弟，

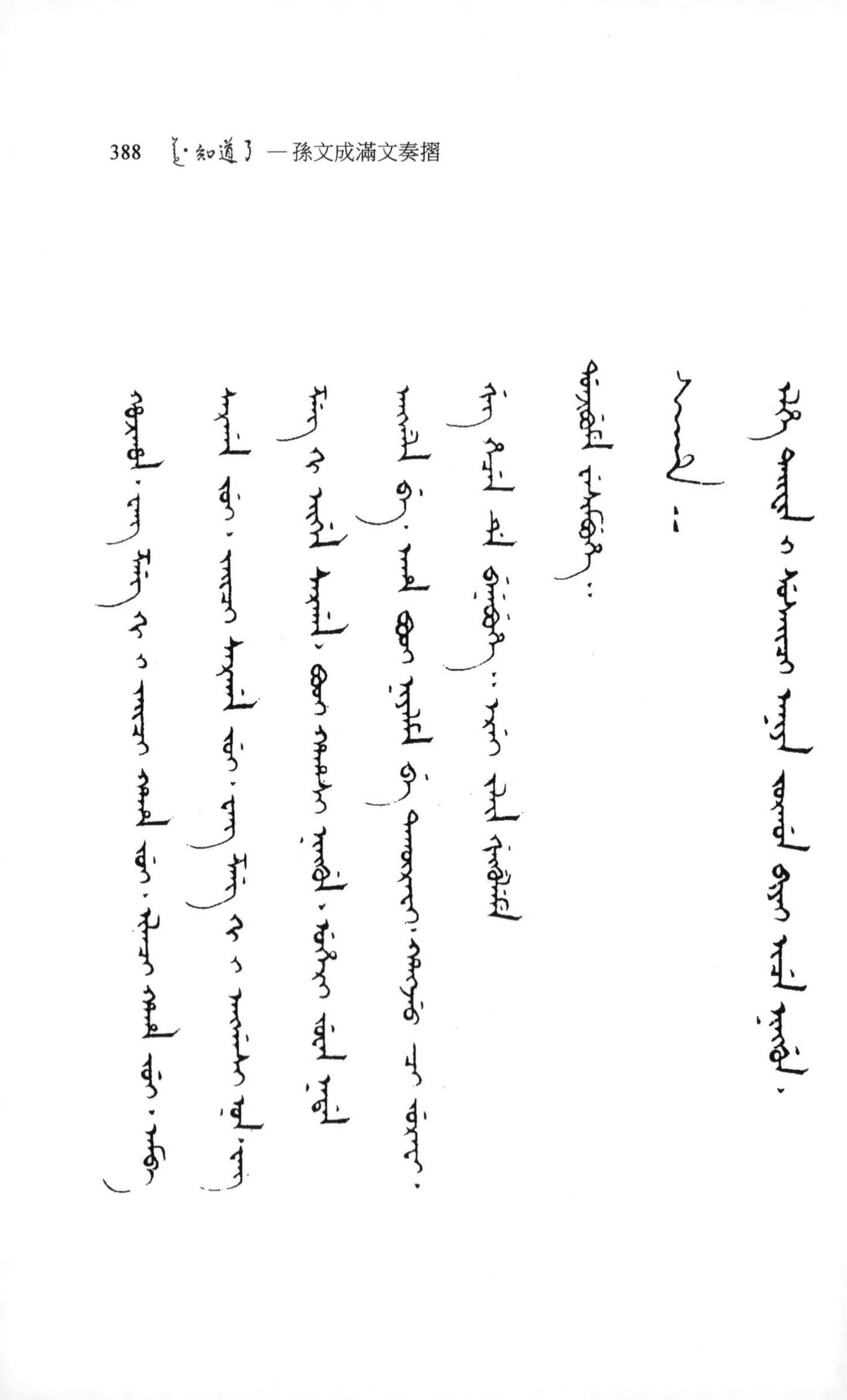

ᠮᡳᠨ ᠮᡳᠨᡳᠰᡳᠶ ᠪᡳᡨᡥᡝ᠂

hojihon, wang dzeng ki i jaici haha jui, ilaci haha jui, amba
sargan jui, jaici sargan jui, wang dzeng ki i anggasi non,
wang dzeng ki eigen sargan, booi hahasi ninggun, uheri
juwan nadan anggala be, aha booi niyalma be takūrafi,
hangjeo ci jurafi, ging hecen de benebuhe. erei jalin
gingguleme donjibume wesimbuhe.

saha.

elhe taifin i susaici aniya jorgon biyai ice ninggun.

王增期之婿，王增期之次子、三子、長女、次女，王增期
之寡妹，王增期夫妻及家丁六人，共計十七口，奴才差家
人，自杭州啟程，令其送往京城。謹此奏聞。

【硃批】知道了。

康熙五十年十二月初六日

王增期之婿，王增期之次子、三子、长女、次女，王增期
之寡妹，王增期夫妻及家丁六人，共计十七口，奴才差家
人，自杭州启程，令其送往京城。谨此奏闻。

【朱批】知道了。

康熙五十年十二月初六日

ᠶᠠᠪᠤᠮᠪᡳ᠂ ᡝᠷᡝ ᠵᡝᡴᡝᠨᡳ ᡥᠠᠴᡳᠨ
ᠨᡳᠩᡤᡝᡵᡳ᠂ ᡩᡝ ᠵᡝᠴᡝᠨᡳ᠂ ᠨᠠᠯᡳᡥᠠ

ᡳᠨᡝᠩᡤᡳᠮᡝ

ᠨᠠᠯᡳᡥᠠ᠂ ᡥᠠᠴᡳᠨ ᠠᠮᠪᠠ ᠰᡳᠮᡝ ᠪᠠᠨᠵᡳᠮᠪᡳ᠂ ᡳᠨᡝᠩᡤᡳᠮᡝ
ᠶᠠᠪᡠᠮᠪᡳ

ᠨᠠᠯᡳᡥᠠ᠂ ᠪᠠᠨᠵᡳᠮᠪᡳ ᡥᠠᠴᡳᠨ ᡥᠠᠴᡳᠨ ᠰᡳᠮᡝᠨᡳ

【94】請安摺

aha sun wen ceng hujume niyakūrafi, enduringge ejen i beye
tumen elhe be baimbi.

mini beye elhe.

elhe taifin i susai emuci aniya juwe biyai juwan emu.

【95】奏聞差人齎送皮箱摺

aha sun wen ceng ni, gingguleme donjibume wesimburengge,
amasi gajiha pijan benebuhe jalin, elhe taifin i susai emuci
aniya aniya biyai juwan de wang

奴才孫文成俯伏跪

請聖主聖躬萬安。

【硃批】朕體安。

康熙五十一年二月十一日

奴才孫文成

謹奏聞，為差人齎送所攜回之皮箱事。康熙五十一年正月
初十日，

奴才孫文成俯伏跪

请圣主圣躬万安。

【朱批】朕体安。

康熙五十一年二月十一日

奴才孙文成

谨奏闻，为差人赍送所携回之皮箱事。康熙五十一年正月
初十日，

ᠪᠠᡳ᠂ ᠵᠣᡩᠣᡥᠣᠨ ᠪᠠᠳᡝ ᠰᠠᡳᠨ ᡝᠩᡤᡝ ᠰᡝᠮᠪᡳ᠃

ᡥᡝᠪᡝᡩᡝ ᠪᠣᠯᠪᠣᠮᠪᡳ᠄

ᠪᠠᡩᡝ᠂ ᡝᠯᠪᡝᠨ ᠰᡝᠮᠪᡳ᠃ ᡝᡵᡝ ᠪᠠᡩᡝ ᠮᠣᠰᠣᠯᡳ᠄

ᠶᡝᠩᡤᡝ ᡝᠪᡝ ᠰᡝᠮᠪᡳ᠃ ᡝᡵᡝ ᠪᠠᡩᡝ᠂ ᡥᡝᠩᡤᡝᠯᡝᠮᠪᡳ᠃

ᠪᠠᡳᠮᠪᡳ᠃ ᡝᠮᡠ ᠠᡥᠠ᠂ ᡝᠮᡠ ᡥᡝᠩᡤᡝᠯᡝᠮᠪᡳ᠃

ᡝᠮᡝ ᠪᠠᠳᡝ ᡝᠩᡤᡝ᠂ ᠯᡝᠪᡝᠨ᠂ ᠰᠠᡳᠨᠣᡥᡝ᠂

ᠪᡳ᠂ ᡥᡝᠩᡤᡝᠯᡝᡥᡝ ᠪᠠᠳᡝ ᡝᠮᡝ ᠪᡝ᠂ ᡝᠮᡠᠨᡝᠯᡝ᠂

u suwayan boso uhuhe orin juwe gin i ajige pijan emke be gajifi alahangge, haha juse taigiyan wei ju ere pijan be tucibufi, hese g'ao ioi de benebu sehe, seme alanjihabe, gingguleme dahafi, suwayan boso uhuhe orin juwe gin i pijan be wang u benefi, g'ao ioi de afabuha. erei jalin gingguleme donjibume wesimbuhe.

saha.

elhe taifin i susai emuci aniya juwe biyai juwan emu.

王五將黃布所包二十二斤小皮箱一個齎來告稱：哈哈珠子太監魏珠取出此皮箱[14]，奉旨：著送與高興，欽此。欽遵將黃布所包二十二斤皮箱，令王五送交高興。謹此奏聞。
【硃批】知道了。
康熙五十一年二月十一日

王五将黄布所包二十二斤小皮箱一个赍来告称：哈哈珠子太监魏珠取出此皮箱[14]，奉旨：着送与高興，钦此。钦遵将黄布所包二十二斤皮箱，令王五送交高興。谨此奏闻。
【朱批】知道了。
康熙五十一年二月十一日

---

[14] 案哈哈珠子，滿洲語讀如 "haha juse"，意即「眾男孩子」。

ᠠᠮᠪᠠᠨ᠂ ᠮᡳᠨᡳ ᠪᡝᠶᡝ ᠠᠯᠪᠠ ᠪᠠᡳᡨᠠᠯᠠᠮᡝ᠂ ᠪᡳ ᡥᡝᠯᠮᡝᡴᡝ ᡴᠠᠴᡳ ᠶᠠᠪᡠᠮᡝ᠂ ᡝᠮᡝ ᡥᡝᠯᠮᡝ ᡥᠠᠴᡳᠨ᠂ ᡥᡝᠯᠪᡝᠨ ᡝᠮᡝ ᠪᠠᡳᡨᠠ᠂

ᡝᠩᡤᡝᠯᡝ ᡥᡝᠯᠪᡝᠨ᠂ ᡝᠩᡤᡝ᠂

ᡥᡝᠯᠪᡝᠨ ᡥᡝᠯᠮᡝ ᡥᠠᠴᡳᠨ᠂ ᡝᠮᡝ ᠪᠠᡳᡨᠠ᠂ ᡝᠮᡝ ᡥᠠᠴᡳᠨ ᡨᠠᠴᡳ᠂

ᡥᡝᠯᠪᡝᠨ ᡝᠮᡝ᠂ ᠠᠮᠪᠠ ᠪᡝᠶᡝ ᠪᠠᡳᡨᠠ᠂ ᡝᠮᡝ ᡥᠠᠴᡳᠨ᠂

ᡥᠠᠴᡳᠨ ᡥᡝᠯᠪᡝᠨ᠂ ᠠᠮᠪᠠ᠂ ᡝᠮᡝ ᡥᡝᠯᠮᡝ᠂ ᡝᠮᡝ ᡥᠠᠴᡳᠨ᠂

ᡥᡝᠯᠮᡝᡴᡝ᠂

ᡥᡝᠯᠪᡝᠨ ᡝᠮᡝ ᡥᠠᠴᡳᠨ᠃

【96】奏報齎送皮箱木匣日期摺

aha sun wen ceng ni, gingguleme donjibume wesimburengge, pijan, hiyase benehe jalin, juwe biyai juwan de g'ao ioi, booi niyalma ju žung be takūrafi suwayan boso uhuhe pijan emke, moo i gūlmin hiyase emke be benjifi alahangge, erebe enduringge ejen de tuwabure jaka seme benjihebi. uttu ofi suwayan boso uhuhe gūsin emu gin i pijan emke, suwayan boso uhuhe

　　　　　　　　　　　　　　　　奴才孫文成

謹奏聞，為齎送皮箱、匣子事。二月初十日，高興差家人朱榮將黃布所包皮箱一個，長木匣子一個齎來告稱：此為進呈聖主御覽之物云云。是以將黃布所包三十一斤皮箱一個，黃布所包

　　　　　　　　　　　　　　　　奴才孙文成

谨奏闻，为赍送皮箱、匣子事。二月初十日，高興差家人朱荣将黄布所包皮箱一个，长木匣子一个赍来告称：此为进呈圣主御览之物云云。是以将黄布所包三十一斤皮箱一个，黄布所包

ᠪᠣᠯᠵᠣ᠂

ᠪᠠᠢᠮᠪᠢ ᠂ ᠴᠠᠩ ᠴᠦᠨᠨᠣ ᠪᠠᠷᠠᠨ ᠨᠠᠷᠠᠨ ᠁
ᠪᠠᠢ ᠨᠠᠷᠠᠨ ᠨᠠᠷᠠᠨ ᠪᠠᠢᠮᠪᠢ ᠂

ᠪᠠᠢ᠂ ᠨᠠᠷᠠᠨ ᠪᠠᠢ ᠨᠠᠷᠠᠨ ᠨᠠᠷᠠᠨ ᠪᠠᠢᠮᠪᠢ ᠂

ᠪᠠᠢᠮᠪᠢ ᠨᠠᠷᠠᠨ ᠨᠠᠷᠠᠨ ᠪᠠᠢᠮᠪᠢ᠃

ᠪᠠᠢᠮᠪᠢ ᠂ ᠨᠠᠷᠠᠨ ᠨᠠᠷᠠᠨ ᠪᠠᠢᠮᠪᠢ᠂ ᠨᠠᠷᠠᠨ ᠪᠠᠢ ᠨᠠᠷᠠᠨ᠃

ᠪᠠᠢᠮᠪᠢ ᠨᠠᠷᠠᠨ ᠨᠠᠷᠠᠨ ᠂ ᠨᠠᠷᠠᠨ ᠨᠠᠷᠠᠨ ᠪᠠᠢ ᠨᠠᠷᠠᠨ ᠨᠠᠷᠠᠨ ᠪᠠᠢᠮᠪᠢ᠃

juwan gin jakūn yan i moo i gūlmin hiyase emke be wang u
de afabufi, juwan emu de benebuhe. erei jalin gingguleme
donjibume wesimbuhe.

saha.

elhe taifin i susai emuci aniya juwe biyai juwan emu.

【97】請安摺

aha sun wen ceng hujume niyakūrafi, enduringge ejen i beye
tumen elhe be baimbi.

mini beye elhe.

十斤八兩長木匣子一個，交與王五，於十一日令其齎送。
謹此奏聞。
【硃批】知道了。
康熙五十一年二月十一日

　　　　　　　　　　　　　　　奴才孫文成俯伏跪

請聖主聖躬萬安。
【硃批】朕體安。

十斤八兩长木匣子一个，交与王五，于十一日令其赍送。
谨此奏闻。
【朱批】知道了。
康熙五十一年二月十一日

　　　　　　　　　　　　　　　奴才孙文成俯伏跪

请圣主圣躬万安。
【朱批】朕体安。

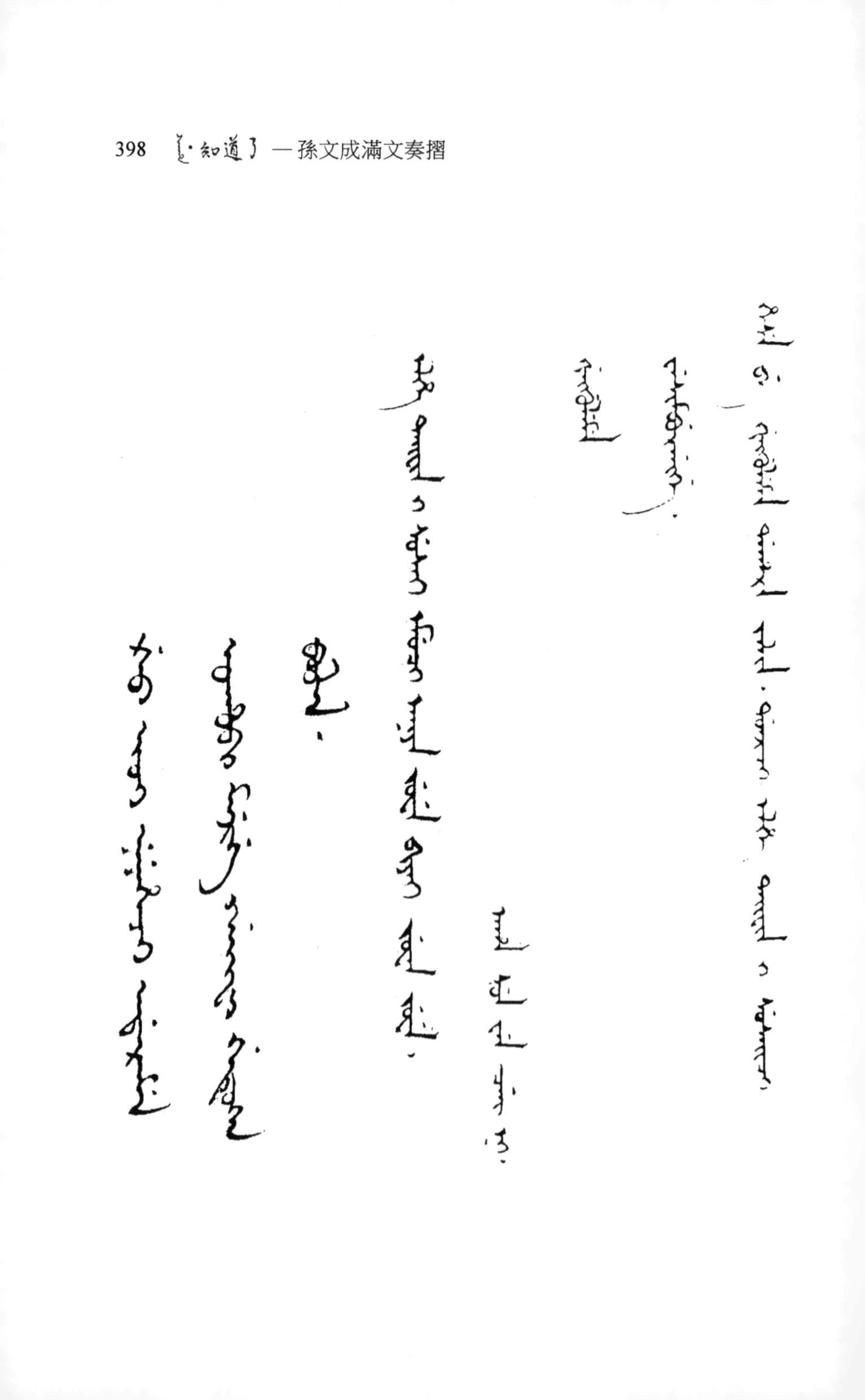

g'ao ioi neneheci adarame ohobi. mejige gaifi getuken boola.
elhe taifin i susai emuci aniya juwe biyai juwan juwe.

【98】奏聞官兵為海賊所敗摺

aha sun wen ceng ni, gingguleme wesimburengge, hese be
gingguleme dahara jalin, donjici elhe taifin i susaici

高興較前如何？探信明白具報。

康熙五十一年二月十二日

　　　　　　　　　　　　　奴才孫文成

謹奏，為欽遵諭旨事。聞康熙五十

高興较前如何？探信明白具报。

康熙五十一年二月十二日

　　　　　　　　　　　　　奴才孙文成

谨奏，为钦遵谕旨事。闻康熙五十

ᠰᠠᡳᠨ ᡥᠣᡨᠣᠨ ᠵᠠᠯᠠᠨ ᠂ ᠨᡳᠶᠠᠯᠮᠠᡳ ᠨ ᡥᠠᠯᠠ ᠠᠯᡳᡥᠠᠪᡳ

ᡥᠠᡶᠠᠨ ᠂ ᠪᠠᡩᡝ ᠨᠠᡳ ᠪᠠᠵᠠᠨ ᠠᠮᠠᠰᡳ ᠰᡠᠸᠠᠩ ᠠᠴᠠ ᡳᠯᡥᠠᡶᡳ

ᡝᠯᡝᠮᠠᠩᡤᠠ ᠂ ᡝ ᠂ ᠰᠠᡳᠯᠶᠠᠩ ᠰᠠᠮᠰᡳ ᠠᠯᠠᠰᡝᠰᡝ ᠂ ᠵᠠᠶᠣᡵᠠᠮᠪᡳ ᠵᡝᠴᡝᠨ ᠠᠮᠠᠨ ᠵᡳᠶᠠᠩᠨᠠᡥᠠᡳ

ᡨᠠᡶᠠᡥᠠ ᠰᠠᠮ ᡝᡳᠮᡝᠰᡝ ᠪᡝ ᠂ ᡩᠠᠶᡳᠨ ᠵᠠᠯᠠᠨ

ᡥᠠᠪᡨᠠ ᠨᠠᡩᠠᠨ ᠨᡳᠶᠣᠯᠮᠠᠨ ᠂ ᠵᠠᠶᠣᠰᡝ ᠪᠠᠯᠵᠠᠨ ᠰᠠᠮᠰᡳ ᠪᠠ

ᡨᠠᡥᠠᠰᡝᠨ ᠂ ᡩᡝᠨᡨᡝ ᠪᠠᠮᡝᠰᡝ ᠂ ᠨᡳ ᠵᠠᠶᠣᠯᠠᠨ ᠂ ᠶᠠᠪᡳᠰᡝ ᠰᠠᠮᠰᡳ ᠪᠠ ᠵᠠᡥᠠᠰᡝᠰᡝ ᠮᡝᠰᡝ ᡝ

ᡳᠶᠠᠰᡝᡨ ᠂ ᡝ ᡨᠠᠶᠣᠨ ᠂ ᠵᠠᠶᠣᠯᡝ ᠨᡳ ᠨᠠᠮᡳᠨ ᠨᠠᠶᡩᠠᠨ ᠂ ᠵᠠᡳᠰᡝ ᡩᡝ

ᠨᡳᠶᠠᡴ ᠨᠠᠪᡝᡳᠰᡝᠨ ᠨᠠᡩᠠᠰᡝᠨ ᠵᠠᠶᠠᠨ ᠵᠠᠮ ᠂ ᠵᠠᠶᠣᠰᡝᠨ ᠨᡳ ᠨ ᠵᠠᡳᡝ ᠵᠠᠶᠣᠨ

aniya omšon biyai orin sunja de, hūwang yan i dzung bing
guwan, li jin i ici ergi ing ni io gi hafan g'og'o, yang
badzung, hioi badzung be gaifi, mederi angga be tuwakiyara
de, juwe hūdai cuwan jifi, boolara bithe alibufi alahangge,
tulergi juwe hūlhai cuwan bi, hūdai cuwan be duriki sembi,
be gelhun akū generakū. membe coohai benebureo sehede, io
gi hafan g'og'o uthai coohai cuwan be unggifi angga ci tucifi
tuwaci, yargiyan i juwe hūlhai

年十一月二十五日黃巖總兵官李近右營遊擊郭果帶領楊
把總、許把總防守海口時，有商船二隻前來，呈遞報文稱：
外洋有二隻賊船，欲搶奪商船，我等不敢前往，懇請派兵
護送我等云云。遊擊郭果即派兵船出口，

年十一月二十五日黄岩总兵官李近右营游击郭果带领杨
把总、许把总防守海口时，有商船二只前来，呈递报文称：
外洋有二只贼船，欲抢夺商船，我等不敢前往，恳请派兵
护送我等云云。游击郭果即派兵船出口，

ᠪᡳ ᠰᠠᡴᡩᠠ᠈ ᡥᠠᠴᡳᠨ᠈ ᠰᡳᠮᠨᡝᠷᡝ᠈ ᡥᡝᠩᡴᡳᠯᡝᠮᡝ᠈ ᡥᡝᠩᡴᡳᠯᡝ

ᠪᠠᡳᡨᠠ᠈ ᡩᡝ᠈ ᡵᠠᡴ᠈ ᡩᡝᠷᡝ᠈ ᡳᠨᡝᠩᡤᡳ᠈ ᡶᠠᠴᡳᡥᡳᠶᠠᠨ᠈ ᡳ

ᡝᡵᡳᠨ᠈ ᡩᡝ᠈ ᠪᠠᡳᡨᠠ᠈ ᠪᠠ᠈ ᡳᠨᡝᠩᡤᡳ᠈ ᡴᡝᠩᡴᡳᠮᡝ

ᡳᠨᡝᠩᡤᡳ᠈ ᠪᠠᡳᡨᠠ᠈ ᡥᠠᠴᡳᠨ᠈ ᡳ᠈ ᡝᠨᡝᡥᡝ᠈ ᡩᡝᠷᡝ᠈ ᠪᠠᡳᡨᠠ

ᡥᠠᠴᡳᠨ᠈ ᠪᠠᡳᡨᠠ᠈ ᡝᠷᡳᠨ᠈ ᡳ᠈ ᡩᡝᠷᡝ᠈ ᡝᠨᡝᡥᡝ

ᠪᠠᡳᡨᠠ᠈ ᡳᠨᡝᠩᡤᡳ᠈ ᡝᠷᡳᠨ᠈ ᡩᡝᠷᡝ᠈ ᠪᠠᡳᡨᠠ᠈ ᡥᠠᠴᡳᠨ

ᡝᠷᡳᠨ᠈ ᡩᡝᠷᡝ᠈ ᠪᠠᡳᡨᠠ᠈ ᡥᠠᠴᡳᠨ᠈ ᠪᠠ᠈ ᡳᠨᡝᠩᡤᡳ᠈ ᡩᡝ

ᡩᡝᠷᡝ᠈ ᠪᠠᡳᡨᠠ᠈ ᡳᠨᡝᠩᡤᡳ᠈ ᡝᠷᡳᠨ᠈ ᡩᡝᠷᡝ᠈ ᠪᠠᡳᡨᠠ᠈ ᠪᠠ

cuwan bi, cooha be sabufi uthai poo miyoocan sindara jakade, io gi hafan g'og'o poo miyoocan i jilgan be donjime, uthai ajige cuwan de tefi dahanduhai tucifi miyoocan sindame, coohai cuwan de inu poo miyoocan sindaha. neneme alanjiha juwe hūdai cuwan, dade hūlha holtome arahangge ofi, inu poo miyoocan sindame, julergi amargi hafiraha afara de, io gi hafan g'og'o gidabufi coohai urse yooni wabuha. hūlha, coohai cuwan de tafafi, juwe

見實有二隻賊船，看見兵後即施礮放鎗。遊擊郭果聞鎗礮之聲，便乘小船隨即出去放鎗，兵船亦施礮放鎗。先前來稟告之二商船，原係賊徒偽裝者，故亦施礮放鎗，前後夾攻，遊擊郭果被擊敗，兵丁俱被殺，賊登兵船，

见实有二只贼船，看见兵后即施炮放鎗。游击郭果闻鎗炮之声，便乘小船随即出去放鎗，兵船亦施炮放鎗。先前来禀告之二商船，原系贼徒伪装者，故亦施炮放鎗，前后夹攻，游击郭果被击败，兵丁俱被杀，贼登兵船，

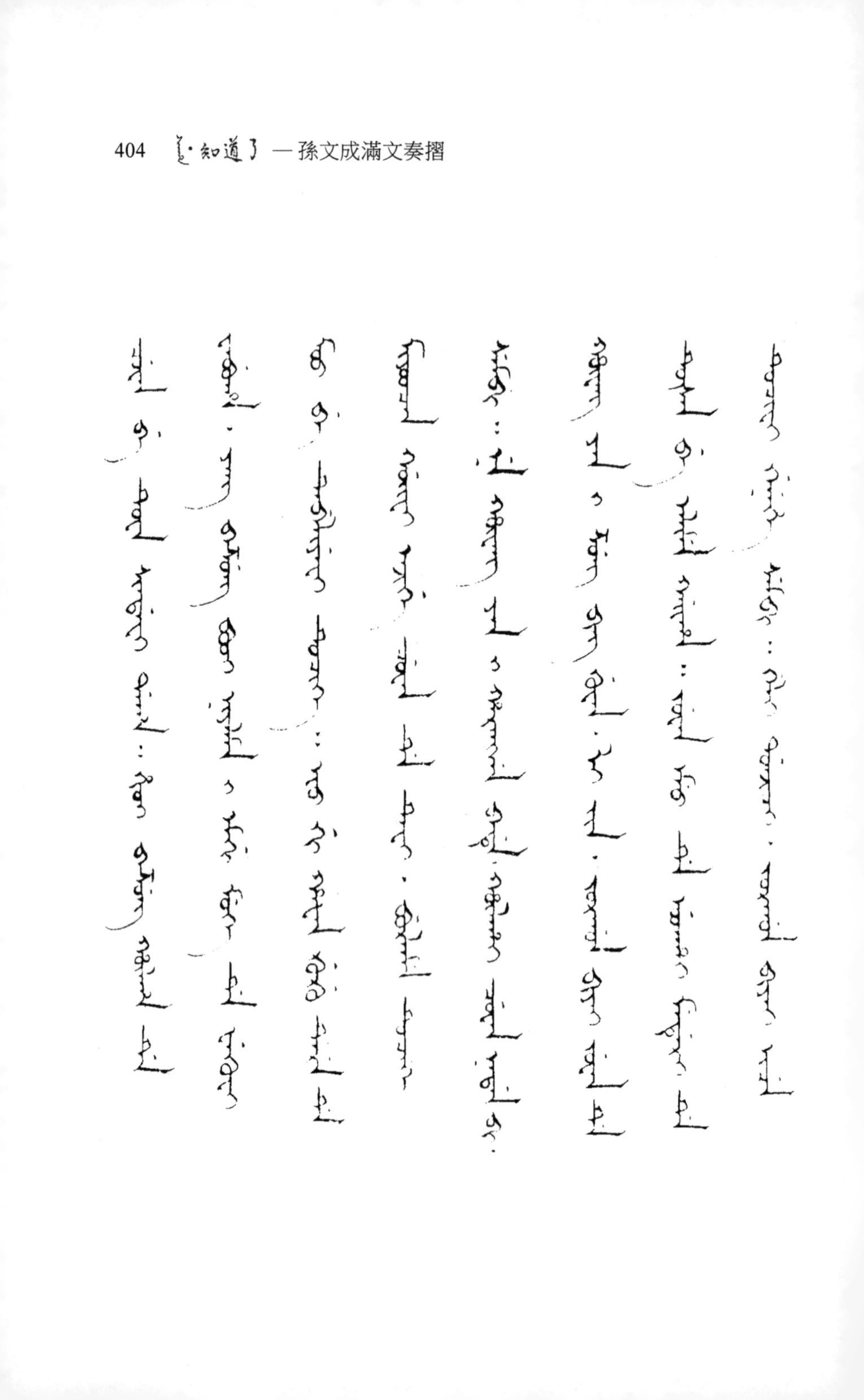

cuwan be tuwa sindafi daha. hioi badzung hūlha de wabuha, yang badzung booi niyalma i emgi muke de fekufi moo be tebeliyefi tucike. io gi hafan g'og'o dere de miyoocan goifi ajige cuwan de tefi, burlame tucike sembi. ne hūwang yan i harangga bade, hūlhai cuwan nadan bi. hūwang yan i dzung bing guwan, li jin, jorgon biyai juwan de tušan be alime gaiha. juwan emu de uthai mederi de tucifi genehe sembi. geli donjici, jorgon biyai ice

---

將二船放火燒燬，許把總為賊所殺，楊把總同家人跳水抱木出來，遊擊郭果臉上中鎗，乘小船逃出。現今黃巖所屬地方，有賊船七隻。黃巖總兵李近於十二月初十日接任，十一日即出海去云云。

将二船放火烧毁，许把总为贼所杀，杨把总同家人跳水抱木出来，游击郭果脸上中鎗，乘小船逃出。现今黄岩所属地方，有贼船七只。黄岩总兵李近于十二月初十日接任，十一日即出海去云云。

ᠪᡳ ᠰᡳᠮᠪᡳ᠂ ᠮᡳᠨᡳ ᠪᡝᠶᡝ ᠰᠠᡳᠨ ᠪᡝ ᡠᠮᡝ ᡝᠯᡝ᠂

ᠪᡳᡨᡥᡝ ᠪᠠᡳᡨᠠ ᠪᡝ ᡝᠮᡝᡵᡳ ᠰᡳᠮᠪᡳ᠂

ᠠᠯᡳᠮᠪᠠᡥᠠ᠂ ᠪᠠᡳᡨᠠ ᡥᡝᡵᡝᠰᡥᡝᠨ᠃

ᠰᡝᡵᡝᠩᡤᡝ ᠪᡝ᠂ ᠰᡳᠮᠪᡳ ᠰᡠᡩᡠᡵᡳ᠂ ᡤᡝᠯᡳ ᠮᡠᠵᡳᠯᡝᠨ᠂

ᠠᠯᡳᠮᠪᠠᡥᠠ᠂ ᠰᡳ ᠪᠠᡳ ᠮᡝᠵᡳᡤᡝ᠂ ᠮᠠᡵᡳ ᠠᠰᡠᡵᠠᠮᠪᡳ᠂ ᠮᡝᠨᡳ ᡨᡝᡳᠯᡝᡵᡝᡵᡝ ᠪᡝ ᠪᠠᡳ᠂ ᡨᡝᠨᡝᠰᡠᠪᡠᠮᠪᡳ᠂

duin, ice sunja, ere juwe inenggi wen jeo i ici ergi ing ni io
gi hafan lan sy cooha gaifi, hūlhai emgi afara de, ciyandzung
emke, badzung emke inu koro baha sembi. erei jalin gingguleme
donjibume wesimbuhe.

dasame getuleme mejige gaifi boola.

elhe taifin i susai emuci aniya juwe biyai juwan juwe.

又聞十二月初四、初五此二日，溫州右營遊擊藍施領兵與
賊交戰時，千總一員、把總一員亦受傷。謹此奏聞。
【硃批】再察明探信具報。
康熙五十一年二月十二日

又闻十二月初四、初五此二日，温州右营游击蓝施领兵与
贼交战时，千总一员、把总一员亦受伤。谨此奏闻。
【朱批】再察明探信具报。
康熙五十一年二月十二日

ᠠᠮᠪᠠᠨ ᠪᡳ ᡥᡠᠯᡥᡳᠰᠠᡴᠠ ᠪᡳᡨᡥᡝ ᡴᠠ ᠮᡝᠨᡳ ᠪᠠ ᡴᡠ ᡶᠠ ᠵᡠ ᠠ
ᡳᡴᠠᡴ ᠠ ᠶ ᠶ ᠠ ᠯᡳ ᠠ ᡴᡳᠰᡳᡤ ᠪᠠ ᠠ
ᡤᠠ ᠠ ᠮᠠᠯᡥᡳ
ᠰᡳᠮᡳᠶᠠ ᠠ ᠶ ᡩᠠ ᠠ ᠶ ᠰᡳ ᠠ
ᡴᡠ ᡤᡠ ᠰᠠᡴᠠ
ᡤᠠ ᠠ ᡤᡠ ᠠ ᠰᡳ ᠠᠮ ᠠ ᡳ ᠶ ᠠ ᡩᠠ ᠶ ᡳ ᠠ

ᡝ
ᠯ ᡥ ᡝ
ᠶ ᠮ ᠪ
ᡳ ᠪ ᠠ
ᠶ ᡩ

ᡤᡠᠰ ᠠ ᠯ ᡳᠶ ᡠ ᠶ ᠮᠠᠯᡥᠠᠰᡳ ᠪᠠᠶ ᠠ ᠯᡳ ᠠ ᠶ

ᡥᡠ ᡴ ᠠ ᠶ
ᡤᡠ ᠶᠠ ᠶᠠ
ᡳᠰ ᡝᠶ ᠠ ᠶ ᡩᡳ ᠠ ᠶ ᠰᡳ ᠶ
ᡳ ᠪᠠ ᡩᠠ ᡳᠶ ᠠ ᠰ ᠠᠶ ᠯ ᠠᠶ ᠪᠠ ᡳ ᠠᠶ ᠪᠠ ᠠᡴ ᠠ

【99】請安摺

aha sun wen ceng hujume niyakūrafi, enduringge ejen i beye
tumen elhe be baimbi.

mini beye elhe.

elhe taifin i susai emuci aniya duin biyai ice uyun.

【100】奏報官兵拏獲海賊數目摺

aha sun wen ceng ni, gingguleme wesimburengge, hese be
gingguleme dahara jalin, donjici fugiyan i tidu u ing ni
dulimbai ing ni fujiyang hafan ye guwe ding cooha gaifi,
mederi

奴才孫文成俯伏跪

請聖主聖躬萬安。

【硃批】朕體安。

康熙五十一年四月初九日

奴才孫文成

謹奏，為欽遵諭旨事。聞福建提督吳英中營副將葉國鼎領兵

奴才孫文成俯伏跪

请圣主圣躬万安。

【朱批】朕体安。

康熙五十一年四月初九日

奴才孙文成

谨奏，为钦遵谕旨事。闻福建提督吴英中营副将叶国鼎领兵

ᠰᡳᠯᡳ᠂ ᠪᠣᠯᠵᡠ ᠪᠠᡳᡨᠠᠯᠠᡴᠠ᠂ ᡠᡨᡨᡠ ᡝᡵᡝ
ᡠᠮᡝᠰᡳ᠂

ᡝᠯᡥᡝ ᡨᠠᡳᡶᡳᠨ ᠰᡝᠴᡝᠨ᠂ ᡴᡝᠰᡳ ᠪᡝ ᡩᡝ ᠨ ᠨᡝᡳᡴᡳᠨᠠᠮᡝ ᡥᡝᡥᡝ

ᠪᡝ ᡝᠮᡠ ᠪᠠᠨᠵᡳᠮᡝ ᡩᠠᠮ ᡨᡠᠮᡝ ᡨᡝ ᡨᡝ ᡨ ᠴᡝᡵᡝ ᠰᡝᠮᡝ ᡨᡝ ᡩᡝ ᠪᡝᡳᡴᡝᡵᡝᠮᡝ

ᡨᡝ ᠨ ᠪᡝᠯᡝ ᡴᡝᠨ ᠯᡳᠮᡝ ᡨᡝ ᠰ ᡨᡝ ᡨᡝ ᠪᠠᡳᡨᠠ ᠪᡝ ᠪᡝ ᡨᠠ ᠨᠠ ᠪᠣᠯᡴᠣᡴᠣ

ᡥᡝᠰᡝᡵᡝᠮᡝ᠂ ᡴᡝᠰᡳᠯᡝᠮᡝ ᠨᡝᡳᡴᡳᠮᡝ᠂ ᠰᡝᠪᡳᠨ ᠯᡳᠨ ᠰᡝᠪᡳᠮᡝ ᡴᡝᠰᡝᡵᡝᠮᡝ ᡥᡝᠰᡝᠨᠣ

baicame giyarime genehede, duleke aniya omšon biyade
hūwang yan i dzung bing guwan li jin i ici ergi ing ni io gi
hafan g'og'o baru afaha hūlhai dorgi, siyoo yu wen i jergi
hūlha duin jafahabi sembi. erei jalin gingguleme donjibume
wesimbuhe.

saha.

elhe taifin i susai emuci aniya duin biyai ice uyun.

前往巡察海面時，去年十一月向黃巖總兵李近右營遊擊郭
果攻擊之賊內，拏獲蕭郁文等賊四人。謹此奏聞。
【硃批】知道了。
康熙五十一年四月初九日

前往巡察海面时，去年十一月向黄岩总兵李近右营游击郭
果攻击之贼内，拏获萧郁文等贼四人。谨此奏闻。
【朱批】知道了。
康熙五十一年四月初九日